DIE STROMER

Rudolf Brandl

Die Stromer

Ein fränkischer Roman

Verlag Walter E. Keller

Das Foto auf der vorderen Umschlagseite zeigt eine Maststation, das auf der hinteren eine „Stromerkolonne".

Rudolf Brandl ist Elektroinstallateur-Meister i. R. aus Ornbau im oberen Altmühltal. Beschäftigt war er wie schon sein Vater bei der Fränkischen Überlandwerk AG. Das Thema dieses Buches war ihm sozusagen in die Wiege gelegt. Der Autor hat sich jahrzehntelang in der Kommunalpolitik und in der Katholischen Arbeiterbewegung in führenden Positionen engagiert. Er erhielt dafür hohe Auszeichnungen.

Die Deutsche Bibliothek - CIP-Einheitsaufnahme

Brandl, Rudolf
Die Stromer : ein fränkischer Roman / Rudolf Brandl.- Treuchtlingen :
Keller, 1998
   (Reihe weisse Taschen-Bücher)
   ISBN 3-924828-90-3

© 1998, Verlag Walter E. Keller, Treuchtlingen
Alle Rechte der Vervielfältigung und der Verbreitung einschließlich
Film, Funk und Fernsehen sowie der Fotokopie und des auszugsweisen
Nachdrucks vorbehalten.
Lektorat: Christel Keller
Satz: Verlag Keller
Druck: Maro, Augsburg
Printed in Germany

ISBN 3-924828-90-3

Meinem Vater und meiner Heimat Franken
in Liebe gewidmet

Inhalt

PROLOG und Zeittafel   7

1. Kapitel DER ANFANG   9

2. Kapitel FREUNDSCHAFTEN   16

3. Kapitel DIE MASTSTATION   29

4. Kapitel DIE BEWÄHRUNG   36

5. Kapitel DAS ORTNETZ   57

6. Kapitel FEURIO!   66

7. Kapitel KARTEN- UND ANDERE SPIELE   78

8. Kapitel DIE ZENTRALE   86

9. Kapitel DER TRAFO   93

10. Kapitel DAS PROBLEM   97

11. Kapitel DER UNFALL   108

12. Kapitel DER BESUCH   111

13. Kapitel DIE BRAUTWERBUNG   115

14. Kapitel DER DRAHTZUG   129

15. Kapitel DIE HEUERNTE   133

16. Kapitel VORNEHME GÄSTE   138

17. Kapitel DAS GEWITTER   148

18. Kapitel DAS JAHRHUNDERT-BLATT   154

19. Kapitel DIE FERTIGSTELLUNG   161

20. Kapitel JUNGE LIEBE   167

21. Kapitel DUNKLE AHNUNGEN   177

22. Kapitel DIE FRÄNKISCHE ÜBERLANDWERK AG   188

23. Kapitel BEI DER BETRIEBSLEITUNG   197

24. Kapitel DIE ARBEIT GEHT ZU ENDE   204

25. Kapitel DAS ABENDROT   211

26. Kapitel DIE BESICHTIGUNG   221

27. Kapitel DIE GETREIDE-ERNTE   231

28. Kapitel DIE INBETRIEBNAHME   238

29. Kapitel DER STROM IST DA   248

30. Kapitel UMZUGSVORBEREITUNGEN   255

31. Kapitel SAMSTAG ABEND   263

32. Kapitel DAS LICHTFEST   268

33. Kapitel DER ABSCHIED   281

34. Kapitel DAS VORLÄUFIGE ENDE   291

EPILOG   298

PROLOG

Die „Stromer" waren jene Handwerker, die in den Jahren vor dem Ersten Weltkrieg der Elektrizität in fränkischen Dörfern zum Durchbruch verhalfen. Im Volksmund wurden sie deshalb auch die „Elektrischen" genannt. Es waren durchwegs frische, ehrliche Burschen, die harte Arbeit nicht scheuten und überall zupacken konnten. Heute ist die Elektrizität in Haushalt, Gewerbe, Industrie und auch in der Landwirtschaft eine Selbstverständlichkeit. Es ist kaum vorstellbar, daß selbst die Menschen, die diese neue Technik zu Beginn des 20. Jahrhunderts in die Dörfer Westmittelfrankens brachten, darüber staunten.

Dieses Buch erzählt die Erlebnisse eines jungen Mannes, der jener Zunft der „Stromer "angehörte und mit Recht sehr stolz darauf war, als Pionier den Strom und mit ihm die „Neue Zeit" in seine geliebte Heimat bringen zu dürfen. Zugleich wird ein Kapitel fränkischer Technikgeschichte geschildert. Die Erzählung beruht auf mündlichen und schriftlichen Überlieferungen nicht zuletzt vom Vater des Autors, der selbst Kolonnenführer bei den „Elektrischen" war. Oft sind Orte und Namen nur beispielhaft. Die Ähnlichkeit mit dem wirklichen Leben jedoch ist nicht weit hergeholt.

Diese Zeit zu Beginn dieses Jahrhunderts, die manche – obwohl sie noch gar nicht so lange zurückliegt – heute die „gute alte" nennen, war für die einfachen Leute geprägt von harter schwerer Arbeit vom Sonnenaufgang bis zum Sonnenuntergang. Gleichwohl mag es scheinen, daß die Welt damals heiterer war und die Fröhlichkeit der Menschen echter, vielleicht weil sie mehr von Herzen kam und deshalb auch mehr zu Herzen ging.

Sensationslüsterne Berichte sowie aufreißerisch gemachte Szenen werden die Leser auf den folgenden Seiten nicht finden. Indessen bringt ihnen die anschauliche, humorvolle Beschreibung der Geschehnisse aus jenen Tagen den Zauber einer bäuerlichen Landschaft und die Schlichtheit ihrer liebenswerten Menschen auf eindrucksvolle Weise nahe.

ॐॐ

Anfänge der Stromversorgung
in Mittelfranken 1909–1929

1909 Die „Elektrizitäts-Aktiengesellschaft, vormals Schuckert & Co." in Nürnberg projektiert die Stromversorgung für Mittelfranken.

1910 Gründung der „Mittelfränkischen Überlandzentrale" in Ansbach durch die „Elektrizitäts-Aktiengesellschaft" und die Stadt Ansbach mit zwei Dieselaggregaten mit einer Leistung von 224 bzw. 378 kW

1911 Einbau eines dritten Maschinensatzes, Leistung 756 kW

1912 168 Orte mit 75 000 Einwohnern werden mit Strom versorgt.

1913 8. Jan.: Gründung der „Fränkischen Überlandwerk Aktiengesellschaft" mit Sitz in Nürnberg; Beteiligte: Kreisgemeinde (späterer Bezirk) Mittelfranken mit 2,4 Mio. Mark, Firma Schuckert sowie Banken mit zusammen 1,6 Mio. Mark. Die FÜW AG erwirbt die bereits in Betrieb befindlichen Anlagen. Sie tritt in den Vertrag mit dem Großkraftwerk Franken ein und schließt einen Bauvertrag mit der Firma Schuckert & Co. ab.

25. März: Anschluß des Leitungsnetzes an das Großkraftwerk Franken. Elektrizitätswerk Ansbach nur noch als Reserve.

17. Sept.: Regelung des „Heimatschutzes" (Natur- und Denkmalschutz) durch die Bayerische Staatsregierung beim Bau von Starkstromanlagen

160 Städte und Gemeinden werden neu angeschlossen.

1914 247 neu angeschlossene Ortschaften

1. Aug.: Beginn des Ersten Weltkriegs

1915 56 neu angeschlossene Ortschaften

1916 10 neu angeschlossene Ortschaften; auf 160 Kilometern Freileitungen werden die Kupferdrähte gegen Eisendrähte vertauscht, um 140 Tonnen diesen kriegswichtigen Rohstoffes zu gewinnen.

18. Dez.: Heizkesselexplosion im Großkraftwerk Franken; die Reserveanlagen können nur ein Drittel des benötigten Stroms liefern.

1917 1. März: Das Großkraftwerk geht wieder auf volle Leistung

6 neu angeschlossene Orte; 4 neue industrielle Großkunden

1918	4 neu angeschlossene Ortschaften
	Nov.: Der Erste Weltkrieg ist zu Ende; 31 FÜW-Mitarbeiter sind während des Krieges gefallen; am 9. Nov. wird die Republik ausgerufen
1919	23 neu angeschlossene Ortschaften
1920	68 neu angeschlossene Ortschaften
1921	86 neu angeschlossene Ortschaften
1922	Die FÜW AG erwirbt das Gebäude Eyber Str. 89, zunächst als Reparaturwerkstätte; 154 neu angeschlossene Ortschaften. Das bisherige 6-kV-Netz wird durch ein 20-kV-Netz erweitert.
	Die beginnende Inflation erfordert eine Kapitalerhöhung um 9 Mio. Mark
1923	Höhepunkt und Ende der Inflation werden erreicht; Mitte Nov. erfolgt die Umstellung: 1 Rentenmark = 1 Billion Papiermark

Die weitere Entwicklung wird zunächst von Geldmangel und Kreditnot geprägt, ab Ende der 20er Jahre werden dann die ersten Betonmasten für die 20-kV-Leitungen und die neue 60-kV-Leitung errichtet. Ab 1927 verkauft die FÜW AG auch Elektrogeräte, es gibt eine erste Haushaltsberaterin, und die Rentenzuschußkasse wird gegründet. Ein Stromtarif mit Grund- und Arbeitspreis wird eingeführt.

Heute sind die beschriebenen Dachständer weitgehend der Verkabelung gewichen, auch Holzmasten sind selten geworden, von offenen aufgeständerten Trafos ganz zu schweigen. Das erwähnte Maschinenhaus mitsamt dem Verwaltungsgebäude in der Draißstraße in Ansbach sowie der Bahnsteg fielen einem Fliegerangriff am 23. Februar 1945 zum Opfer.

Die Geschichte der Elektrifizierung Frankens einschließlich der frühen Technik wird im Elektromuseum des FÜW-Informationszentrums in der Eyber Straße 89 in Ansbach vorbildlich dargestellt. Das Museum ist zu den üblichen Dienststunden geöffnet.

1. Kapitel   DER ANFANG

Hell strahlte die Sonne von einem blanken Märzenhimmel. Auf den Feldern sah man die Bauern und Knechte mit ihren Gespannen hinter dem Pflug einhergehen, um die Äcker für die Aussaat vorzubereiten. Hügelig, von Waldstreifen unterbrochen, lag das Land um die Franken-höhe da. In der Ferne konnte man die Türme und Häuser der Stadt Rothenburg erkennen. Auf der staubigen Landstraße näherte sich ein Gefährt, das für die damalige Zeit keine Selbstverständlichkeit war: ein Fahrrad. Die damalige Zeit, das war das Jahr 1913.

Fröhlich in die Pedale tretend und etwas in Schweiß geraten war der Fahrer, ein lang aufgeschossener junger Mann. Mit kräftigen Schultern und fest zupackenden Händen hielt er die Lenkstange fest in seinen Fäusten. Etwas in die Sonne blinzelnd schob er mit der rechten Hand eine Strähne seines blonden Haares aus der hohen Stirne. Das geht ja ganz famos, dachte er. Vorhin hatte er an einem Wegweiser gelesen, daß es nur noch zehn Kilometer bis zu seinem Ziel waren. Dies war die Ortschaft Unterhofen nahe bei Rothenburg ob der Tauber. Seine Aufgabe war es, dort eine Transformatorenstation zu erstellen. Die neue Zeit war angebrochen. Überall im Lande wurden hölzerne Masten aufgestellt. Drähte wurden gezogen, die Elektrizität, das „Neue Wunder" hielt Einzug in den Dörfern des Frankenlandes.

Wie war das doch in den letzten Wochen, sann der Radfahrer nach. Vor zwei Jahren habe ich meine Gesellenprüfung als Schlosser abgelegt. Dann habe ich mich in Nürnberg bei einer Firma namens Schuckert & Co. beworben und bin nun unterwegs zu einer neuen Aufgabe in einem Beruf, den es zuvor nicht gegeben hat. Vor einem halben Jahr etwa kam ein Ingenieur von der Firma Siemens in Berlin, ein würdig aussehender Herr mit einem gepflegten Vollbart und einem Zwicker, bekleidet mit einem dunklen Anzug, einer weiß gestärkten Hemdbrust und steifen Papiermanschetten an den Ärmeln. Seine Aufgabe war es, einem kleinen Kreis von Handwerkern beizubringen, wie man eine Trafostation aufbaut und worauf es dabei ankommt. Da diese Arbeit unbedingt die Kenntnisse eines Schlossers erforderte, fanden die Leute aus diesem Handwerk sich auch schnell in ihre neue Bestimmung. Außerdem machte es Spaß, die neue Technik auf das Land zu bringen. So seinen

Gedanken nachhängend, fuhr also der Elektromonteur etwas aufgeregt seinem Ziel entgegen.

Zunächst mußte er dem Bürgermeister einen Besuch abstatten, nach einem Quartier suchen und einen günstigen Lagerraum auskundschaften. Dazu hatte man ihm von der Zentrale in Ansbach eine Geldsumme zur Verfügung gestellt. Schon überquerte der Radfahrer die nachmalige „Romantische Straße" und nach einem kleinen Anstieg fuhr er in die Ortschaft Unterhofen ein.

Staunend betrachteten dort einige spielende Kinder das Fahrrad. Sowas hatten sie noch nicht gesehen. Mit Hallo stürmten sie davon, um es ihren Eltern zu erzählen. Einen des Wegs kommenden Knecht, der einen Rechen trug, fragte der Monteur nach dem Hause des Bürgermeisters. Der Knecht musterte den Fremden, während er an seiner Stummelpfeife zog, und meinte in seiner bedächtigen Art, wobei er die Pfeife zu Hilfe nahm: „Gleich neber der Kirch der große Baurähof ist der Burgamaschta." Der Schlosser dankte und fuhr zum Haus des Bürgermeisters. Dieser stand stolz und beherrschend inmitten seines prächtigen Hofes. Eine blaue Schäferbluse trug er über einer schwarzen Lederhose, die in halbhohen Stiefeln steckte, eine blaue Leinenschürze spannte sich über dem Bäuchlein, auf dem Kopf hatte er einen abgegriffenen Dreispitz, unter dem ein verschmitztes Gesicht mit einer kleinen Knollennase dem Ankömmling entgegensah. „Herr Bürgermeister, mein Name ist Klausner, Adolf Klausner", stellte der sich vor, „mich schickt die Firma Schuckert, also eigentlich die Elektrizitäts-Aktiengesellschaft." Der Bürgermeister unterbrach ihn und meinte: „Kommen Sie doch mit in unsere Stube, dann können wir weiterreden."

Eine solche ländliche fränkische „Stube" hatte Adolf noch nicht gesehen. Schließlich war er in der Stadt Roth im dortigen Bahnhofsgebäude aufgewachsen. In der Ecke stand ein breit ausladender Tisch mit einer schweren, blank gescheuerten Ahornplatte, an zwei Seiten umgab ihn eine breite geschnitzte Holzbank mit einer mächtigen Lehne. An den beiden anderen Seiten standen feste, aus Eichenholz gedrechselte Stühle. Neben der Bank an der Wand tickte eine bunt bemalte Kastenuhr, deren Perpendikel gleichmäßig hin- und herschwang. Links von der Türe ragte das Prachtstück der Stube in den Raum: ein stattlicher Kachelofen, umgeben von einer Ofenbank. Kurz unter der alten Holzdecke lief eine Stange um den oberen Teil des Kachelofens. Sie diente im Winter zum Wäschetrocknen. An der rechten Seite des Zimmers stand eine große Truhe mit Blumenmuster und der Jahreszahl 1715. Die breiten, blank gescheuerten Dielen strahlten Behaglichkeit aus. Weiße Gardinen und bunt gewebte Vorhängen vervollständigten diesen Eindruck.

Mit einem Anflug des Stolzes betrachtete der Bürgermeister den staunenden Fremden. „Kann ich Ihnen etwas aufwarten, eine Brotzeit und ein Krügle Most?" fragte er. Voll Freude stimmte der Monteur zu. Er sei heute schon ziemlich früh weggefahren, meinte er, und die Fahrt mit dem Fahrrad mache doch hungrig. „Bawett", rief der Bauer, „bring dem Gast eine Brotzeit und was zon Drinke! Des is mei Frau", sagte er, sie wohlgefällig musternd „und des is a Elektrischer, a Monteur", stellte er den Fremden vor. „Wie is Ihr Name?" „Klausner, Adolf Klausner", wiederholte dieser. „Weißt was, Bawett, bring mer ah glei a Brotzeit. Nacher kenna ma uns unterhalte. Nemmes ner Platz, Herr Klausner, am beste is auf der Bank", nötigte er den Gast. Gleich darauf trat die Bäuerin in die Stube. Unter dem Arm hatte sie ein Leinentischtuch geklemmt, in der linken Hand trug sie zwei Holzteller und in der Rechten hatte sie einen Korb. Flugs warf sie das Tischtuch über die Tischplatte, mit der Hand strich sie es noch ein wenig gerade. Die beiden Holzteller mit geräucherten Schinken und Pressack und dem selbstgebackenen Brot, das herrlich duftete, tischte sie den beiden Männern auf. Sie wünschte ihnen guten Appetit und zog sich zurück. „Den Most bring ich gleich", hörte man sie noch sagen. „Langens nur kräftig zu, Herr Monteur, alles Eigenbau", lud der Bürgermeister ein. Das ließ sich Klausner nicht zweimal sagen. So gut hatte es ihm schon lange nicht mehr geschmeckt! Nach der Brotzeit ging der Bauer an ein kleines Wandschränkchen und holte eine Flasche Zwetschgenschnaps herbei. „Auch Selbsterzeugnis", meinte er und blinzelte Klausner dabei verschworen zu. „Wohl bekomms!" Ah, angenehm brannte der Schnaps in der Kehle. „Soderla", meinte darauf der Bürgermeister, „jetzt komme mer zur Sach."

„Zuerst muß ich Ihne sage, mit wem Sie's zu tun habe, mei Name is Schaumann Friedrich, ich bin seit zwölf Jahr scho Bürgermeister hier. Meine Vorfahren sind seit dem 15. Jahrhundert auf dem Hof", sagte er voll Stolz. „Also passe Sie auf, was habe mer heut für an Tag?" „Mittwoch", sagte Klausner. „Ja richtig, also vorgestern, am Montag, war ein Herr hier, der hat Sie mir schon angekündigt. Auch hat er mit mir den Platz schon festgelegt, wo der Transformator hinkommen soll. Habbe Sie die Plän dabei?" „Ja freilich", meinte Klausner, „ich geh sie gleich holen." Auf seinem Fahrrad war ein Rucksack befestigt und in diesem stak eine lederne Mappe mit den Plänen. Als er in den Hof hinaustrat, hatte sich schon eine Menge Leute um sein Fahrrad geschart. Mit Staunen und Respekt schauten sie sich das Wunderwerk an. Höflich wurde er von den Leuten gegrüßt, und sie traten schnell zur Seite. In der Stube angekommen, breitete Klausner seine Pläne auf dem in der Zwischenzeit abgeräumten Tisch aus. Ausführlich erklärte er dem Bürgermeister die Situation. Dort am Rande des Dorfes an der Straße nach Adelshofen sollte die Trafostation entstehen.

„Wissen'S was", schlug Klausner vor, „schauen wir uns das doch einmal an." „Ja so mache mers", meinte der Bürgermeister. Beide begaben sich also an die vorgesehene Stelle. „Dort drüba in Heinrich sei Raa kommt der letzte Mast nei", erklärte der Bürgermeister dem Monteur und deutet auf den Ackerrain. „Ja, dann is es grad hier recht", meinte der, wobei er den Scheunengiebel der daneben stehenden Scheune musterte. „Da setzen wir dann den ersten Dachständer", erklärte er dem Bürgermeister. „So werds schon sein", meinte der. „Nun, das wäre zunächst das wichtigste", fuhr Klausner fort, „jetzt brauche ich Quartiere für zunächst drei Mann und später für etwa zwanzig Leute." „Was das angeht, mer hebbe ä goute Wirtschaft, die hat an Saal, doa kennt mer euch schon unterbringa, muß i halt amol mit der Mina rede." Darauf gingen die beiden in das Gasthaus zum Ochsen.

Ein schmiedeeisernes Schild mit einem etwas primitiv gemalten Ochsen zierte das stattliche Haus. Über eine breite Steintreppe gelangten sie ins Innere. Eine helle, geräumige Wirtsstube mit schweren Tischen und Stühlen und dem obligatorischen Kachelofen öffnete sich vor ihnen. „Mina", rief der Bürgermeister. „Ja, i kumm gleich", hörte man die Antwort. Da stand sie schon vor ihnen. Eine stattliche Frau mit fröhlichem Gesicht und straff gescheiteltem pechschwarzen Haar. „Des is die Mina und der Herr doa is a Monteur, der uns des Elektrisch bringt". „Des is mer ober sehr angenehm", meinte die Wirtin. „Bitteschön, Herr..." – „Klausner", sagte der Monteur – „Herr Klausner, nemmets doch Platz, was derf ich Ihne denn bringe? Mir hebbe a gouts Bier as

Reichelshofen", sagte sie. „Ja, da dürfen Sie mir eins bringen!" „Mir au, Mina", sagte der Bürgermeiste. „Ja, weißt, Mina, die Sach is so, ein Quartier brauchet mer halt für zunächst drei Leut und später für etwa zwanzig". „Oho", meinte die Wirtin, die im Geist schon den Gewinn überschlug, „des wird sich eirichte lasse, mer hebbet ja den Saal und außerdem hebbe mer die Stube von der verstorbene Großmutter no, doa kenne mer au no a Bett neistelle. Sie, Herr Klausner, griche unser guts Zimmer, mit Waschgelegeheit."

Schelmisch blinzelte sie ihm zu. Ein stattliches Mannsbild, fand sie. Seit drei Jahren war sie Witwe und doch noch in den besten Jahren. Voriges Jahr war sie 30 geworden. Ihr Mann war vor drei Jahren beim Sandfahren verunglückte. Ein durchgehendes Gespann hatte ihn zu Tode geschleift. Seufzend strich sie an ihrer Schürze herunter. Eilig machte sie sich ans Einschenken des Biers. „Soderla, das wäre auch erledigt", meinte Klausner. „Nun brauchen wir noch einen Lagerraum." „Hm", brummte der Bürgermeister, „in Wilhelm sei alte Schipf kennte mer do scho nemma. Mer mißt halt ä neus Schloß oubringa. Sie kennte sis ja amoul oschaue." Mit einem „Wohl bekomms den Herre", stellte die Wirtin zwei Krüge schäumenden Biers vor sie hin. „Prost", sagte der Monteur, „und auf ein gutes Gelingen wollen wir anstoßen!" Kräftig tranken sich die beiden zu. „Ein feines Bier, so schön dunkel und würzig", meinte Klausner. „Das will ich meine, des is rundum is beste", sagte die Wirtin voller Überzeugung.

Dann ging die Fragerei los. „Wie soll denn des alles werre mit dem neumodische Zeug?" Klausner erklärte seinen staunenden Zuhörern das fränkische Elektrifizierungsprogramm, soweit er Kenntnis davon hatte. Nach einer Stunde etwa brach der Bürgermeister auf und meinte: „Ich bin ja nicht bloß Bürgermeister, sondern auch Bauer, da muß ich mich halt um meine Dienstboten kümmern, und im übrige is glei Füttere-Zeit. Mer kennte ja uns heit obend no treffe." „Aber gern", meinte Klausner.

„Sie, Herr Monteur, Sie gehe mit mir", forderte ihn die Wirtin auf, „i muß Ihne doch des Zimmer zeige." Über eine breite geschnitzte Holztreppe mit einem mächtigen Geländer kam man zu einem weit ausladenden Gang. „Unser Sohler", erklärte die Wirtin. Zwischen den Kammertüren standen an der Wand riesige Truhen mit gewaltigen Schlössern. Vor Klausner trat sie in die Kammer. An der rechten Seite des

Raumes stand eine hölzerne Bettstatt mit einem hohen Berg von Kissen in blau-weiß karierten Überzügen. An die Wand zwischen den Fenstern war ein Tisch gerückt mit einem Stuhl auf beiden Seiten. An der linken Wandseite befand sich ein Vertiko, auf der Platte davor ein sogenanntes Wasch-Lavoir, eine Waschschüssel und ein Keramikkrug dazu. „Hier in diese Schubladen können Sie Ihre Wäsche geben", sagte die Wirtin und deutete auf das Vertiko, „und in den Kasten können Sie Ihre Kleidung hängen"; sie zeigte auf einen dunklen Schrank. Über dem Tisch hing ein alter etwas vergilbter Stich der Stadt Rothenburg an der Wand. „Gefällt es Ihnen, Herr Monteur? Nun ja, es ist kein Salon, aber Sie sind ja sowieso den ganzen Tag nicht hier, und in der Nacht sind alle Katzen grau", lachte sie. „Na, und wenn das Fräulein Braut einmal kommt, wird sie sich schon zurechtfinden." „Wie kommen Sie darauf? Ich habe doch nicht mal eine Freundin", antwortete der Monteur. „Ja, da schau her, so ein sauberes Mannsbild", witzelte sie. Er wurde ganz verlegen, schnell verließ er das Zimmer. Beim Hinausgehen streifte sie ihn absichtlich mit ihrer Brust. Er zuckte zurück und hatte auf einmal ganz feuchte Hände.

Nachdem er sein Fahrrad in der Scheune untergestellt hatte, spazierte er noch ein bißchen durch das Dorf. Mit Genugtuung konnte er feststellen, daß ihm eine ganze Menge neugieriger Blicke folgte. Als er gegen acht Uhr die Wirtsstube betrat, war sie schon recht voll. Viele Bauern mit ihren blauen Schürzen saßen an den Tischen. Auch der Bürgermeister war da. Klausner setzte sich mitten unter sie. Auf Drängen des Bürgermeisters erzählte der Monteur den lauschenden Bauern, was sich demnächst tun werde. Andächtig folgten sie seinen Ausführungen. Die Fragen hierzu nahmen kein Ende. Müde suchte Adolf Klausner seine Schlafstube auf.

2. Kapitel   FREUNDSCHAFTEN

Rrrrrrrrrr, rasselte der Wecker; noch etwas verschlafen blinzelte Klausner in den Morgen. Es war schon hell draußen. Weit öffnete er das Fenster, ein stattlicher Hahn stolzierte unten im Hof, schüttelte seine Federn und krähte mit lauter Stimme seinen Morgengruß. Schnell schlüpfte Adolf in seine Hose und eilte mit nacktem Oberkörper, ein Handtuch schwingend und ein Stück Seife in der Hand, zum Brunnen in den Hof hinunter. Es war ein laufender Brunnen mit einem gewaltigen, aus Stein gehauenem Trog. Er diente vor allem als Viehtränke. Prustend ließ er sich das kalte Wasser über den Kopf und den Oberkörper laufen. Während er sich kräftig mit dem Handtuch abrubbelte, wurde er von der Wirtin verstohlen beobachtet. Sie hatte eine Milchkanne in der Hand und wollte eben den Stall verlassen, um ins Haus zu gehen. Als sie aber den jungen Mann sah, verhielt sie ihren Schritt und sah ihm beim Waschen zu. Er hatte einen starken, muskulösen Körper, den sie mit Wohlgefallen betrachtete. „Gute Morge, Herr Klausner", rief sie ihm zu, „habe Se gut geschloafe?" „Aber sicher", lachte er und erwidert ihren Morgengruß. „Kommet se dann zum Frühstück, i richts Ihnen gleich." „Ach ja, das hat noch ein wenig Zeit", meinte er. Nachdem er sich angezogen hatte, ging er fröhlich vor sich hinpfeifend die Treppe herab und betrat die Küche. Über eine mächtige Tonschüssel gebeugt, stand die Wirtin an der Anrichte und schnitt Brot in die Schüssel. „So, des werre mer glei habe, nur noch etwas heißes Wasser drüber un dann die Milch drauf. Fertig ist die Supp!" Dann rief sie ihre Dienstboten.

Zwei Mägde und ein Knecht waren bei ihr im Dienst. Da war zunächst die Lina – eigentlich hieß sie Karoline, so stand es im Taufbuch, aber niemand hielt sich daran – eine kräftige Gestalt mit zupackenden Händen, denen man ansah, daß sie die Arbeit kannten. Ein gutmütiges Gesicht mit braunen Augen und einem schelmischen Zug um den Mund, dazu schwere braune Haarflechten, von denen man allerdings nicht viel sah, denn sie waren von einem bunten Kopftuch verdeckt. Ihr Alter schätzte Klausner auf etwa zwanzig Jahre. Die zweite war die Frieda; ihr Taufname war Elfriede, eine zierliche Person mit einem winzigen Gesichtlein unter dem Kopftuch, doch ihre breiten derben Hände verrieten, daß auch sie die Bauernarbeit von Kind auf gewohnt war. Nun war noch der Jörgli in die Küche getreten, sein gebeugter Rücken und sein

16

graues Haar zeigten, daß er bereits auf die Fünfzig zuging. Er war schon auf dem Hof, lange bevor die heutige Bäuerin, die Mina, da war. Schon bei dem Vater des verunglückten Wirtes stand er im Dienst. Er war der gute Geist des Hauses. Wenn irgend etwas entzwei ging oder wenn sonst ein Wehwehchen war, der Jörgli brachte das immer in Ordnung. Mit einem fröhlichen „Guten Morgen" holte er seinen Löffel aus der Schublade, nahm seine Kappe ab und setzte sich an die Schmalseite des Tisches. Nachdem alle Platz genommen hatten, sagte er mit seiner tiefen Stimme: „Wollet mer bete. Komm, Herr Jesus, sei unser Gast", begann er. Klausner zögerte zuerst etwas, doch dann schloß er sich dem Gebet an. Herrlich duftete ihm die Milchsuppe entgegen, und in erstaunlich kurzer Zeit war der Teller leer. Hinterher gab es noch ein Stück Zopf und eine Schale Malzkaffee.

„Na, was habe Sie denn heut vor, Herr Monteur?" fragte die Wirtin. „Ich muß heute nach Rothenburg zum Bahnhof, meine Helfer und unser Werkzeug abholen. Vielleicht ist auch schon Material gekommen", antwortete er. „Aha", meinte die Wirtin, dann wandte sie sich dem Personal zu. „Du, Jörgli, gehst den Kalkofe-Acker äckere, und ihr zwei macht des Wellholz voll weg!" Alle gingen an ihre Arbeit.

Klausner schwang sich auf sein Fahrrad, fröhlich ein Liedchen vor sich hinträllernd, und fuhr dem strahlenden Tag entgegen nach Rothenburg. Nach etwa halbstündiger Fahrt kam er am Bahnhof an. Vor dem Gebäude sah er schon ein paar Männer. Der eine hatte einen Pappmaché-Koffer in der Hand, der andere einen Rucksack auf dem Buckel, da gesellte sich noch ein dritter zu ihnen. Er trug einen Persil-Karton, den er mit einem Riemen umwickelt hatte, unter dem Arm.

Das könnten sie sein, dachte Klausner. Er sprach sie an und fragte, ob sie „vom Schuckert" kämen und sich bei einem Herrn Klausner melden sollten. „Ja", antwortet der Ältere. „Na, da seid ihr ja bei mir richtig", stellte Klausner erfreut fest. Nun erst musterte er die drei. Der Ältere von ihnen hatte eine Lodenjoppe an, die bestimmt schon einige Jahre auf dem Buckel hatte, an den Ärmeln war sie schon ziemlich verschlissen. Er hatte einen kantigen Kopf mit einem wettergebräunten Gesicht und einem kleinen Schnurrbart. Stahlgraue wache Augen, die von dichten Brauen umgeben waren, blickten ihn an. Auf dem Kopf trug er eine Schirmmütze. Seine Hosen steckten in ledernen Gamaschen, wie es damals bei Monteuren üblich war. Auch Klausner hatte welche.

Der andere hatte eine Figur wie ein Bär, breite Schultern, einen mächtiger Brustkasten und Hände wie Schaufeln. Auf einem gedrungenen Hals saß ein borstiger Schädel mit strubbligen roten Haaren. Eine Nase stach aus dem Gesicht hervor, die am Rücken kantig anfing, aber dann in Breite endete, eine echte Boxernase. Im Gegensatz dazu seine Augen, sie hatten eine wasserhelle Farbe und bewegten sich ständig hin und her. Er trug ein grobgewebtes Leinenhemd, das an der Brust offenstand und einen Blick auf seine starke Behaarung freigab. Über der rechten Schulter hatte er eine gestrickte Schafwolljacke hängen. Eine derbe Drillichhose und kurze Stiefel rundeten das Bild ab. Der dritte war ein ganz anderer Typ. Lange, gepflegte, schwarze Haare und ein dunkler Teint ließen sofort auf einen Südländer schließen. Lebhafte, fast schwarze Augen sahen Adolf erwartungsvoll an. Sein Vater, ein Italiener, war während des Eisenbahnbaues in Franken bei einem Mädchen seßhaft geworden. Später hatte Luigi dann einige Jahre mit seinem Vater in dessen Heimat verbracht.

„Ja, Männer, mein Name ist also Klausner. Wie heißt ihr denn?" Der Ältere gab ihm die Hand und stellte sich als Weinberger vor. Er kam aus Ansbach und war dort in einem Spenglerbetrieb beschäftigt gewesen. Der Koloß gab Klausner einen Händedruck, bei dem er bald in die Knie gegangen wäre. Mit einer tiefen Stimme meinte er: „Mein Name ist Heumann, ich komme aus Herrieden an der Altmühl, und mein Vater hat zu Hause eine Schmiede; dieses Handwerk habe ich auch gelernt." Nun war alles klar, Adolf konnte sich diesen Hünen gut an einem Schmiedefeuer vorstellen. „Ich habe keinen Beruf", unterrichtete ihn der Italiener, „mein Name ist Luigi, ich kann gut Brotzeit holen und alles", meinte er mit einem treuherzigen Blick. Alle lachten schallend. „Du hast uns das richtige Stichwort gegeben", sagte Klausner. „Machen wir zuerst Brotzeit! Ich lade euch ein!" Sie wandten sich dem nahegelegenen Gasthaus zur Post zu.

Nach einer kräftigen Stärkung mit Wurst, Brot und Bier ging es weiter. „Gehen wir zurück zum Bahnhof und fragen wir, was schon alles für uns da ist", meinte Klausner. „Euere Sachen könnt ihr ja einstweilen hier lassen." Klausner erkundigte sich bei der Güterabfertigung, ob

18

schon etwas für sie da wäre. „Ja", antwortete ihm ein Schaffner, „drei große Kisten und einige Trommeln mit Draht sind gekommen." Nun hieß es, einen Wagen zu beschaffen. Auf die Frage, wo er wohl einen Pferdewagen herbekäme, antwortete ihm der Schaffner: „Für uns fährt immer der Wittmanns Gustl. Der wohnt gleich beim Galgentor." „Männer", sagte Klausner, „ich bin gleich wieder da". Dann schwang er sich auf sein Fahrrad. Nicht lange danach kam er mit einem Pferdefuhrwerk zurück. Schnell verstauten sie die großen, schweren Kisten, für Heumann ein Kinderspiel. Im Gasthaus zur Post holten sie ihre untergestellten Sachen, dann fuhren sie Unterhofen zu, Klausner mit seinem Rad vorneweg. Zuvor hatte er noch ein kräftiges Vorhängeschloß besorgt, um das Lager absperren zu können. So war alles vorbereitet. In Unterhofen angelangt, ging das Ausladen und Verstauen zügig vor sich.

Anschließend begaben sich die vier zur Gastwirtschaft, zur Mina. Die Wirtin stand schon unter der Haustüre und musterte die drei Neuankömmlinge. „Herr Klausner, Sie könne ja einstweilen in die Wirtsstube, und Ihr, meine Herre, geht mit mir." Sie führte sie hinauf ins Obergeschoß. Adolf Klausner hatte es sich einstweilen bequem gemacht, er holte seine Pläne hervor, um sie zu studieren, kramte seine Pfeife heraus und setzte sie umständlich in Brand. Nach einer Weile kamen die drei zurück. Klausner winkte ihnen zu, sich an seinen Tisch zu setzen. Nun erklärte er ihnen anhand der Pläne, was zu tun wäre. Inzwischen war auch die Wirtin zurück, sie stellte jedem ein schäumendes Krüglein Bier auf den Tisch. Durstig stießen sie an. Ah, das tat gut! „Ja, Leute, morgen wollen wir halt sehen, ob unser restliches Material da ist, dann können wir mit der Arbeit beginnen."

Wie am gestrigen Abend füllte sich auch jetzt wieder das Lokal. Die Neuankömmlinge wurden begrüßt, und bald begann wieder die Fragerei. Wo sie denn her wären, wie alt sie wären, ob verheiratet und so weiter. Schließlich meinte ein alter Bauer „Wie is des denn, kennt ihr au singe?" Etwas betroffen sahen sie sich an. Nur die Augen von Luigi glänzten. „Ich hole Gitarre", meinte er. Er hatte nämlich oben im Gang eine an der Wand hängen sehen. „Bitte, Wirtin, ja?" sagte er mit treuherzigem Augenaufschlag. Wer konnte da schon nein sagen? Er stürmte nach oben, um das Instrument zu holen. „Was wollt ihr denn hören, was singen wir denn?" „Halt ein schönes Volkslied", sagte der Bauer. Inzwischen hatte Luigi die Gitarre gestimmt. „Singe mei halt des Lied von dem Lindebaam", meinte der Bürgermeister, der inzwischen auch eingetroffen war. „Buabe, wenner schea singt, licht mer an one Maß Bier nix", meinte der Alte von vorhin. Mit seinem hellen Tenor stimmte Luigi an, und die anderen sangen mit kräftiger Stimme mit, ein Lied nach dem anderen. Vom „Heideröslein" bis zu „Fern bei Sedan" wurde vieles dargeboten. Es herrschte bald eine fröhliche Stimmung, und der Alte meinte beim Auseinandergehen: „Sou schea wars scho lang nemmer."

Man nannte sich bald beim Vornamen, und Klausner erfuhr, daß Weinberger Andreas hieß. Der Schmied Heumann hieß Josef, wurde aber nur Seppl genannt, und Luigis Familienname Stradella gebrauchte ohnehin keiner. Die Mina, die den ganzen Abend beschäftigt war, die Krüge zu füllen, hatte ein ganz erhitztes Gesicht, und ihre Augen strahlten. Ja, das gefiel ihr sehr, sie mochte es, wenn es so lustig zuging. Während sich einer nach dem anderen verabschiedete, riß sie die Fenster weit auf, um den Qualm aus der Wirtsstube zu lassen. Dann stellte sie die Stühle auf die Tische, wobei ihr die Monteure halfen. „Wann wollt ihr denn frühstücken?" „Wir müssen um sieben Uhr anfangen", sagte Klausner. „Wenn es möglich wäre, könnten wir um halb sieben unser Frühstück haben?" „Aber selbstverständlich", antwortete die Wirtin, „da bin ich schon im Stall fertig." Sie wünschten sich eine gute Nacht und zogen sie sich zurück. Klausner hatte in dieser Nacht einen unruhigen Schlaf, im Geiste ging er nochmal die vor ihm liegende Arbeit durch. Unruhig wälzte er sich hin und her. Erst gegen Morgen schlief er ein.

Ein Poltern und der kräftige Schrei des Hahnes rissen ihn aus dem Schlaf. Anscheinend hatte er den Wecker nicht gehört. Noch etwas wirr im Kopf, sprang er aus dem Bett. Das Poltern stammte von dem Mistkarren, der von der Lina über den Hof zu einem großen Haufen gekarrt wurde. Er riß das Fenster auf und sah seine Kollegen schon am Brunnen im Hof. Schnell schlüpfte er in seine Hose und eilte nach unten. „Guten Morgen, Kapo", schallte es ihm entgegen. Noch etwas verschlafen antwortete er ihnen.

Danach ging es ans Frühstück. Es vollzog sich in der gleichen Art wie am Tag zuvor. Auch die anderen beteten mit. „Nun paßt einmal auf, Leute, ich gehe jetzt zum Bürgermeister um ein Fuhrwerk, wenn ich zurück bin, fahrt ihr damit nach Rothenburg, wir treffen uns dann wieder am Bahnhof. Habt ihr das verstanden?" Alle nickten zustimmend. Bald war das Pferdefuhrwerk da. Der Heumann saß auf dem Kutschbock, neben ihm der Weinberger. Luigi hatte es sich auf der Ladefläche bequem gemacht. Klausner fuhr etwas später mit dem Fahrrad los und überholte sie kurz vor Rothenburg. Es war allerhand angekommen. Mehrere Kisten mit Material und ein paar schlanke Gittermasten lagen vor der Speditionshalle. Inzwischen waren auch die drei mit dem Fuhrwerk eingetroffen. Mit Hau-Ruck und manchem Schweißvergießen wurden die Sachen aufgeladen. „Donnerwetter", meinte Andreas Weinberger, „die Masten haben ein ganz schönes Gewicht." „Was du nur hast, solche Sachen haben wir früher an die Uhrkette gehängt", witzelte der Seppl Heumann. „Ja, du Bär tust dich leicht", lachte der Luigi, wobei er sich den Schweiß von der Stirne wischte. Zum Brotzeitmachen ging es wieder ins Gasthaus zur Post. „So, nun haben wir alles", sagte Klausner, „jetzt können wir anfangen, ich muß nur noch nach einem Baugeschäft fragen, denn für die Fundamente der Masten brauchen wir ja Zement und Sand und Kies, um den Beton herzustellen." An der Straße nach Schweinsdorf fand er ein Baugeschäft. Sie wurden sich schnell einig, der Maurermeister versprach ihm, die Sachen pünktlich morgen zu bringen. Nun konnte Klausner an den Rückweg denken. Fröhlich pfeifend fuhr er Unterhofen entgegen.

Mittlerweile war auch das Fuhrwerk angelangt, und die drei waren schon beim Ausladen. „Nach dem Essen kommt ihr mal mit mir, ich will euch zeigen, was wir zu tun haben", sagte Klausner. Es gab Sauerkraut und Selchfleisch. Die Mina meinte es gut mit ihnen. Jeder bekam einen gehäuften Teller voll Kraut und Fleisch, dazu wurde eine Schüssel voll Kartoffeln vor sie hingestellt. „Langt nur ordentlich zu", forderte sie die Wirtin auf. Das ließen sie sich nicht zweimal sagen. Mina hatte den Männern in der Wirtsstube serviert, sie selbst und ihre Dienstboten aßen in der Küche. Nach dem Essen steckte sich Klausner eine Pfeife an, während Seppl ein Brasilglaserl aus der Hosentasche zog und sich mit Daumen und Zeigefinger eine ordentliche Ladung in die Nase schob. „Doch nicht gleich ein Pfund", lachte Luigi. Der Seppl grinste ihm fröhlich zu und meinte: „Wo sich Gaum' und Zunge laben, muß die Nase auch was haben." Andreas rauchte einen Dreipfennig-Stumpen. „Du, mit dem Kraut machst du bestimmt alle Fliegen kaputt", scherzte Adolf Klausner.

„Auf geht's, Männer", fügte er dann hinzu. „Mittag finito", sagte Luigi. Sie erhoben sich und gingen zum Lager. „Nehmt euch Grabwerkzeug, Pickel, Schaufel, Stoßeisen und lange Grabschaufeln", ordnete Klausner an. Er selbst nahm ein Bündel Meßlatten auf. An der Stelle, an der er tags zuvor mit dem Bürgermeister gestanden hatte, fingen sie mit dem Aushub für die Fundamente an. Schnell ging der Nachmittag vorbei, und es begann schon zu dämmern. „Feierabend! Werkzeug aufräumen!" befahl Klausner. „Deo gratias", murmelte Luigi. „Was willst?" fragte Seppl. „Ach nix", antwortete Luigi. Müde zogen sie in ihr Quartier. „Ich freue mich schon auf den Abend", lachte Andreas. „Wir singen wieder", schwärmte Luigi"; „Au fein", sagte Seppl.

Meistens kommt es anders als man denkt! Als sie abends in der Wirtsstube beisammen saßen, kam plötzlich die Wirtin etwas atemlos in die Stube gestürzt: „Bitte, Leute, helft mir, unsere Bleß ist am Kalben, und das Kälbchen kommt nicht!" „Selbstverständlich helfen wir", erklärten die Monteure einstimmig. Eilends liefen sie in den Stall. Dort war Jörgli eben beschäftigt, Stricke an den Beinen des noch im Mutterleib befindlichen Kalbes anzubringen. Auch die beiden Mägde waren da. Lina hatte die Kuh vorne am Kopf und sprach beruhigend auf sie ein. Frieda stand bei einem Eimer heißem Wasser, wie es Jörgli angeordnet hatte. Die Kuh hatte schweißglänzende Flanken und stand zitternd und dumpf brüllend da. Sie nahmen also die Stricke in die Hand und zogen kräftig. Plötzlich klatschte es: Das Kalb erblickte das Licht der Welt. Es war ein prächtiges Ochsenkalb. Ein Gefühl der Erleichterung hatte alle erfaßt, und sie freuten sich sehr. „Vergelts euch Gott", sagte die Wirtin, „geht derweil in die Stube, ihr seid heut meine Gäst!"

Nachdem sie sich gewaschen hatten, saßen sie erwartungsvoll in der Stube. Inzwischen waren auch wieder zahlreiche Dorfbewohner da. Alle riefen nach der Wirtin, Klausner erklärte ihnen, daß sie noch im Stall wäre und erzählte das Erlebte. Sie freuten sich mit ihnen. Dann ging Klausner an das frisch angestochene Faß und schenkte das Bier, das verlangt wurde, aus. Bald darauf kam die Wirtin, ihre Augen blitzten. „Na, was sagt ihr zu unserem neuen Wirt, macht er seine Sache nicht großartig?" Klausner bekam einen ganz roten Kopf; er war ziemlich verlegen. „Ja, Mina", sagte der Kirchenbauer, „so er Wirt wär nicht schlecht, was meinst du?" „Ha, da kennte mer drübbe rede", meinte sie keck. Die anderen lachten und freuten sich über diese Unterhaltung.

Auch die Monteure grinsten Klausner an. Schadenfreude ist halt doch die reinste Freude. Ja, es ging hoch her, bald war das erste Faß leer, und ein zweites wurde angestochen. Die Mina hatte wegen des freudigen Ereignisses im Stall eine herzliche Fröhlichkeit, die sich bald auf alle übertrug. Die Stimmung in der Stube stieg immer höher, bald war auch die Luft zum Schneiden. Der Tabaksqualm zog in dichten Schwaden über die Tische.

„Wißt ihr was", meinte Klausner, „jetzt lüften wir mal, dann werden wir singen." Bald wurden die ersten Lieder angestimmt, wobei Luigi mit der Gitarre wieder im Mittelpunkt stand. Es war ein gelungener Abend, er dauerte weit über Mitternacht. Endlich waren die letzten Gäste gegangen. Nun konnten sie die Stube aufräumen. Der Heumanns Seppl und der Weinbergers Andreas hatten dem Gerstensaft so sehr zugesprochen, daß sie sich kaum mehr auf den Beinen halten konnten. Eilig verzogen sie sich in ihre Kammern. Auch Luigi war verschwunden. Klausner hatte gar nicht bemerkt, daß er plötzlich mit der Wirtin alleine war. Stuhl um Stuhl stellten sie auf den Tisch. Beim Wegtragen des leeren Fasses – er hatte dadurch keine Hände frei – packte sie ihn plötzlich am Kopf und küßte den Verdutzten voll auf den Mund! Da setzte er das Faß ab und riß sie an sich. Sie zierte sich kein bißchen und drängte sich fest an ihn. Verlangend gab sie immer wieder ihre heißen Lippen hin. Stöhnend machten sie sich nach einer langen Zeit voneinander los. Beseligt schauten sie einander in die Augen. Verwirrt über diesen Gefühlsausbruch stand Klausner vor ihr. Sie merkte ihm seine Verlegenheit an. „Du Lieber, du Dummer", flüsterte sie, noch völlig außer Atem. Aus ihr sprach die erfahrene Frau. Sie merkte instinktiv, daß er noch nichts mit Frauen zu tun gehabt hatte. Mütterlich nahm sie ihn in den Arm und strich seine verschwitzten Haare zurecht. „Komm", sagte sie einfach, nahm ihn bei der Hand und führte ihn in ihr Schlafzimmer. Diese Nacht wurde für Klausner und die nach Liebe dürstende Frau zu einer der glücklichsten in ihrem Leben.

Der laute Hahnenschrei riß Mina aus seinen starken Armen. Beseligt betrachtete sie den Geliebten. Mit einem zarten Kuß versuchte sie ihn zu wecken, doch der schlief tief und fest. Kräftig schüttelte sie ihn. Endlich öffnete er die Augen. Strahlend stand sie vor ihm, verlangend streckte er die Arme nach ihr aus, doch sie lachte nur und entzog sich ihm geschwind. „Hast ja recht", murmelte er. Schnell sprang auch er aus dem Bett, schlüpfte in seine Hose und eilte in sein Zimmer, nachdem er sich noch schnell mit einem Kuß verabschiedet hatte. Mein Gott, was für eine Nacht, dachte er.

Nach dem Frühstück zogen die drei und ihr Kolonnenführer zum Lager, um ihr Werkzeug zu holen. Dann ging es an die Baustelle. Seppl und Andreas hatten einen mächtigen Kater, als sie aufstanden, doch der kräftige kalte Strahl des Brunnens machte ihren Kopf bald klar. Eifrig gruben sie an ihren Fundamentlöchern. Bis zur Brotzeit hatten sie die vorgeschriebene Tiefe von einem Meter achtzig erreicht. Prompt kamen auch gegen zehn Uhr der versprochene Sand, Kies und Zement an. „Gibt es hier wohl im Ort eine Wagnerei?" fragte Klausner. „Ja", antwortete ihm Weinberger, „ich habe bei einem Rundgang durch das Dorf fertige Wagenräder und eine Heuleiter gesehen." „Nun gut, ich werde beim Wagner vorsprechen, wißt ihr, er muß uns eine hölzerne Plattform anfertigen." „Wozu das denn?" fragte Heumann. „Ja, glaubt ihr denn, wir können den Trafo in die Luft hängen?" lachte Klausner. „Ach so, wegen dem Trafo", brummte der Seppl. „Luigi", befahl Klausner, „du gehst ins Lager und bringst die großen eisernen Rohre, die wir gestern geholt haben. Seht euch einmal an, wie das auf dem Plan aussieht. Sie müssen an der Seite der Masten montiert werden, damit wir die Leitungen zum Schaltkasten verlegen können. Hier oben", erklärte er ihnen, „kommen dann die Böcke für die Isolatoren und die Trennmesser hin. Unterhalb der Messer bringen wir dann die Glasröhrensicherungen an." Dabei fuhr er erklärend mit einem Bleistift über den Plan. „Habt ihr das verstanden? Habt ihr noch irgendwelche Fragen?" Sicher hatten sie welche! Es war ja auch gar nicht so leicht, sie hatten noch nie etwas ähnliches gesehen. Geduldig erklärte Klausner die Konstruktion. Inzwischen war Luigi mit den Rohren gekommen. Sie montierten sie, wie es der Plan vorschrieb.

„Was, schon zwölf Uhr?" Vom Dorfe her läutete es Mittag. Eilig räumten sie ihr Werkzeug auf, deckten die Löcher ab und hasteten zum Mittagessen. Plötzlich mußten sie feststellen, daß sie doch ganz schön hungrig waren. Es gab eine Fastenspeise, denn es war ja Freitag: einen Teller Grießsuppe und Dampfnudeln mit Vanillesoße. Das war was für Luigi! „Prima, prima", meinte er mehrmals. Auch den anderen schmeckte es ausgezeichnet. „Muß schon sagen, die Wirtin kocht sehr gut", bemerkte der zufriedene und satte Luigi. Klausner meinte beiläufig, als die Wirtin die Suppenschüssel vom Tisch räumte, „jetzt habe ich doch glatt meinen Tabak und die Pfeife vergessen". Mina hatte ihn sofort verstanden. „Die werde ich mir aber gleich holen, außerdem muß ich dann zum Wagner, macht also einstweilen weiter." Als er in seine Kammer kam, wartete Mina schon auf ihn. Sie stürzten sich förmlich in die Arme, heiß brannten ihre Küsse. Heftig ging ihr Atem, und ihre Brust hob und senkte sich, doch diesmal war er der Vernünftige. „Warte nur, heute Nacht", flüsterte er der Geliebten zu. Glücklich schloß sie die Augen. „Einen Kuß bekomme ich noch", bettelte sie. Er aber löste sich von ihr, strich sich die Haare aus der Stirn und verließ schnell die Kammer.

Seine Kollegen waren wieder an ihre Arbeit gegangen. Nun suchte er den Wagner auf. Schon von weitem sah er die fertigen Wagenräder an einer Mauer lehnen. In der Werkstatt kreischte eine Säge, und man hörte eifriges Hämmern. Der Wagner, er hieß Karl Lindner, paßte gerade Speichen in ein Rad und war so vertieft in seine Arbeit, daß er den Monteur gar nicht wahrnahm. Der sah ihm eine Zeitlang zu. Der versteht sein Handwerk, dachte er anerkennend. Der Wagner war ein starker, untersetzter Typ, ein mächtiger Brustkasten wölbte sich unter seiner grünen Schürze, die mit einem Messingkettchen verschlossen war. Ein gutmütiges Gesicht mit einem starken Schnurrbart und flinken, lebhaften Augen schaute ihn an. „Was möchtens denn?" fragte er Klausner. „Nun, das ist so," begann der. Mit Hilfe des Plans konnte er dem Wagner klarmachen, um was es ging. Lindner begriff sehr schnell. „Bis zum Montag kenne Se es habe", meinte er in seiner bedächtigen Art. „Fein", sagte Klausner, „ich verlasse mich auf Sie." „Wenn der Karle was sagt, dann gilt es auch", brummte der. Nachmittags half Klausner seinen Kollegen, bis die Dunkelheit hereinbrach. Nach dem Abendessen, es gab Butterbrot, Backsteinkäse und Bratheringe, saßen sie wieder zusammen in der Wirtsstube. „Wie schaut es denn bei euch mit dem Kartenspielen aus?" fragte Weinberger. „Wer kann von euch einen Schafkopf?" Nur Klausner bejahte. Schließlich stellten sie fest, daß sie alle Sechsundsechzig spielen konnten. „Na, also", meinte Weinberger, „viermal sieben Striche eine Maß Bier." Sie waren einverstanden.

Eine Maß Bier kostete damals in Bayern 20 Pfennige, eine Brotzeit mit Wurst und Brot etwa 30 Pfennige. Zum Essen, das etwa 70 Pfennige kostete, wurden Brot und Suppe meist nicht nicht extra berechnet. Der

Stundenlohn eines Facharbeiters betrug rund 60 Pfennige. Es wurde zehn Stunden am Tage gearbeitet, 55 Stunden in der Woche, so daß der Wochenverdienst nach den Abzügen rund 30 Mark betrug, in Gold selbstverständlich. Es war also ein für diese Zeit ganz ordentlicher Verdienst. Jede Woche zahlte Klausner aus, nachdem sie ihre Stundenzettel geschrieben hatten. Weinberger und Heumann bekamen 25 Mark, Luigi 20 Mark. Der Rest wurde am Monatsende abgerechnet. Am Morgen hatte Klausner die Lohngelder geholt, die sie nach Feierabend bekamen. Am Samstag mittag war die Arbeit für diese Woche zu Ende, dann fuhren sie heim zu ihren Familien.

Nun saßen sie also beim Kartenspiel. Im Nu verging die Zeit, zwei Maß Bier hatten sie schon herausgespielt, eine mußte Seppl zahlen und eine ging auf das Konto von Luigi. „Früher haben die gekartelt, die es gekonnt haben, aber heute kartelt schon ein jeder", flachste Klausner. „Wenn es lange regnet, wird ein jeder naß", gab ihm Seppl zur Antwort. Inzwischen hatte sich die Wirtsstube ziemlich gefüllt. Man sprach vom Wetter, von den Viehpreisen, von der Frühjahrsbestellung und über allerhand Neuigkeiten. Dabei wurde das Trinken durchaus nicht vergessen. Mina hatte ganz schön zu tun. Ab und zu trafen sich die Blicke von Klausner und Mina; sie blinzelten sich verstohlen zu. Warte nur, hieß das wohl, warte nur auf die Nacht. Bei dem Gedanken spürte Adolf sein Blut rauschen. „Wenn der Rummel einigermaßen um ist, gehe ich in mein Bett", gähnte er. „Ich bin ganz schön müde!" Auch die Bauern verzogen sich eher als sonst, so daß um zehn Uhr alles zur Ruhe ging. Mit einem Gutenachtgruß suchten alle ihre Quartiere auf. Auch Klausner ging auf seine Kammer. Ungeduldig fieberte er der Stunde entgegen, in der er bei der geliebten Frau sein konnte. Endlich hörte er sie über die Treppe nach oben kommen. Er hörte den Schlüssel im Schloß knirschen. Eine gewaltige Leidenschaft zu dieser Frau hatte ihn erfaßt. Die erste Liebe überwältigte ihn. Er wartete noch eine kleine Weile, dann schlich er sich aus seiner Kammer. Aus dem Zimmer neben seinem hörte er kräftiges Schnarchen seiner Kollegen. Leise ging er über den Sohler. Sachte drückte er die offene Türe auf. Der Mond schien voll ins Zimmer.

Mina lag völlig unbekleidet im Bett. Ihre schweren schwarzen Haarflechten umrahmten ihr Gesicht, ihre Brüste hoben und senkten sich in köstlicher Erwartung. Geliebte, dachte er, als er sie liegen sah. Schnell hatte er seine Hose abgestreift. Nackt, wie er nun auch war, legte er sich zu ihr. Sein Gesicht wühlte er in ihre Haare. Sie seufzte wohlig, dann versank sie in ihm. Mehr konnte der Mond nicht sehen, denn eine Wolke verdeckte die Sicht. Mit dem Kopf auf seiner Brust schlief sie nach einer geraumen Zeit ein. Er konnte das Glück seiner jungen Liebe gar nicht fassen. Lange lag er noch mit offenen Augen und erschöpft von so viel Liebe da, bis auch ihn der Schlaf übermannte.

Es wurde schon langsam hell, die Spatzen lärmten in der Dachrinne, und eine Amsel flötete im Garten hinter dem Haus. Klausner wurde als erster wach. Er hatte einen eingeschlafenen Arm, weil der Kopf von Mina darauf ruhte. Behutsam legte er ihren Kopf auf die Seite. Sie wachte nicht auf dabei. Schnell schlüpfte er in seine Hose. Erst dann weckte er sie mit einem zarten Kuß. Sie wollte nach ihm greifen, er aber entzog sich ihr und eilte in seine Kammer. Schnell Seife und Handtuch unter den Arm, und ab ging es zum Waschen. Ah, das kalte Wasser tat gut. Kräftig frottierte er seinen Oberkörper. Jetzt wurde es auch im Haus lebendig. Eben kamen die beiden Mägde über die Treppe herunter in den Stall. Beide trugen ihren Melkeimer in der Hand. Sie wünschten Klausner einen recht guten Morgen. Fröhlich dankte er ihnen. Eben schlug es halb sieben Uhr vom Kirchturm. Bin gespannt, dachte er, ob wohl die anderen schon auf sind? Nun, sie waren es, denn als er die Treppe zum Sohler hinaufging kamen sie ihm schon entgegen. „Na, Kapo", sagte Weinberger, „hast du gut geschlafen?" „Danke, sehr gut", antwortete er. Dabei dachte er: „Wenn die wüßten! Aber das ist unser Geheimnis, das von mir und von Mina!" Bald fanden sie sich am Frühstückstisch ein. Die Milchsuppe schmeckte großartig.

„So, Männer", meinte Klausner, „heute richten wir bis Mittag alles so weit her, daß wir am Montag mit dem Stellen der Maststation beginnen können. Wir brauchen dazu noch eine Mörtelpfanne und einen Wagen mit einem Faß Wasser, außerdem müssen wir noch Stangen suchen, um Schwalben zusammenzubinden. Seppl, du schaust dich nach den Stangen um. Wir brauchen drei Paar lange, mittlere und kurze. Nehmt etwas Eisenseil zum Binden der Schwalben. Stricke rutschen so leicht! Ich komme gleich nach, ich muß nur euere Stundenzettel kontrollieren." „Herr Klausner, dazu können sie auch den Küchentisch benützen, ich räume gleich ab, und in der Küche ist es doch wärmer", bot Mina an. „Das ist aber sehr nett von Ihnen, ich hole nur schnell mein Schreib zeug", fügte er hinzu. Schau an, dachte er, die Mina, die findet doch immer einen Weg, damit wir ein bißchen zusammensein können! Kaum hatte er sich gesetzt, da war sie schon auf seinem Schoß und herzte und küßte ihn. „Nun muß ich aber in den Stall", seufzte sie nach einer Weile. Er machte sich ebenfalls an die Arbeit.

Darauf führte sein Weg zum Bürgermeister. „Guten Morgen, Herr Schaumann", grüßte er den Bürgermeister, der gerade aus der Stalltüre kam. Der dankte ihm und fragte: „Nun, Herr Klausner, was brauchen Sie denn heute?" Adolf erklärte ihm das mit dem Wasserfaß. „Ja wenn sonst nix is, des kenne Se allemal hobe! I schick halt unsere große Knecht, den Wilhelm, naus zon Wasser fahre, der hot sowieso momentan net souviel zon toa! Wisses, gäckert hebbe mer scho, und Wiese sen au ougrecht!" „Das ist fein, dann kann überhaupt nichts mehr schief gehen", freute sich der Monteur; danach suchte er die Baustelle auf. Eben kam Seppl mit den Stangen an. Er half ihm beim Binden der Schwalben, der gekreuzten Stangen, die zum Aufstellen der Masten benötigt wurden. „Eine kräftige Bohle brauchen wir noch, damit uns die Masten besser ins Loch rutschen, komm Luigi, gehen wir." Er dachte an den Wagner, den Lindners Karl, der hatte auch prompt das richtige für sie. „So, nun glaub ich, haben wir alles. Um zwölf Uhr machen wir Feierabend für die Woche! Ihr könnt um zwei Uhr mit dem Zug von Rothenburg fahren und seid dann gegen halb vier zu Hause. Ich wünsche euch allen ein gutes Wochenende!" Sie räumten ihre Sachen auf und gingen in ihr Quartier, um sich für die Heimfahrt fertig zu machen.

Auch Klausner ging zur Gastwirtschaft zurück, nachdem er das Lager geprüft, gewissenhaft kontrolliert und die Tür gut verschlossen hatte. Mina wartete schon mit dem Essen auf ihn. Seine Kollegen waren bereits fertig und hatten sich inzwischen auf den Weg gemacht. Nach dem Essen sagte er beiläufig, „Ich gehe jetzt rauf und packe." Nach etwa fünf Minuten kam Mina nach. „Schau mal, da habe ich dir noch was zurechtgemacht." Sie gab ihm ein Paket mit Butter und geräucherten Würsten. „Ich zähle die Stunden bis zum Wiedersehen", sagte er. Mit einer festen Umarmung und einem langen Kuß nahm er Abschied von ihr. Kurze Zeit danach verließ er mit seinem Fahrrad Unterhofen, um zum Bahnhof Steinach zu fahren. Sein Wohnort war Roth bei Nürnberg.

৵৽৽৶

3. Kapitel　　　　　DIE MASTSTATION

Es war am Sonntagnachmittag ganz anders als sonst. Die üblichen Alltagsgeräusche waren einer feierlichen Sonntagsruhe gewichen. Manche Bäuerinnen saßen mit den Nachbarinnen auf dem Bänkchen vor dem Haus und tratschten. Einige hatten ein Strickzeug in der Hand. Alle waren sie gut gekleidet, sie hatten ihre Tracht an, wie das eben üblich war. Noch war ja Zeit, etwa eine Stunde, bis zum Füttern. Am Sonntag wurde immer eine Stunde früher gefüttert, man wollte etwas zeitiger fertig sein, um den Abend länger genießen zu können. Alle freuten sich schon darauf, die Männer auf das Wirtshaus und die Frauen auf einen Plausch untereinander.

Von Steinach kommend, fuhr Klausner durch das Dorf. Er freute sich schon sehr auf den Abend und auf Mina. Er konnte es gar nicht erwarten, die Geliebte wieder zu sehen. Als er das Haus betrat, rollte sie gerade ein Fäßchen Bier über den Gang. Als sie ihn sah, leuchteten ihre Augen, auf ihrem Gesicht war ein freudiges Erstaunen. Sie hatte erst morgen früh mit seiner Ankunft gerechnet, um so schöner war es! „Ich trage nur noch meine Sachen nach oben, dann helfe ich dir", meinte er. Schnell hatte er seine Wäsche ausgepackt und im Schrank verstaut. Er wollte gerade seine Jacke ausziehen, da war sie schon bei ihm. Wie eine Verdurstende hing sie an seinen Lippen. Heiß und stürmisch war sie. „Das war die Begrüßung", sagte sie, „das andere kommt später". Vorsichtig sah sie zur Kammertüre hinaus, um sogleich nach unten zu eilen. Nach ein paar Minuten folgte er ihr nach.

An einem Tisch in der Ecke saßen vier Bauern beim Schafkopf beisammen. „Ja, da schau her, der Elektrische ist auch wieder da", sagte der Ulmenbauer. „Ja freilich", gab ihm Adolf zur Antwort, „wenn ich morgen mit dem Zug kommen würde, käme ich erst um neun Uhr an, da aber die Arbeit bei uns um sieben Uhr beginnt und wir morgen eine Menge zu tun haben, blieb mir gar nichts anderes übrig, als schon heute zu fahren. Meine Kollegen werden auch bald da sein." „Ja, wenn des sou is", sagte einer von ihnen, „dann kenne mir des schou versteah!" Er setzte sich zu den Kartenspielern. Da kam auch schon Mina mit einem schäumenden Krug Bier. „Wollet Se auch eine Brotzeit, Herr Klausner?" fragte sie, den Schein wahrend. „Das könnte bestimmt nichts schaden", antwortete er. Sie blinzelten sich zu.

Die Bauern waren viel zu sehr mit ihrem Kartenspiel beschäftigt, so daß sie davon gar nichts mitbekamen. Eben hatte einer ein Herz-Solo gespielt. „Zur Kassa, meine Herre, drei Baure hab i au kett!" hörte man den Fritzebauern frohlocken. „Mach du ner sou weiter, noa sen mer bald pleite", brummte der Ulmenbauer. „I glaab, mer lousset den Alte ougebe, es is bald Fütteres-Zeit, wo moant ihr?" Sie waren einverstanden. Mit einem „Langens nur kräftig zu und einen guten Appetit", stellte die Mina einen Holzteller mit einem Stück Schinken und geräucherten Bratwürsten, sogenannten „Schlotengelchen", dazu ein Körbchen mit hausgebackenem, herrlich duftenden Brot vor Klausner hin. Auch die Bauern wünschten ihm einen guten Hunger. Mit sichtlichem Wohlbehagen machte er sich über die Speisen. „So was kriegt man halt in der Stadt nicht", meinte er kauend zu den Bauern gewandt. „Des mag scho sei", sagte der Ulmenbauer „mir mecha dagege manchmal ä Stadtwurst, wenn i mit meiner Gretel zon Seimarkt of Rotheburg nei fahr, kaffe mer uns immer ä sette bon Lindewirt, denn sei Bue hot die bescht vou Rotheburg." „Des stimmt!" pflichteten ihm die anderen bei, danach brachen sie auf. „Bis heit obed, Mina", sagten sie zur Wirtin. „Ja", meinte Mina, „ich fang au mit dem Füttere an, dann bin i bald ferti." Sie räumte den Tisch ab, und Klausner stopfte sich eine Pfeife. Draußen war ein Lachen und ein fröhlicher Lärm zu hören, seine Kollegen waren eingetroffen. Freudig begrüßten sie ihren Kapo. „Du bist wohl gleich dageblieben?" fragten sie. „Ich bin vor einer Stunde angekommen", antwortete er. Sie gingen nach oben, um ihre Sachen unterzubringen.

Nach der Brotzeit ging Klausner noch etwas durch das Dorf. Überall hörte er das Klappern der Melkeimer, und die Futterkarren rumpelten über die Höfe. Mancher Hof hatte auch, wie der der Wirtin, einen schweren steinernen Wassertrog vor dem Haus. Dort wurde das Vieh getränkt. Klausners Weg führte ihn an der Kirche entlang aus dem Dorf. Der Frühling hat schon mächtig Einzug gehalten. Die Palmkätzchen leuchteten in der Abendsonne, die ersten grünen Spitzen der Blätter an den Hecken wagten sich schon hervor. Die Stare flogen eifrig umeinander, überall trugen sie ihr Nistmaterial zusammen. An den Wegrändern blühte der Huflattich. Der Flieder hatte bereits Knospen. Wie schön ist doch diese Welt und wie herrlich ist es, in ihr zu leben, dachte Klausner. Eine innere Zufriedenheit und ein herrliches Glücksgefühl erfüllte ihn. Hoffentlich bleibt uns dieser Friede recht lange erhalten, sinnierte er, nicht ahnend, was die Zukunft für ihn alles bereithalten sollte. Es ist nur gut, dachte er, daß man nicht weiß, was vor einem liegt. Langsam, in Gedanken versunken, kehrte er heim. Sicher hat die Mina allerhand zu tun, dachte er bei sich. Nun, da hatte er nicht unrecht.

Im Gasthaus zum Ochsen war Hochbetrieb. An drei Tischen wurde Karten gespielt, und die anderen Gäste unterhielten sich mit lauter Stimme. Es wurde immer schwieriger, etwas zu verstehen. Über die Politik, die große, die Landespolitik und die Kommunalpolitik ging es. Ein neues Kriegsschiff, die Tirpitz, war vor wenigen Tagen in den Dienst des Deutschen Reiches gestellt worden. „Mir brauche no mer Schiffe", meinte der Bürgermeister, „mer müsse doch unsere Kolonie schütze." „Do hoscht du recht. Dia Schwarze werre immer frecha. Neili hobi in der Zeitung glesa, daß es bald an Aufstand gebe wird. Wos soge etz Sie, Herr Monteur Klausner, derzua?" „Die Engländer werden uns halt neidig sein auf unsere Kolonien und die Schwarzen aufhetzen, mein ich", antwortete dieser. „Wenns ner uns unsern Friede lasse", war die allgemeine Meinung.

„Was is heit, wird heit net gsunge?" ließ sich der Wagner vernehmen, dabei strich er sich über seinen kräftigen Schnurrbart. „Ja", riefen da auch die anderen „des is viel gscheider als die Politisiererei! Was is, Luigi, stimm a!" Der hatte nur darauf gewartet. Fröhlich sangen sie von der Liebe, von der Treue, vom Scheiden und vom Soldatenleben. Immer lauter wurde es in der Stube, sicherlich trugen dazu die vielen Krüge des köstlichen Bieres bei. „Na, wie ist es denn euch daheim gegangen?" fragte Klausner die Kollegen. „Ach, es gab eigentlich nichts besonderes", antwortete Weinberger. Nur Luigi sprudelte hervor, er habe ein Mädchen kennengelernt. „Bellissima", schwärmte er. Er war sogar schon mit ihr tanzen!

Da ging die Türe auf, und herein kamen der Herr Lehrer und der Herr Pfarrer. Der Lehrer war schmächtig, mit einer spitzen Nase und einem goldenen Kneifer darauf. Doch etwas war sehr bemerkenswert an ihm: Er hatte gütige Augen und eine sehr wohlklingende Stimme. Der Pfarrer, ein hageren Mann mittleren Alters, trug einen wallenden Bart, der schon von einigen silbergrauen Fäden durchzogen war und ihm fast bis auf die Brust reichte. Sein Gesicht war etwas verkniffen, nur seine Augen blitzten fröhlich und klug durch seine goldgefaßte Brille. „Das ist unser Herr Schullehrer, der Herr Bergmann", so stellte der Bürgermeister vor, „das unser Herr Pfarrer Kramer, und das" – er zeigte auf Klausner – „der Mann, der uns das Elektrische bringt, meine Herren." „So, so", sagte der Lehrer, „ein interessanter Beruf! Was ist denn so Ihre Aufgabe?" Mit einigen Sätzen erzählte Klausner von ihrem Vorhaben. „Am besten, Herr Lehrer", meinte er, „Sie kommen einmal an unserer Baustelle vorbei. Sie sind herzlich mit Ihrer Klasse eingeladen!" „Dieses Angebot nehme ich gerne an", antwortete der Lehrer.

Auch der Pfarrer meinte mit seiner sonoren Stimme: „Sie sind also der Mann, der uns mit seinen Leuten die neue Zeit bringt!" „Herr Pfarrer, das ist wohl etwas übertrieben. Wir wollen nur mit unserer Arbeit den Menschen eine Erleichterung bringen." „Das ist allerdings sehr lobenswert, das elektrische Licht ist schon eine feine Sache!" Der Pfarrer, der Lehrer und der Bürgermeister baten Klausner zu sich an ihren Tisch. „Über die Elektrifizierung in unserem Raum kann ich Ihnen nur das erzählen, was ich selbst weiß", sagte Klausner. „Nach Unterhofen kommen die Ortsnetze weiter im Norden dran, mehr ist mir im Augenblick nicht bekannt; auch soll in Hartershofen eine Bezirksstelle, ein sogenannter Anlaufpunkt, geschaffen werden."

„Für unsere altehrwürdige Michaelskirche wollen wir auch eine elektrische Beleuchtung haben", meinte der Pfarrer. „Wenn es draußen recht dunkel ist, habe ich schon manchmal Schwierigkeiten, meinen Predigttext zu lesen." „In unsere Schulstube soll auch diese neumodische Beleuchtung hinein. Ich freue mich schon darauf!" ergänzte der Lehrer.

Während sie ihren Schoppen Frankenwein tranken, kamen sie auch auf die frühere Tätigkeit von Pfarrer Kramer zu sprechen. „Wissen Sie, ich war nämlich fast fünfzehn Jahre in der Mission in Brasilien!" erzählte er. „Nun, da können Sie sicher allerhand berichten von den Verhältnissen da drüben?" „Gewiß, Herr Klausner, wir trafen durchwegs Analphabeten an, wir mußten erst Schulen gründen. Keine leichte Sache, sage ich Ihnen! Na, und erst die Gesundheitsvorsorge, da mangelt es wirklich an den primitivsten Mitteln! Die hygienischen Zustände waren katastrophal. In der Regenzeit ging es ja einigermaßen, aber während der Trockenperiode, da konnte man sich nur in Schlammpfützen waschen. Die Flüsse führten kaum Wasser! Dazu die Plagen durch die Fliegen, das Ungeziefer, die Ratten. Sie können sich gar nicht vorstellen, mit was man da zu kämpfen hat. Immerhin konnte ich nach ungefähr zwei Jahren Tätigkeit daran gehen, den Menschen auch das Evangelium nahe zu bringen." Aufmerksam folgten inzwischen auch die anderen Gäste dem Bericht des Pfarrers. Der aber lächelte und nahm einen bedächtigen Schluck von seinem Tauberzeller. „Sicherlich hätte ich es nicht ausgehalten, wenn ich nicht so eine tapfere Frau gehabt hätte. Ihre Aufgabe bestand in der Betreuung der Kinder und der Mütter. Was war das für ein Hallo, als die erste Nähmaschine aus der Heimat bei uns eintraf, und meine Frau daran gehen konnte, den Frauen das Nähen beizubringen. Sie waren nicht ungeschickt und konnten bald damit umgehen. Wieviele Kindergottesdienste hat meine Frau gehalten! So hatten wir in kurzer Zeit die Herzen der Menschen gewonnen und es fiel uns bestimmt nicht leicht, sie zu verlassen, aber meine Krankheit zwang uns in die Heimat zurückzukehren." Alle lauschten den Worten des Pfarrers, selbst der Bürgermeister hatte vieles davon nicht gewußt.

„Sagen Sie mal, Herr Klausner", sagte der Pfarrer schließlich, „mir ist zu Ohren gekommen, daß Ihre Leute so schön singen und musizieren können, wollen Sie uns das nicht mal vorführen?" „Selbstverständlich, Herr Pfarrer, Ihr Wunsch ist uns Befehl!" Sie holten ihre Instrumente, und bald begannen sie, die bekannten Volkslieder zu singen, daß einem so richtig das Herz aufging. „So, morgen ist wieder ein Arbeitstag", mahnte der Bürgermeister schließlich; die drei Herren tranken ihren Wein aus und verabschiedeten sich. „Gehen wir auch schlafen", sagte Klausner. Die Männer zogen sich zurück. Bald war Ruhe im Hause eingekehrt.

Nicht lange danach begab Klausner sich in die Kammer von Mina. Sie war noch nicht im Zimmer. Er legte sich in ihr Bett und wartete auf sie. Bald darauf trat sie ein. Sie freute sich, daß er schon da war. Flugs zog sie sich aus, setzte sich an den Spiegel und bürstete ihr wundervolles Haar. Er sah ihr dabei zu. Im Lichte der Kerze, die sie mitgebracht hatte, tanzten groteske Schatten an der Wand, ein Bild, das er wohl nicht so schnell vergessen würde. Eigenartig hob sich ihr Profil an der Wand ab und bildete einen reizenden Kontrast. Nun hatte sie ihre Abendtoilette beendet. Schnell schlüpfte sie zu ihm ins Bett! Sie herzten und küßten sich. Ihre Leidenschaft wurde immer heftiger. Sie liebten sich ausgiebig. Erschöpft sanken sie nach einer Weile in die Kissen zurück. Sie hatte ihren Kopf auf seine Brust gelegt. Mit leiser Stimme bat sie „Liebling, erzähle mir etwas von dir!"

Gern kam er ihrer Bitte nach. „Daß ich aus Roth komme, weißt du ja inzwischen. Aber ich will gerne von vorne anfangen. Mein Vater ist Rangiermeister in Roth, ich habe daheim vier Schwestern, außerdem habe ich noch einen kleinen Bruder. Wir müssen ganz schön sparen, denn sechs Kinder wollen ernährt werden! Die Schwestern sind bis auf eine aus dem Haus. Sie sind in Stellung als Dienstmädchen. Mein kleiner Bruder ist zwei Jahre jünger als ich, er lernt als Kellner. Gestern habe ich erfahren, daß er in die Schweiz will, um Sprachen zu lernen. Ich habe mich für ihn eingesetzt, er hat sich mächtig gefreut darüber. Ich selbst habe Schlosser gelernt, ich hatte keine leichte Lehrzeit, aber ich habe sehr viel gelernt und meine Gesellenprüfung mit Auszeichnung bestanden. Voriges Jahr habe ich mich bei der Firma Schuckert & Co. beworben und bin sofort bei deren Elektrizitäts-Aktiengesellschaft eingestellt worden. Zwischenzeitlich habe ich einige Ausbildungslehrgänge absolviert und habe nun den Auftrag, hier eine Trafo-Station zu errichten und ein Ortsnetz aufzubauen!" Mit Interesse hörte sie ihm zu.

„Nun zu dir", verlangte er. „Bei mir gibts nicht viel zu erzählen." „Oho", meinte er. „Nun ja, ich komme von einer Mühle aus dem Taubergrund. Ich habe noch zwei Brüder und eine Schwester. Der Älteste, der Michael, hat die Mühle und den Hof, der andere hat das Sägewerk, das dazu gehört. Meine Schwester ist in Steinsfeld verheiratet. Sie hat schon drei Kinder. Meinen verstorbenen Mann habe ich auf der Kirchweih in Rothenburg kennengelernt. Im Frühjahr darauf haben wir geheiratet. Ich war 24 Jahre alt damals. Sechs Jahre waren wir verheiratet, wir hatten keine Kinder. Eines Tages war er am Sandfahren, da brachten die Leute ihn mir tot ins Haus, ein durchgehendes Gespann hatte ihn zu Tode geschleift! Zuerst meinte ich, der Himmel müßte einstürzen. Wir hatten uns ganz gut vertragen. Aber die Zeit heilt alle Wunden. Was mir am meisten weh tat war, daß ich kein Kind von ihm hatte! Ach Lieber, lassen wir doch die Vergangenheit. Ich sehnte mich ja so nach einem Mann! Weißt du, wie oft ich in mein Kopfkissen geheult habe?" „Nun, jetzt ist ja alles gut", tröstete er sie. Zärtlich nahm er sie in seine Arme und liebkoste sie. „Vergiß das Bisherige, lebe nur deiner, unserer Liebe", flüsterte er ihr ins Ohr. „Schatz, ich gehe jetzt in meine Kammer, den morgen wird ein anstrengender Tag für uns sein!" Mit einem langen Kuß verließ er sie. Vorsichtig öffnete er die Türe. Sorgfältig hielt er Ausschau, ob er auch nicht bemerkt würde. Alles war still und friedlich. Morgen, dachte er noch, als er schon im Bett lag, kommt also die Bewährungsprobe. Die erste Station, die er alleine stellen sollte! Zum Aufbau holen wir uns halt noch ein paar Helfer, überlegte er schon halb im Schlaf.

4. Kapitel DIE BEWÄHRUNG

Schon eine ganze Weile vor dem morgendlichen Aufstehen lag Klausner mit offenen Augen im Bett. Er wußte, dieser Tag würde seine Bewährung bringen. Seine innere Uhr hatte ihn geweckt. Viertel sieben war es. Ach was, dachte er, ich kann ja doch nicht mehr schlafen. Er stand also auf und ging zum Waschen. Ein rauher Wind blies in den Hof und wirbelte feinen Staub um den Brunnen. Märzenstaub bringt Gras und Laub, erinnerte er sich an eine Bauernregel. Brrr, das Wasser war ganz schön kalt, aber das tat gut, da pulsierte das Blut so richtig im Körper. Eilig nahm er zwei Stufen der Treppe auf einmal. Oben polterte er an die Türe der Kameraden. Ein Brummen und Stöhnen antworteten ihm. Hastig zog er sich an. Dann setzte er sich vor den Tisch und studierte nochmal die ausgebreiteten Pläne. Schließlich war er sich seiner Sache sicher. Fröhlich pfeifend ging er nach unten. „Morge, Herr Klausner", rief ihm der Jörgli zu, der gerade aus dem Stall vom Füttern zurückkam. Klausner dankte ihm und ging mit ihm in die Küche. Die Wirtin schnitt gerade das Brot für die Suppe ein. Lina stand am Herd und paßte auf die Milch auf, damit sie nicht überlief. „Sie sind aber heute schon bald aufgestanden, Herr Klausner", meinte die Wirtin und dankte ihm für seinen Morgengruß. „Nun ja, es ist auch ein besonderer Tag, wir haben viel Arbeit, da ist es ganz gut, wenn man etwas früher dran ist und mit Ruhe herangehen kann." „Doa kann i Ihna beipflichte, mir gets au immer so, wenn i ebbas bsonders vorhab", stimmte ihm der Jörgli zu. Die anderen Monteure hatten sich auch nach ihrem Morgengruß an den Tisch gesetzt. „Wollet mer bete", mit diesen Worten leitete der Jörgli alle Morgen das Frühstück ein. Das Gebet war ein fester Bestandteil seines Lebens. Mit Wohlbehagen schlürften sie ihre Milchsuppe.

„Männer, paßt einmal auf", mit diesen Worten leitete Klausner die sogenannte Befehlsausgabe ein. „Bringt die Mörtelpfanne, die Schwalben, Sand, Kies und Zement an die Baustelle! Du, Andreas gehst zum Bürgermeister und sagst ihm, daß er den Wilhelm mit dem Wasserfaß so gegen zehn Uhr schicken soll, ich selbst schaue nochmal beim Wagner Lindner vorbei, wegen der Plattform!" Mina hatte aufmerksam zugehört. Das Organisieren versteht er ausgezeichnet, dachte sie und blinzelte ihm bewundernd zu. Punkt sieben Uhr verließen sie die Küche, um an ihre Arbeit zu kommen. Wagner Lindner hatte die Plattform wie verabredet fertig. Klausner bedankte sich für die prompte Erledigung und forderte ihn auf, sofort die Rechnung zu erstellen. „Bitte, lassen Sie die Konstruktion an die Baustelle schaffen", bat Klausner. „Aber selbstverständlich", gab ihm der Wagner zur Antwort. Darauf fuhr Adolf mit dem Rad Richtung Baustelle. Beim Ulmenbauern sah er zwei Knechte, die mit Holzspalten beschäftigt waren. Eben kam der Bauer aus dem Haus, um nach dem Rechten zu sehen. „Ulmenbauer, könnten Sie mir mal die beiden für zwei, drei Stunden ausleihen?" fragte Klausner, „wissens, ich bräuchte sie halt zum Mastenstellen." „No freilich", meinte der Bauer, „des muß halt sei, wenn mers elektrisch hoabä wella!" Klausner bedankte sich und freute sich über soviel Verständnis. „Ihr könnt gleich mit mir gehen", sagte er zu den Knechten.

An der Baustelle warteten sie schon auf ihn. Die Männer hatten alles soweit vorbereitet, wie er ihnen gesagt hatte. Zuerst hatten sie einen kräftigen Pfahl in einiger Entfernung in den Boden geschlagen und einen großen Flaschenzug daran befestigt. Mit einem Schäkel war er am Mast befestigt. „Weinberger und Luigi, ihr geht an den Flaschenzug, du, Seppl, nimmst einen Knecht und gehst an die Schwalbe auf der rechten Seite, ich bin auf der anderen. Acht geben auf mein Kommando! Zuerst heben wir vier den linken Mast auf. Haben wir ihn dann soweit, stellen wir eine Bohle unter den Mast, ich mache das selbst! Ist alles soweit klar? Keine Fragen?"

„Fertig machen! Zuugleich", tönte Klausners Stimme; sie hoben den Mast an, und Weinberger und Luigi zogen mächtig am Flaschenzug. Schon hatten sie den Mast in der Höhe, so daß Klausner die Bohle unterstellen konnte. Sie rannten nach den kleinen Schwalben, schon hatten sie gefaßt, der kritische Punkt war überwunden! „Nun können wir die nächste Schwalbe einsetzen", meinte Klausner etwas atemlos. Sie schoben den Mast weiter in die Höhe. „Langsam ziehen", gab er den Leuten am Flaschenzug an, „ganz sachte!" Der Mast scheuerte etwas an der Bohle im Loch. „Seppl, komm, wir holen die große Schwalbe zum Abfangen!" Schnell liefen sie auf die andere Seite und hielten die große Schwalbe bereit. Jedoch brauchten sie nicht einzugreifen. Weinberger und Luigi am Flaschenzug hatten ihre Arbeit hervorragend gemacht. „Nun brauchen wir einen Steinkranz an der Mastsohle, da vorne liegt ein ganzer Haufen Steine, Kapo", meinte Weinberger. „Her damit!"

ordnete Klausner an. Der Mastfuß wurde mit den Steinen fest ins Erdreich verrammt. „Packen wir gleich den nächsten", befahl Klausner. Auch hier ging alles reibungslos. Danach machten sie eine Vesperpause. Klausner gab den beiden Knechten je eine Mark und bedankte sich für ihre Hilfe. Verschmitzt meinte der eine von ihnen: „Do derfe Se alle Tog komme!"

Nach der Pause richteten sie zunächst die Masten aus. Klausner hatte die Senkschnur in der Hand, und die anderen führten die Arbeit nach seinen Angaben aus. Mit „Brrrr" und „Stad, Hansi" kam gerade der Wilhelm mit seinem Wasserfaß an. „So Seppl, du und Luigi könnt mit dem Betonmischen anfangen. Weinberger, du gehst mit mir zum Schmied, wir müssen verschiedene Winkel aus Bandeisen anfertigen, die wir zur Befestigung der Plattform brauchen". „Ihr", sagte Klausner zu Seppl und Luigi „holt euch einen alten Eimer und fangt das Einfüllen an, wenn ihr mit der Mischung soweit seit. Vergeßt aber auch dabei das Erdreich nicht! Habt ihr mich verstanden?" „Alles klar, Kapo", grinste Luigi. Im Lager schnappte sich Weinberger eine Schubkarre. Sie luden einen Bund Bandeisen auf und fuhren zum Schmied. Der war gerade damit beschäftigt, ein Pferd zu beschlagen.

Der Schmied war bestimmt einen Meter fünfundachtzig groß, sein gewaltiger Brustkasten sprengte fast das Hemd und die darübergezogene gestreifte Bluse, sein bulliger Kopf saß auf einem Stiernacken, sein rußiges Gesicht mit der kantigen Nase, den wulstigen Augenbrauen, dem etwas verkniffenen Mund wirkte auf Betrachter etwas furchterregend, doch seine Augen straften diese Vermutung Lügen. Er hatte wasserhelle Augen, die einem vertrauensvoll anblickten. Über seiner Kleidung trug er eine große lederne Schürze. Es roch nach brandigem Horn, und das Feuer warf flackernde Schatten an die Wand. „Ah, der Klausner", sagte der Schmied mit einem dröhnenden Baß. Er hatte ihn schon in der Gaststube bei der Mina kennengelernt. „Was wellet denn Sie?" „Meister Wittmann, wir bräuchten einige Bügel aus dem Bandeisen, das wir mitgebracht haben!" „Ja, Herrschaften, dazu habe ich aber keine Zeit!" antwortete der Meister. „Das braucht es auch gar nicht, wir machen unsere Bügel schon selbst. Können wir dabei Ihren Schraubstock und die Bohrmaschine benützen?" „Wenn das so ist, dann ist es mir schon recht, freilich könnt ihr meine Maschinen benützen!"

Nach etwa einer Stunde hatten sie die Bügel nach der Zeichnung angefertigt. Der Meister lobte sie. „Des is a saubere Arbeit, ihr kennt scho ebbes!" Sie freuten sich darüber. Gerade als sie die Schmiede verließen, läutete es Mittag. „Was, schon zwölfe", sagte Weinberger. Allzu schnell war der Vormittag vergangen. „Gehen wir essen", meinte Klausner, „die anderen werden sicher schon da sein". Er hatte recht. Es gab einen Eintopf, Linsen mit Spatzen und geräucherte Bratwürste dazu. „Das ist das richtige Essen, das gibt Kraft", lobte der Seppl das Essen der Wirtin. Sie hauten kräftig rein. „Heut trink' ich aber noch ein Krügle Bier dazu", brummte Weinberger. „Hast recht, Andreas, das hat du dir auch verdient!" Nach dem Essen setzte sich die Wirtin noch ein bißchen zu ihnen. „Hat es euch geschmeckt?" fragte sie. „Wie daheim", sagte Klausner. „So soll es sein, des gfellt mer", erwiderte sie. „Packen wir's wieder", meinte Klausner und beendete damit die Mittagspause.

An der Baustelle angekommen, sah Klausner, daß die beiden anderen gute Arbeit geleistet hatten. Etwa bis zur Hälfte waren die Löcher eingefüllt. „Das habt ihr prima gemacht". sagte Klausner lobend. „Gell, Kapo, gute Arbeit?" „Das kann ich nur bestätigen", meinte Klausner. „Rühren wir eine neue Mörtelpfanne voll an", sagte Seppl und spuckte in die Hände. „Wir machen uns über die Plattform. Du", sagte Klausner zu Weinberger „nimmst die rechte Seite, ich die linke. Die Zeichnung hefte ich auf diesen Kistendeckel, dann können wir beide danach arbeiten." „Jawohl, Kapo!"

Etwa eine Stunde waren sie beschäftigt, da hörten sie ein merkwürdiges Geräusch. Ein Automobil, gefolgt von der johlenden Dorfjugend, kam angefahren. Erst wenige hatten zu der damaligen Zeit so ein Vehikel gesehen. Es war ein Benz aus dem Jahre 1910. Der Chauffeur hatte einen dicken Lederkittel an und eine lederne Ballonmütze auf, über der Mütze trug er eine dicke Autobrille. Zwei Herren saßen im Fond, sie hatten gewaltige Schals um ihre Hälse geschlungen und die Hüte tief ins Gesicht gezogen. Mit einem eleganten Schwung hielt der Fahrer den Wagen an der Baustelle an. Der Chauffeur sprang vom Wagen, riß die Türe auf und war den Herren beim Aussteigen behilflich, behende stiegen sie aus dem Gefährt. Klausner trat zu ihnen. „Grüß Gott, Herr Direktor! Die Gruppe Klausner bei der Stationserstellung", meldete er fast militärisch. Der Direktor winkte kurz ab. „Das ist Herr von Lauterbach, er ist Diplom-Ingenieur", stellte er seinen Begleiter vor. Dann machte

Klausner sie mit seinen Leuten bekannt. Der Herr Direktor, sein Name war Dr. von Helmholtz, besah sich eingehend die Baustelle mit prüfenden Blicken. „Sehr gut, lobenswert!" meinte er zu Klausner gewandt und strich sich dabei über seinen ergrauten Vollbart. Klausner wurde ganz verlegen. „Hätte nicht geglaubt, daß Sie schon so weit sind!" sagte der Direktor, dann fragte er Klausner, ob er etwas benötige. „Ja", sagte der, „eine Feldschmiede und ein Schraubstock wären sehr notwendig!" „Notieren Sie das, Herr von Lauterbach, selbstverständlich bekommen Sie diese Sachen, Herr Klausner! Sind Sie auch gut untergebracht?" „Ausgezeichnet", antwortete dieser. „Na schön, das freut mich! Übrigens, Herr Klausner, der Vorstand hat euch eine tägliche Auslösung von einer Mark zugesagt!" Die Augen der Männer glänzten bei diesen Worten. Der Direktor befahl: „Herr Klausner, Sie kommen bitte mit uns." Das erste Mal in seinem Leben durfte Adolf in einem Automobil sitzen. Stolz fuhr er mit den Herren zur Wirtschaft, und sie betraten die Gaststube. „Möchten die Herren einen Imbiß zu sich nehmen?" fragte Klausner. „Warum nicht?" lachte Herr von Helmholtz. „Einen Moment", bat Klausner, „ich sage nur schnell der Wirtin Bescheid!"

Er stürzte in die Küche. Mina war gerade dabei, für sich und das Personal die Brotzeit herzurichten. „Ach, du mein Lieber!" Schnell zog sie ihn an sich und gab ihm einen herzhaften Kuß. „Du muß gleich eine Brotzeit für unseren Direktor und seinen Begleiter bringen", wehrte er sie ab. Klausner kehrte zu den Herren zurück. „Die Wirtin kommt gleich", sagte er. „Das ist gut, so haben wir doch noch ein wenig Zeit, Sie, lieber Herr Klausner, in unsere weiteren Pläne einzuweihen. Herr von Lauterbach, packen Sie doch bitte mal die Unterlagen aus", forderte der Direktor. Zuerst wurde eine Landkarte ausgerollt, eine sogenannte Generalstabskarte im Maßstab 1 : 100 000. „Sehen Sie, hier sind wir, da verläuft die zukünftige Fernleitung mit 6000 Volt. Wenn Sie mit Ihrer Station soweit sind, dürfte auch die Leitung herangeführt sein. Die Leitungsbauer sind nur noch einen Kilometer entfernt. Herr Klausner, wir sind mit Ihrer Arbeit sehr zufrieden und werden das an geeigneter Stelle auch vorbringen!"

Nun kam Mina in die Stube. Zuerst deckte sie ein feines Leinentischtuch über den Tisch, unter den Arm hatte sie die Holzteller geklemmt, in der Hand trug sie einen Korb, dem sie allerhand Köstlichkeiten entnahm. „Grüß Gott, die Herre", sagte sie und deckte den Tisch. Geräucherte Würste, ein Stück geräucherten Schinken, ein Teller mit frischer selbstgemachter Butter und das selbstgebackene Brot ließen den Herren das Wasser im Mund zusammenlaufen. Sie wünschte ihnen einen guten Appetit und eilte aus der Stube. Mit einigen Krüglein Bier kam sie wieder. Den Herren schmeckte es ausgezeichnet. Herr von Helmholtz forderte Klausner auf, mit ihnen zu vespern. Klausner war sich der Ehre wohl bewußt und langte gerne zu. „Von diesen wunderbaren Würsten muß ich mir einige einpacken lassen", meinte Herr von Helmholtz, „könnten Sie das veranlassen?" sagte er zu Klausner. „Gewiß doch, Herr Direktor", versicherte ihm der. „Was ich noch sagen wollte", fuhr der Direktor fort, „Ihr Trafo kommt in wenigen Tagen im Bahnhof Rothenburg an, ich denke, daß wir in etwa einem halben Jahr, wenn das Ortsnetz so weit ist, mit der Inbetriebnahme rechnen können. Ungefähr Mitte nächster Woche werden die Leute – etwa zwanzig Mann – kommen, die stehen unter Ihrem Kommando, Herr Klausner. Sie trauen sich doch zu, ein Ortsnetz aufzubauen?" „Sicher, Herr Direktor", antwortet Klausner. „Na gut, dann wäre ja alles in Ordnung. Sollten Sie noch irgend etwas benötigen, so brauchen Sie nur diese Telephonnummer anzurufen. Bitte, rufen Sie die Wirtin, wir möchten zahlen!" Klausner eilte geschwind in die Küche. „Mina, komm zum Abkassieren und bring noch einige Würste mit, der Herr Direktor möchte welche mitnehmen", sagte Klausner. Als sie die Wirtsstube betrat, sagte Herr von Helmholtz: „Bitte, machen Sie die Rechnung, Herr Klausner war unser Gast! Wie ich sehe, hat er Ihnen auch mitgeteilt, daß ich gerne einige Ihrer wundervollen Würste mitnehmen möchte!" Nachdem er die Rechnung beglichen hatte – er gab auch ein stattliches Trinkgeld –, verabschiedete er sich. Klausner begleitete ihn noch zum Automobil. Der Chauffeur hatte schon die Handkurbel betätigt, und ratternd fuhren sie davon.

Mensch, was für ein Tag, dachte Klausner. Eilig machte er sich auf den Weg zur Baustelle. „Aufräumen", rief er von weitem. „Feierabend!" „Was, wieso?" fragte Weinberger, „es wird doch noch gar nicht dunkel?" „Das spielt keine Rolle, für heute ist Schluß", gab ihm der Kolonnenführer zu verstehen. „Räumt euer Werkzeug auf und sichert die Baustelle." Klausner bestieg sein Fahrrad und fuhr zum Quartier.

Schau mal an, dachte sich Mina, als die Herren fort waren, Adolf hat ja einen ganz schönen Stein im Brett bei denen. Sie war stolz auf ihn. Da kam er auch schon auf dem Fahrrad an. Schnell ging sie nach oben in seine Kammer. Er sperrte ja niemals ab. Ahnungslos betrat er sein Zimmer, da fiel ihm auch schon Mina um den Hals. Die Zeit reichte gerade zu einem langen Kuß, als auch schon die anderen zu hören waren. Schnell eilte sie aus der Kammer in ihr Schlafzimmer. Nach dem er sich ein frisches Hemd übergezogen hatte, ging Adolf nach unten. Er wollte mit seinen Gedanken noch etwas alleine sein. Etwa eine Stunde ging er spazieren. Schließlich fand er sein Gleichgewicht wieder.

„Leute", sagte er, als er in die Wirtsstube trat, „heute gebe ich was aus! Eßt und trinkt, ihr seid meine Gäste!" „Oho, Kapo, hast du das große Los gewonnen?" fragte Weinberger. Klausner erzählte ihnen von den vergangenen Stunden. „Da ich es auch euch zu verdanken habe, daß wir so gelobt wurden, glaube ich, es ist bestimmt ein Grund, ein bißchen zu feiern!" „Ja, wenn das so ist!" Fast gleichzeitig sagten es Seppl und Luigi. „Das lassen wir uns nicht zweimal sagen." Es wurde ein sehr lustiger Abend. Müde von dem Alkohol und der Anstrengung des Tages suchten sie bald ihre Betten auf. Auch Klausner ging zu Bett. Er war schon fest eingeschlafen, da kam Mina in sein Zimmer. Als sie sah, wie fest er schlief, gab sie ihm einen Kuß auf die Stirne und ging in ihre Schlafkammer.

Ein schöner Tag versprach es zu werden. Langsam kam die Sonne hoch und verbreitete ihren hellen Schimmer. Überall im Dorf hörte man die Hähne krähen. Auch die Spatzen in den Dachrinnen und unter den Dächern begannen mit ihrem Konzert. Im Kastanienbaum im Hof war ein Starenkobel angebracht. Deutlich hörte man das Piepsen der jungen Brut. Das Frühjahr hatte mit Gewalt Einzug gehalten. Im Gras an der Kirche blühten schon die ersten Blumen, Taubenschwärme flogen zum Frühstück auf die Felder. Eben holte die Kirchturmuhr aus zum Schlage. Sechs Uhr. Das Leben im Dorf erwachte. Futterkarren, Mistkarren rumpelten. Irgendwo schrien Schweine. Ab und zu brüllte eine Kuh. Der Lehrer – er wohnte im Schulhaus – stieß die Fensterläden auf, öffnete die Fenster weit und atmete tief die Morgenluft in seine Lungen. Ein schöner Tag wird das wohl wieder werden, dachte er bei sich. Heute will ich mit meinen Kindern dem Herrn Klausner und seinen Leuten einen Besuch abstatten.

Adolf lag noch im Bett, war aber schon wach. Im Geiste ging er noch einmal den gestrigen Tag durch. Er war mit sich sehr zufrieden. Schnell stand er auf, holte sein Waschzeug und begab sich nach unten in den Hof. Jörgli war schon mit dem Ausmisten beschäftigt. Mit kräftigen Armen schob er den Mistkarren über den Hof, zum großen Haufen. „Ja, send Sie denn au scho auf? Zuerst einen gute Morge", begrüßte ihn der Jörgli. „Das wünsche ich Ihnen auch", antwortete Klausner, der seine morgendliche Toilette beendet hatte. „Scheint wieder ein schöner Tag zu werden", meinte er, als er den Himmel gemustert hatte. „Doa kennes recht habbe", antwortete Jörgli, „soa ä schens Frühjahr hebbe mer schon lang nimmi kett!"

Klausner ging nach oben. Auf der Treppe kamen ihm seine Kollegen entgegen. „Guten Morgen, Kapo, gut geschlafen?" „O ja, ausgezeichnet. Ich wünsche euch auch einen guten Morgen! Beeilt euch, das Frühstück wird bald soweit sein!" Nachdem er fertig angezogen war, ging Klausner in die Küche. „Na, du Schlafkatze", empfing ihn Mina, „hast du endlich ausgeschlafen?" „Wieso?" meinte er. „Gell, du hast nicht einmal bemerkt, daß ich in deiner Kammer war?" „Was?" staunte er, „Das kann doch gar nicht sein, das hätte ich doch bemerkt." „Ha, von wegen, du hast geschlafen wie ein Murmeltier, du hast gar nichts gehört." „Weißt du was," gab er zur Antwort „ganz so unschuldig bist du ja nicht daran!" „Da kannst du auch wieder recht haben", lachte sie. „Pst", machte sie noch und legte den Finger auf die Lippen. Sie hatte ein Geräusch vor der Türe gehört. Sie hatte recht. Alle kamen sie nun zur Morgensuppe. Nach der Suppe stellte die Wirtin noch eine große Pfanne mit Schmalznudeln auf den Tisch. Von diesen ging ein Duft aus, einfach köstlich! „Ja, sagen Sie einmal, wie bald sind Sie denn heute aufgestanden, die sind doch ganz frisch!" „So um Viere rum", gab lachend die Wirtin zur Antwort. „Was, kurz nach Mitternacht?" staunte Weinberger. „Ach, des is alles halb so schlimm, i bin des frühe Aufstehe gwont!" Respektvoll schauten sie die Wirtin an. „Des mecht der Mina nix aus", brummte Jörgli. Die Arbeitseinteilung fiel an diesem Morgen kürzer aus. „Jörgli, du fährst heut den Mist of die Wiese! Ihr", dabei deutete Mina auf die Mägde „ihr dent den Saal drobe putze! Der muaß sauber sei, wenn die ville Leit kumme!" „Wir packen es auch", meinte Klausner.

Im Lager holten sie ihr Werkzeug und Material, luden alles auf eine Karre und fuhren damit zur Baustelle. Schon von weitem sahen sie die zwei schlanken Profilmasten in den Himmel ragen. „Da schau her, der

Beton hat prima abgebunden! Da brauchen wir nur noch den Sockel zu machen. Das ist euere Arbeit, Seppl und Luigi, wir holen uns ein paar kleine Leitern und sehen zu, daß wir die Plattform anbringen", befahl Klausner. Bald hatten sie welche; damit sie nicht abstürzten und auch die Hände frei hatten, band sich jeder einen Sicherheitsgurt um den Bauch. Mit dem Flaschenzug hievten sie dann die Plattform nach oben. Mit starken Schrauben, die mit Kontermuttern gesichert waren, befestigten sie die Konstruktion. Der Wagner hatte ordentliche Arbeit geleistet, es waren kräftige Planken, gut fünf Zentimeter dick. Da hat der Trafo bestimmt einen guten Stand, überlegte Klausner. „Du, Andreas, jetzt müssen wir noch Quer- und Längsträger anbringen, damit wir die Sicherungsböcke und die Trennmesser anbringen können; schau mal her, so sieht das auf dem Plan aus." Ausgiebig studierten sie ihn. „Wollen wir heute keine Brotzeit machen, Kapo?" fragte Seppl. „Was, schon neun Uhr durch", wunderte sich Klausner. „Also Brotzeit!" Sie setzten sich auf die Karre und verzehrten ihr Vesperbrot.

Kaum waren sie fertig, kam der Herr Lehrer mit seinen Schulkindern. Artig wünschten die einen guten Morgen. „Guten Morgen, Kinder, guten Morgen, Herr Lehrer!" antwortete Klausner. „Nun, da sind wir, wie versprochen", sagte der Lehrer. „Also, Kinder, nun paßt einmal gut auf." Mit diesen Worten begann Klausner seinen Vortrag. „Der Strom kommt von einem Kraftwerk, da stehen große Maschinen, die den Strom machen. In einer langen Leitung aus dicken Drähten wird er dann zu uns gebracht. Weil aber der Strom recht stark sein muß, damit er bis zu uns kommt, muß er hier wieder klein gemacht werden. Dazu dient ein Transformator, abgekürzt sagt man Trafo. So eine Station, wo ein Trafo stehen soll, bauen wir. Da droben auf dieser Plattform wird er bald stehen." Er zeigte mit dem Finger nach oben. Staunend folgten die Kinder den Ausführungen des Monteurs. „Von da kommt der Strom dann in alle Häuser. Ständer werden auf die Dächer gestellt und Drähte werden gezogen. Mit dem Strom kann man dann Licht machen und mit einer Maschine Futter schneiden." Ungläubig starrten ihn die Kinder an. „Des glaub i net", sagte ein Vorwitziger. „Wenns der Herr doch sect", riefen andere. „Ja, Kinder, der Herr hat schon recht, es ist alles reine Wahrheit, ihr werdet es schon erleben!" versicherte der Lehrer. „Im übrigen, Herr Klausner, das haben Sie fein erklärt. Ich habe ja auch nicht das technische Verständnis, das nötig wäre, um es den Kindern zu erläutern. Ich danke Ihnen jedenfalls ganz herzlich für diese Unterrichtung!" „Aber ich bitte Sie, das hat mir doch Spaß gemacht", antwortete Klausner. Nach nochmaligem Dank zog der Lehrer mit seiner Schar davon. Einige winkten ihnen noch zu.

Inzwischen hatten Seppl und Luigi den Sockel soweit fertig. Rings um die Masten hatten sie etwa zwanzig Zentimeter hoch eine Holzverschalung angebracht. Die hatten sie mit Beton gefüllt und mit einem Glattstrich versehen. „Das habt ihr gut gemacht", lobte Klausner die beiden. Sie freuten sich über das Lob. Schon läutete es Mittag. „Nachmittags muß ich unbedingt nach Rothenburg", sagte Klausner. „Ihr könnt ja weitermachen, helft dem Andreas bei der Montage der Schienen. Bis gleich." Er schwang sich auf sein Rad und fuhr ins Quartier. Als er über den Sohler ging, kamen gerade die beiden Mägde mit Putzeimern aus dem Saal. „Donnerwetter, den erkennt man ja gar nicht wieder", sagte Klausner, nachdem er einen Blick hineingeworfen hatte. Blitzblank war alles, auch die Fenster waren geputzt, man konnte sich direkt drin spiegeln. Nach dem Essen – es gab Reissuppe, Hackbraten und Kartoffelsalat – machte sich Klausner nach Rothenburg auf. Die anderen gingen wieder an ihre Arbeit.

Adolf wollte gerade wegfahren, als Mina aus dem Hause kam. Da Frieda über den Hof lief, sagte Mina: „Herr Klausner, Sie könnten mir, wenn es Ihnen nichts ausmacht, etwas mitbringen aus Rothenburg." „Aber sicher", gab er zur Antwort. „Was soll es denn sein?" „Ich habe das auf einem Zettel notiert, hier sind zehn Mark, mehr habe ich momentan nicht da, aber das reicht bestimmt!" „Nun, sollte es nicht reichen", lachte Klausner, „ich habe ja auch Geld bei mir." Er schwang sich auf sein Stahlroß und fuhr nach Rothenburg. Sein erster Weg war zum Bahnhof. „Sie kommen mir gerade recht", sagte der für die Spedition verantwortliche Beamte, „eine Menge Zeug ist für euch gekommen! Eisenteile, Dachständerrohre, Kabeltrommeln, Bunde mit Draht, na, Sie sehen ja selbst!" „Da muß ich gleich zum Wittmanns Gustl", bemerkte Klausner. Er nahm die Frachtbriefe in Empfang und studierte sie sorgfältig. „Muß ich was bezahlen?" fragte er. „Nein, es ist alles freigemacht", gab ihm der Beamte zur Antwort. „Na, dann fahr ich zum Gustl."

Der stand im Hof und blinzelte in die Sonne. „Meister", rief Klausner, „es gibt Arbeit!" „So, was habbe Sie denn?" fragte der Spediteur. „Ma-

terial vom Bahnhof nach Unterhofen." „Aha, des werre mer glei habe."
Er riß die Stalltür auf. „Fritz", brüllte er, „anspanne, nemmst am
Beschte den Bruckewage, doa bringscht am masta nauf!" Nach einer
Weile war das Gespann fertig und rumpelte zum Tor hinaus. „Eine
promptere Erledigung kann man nicht bekommen!" lobte Klausner.
Nun fuhr er in die Stadt, Minas Sache zu besorgen. Ihn bezauberte im-
mer wieder diese mittelalterliche Stadt. Die Mauern, die Türme, die
spitzgiebligen Häuser, der wunderschönen Rathausplatz, die vielen
Brunnen – in Gedanken kam er richtig ins Schwärmen.

In die Rathausapotheke und in ein Spezereigeschäft, das allerhand Ge-
würze feilbot, führte ihn sein Weg. Im „Ochsen" in der Nähe vom Galgentor kehrte er noch ein. Ein Stück Stadtwurst, zwei Weck und eine
halbe Bier ließ er sich schmecken. Als er sein Fahrrad bestieg, schlug es
von „Jakob" gerade fünf Uhr. Kurz vor Unterhofen überholte er das
Fuhrwerk mit dem Material. Das klappt ja ausgezeichnet, dachte sich
Klausner.

Er fuhr zur Baustelle, „Leute", sagte er, „geht ins Lager, da gibt es
gleich mächtig zu tun, eine Fuhre mit Material ist unterwegs." Er radelte ins Quartier. Mina stand gerade am Fenster im Saal, da sah sie ihn
ankommen. Sie winkte ihm zu, er aber sah sie nicht, er klopfte an die
Küchentüre, doch es rührte sich nichts. Dann ging er nach oben. Mina
hatte sich was Feines ausgedacht. Sie war in seine Kammer gegangen,
hatte das Bett aufgedeck und sich mit den Kleidern hineingelegt. Ahnungslos trat er ein. Sie stellte sich schlafend. „Ja, was ist denn das! Ein
Dornröschen liegt in meinem Bett und wartet auf das Wachküssen",
sagte er. Behutsam beugte er sich über sie und küßte sie voll auf den
Mund. Da riß sie ihn an sich und erstickte ihn fast mit ihren heißen
Küssen. „Liebster", keuchte sie, „du muß unbedingt heute nacht zu mir
kommen! Ich brauche dich doch so sehr." Angefeuert von so viel Wild-
heit und Leidenschaft, konnte er sich nur mit Mühe zurückhalten.
„Freilich komme ich, ich zähle ja schon die Stunden bis dorthin." Er
drückte mit der Hand noch ihren Busen, strich ihr das Haar aus dem
erhitzten Gesicht, gab ihr einen Klaps und schickte sie aus der Kammer.
Sorgfältig spähte sie den Sohler entlang, nichts rührte sich. Er verstaute
die Frachtbriefe in der ledernen Mappe, kämmte seine zerzausten Haare
und begab sich dann auch nach unten.

Soeben kamen die Kollegen von der Arbeit. Klausner fragte: „Habt ihr alle Materialien gut untergebracht?" „Ja, selbstverständlich, Kapo!" „Na, dann ist es ja in Ordnung. Ich muß noch zum Schmied, ihr könnt einstweilen Brotzeit machen. Ich denke, daß ich in einer Stunde wieder zurück bin." Langsam schlenderte er die Dorfstraße entlang. Da begegnete ihm der Bürgermeister. „Guten Abend", grüßte Klausner. Der Bürgermeister erwiderte seinen Gruß und fragte ihn: „Wohin gehns denn?" „Zum Schmied muß ich", gab ihm Klausner zur Antwort. „Übrigens, was ich sagen wollte, Herr Schaumann", sprach er den Bürgermeister an, „wir bräuchten noch Quartiere für etwa zehn Personen." „Wieso, ich denk, Sie können alle im Saal unterbringen?" „Ja, meine Leute schon, aber es kommen auch welche, die die Installation der Anlagen in den Häusern durchführen", sagte Klausner. „Ja, so, daran habe ich gar nicht gedacht! Wenn ich Sie recht verstanden habe, sollen die auch bei den Leuten im Quartier verpflegt werden?" „Ja, so ist es gedacht!" „Da werde ich morgen gleich einmal herumhorchen. Die können ja auf dem Hof bleiben, wo sie grad arbeiten. Sicher werden wir dieses Problem auch lösen. Reicht es, wenn ich Ihnen bis nächste Woche Bescheid gebe?" „Auf jeden Fall, wissen Sie, die Leute kommen ja erst in etwa vier Wochen; sehen wir uns heute abend noch im Gasthaus?" „Ja, aber es kann spät werden, wir haben heut abend Gemeinderatssitzung, doch hinterher kehren wir immer noch ein wenig ein!" „Wenn das so ist, dann können wir uns vielleicht noch näher darüber unterhalten. Also bis später, Herr Bürgermeister."

Der Schmied hatte auch schon Feierabend. „Meister", fragte Klausner, „dürfen wir morgen wieder die Werkstatt benützen? Wir hätten einige Arbeiten auszuführen!" „Wann wollen Sie da kommen?" „Nun, ich denke so bis ungefähr zehn Uhr." „Ja, das paßt, denn ich muß morgen früh einige Hufeisen anfertigen und ein paar Pflugscharen scharf machen. Aber bis dahin bin ich fertig; nacher" – der Schuster fiel wieder in den Dialekt – „nacher bringt der Müller sei Gäul und zon Beschlage brauch i ja net in der Werkstatt sei!" Klausner wünschte dem Schmied noch eine gute Nacht. Auch das klappt ja prima, dachte er. Ein Liedchen vor sich hinträllernd, die Hände in den Hosentaschen, marschierte er ins Wirtshaus. Schon vor weitem hörte er Lärm. Was ist denn hier los, fragte er sich. Die Antwort bekam er gleich. Wandernde Schäfer waren eingekehrt, lustige Leute. Der eine hatte eine Ziehharmonika dabei und spielte mit Luigi einige Lieder. Alle Gäste sangen kräftig mit. Klausner fand die beiden äußerst sympathisch. In einer Pause erzählten sie dann, sie wären vom Bodensee heraufgekommen. Ja, sie berichteten allerhand, Geschichten, halbe Wahrheiten und halbe Schnurren und Anekdoten. Man konnte ihnen gut zuzuhören. Selten verflog die Zeit so schnell.

„Was, zehn Uhr schon", meinte Mina, „da werden bald die Gemeinderäte kommen!" Eben hatte sie einige Krüglein Bier hereingebracht, da ging auch schon die Türe auf, und der Herr Bürgermeister mit seinen Gemeinderäten trat in die Stube. „No, Leit, het er wieder e wenig regiert?" flachste der alte Wittmann. „Mechest gern wisse, was mer gmacht hebbe? Wast was, kannst du dei Maul halte?" fragte ihn der Bürgermeister. „Allemol", sagte Wittmann. „I au", gab ihm der Schaumann zur Antwort. Alles lachte schallend. „Ach was", sagte einer von den jungen Bauern, „so wichtia Beschlüß hebbe dia ja doch net." „Sou werds sei", meinte der Bürgermeister und nahm einen kräftigen Schluck aus dem Krüglein. „Loß ner, unser Bürgemaschta is scho recht", sagte Jörgli und zog dabei mächtig an seiner Pfeife. „Bleibt ihr über Nacht?" fragte Klausner die beiden Schäfer. „Jo freili, mir schlofet doch in unsere Karre!" „Praktisch is des scho", sagte Seppl, „wenn mer sei Quartier dabei hot." Gegen elf Uhr ging einer nach dem anderen, wünschte gute Nacht und zog sich zurück. Auch Adolf suchte müde seine Kammer auf.

Mina hörte das Rumpeln des Futterkarrens und das Klappern der Melkeimer zuerst. Meine Güte, dachte sie, jetzt hätte ich bald verschlafen. Schnell schlüpfte sie in ihr Kleid und eilte nach unten in die Küche. Auch Adolf erwachte, suchte sein Waschzeug zusammen und rannte die Treppe hinab zum Brunnen. Auf der Treppe stieß er bald mit Seppl zusammen. „Hö, Kapo, renn mich nur nicht um, du hast aber ein Tempo drauf!" „Könntest mir ja auch zuerst einen guten Morgen wünschen, bevor du mich anmeckerst!" sagte Klausner. „Ach, ich hab das doch nicht so gemeint", maulte Seppl. „Schon gut", brummte Klausner. Das kalte Wasser, das er sich über seinen Schädel laufen ließ, tat ihm sehr gut. Prustend und schnaufend rieb er seinen Oberkörper ab, der daraufhin ordentlich rot anlief. Nun kamen auch die anderen zum Waschen. Eben trat Mina aus dem Hause. „Einen recht guten Morgen wünsche ich den Herren!" Sie dankten ihr und gingen sich ankleiden. Beim Hineingehen blinzelten sich Mina und Adolf verschwörerisch zu. Er legte noch den Finger auf die Lippen, sie strahlte ihn an und tat das gleiche. Nach dem Frühstück teilte zuerst Mina die Arbeit ihrer Leute ein, danach war Klausner dran. „Seppl, du gehst mit mir zum Schmied, da kannst du zeigen, was du kannst. Doch wir müssen erst um zehn Uhr da sein. Zuvor kannst du ja mit Luigi Erdleitung graben! Andreas, wir bringen die Sicherungsböcke und die Trennmesser an, also auf geht's!" Sie begaben sich an die Baustelle. „Andreas, wir hängen eine Rolle ein, lassen ein Seil darüberlaufen und ziehn dann unsere benötigten Teile hoch", ordnete Klausner an. „Ja, das ist gut, Luigi kann uns dann die Sachen anhängen, und wir brauchen nicht wegen jeder Kleinigkeit immer vom Podest herunter." „Vergiß deinen Sicherheitsgurt nicht", mahnte Klausner. „Klar, daran habe ich schon gedacht!" „Luigi", schrie Klausner „komm mal her, schau mal, da liegt allerhand Zeug, das mußt du uns anhängen, wenn wir es brauchen! Verstanden?" „Si, Kapo, alles verstanden!" „Na gut, fangen wir an!"

Gemeinsam befestigen sie zuerst die Trennmesser an den Querträgern. Bis zur Vesperpause waren sie fertig. „Ich helfe dir noch etwas bei den Sicherungsböcken, dann kannst du alleine weitermachen, du weißt ja, ich muß um zehn Uhr mit Seppl beim Schmied sein!" „Mach dir nur keine Sorgen, wir kommen schon zurecht, was, Luigi?" „Alles klar, Kapo", strahlte der. „Nun, dann können wir ja beruhigt gehen. Kommst nach, Seppl!" Er schwang sich auf sein Fahrrad, und Seppl machte sich auf den Weg.

„Guten Morgen", grüßte Klausner. „Meister, sind wir so weit?" „Ja, ja, meine Hufeisen habe ich fertig und die Scharen sind auch geschärft. Jetzt geht es ans Beschlagen, dazu brauche ich nicht in der Werkstatt zu sein." Da trat Seppl ein, Klausner stellte ihn vor und meinte, er wäre von derselben Zunft. Der Meister musterte den Seppl. „Die richtige Figur hat er zu unserem Handwerk", brummte er in seinen Bart. „So einen Gesellen kann man immer gebrauchen!" Seppl stand etwas verlegen da, holte seine Schnupftabaksdose hervor und schob sich eine anständige Prise in seine Nase. „Also Kapo, was gibt's?" fragte er. Klausner erklärte ihm anhand der Zeichnung, wie die Bügel aussehen sollten, die es anzufertigen galt. Seppl ging an den Blasebalg, zog ein paarmal kräftig, und schon loderte das Feuer auf. Dann nahm er prüfend ein Eisen in die Hand, stieß es ins Feuer, holte es glühend heraus, legte es auf den Amboß und begann, es mit geschickten Hammerschlägen zu formen. Klausner sah ihm dabei zu. Der versteht sein Handwerk, dachte er. Es dauerte keine Stunde, da lagen die fertigen Bügel schon vor ihm. „Donnerwetter Seppl, du kannst arbeiten", lobte ihn Klausner. Der Seppl strahlte aus seinem rußigen Gesicht. „Ja", meinte er, „gelernt ist halt gelernt!" Eben betrat der Meister die Werkstatt. Klausner zeigte ihm die Arbeit Seppls. Der schaute sie eingehend an. „Gut, sauber und schnell", war sein Urteil. An und für sich geizte Meister Wittmann mit seinem Lob, das war in der ganzen Umgegend bekannt, doch hier konnte er nicht anders. „Wenn du einmal keine Arbeit hast, kannst ruhig zu mir komme, so einen wie dich könnte ich allemal gebrauchen!" „Da wird wohl nichts draus werden, Meister", lachte Klausner, „auch wir können so einen tüchtigen Mann wohl gebrauchen!" „Ja, tüchtige Handwerker gibt's leider net sou vill", bedauerte der Schmied. „Herr Klausner, i hätt au a Bitt, die Heiter vom Müller, die sen recht sterni, kennt mer doa der Seppl er wenig and Hend geah?" „Ja, selbstverständlich, eine Hand wäscht doch die andere", sagte Klausner.

„Also Seppl, genges mer a. Do hob i no an alte Lederschurz, den bindst der rum." Seppl rüstete sich aus und begann mit der Arbeit. Schon hatte er den Fuß des Pferdes auf seinem Knie liegen. Mit eisernem Griff hielt er ihn fest und riß ihm mit einer Zange die alten Hufeisen herunter, während er immer beruhigend auf das Pferd einsprach. Der Gaul ließ sich diese Behandlung ohne weiteres gefallen. Er schnaubte nur ein paarmal kräftig. Mit Erstaunen sah Klausner, wie gut der Seppl mit den Tieren umgehen konnte. Fast zur gleichen Zeit waren der Schmiedemeister und der Seppl fertig. „Ja, sag amol, wo hoscht du denn des Beschlage sou glernt?" „Vo mein Vadder", grinste Seppl, „der war nemli in Augsburg of der Schul der Beschte!" „Ha, des glab i. Sou wos sicht mer nemli nit alle Toug!" Während sie sich noch unterhielten, läutete es Mittag. „Was, scho zwelfe!" Klausner meinte: „Mittag!" „I wünsch eich allezamm an gute Appetit!" „Den werden wir haben, was, Seppl?" Der nickte. Sie gingen unter dem Geläute dem „Ochsen" zu.

Auf den Tischen stand Sauerbraten, dazu halbseidene Klöße – hergestellt zur Hälfte aus rohen geriebenen Kartoffeln und zur anderen aus gekochten Kartoffeln. Als Beilage gab es noch einen Salat aus roten Rüben. Es schmeckte ihnen allen köstlich. „Mei, des muß mer der Wirtin scho lassen, wunderbar kochen kann die", sagte Weinberger, während er mit einem kleinen Stückchen Brot seinen Teller sauber machte. Beim Pfeifestopfen fragte Klausner: „Na, Männer, wie hat es bei euch geklappt?" „Ausgezeichnet", gab Andreas zur Antwort. „Das hätte mich auch gewundert, wenn es anders gewesen wäre." Nachdem sie ihr Bier ausgetrunken hatten, sagte Klausner: „Packen wir es also wieder!" Beim Hinausgehen stellten sie fest, daß ein Fuhrwerk mit Holzmasten die Straße herunterkam. „Was, sind das etwa die Leute, die unsere Masten für die Fernleitung stellen sollen?" Doch das war ein Irrtum. Bald erfuhr Klausner, daß es Männer von der Post, also Telegrafenarbeiter waren. Sie hatten den Auftrag, dem Bürgermeister eine Telefonleitung zu legen. Das ist ja prima, dachte sich Klausner, jetzt kann ich um mein Material im Bahnhof anfragen, auch wenn ich etwas von der Geschäftsleitung brauche, kann ich es telefonisch bestellen.

Für den Nachmittag hatten sie sich das Befestigen des Schaltkastens und den Einzug der Verbindungsleitungen vorgenommen. Es ging gut voran, so daß sie am Feierabend ein ganz schönes Stück weitergekommen waren. Klausner ordnete an: „Seppl, du mußt morgen zum Schmied, die oberen Traversen müssen gebohrt werden, damit wir die Isolatoren anbringen können. Du, Luigi, kannst sie gleich morgen früh aufhanfen. Ich zeige dir, wie das geht." Klausner spannte eine Isolatorenstütze in den Schraubstock ein, wickelten Hanf schön gleichmäßig und fest um die Stütze und bestriche den umwickelten Hanf mit einer Bleifarbe. Nun drehte er die mit einem Porzellangewinde versehenen Isolatoren auf die Stützen. Man mußte sich beim Aufdrehen ziemlich anstrengen, denn die Isolatoren mußten ja sehr fest sitzen und durften nicht wackeln. Die Farbe verlieh der Hanfwicklung zusätzliche Festigkeit; wenn sie hart wurde, saßen die Isolatoren bombenfest.

„So, für heute machen wir Schluß, räumt euere Sachen alle auf und sperrt das Lager ab, bei der Brotzeit treffen wir uns dann wieder! Ich habe noch etwas zu schreiben", sagte Klausner. Er setzte sich auf sein Fahrrad und fuhr ins Gasthaus. Eine kleine Chaise stand im Hof. Soeben bestieg eine Frau mit zwei Kindern das Gefährt. „Herr Klausner, das ist meine Schwester mit ihren Kindern, sie wohnt in Steinsfeld. – Das ist Herr Klausner, der Leiter von den Elektrischen, die bei uns wohnen", stellte Mina vor. Die Schwester war Mina zum Verwechseln ähnlich, nur hatte sie um den Mund einen etwas herben Zug. Mina hingegen hatte zwei kleine Grübchen, die ihr einen heiteren Ausdruck verliehen. Inzwischen hatten die drei Personen in der Chaise Platz genommen. „Patin", rief eins von den Mädchen, „komm uns auch bald mal wieder besuchen!" „Momentan wird es nicht gehen, du siehst ja", sie fiel wieder in den Dialekt, „du sichst doch wos boa uns loas is. Etz kumme no mol zwanzich Mann, hot der Herr Klausner gsocht. No ja, mer werre scho secha", tröstete sie die Kleine. Unter heftigem Winken fuhren sie davon. „Sou, etz muß i aber die Brotzeit herrichte, die Herre sen bestimmt hungri." Sie drehte sich um und ging in die Küche.

Klausner ging nach oben. Ich muß noch den Tagesbericht schreiben, dachte er. Während er schrieb, wanderten seine Gedanken aber immer wieder davon. Wie soll das nur weitergehen, mit der Mina und mir, grübelte er. Er hielt sie für eine wundervolle Frau, von der er bestimmt nicht so leicht loskommen würde, er wußte auch, wie sehr sie ihn brauchte. Eine Frau in ihrem Alter, der vom Schicksal so mitgespielt worden war! Sie einunddreißig, er hingegen war erst zwanzig. Ach was, dachte er, die Liebe ist doch das Schönste im menschlichen Leben. Ein Lied kam ihm in den Sinn: „Pflücke die Rose, eh sie verblüht". „He, Kapo, du sollst zur Brotzeit kommen", rief Seppl. Er ging nach unten.

Klausner trat in die Küche, er war mit Mina alleine. „Du, Mina, könntest du mir mal Eier mit Schinken machen?" „Nein", schäkerte sie, „erst wenn du mich küßt!" Er nahm sie in die Arme und küßte sie mit einer Heftigkeit, daß sie zu stöhnen begann. Ruckartig lösten sie sich, ein Geräusch vor der Türe ließ sie auseinanderfahren. Mina drehte sich um und stand vor dem Herd, so konnte niemand sehen, wie durcheinander sie in ihren Gefühlen war. Klausner verließ gerade die Küche, er wäre beinahe mit Frieda zusammengestoßen, sie hatte einen Eimer Milch in der Hand und meinte: „Das wär ja nochmal gut gegangen!" Er beruhigte sie: „Ist ja nichts passiert", lachte er. Sich eine Pfeife stopfend, betrat er die Stube. Die anderen waren schon am Vespern. „Du willst wohl heute nichts?" fragten sie ihn. „Ach, ich hab mir bei der Wirtin schon was bestellt", gab er zur Antwort. „So, so, des is dir gewiß nimmer gut gnug?" meinte Andreas. „Das möchte ich nicht sagen, aber Abwechslung ist doch auch mal ganz schön, was?" „Ja etz bin i blos gspannt, was der griecht?" ließ sich Seppl vernehmen. „Seid doch nicht gar so neugierig, ihr werdet es schon sehen." Da kam auch schon die Wirtin mit einer stattlichen Pfanne, gefüllt mit Schinken und Rühreiern, herein. Damit war die Frage gelöst. „Des müssens uns morgen auch machen!" sagten die anderen. „Wie, laß mich mal versuchen", Andreas nahm die Gabel und versuchte. „Hervorragend!" war sein Urteil. Verständnisvoll zwinkerte Mina Adolf zu. Der blinzelte zur Mina hin und ließ es sich schmecken. Als er die Pfanne leergemacht hatte, seufzte er: „Jetzt bin ich aber so voll, daß ich noch etwas spazieren gehen muß!" „Des kann i verstehe", sagte Seppl. „Mei Vadder segt immer, die Sau, die was werre will, die legt sie nachen Fresse, die nix werre will, die rennt umeinander!" „Dir werd ich es gleich geben, du hast scheints schon lange keine Krankenschwester poussiert?" Die beiden anderen lachten schallend. „Kapo", sagte Weinberger, „wenns der des gfalln läßt, kannst mei Schuh a putze!" „O, ihr Banausen", drohte Klausner scherzhaft mit dem Finger, „bei euch muß ich scheints ganz andere Saiten aufziehen!" Noch lachend verließ er die Stube.

Schau an, dachte er, in den wenigen Tagen hat sich die Natur kolossal verändert. Die Knospen an der Kastanie waren fast am Aufbrechen. Er schlenderte an der Kirche vorbei, die Hauptstraße hinunter, zum Ortseingang. Er bog in einen Feldweg ein, da schimmerte ihm die blütenweiße Frische des Weißdorns entgegen, er holte sein Taschenmesser hervor und schnitt einige Zweige ab. Die werde ich Mina bringen, dachte er. Er freute sich schon auf ihr Gesicht. Damit ihn niemand sah, wollte er später den Hintereingang benützen. Er ging noch etwa eine halbe Stunde durch die frühlingshafte Natur und hing dabei seinen Gedanken nach. In ihm war ein ganzes Bündel von Gefühlen, das war ihm bisher nie geschehen, immer waren es Situationen, die er im Griff hatte, doch gegen diese leidenschaftliche Liebe war er machtlos. Zum ersten Mal in seinem jungen Leben war er der Liebe einer reifen Frau begegnet, er fühlte sich ihr auf Gedeih und Verderb ausgeliefert, doch wenn er ehrlich war, fand er das wundervoll. So in Gedanken versunken, merkte er gar nicht, daß er einen großen Bogen um das Dorf gemacht hatte und nun plötzlich vor der Maststation stand. Er freute sich schon auf den Abend und erst auf die Nacht! Er betrat das Haus von hinten und ging auf sein Zimmer. Hier stand der Wasserkrug vom Waschlavoir. Den nahm er, um am Brunnen im Hof Wasser zu holen. Beim Hinaufgehen hatte er nämlich gesehen, daß eine bauchige, tönerne Vase auf dem Sohlergang stand. Er nahm sie auf sein Zimmer, füllte sie mit Wasser aus dem Krug und steckte die blühenden Weißdornzweige hinein. Im Sohler war es schon so finster, daß man Mühe hatte, etwas zu sehen. Er tastete sich in das Zimmer von Mina, dort stellte er die Vase auf den Tisch. Er freute sich schon auf ihr Gesicht. Sicher hatte ihr in den letzten Jahren niemand Blumen gebracht, dachte er. Ach, ich liebe sie ja so und ich könnte ihr nur immerzu Gutes tun. Er ging nach unten, zuvor aber zündete er noch die Petroleumlampe an, die an einem Nagel an der Wand hing.

Das wird auch bald anders werden, dachte er, wenn hier erst das elektrische Licht brennt! Er freute sich, daß er es sein würde, der ihnen mit Hilfe seiner Leute die moderne Technik bringen durfte. So in Gedanken, betrat er die Stube. „Ja, Kapo, du bist wohl bis nach Rothenburg gelaufen!" empfing ihn Weinberger. „Warum, weil ich so lange ausgeblieben bin? Ach, Leute, es ist so schön, im Frühling spazieren zu gehen. Das würde euch Banausen auch nicht schaden. Du hast sicher inzwischen den anderen wieder ihr Geld abgenommen beim Kartenspielen, was?" „Alle Tage ist kein Fangtag", seufzte Weinberger, und Seppl grinste. „Heute ist er einmal dran! Ja, ja, unser Herrgott läßt der Geiß den Schwanz nicht zu lang wachsen, sie könnte sich bloß in die Augen damit schlagen", feixte Klausner. Er setzte sich an den Stammtisch und stopfte sich seine Pfeife. „Hat einer von euch die Zeitung gesehen?" „Da", sagte Luigi und gab sie ihm. Er las sie ausgiebig, während er mit seiner Pfeife beschäftigt war und ihr schöne Wolken entlockte. „Steht ja doch nichts besonderes drin", meinte er nach einer Weile und legte sie beiseite. Ungefähr fünf Minuten schaute er den Kartenspielern zu, als er sah, welche Fehler dabei gemacht wurden, meinte er: „Früher haben halt Leute gekartelt, die es konnten, heute kartelt schon ein jeder." „Kapo, mach dich nicht unbeliebt", gab ihm Andreas zur Antwort. Alle lachten.

Plötzlich war ein Poltern im Hof, ein Rufen, ein Lachen. Was ist denn da los? Sie wurden nicht lange auf die Folter gespannt. Ein Mann wie ein Baum trat in die Stube und fragte nach Herrn Klausner. Der gab sich zu erkennen. „Na, dann bin ich ja richtig", meinte der andere. „Mein Name ist Keil, Georg Keil, ich bin mit achtzehn Leuten gekommen, wir sollten das Ortsnetz bauen!" „So, ihr seid das?" Klausner rief der Wirtin und sagte: „Nun ist es soweit, unsere Arbeiter sind eingetroffen, wir brauchen Quartier!" „Na, mir soll es recht sein", gab die Wirtin zur Antwort. „Ich bin nur froh, daß ich gestern noch Strohsäcke besorgt habe!" „Männer, schafft euer Gepäck nach oben auf den Sohler, dann geht mit der Wirtin – halt, das kann Lina auch übernehmen – in die

Scheune, stopft eure Strohsäcke und bringt sie in den Saal!" Bald danach erschien Frieda. Sie hatte ein ganzes Bündel Wolldecken auf dem Arm. „Schaut doch nicht so langsam, ich muß noch mehr holen", meinte sie, den Monteuren zugewandt, in ihrer schnippischen Art. „Du, die hat Haare auf den Zähnen!" sagte einer. Lachend stimmten ihm die anderen zu.

Unten in der Stube war das Rumoren, das im Saal oben stattfand, gut zu hören. Ich bin nur gespannt, dachte Klausner, mit was für Leuten wir es da zu tun haben werden. Lauter junge, kräftige Burschen waren es. Das wird sicher Probleme geben, vor allem in Bezug auf die holde Weiblichkeit im Dorfe, sinnierte er. Damit sollte er nicht unrecht haben.

Die Leute hatten inzwischen Platz genommen, als die Wirtin die Stube betrat. „Habt ihr alle schon was zu Abend gegessen?" fragte sie. Sie verneinten. „So, so, na, da kann man abhelfe! I bring eich halt ebbes zon Veschpere. Schinke, Grechti Brotwerscht und an Pressack kann mer a aschneide." Bald saßen sie beim frohen Schmaus, auch dem Bier sprachen sie kräftig zu. „Langt ner fescht zua!" forderte die Wirtin immer wieder auf. Anscheinend hatte es sich rumgesprochen, daß nun die Elektrischen gekommen waren, denn bald darauf war die Stube zum Brechen voll neugieriger Bauern. Ebenso bald war eine ziemlich laute Unterhaltung im Gange. Mit Interesse wurde gefragt, woher, wie alt, was sie vordem gemacht haben und so weiter. Die meisten von ihnen kamen aus dem Frankenland, von Nürnberg über Ansbach war der gesamte mittelfränkische Raum vertreten.

Keil, der Sprecher der Gruppe, hatte sich zu Klausner an den Tisch gesetzt. „Bitte, Herr Keil, händigen Sie mir doch morgen eine Liste von den Leuten aus, vor allem ihr beruflicher Werdegang würde mich am meisten interessieren." „Gemacht!" meinte Keil. „Als erstes werden wir morgen mal durch die Ortschaft gehen, um die Standorte der Dachständer festzulegen. Morgen früh muß dann ein Teil Ihrer Leute mit einem Fuhrwerk nach Rothenburg zum Bahnhof, denn der Bürgermeister hat einen Telephonanruf bekommen, daß wieder eine Menge Material da ist. Nun, das brauchen wir ja auch dringend, vor allem Dachständer und das dazugehörige Befestigungsmaterial, damit wir die Burschen alle beschäftigen können. Haben Sie schon mal ein Ortsnetz aufgebaut?" richtete er die Frage an Keil. „Ja, im Nürnberger Raum war ich schon mal dabei. Allerdings, selbständig habe ich das auch noch nicht gemacht." „Wie ist das", fragte Klausner „habt ihr Zimmerleute und Maurer unter euch?" „Ja, zwei Maurer und zwei Zimmerer." „Prima", sagte Klausner „die werden uns eine große Hilfe sein, bei dem Einziehen von Balken und bei den Dacharbeiten." Während er sich eine Pfeife stopfte, meinte er: „Ich freue mich schon auf die Arbeit!" „Ich auch", gab ihm Keil zur Antwort. „Auf ein gutes Gelingen!" Sie hoben ihre Bierkrüge und prosteten sich zu.

Die Mina hatte allerhand zu tun, um den Gästen gerecht zu werden. Bald herrschte eine fröhliche Stimmung im Lokal. Als dann gar noch mit dem Singen begonnen wurde, stellte sich heraus, daß einige respektable Sänger unter den neu Angekommenen waren, besonders ein Tenor war dabei, der hatte eine Stimme wie eine Glocke! Sein Name war Strohmeier, er war aus Nürnberg und war dort in einem Gesangverein. Luigi bekam ganz glänzende Augen, als er ihn singen hörte. „Bella, bellissima!" schwärmte er. Es war ein wundervoller Abend.

Gegen elf Uhr sah Klausner nach der Uhr, „Männer, machen wir Schluß, morgen ist wieder ein Arbeitstag!" Einige halfen noch, die Stühle auf die Tische zu stellen und die Fenster weit zu öffnen, damit sich der Tabaksqualm verziehen konnte. Bald darauf war Ruhe im Hause eingekehrt. Klausner wartete noch eine Weile, um in das Zimmer von Mina zu schlüpfen. Er zog sich aus und legte sich in das Bett der Geliebten. Bald danach huschte auch sie ins Zimmer. „Liebster", flüsterte sie, „du bist ja schon da". Verlangend streckte er die Arme nach ihr aus. Während sie ihn küßte, flüsterte sie ihm ins Ohr: „Adolf, heute mußt du brav sein, es geht nicht." Zuerst verstand er nicht, was sie meinte, doch sie hatte es ihm schnell klargemacht. „Ach, das ist doch nicht weiter schlimm!" Er nahm sie ganz zärtlich in die Arme. Mit dem beseligten Gefühl der Geborgenheit schlief sie in seinen Armen ein. Auch er fiel bald in tiefen Schlaf.

5. Kapitel DAS ORTSNETZ

Strahlend begann die Sonne ihren Weg an diesem Frühlingstag. Die ersten Hahnenschreie begrüßten sie. Das Leben im Dorfe regte sich neu. Auch im Gasthaus zum Ochsen begann der Tag. Die tschilpenden Spatzen, die jeden Morgen ein lautes Konzert aufführten, hatten Adolf geweckt. Mina war auch schon munter. Erstaunt sah sie die blühenden Zweige in der Vase. Am Abend in der Dunkelheit hatte sie den Liebesgruß gar nicht bemerkt. „Ach, Liebster", sagte sie wehmütig, „wie lange ist das her, daß mir jemand Blumen geschenkt hat!" Mit Rührung sah er, daß sie Tränen in den Augen hatte. Zärtlich küßte er sie weg. „Ich muß aber jetzt schnellstens in meine Kammer, bevor die anderen munter werden." „Komm", sagte sie, nahm ihn bei der Hand, öffnete die Türe und spähte in den Sohler. „Die Luft ist rein", grinste er. Danach huschte er in seine Kammer. Es war keinen Moment zu früh. Im Saal wurde es schon lebendig. Er packte sein Waschzeug und ging nach unten zum Brunnen.

Bald darauf polterten die ersten Männer die Treppe herunter. Ein Maler hätte seine helle Freude an diesem Bilde gehabt. Etwa zehn junge Männer standen mit nacktem Oberkörper am Brunnentrog neben dem Kastanienbaum, der seine erstes zartes Grün präsentierte. Jörgli schob gerade den Mistkarren über den Hof. Mit freundlichem Blick nahm er das Bild in sich auf. Das Wasser perlte über die durch den Winter etwas bleich gewordene Haut der Oberkörper. Lachend und prustend, wegen des kalten Wassers, beendeten sie ihre Toilette, um dem Rest der Kameraden Platz zu machen. Kurz darauf saßen sie vor einer riesigen irdenen Schüssel und füllten sich ihre Teller mit der köstlichen Milchsuppe. „Ich war mal als Kind bei meiner Tante im Schwäbischen, da gab's auch so eine wunderbare Suppe in der Früh", meinte einer. Klausner und seine Männer aßen ihre Suppe wie jeden Tag in der Küche mit Mina und den Dienstboten, sie hatten sich schon an das morgendliche Gebet gewöhnt. „So", meinte Klausner, „nun werden wir zur Befehlsausgabe schreiten!" Nachdem er seine Pfeife in Brand gesetzt hatte, ging er in die Stube zu den anderen. „Hört mal alle her", unterbrach er ihre Gespräche, „ihr seid hierher gekommen, um den Leuten den Strom, die neue Zeit, zu bringen! Seid euch bewußt, daß ihr die Firma Schuckert repräsentiert, führt euch anständig auf und macht euere

Arbeit, wie es sich gehört. Die Leute im Dorf sind fabelhaft. Wir haben das in der kurzen Zeit, in der wir hier sind, festgestellt. Ich bin für alles, was hier geschieht, verantwortlich, wenn ihr irgendwelche Probleme habt, könnt ihr ruhig zu mir kommen! Euer Vorarbeiter ist Herr Keil. Einige von euch müssen nach Rothenburg zum Bahnhof, es ist dort Material zu holen. Die anderen gehen zum Lager. Unser Herr Weinberger wird euch dann sagen, was zu tun ist. Herr Keil und ich legen den Standort der Dachständer und der Masten im Ortsnetz fest. Also, Leute, in Gottes Namen, auf geht's!"

Sie machten sich auf den Weg. „Halt, einen Maurer brauchen wir noch zum Dächer aufdecken!" meinte Klausner. Einer mit einem kleinen blonden Schnurrbart, Klausner schätzte ihn auf etwa 25 Jahre, gesellte sich zu ihnen. Er hatte einen Rucksack mit seinem Handwerkszeug bei sich. Klausner hatte sich in den letzten Tagen einen groben Ortsnetzplan angefertigt; mit diesem Plan unter dem Arm machten sie sich auf den Weg. An der Maststation angekommen, staunte Keil nicht schlecht. „Habt ihr das alles in der Zeit, in der ihr hier seid, gemacht?" „Ja freilich", antwortete Klausner. „Donnerwetter, alle Anerkennung!" „Man tut, was man kann", sagte Klausner bescheiden. „Wie heißt denn der Maurer, der bei uns ist?" fragte Klausner. „Raffelsbauer", antwortete Keil. „Herr Raffelsbauer, Sie nehmen eine Latte, etwa zwei Meter lang, decken das Scheunendach dort drüben auf" – dabei zeigte Klausner auf das Dach des ersten Gebäudes nach der Maststation – „dort strecken Sie dann die Latte heraus! Sicher ist zur Zeit nicht mehr so viel Stroh auf dem Scheunenboden, daß Sie nicht an das Dach herankönnen." „Das kriegen wir schon", meinte Raffelsbauer. Klausner und Keil beugten sich über die Zeichnung. „Sehen Sie, hier von dieser Seite will ich über diese Scheune, auf der wir einen blinden Dachständer anbringen, in das Dorf. Von hier erreichen wir dann die Höfe auf dieser Seite des Dorfes. Die andere Seite des Dorfes packen wir dann von hier aus", erklärte Klausner. Eifrig studierten sie den Plan. Plötzlich wurden sie in ihrer Arbeit unterbrochen. Raffelsbauer hatte inzwischen das Dach der Scheune aufgedeckt und rief ihnen etwas zu. Er schob die Latte in die Höhe, um so einen aufgestellten Dachständer darzustellen. „Ja, so ist es recht, markieren Sie die Stelle, lassen Sie einen Ziegel offen, den Rest können Sie wieder zudecken", rief Klausner zu Raffelsbauer hinauf. Gemeinsam legten sie so Standort für Standort fest.

Als es zwölf Uhr läutete, konnten sie es gar nicht glauben, daß es schon so spät war. Sie gingen zum Mittagessen in den Ochsen. Auch die anderen Monteure strebten dem Gasthaus zu. Es gab Graupensuppe und Bratwürste mit Sauerkraut. Sie hieben kräftig ein. „Morgen", kündigte die Wirtin an, „gibt es eine Schlachtschüssel. Es wird Zeit, daß wir wieder schlachten! Bei so viel Essern werden wir wohl gleich zwei Schweine abstechen!" Die Männer freuten sich schon darauf. „Wer schlachtet denn bei euch?" fragte Klausner. „Bo uns hot immer der Hannes gschlacht, gell, unser Wärscht, dia schmecket doch?" „Aber sicher, sonst hätten ja unser hohen Herren von der Direktion keine mit heim genommen", antwortete Klausner. „Des will i meine", sagte die Wirtin, „der Hannes versteht sei Handwerk!" „Na Männer, klappt alles bei euch?" fragte Klausner. Ein zustimmendes Murmeln bestätigte es ihm. Nachdem sie ihre Krüge Bier ausgetrunken hatten, gingen sie wieder an ihre Arbeit. Auch der Trupp Klausner entfernte sich.

Mina, Frieda und Lina deckten den Tisch ab und spülten das Geschirr. „Der Brühtrog muß no gholt werre", sagte Mina zu Frieda „und Lina, i gang zon Hannes und sach dem Bescheid! Dernoch dent er des Gschirr herrichte fer morge!" Sie wußten, zwei Schweine, da gab's allerhand Arbeit.

Bei den Monteuren hatte inzwischen Raffelsbauer schon bei fünf Dächern die Standorte der Dachständer festgelegt. Zwischen dem Gehöft vom Ulmenbauern und dem Schmied war eine große Lücke. „Die müssen wir mit einem Mast überbrücken, was meinen Sie, Herr Keil?" fragte Klausner. „Ja, meiner Schätzung nach muß der Mast aber auch die Senke ausgleichen, es wird wohl ein Zwölf-Meter-Mast notwendig sein!" „Das habe ich auch gedacht", gab Klausner zur Antwort.

Die anderen der Ortsnetzkolonne hatten inzwischen das Material, das sie am Morgen vom Bahnhof abgeholt hatten, einsortiert und gelagert. Einige flochten Spannschlösser in das mitgebrachte Eisenseil. Es war für die nötigen Verankerungen bestimmt. Rohrschellen links, Rohrschellen rechts und gerade, Schlüsselschrauben in allen Größen und Längen wurden hergerichtet. Flaschenzüge wurden überprüft, ebenso die Sicherheitsgurte. Als es dämmerte, machten sie Feierabend. Morgen werden wir endlich mit dem Stellen der Dachständer beginnen, dachte Klausner; er freute sich auf den Feierabend, den anderen erging es ebenso.

Gegen acht Uhr abends waren sie alle in der Gastwirtschaft versammelt. Es ging ganz schön lebhaft zu. An zwei Tischen wurden Karten gespielt. Eine Partie kartelte einen Schafkopf, die anderen spielten Sechundsechzig. Einige saßen bei den Kartlern und kiebitzten. Fachmännisch gaben sie ihre Ratschläge ab. Das ging dann so: „Mensch, warum hast du deine Sau nicht geschmiert" oder: „Hättest du mit dem Alten gestochen, hätte er nicht mehr drüber gekonnt!" Einen Vorteil hatte das Ganze, sie lernten sich beim Spielen am besten und am schnellsten kennen. Eine alte Regel lautete: Willst du einen Menschen kennenlernen, mußt du mit ihm spielen! Eifrig wurde dem würzigen Bier zugesprochen, die Unterhaltung wurde immer lauter. An dem Tisch mit den Schafkopfern spielte einer ein Herz-Solo, der andere ihm gegenüber gab ihm ein Kontra, plötzlich wurde es mäuschenstill. „Das gibt es doch nicht", sagte einer von den Kiebitzen in die Stille, doch die Gegenspieler hatten sechs Trümpfe in der Hand. Mit 64 Augen gewannen sie das Spiel! Der Spieler konnte es gar nicht glauben. Dreimal zählte er die Karten, doch es stimmte genau. Er mußte jedem Spieler zwölf Pfennige zahlen, eine ganz nette Summe. Nun ging natürlich die Flachserei los. „Karteln müßte man halt können", frotzelten sie. „Ach, haltets doch euer Maul, meint ihr, daß es euch nicht so gegangen wäre? Dabei habe ich euch ganz schön drangekriegt, ihr habt nämlich vergessen, daß ich drei Bauern gehabt habe!" „Was? Ja, schaut den an, und mir Rindviecher haben das vergessen." „So ist es, wenn man den Hals nicht voll kriegt! Ha, ha, ha, jetzt sind wir quitt!" Bald darauf stellten sie das Karteln ein.

Luigi hatte schon seine Gitarre bereit, da verließ der Müllers Peter aus Feuchtwangen die Wirtschaft. Mit einer Ziehharmonika in der Hand kam er zurück. Mit viel Beifall wurde er empfangen. Er war ein kleiner Meister auf seiner „Ziecheri", von den Volksliedern bis zum Schlager oder den Operettenmelodien oder einem zünftigen Marsch reichte sein Repertoire. Kurzum, er spielte alles, was ihm zugerufen wurde. Luigi hatte Mühe, ihn zu begleiten. Als Mina wieder einmal mit einer Ladung Bier den Raum betrat, stellte sie einen Krug vor die Musikanten, „Freibier", meinte sie schelmisch, sie war eben eine gute Geschäftsfrau, sie wußte, was zur Ankurbelung des Geschäftes diente.

An einem Tisch in der Ecke saß ein alter Bauer. „Leit, kennt ihr des Liad von Sedan amol spiele! I zahl eich drei Maß Bier!" Klar konnten sie! Andächtig lauschte der Bauer. „Der wor nemli dabei, bei Sedan", flüsterte ein jüngerer Bauer. Respektvoll wurde der Alte betrachtet. Wenn sie wüßten, was in den nächsten Jahren auf manchen von ihnen wartete! Allzu schnell verging die Zeit. „Leute, machen wir Schluß", sagte Klausner, „es ist schon fast halb zwölf Uhr!" Sie tranken ihr Bier aus und zogen sich zurück. Klausner ging noch ein bißchen vor die Haustüre. Ein herrlicher Sternenhimmel wölbte sich über ihm. Deutlich konnte er den Großen Wagen und den Polarstern sehen. Die bleiche Sichel des Mondes warf einen milden Schein über das schlafende Land. Irgendwo hörte er ein Käuzchen rufen, und Fledermäuse huschten durch die Nacht. Eine große Ruhe und Zufriedenheit war in ihm. Mit vollen Zügen genoß er den Frieden, die Geborgenheit, die er hier verspürte. Er war so versunken, daß er gar nicht merkte, daß die Haustüre aufging. Plötzlich schob sich eine Hand in die seine. Mina war es. Lange standen sie, ohne ein Wort zu sagen, da, eine Sternschnuppe! „Wünsch' dir was!" flüsterte sie mit belegter Stimme, er aber nahm sie in den Arm und küßte sie zärtlich. Hand in Hand gingen sie ins Haus zurück.

Wieder brach ein strahlender Märztag an. Nur der Wind war ziemlich rauh. Er vertrieb den leichten Dunst, der über den Hügeln der Frankenhöhe lag, im Nu. Im Saal des Gasthauses wurde es lebendig. Die Männer räkelten sich, bauten ihre Betten, nahmen ihre Waschsachen und gingen zum Brunnen. Etwas fröstelnd standen sie am Brunnentrog und ließen das kalte Wasser über ihre Köpfe laufen. Brrrr, schüttelten sie sich. „Macht ganz schön munter, was?" meinte Vorarbeiter Keil. „Ja, wer saufen kann, kann auch arbeiten", witzelte er sarkastisch. Doch die Männer nahmen es ihm nicht übel, das waren sie schon gewöhnt.

Nach dem Frühstück besprachen Klausner und Keil den Einsatz. „Herr Keil, Sie suchen die Zimmerer und die Maurer heraus und lassen sie Balken einziehen bzw. Dächer aufdecken und die Ausschnitte machen!" „Jawohl", sagte Keil, dann rief er die Leute zu sich. „Ihr", damit zeigte er auf die anderen, „holt die Dachständer und Traversen und ihr", er zeigte auf die letzte Gruppe, „hanft einstweilen Isolatoren auf." So bekam jeder seine Arbeit zugeteilt.

Die Zimmerleute zogen an der Schräge des Dachsparrens einen senkrechten Balken ein, an dem später der Dachständer befestigt werden sollte. Mit einem Winkelmaß rissen sie den Balken an, um ihn oben abzuschrägen; unten zapften sie ihn in den Quersparren ein. Nach etwa einer Stunde Arbeit war ihr Werk getan. Danach kamen die anderen Männer. Sie schraubten zuerst eine sogenannte Stellschraube ein. Darauf wurde der Dachständer gestellt und von einem Mann gehalten. Nun wurden die Befestigungsschellen angebracht. Mit einem Holzbohrer wurden die Löcher vorgebohrt, danach die Schlüsselschrauben eingedreht. Dabei mußte der Ständer in der Waagerechten sein. War dies nicht der Fall, mußte eine Dachschindel oder ein kleines Brettchen untergelegt werden. War der Dachständer befestigt, wurde eine Steigtraverse in etwa einem Meter über dem Dach am Ständerrohr angebracht. Ein Mann stieg auf die Traverse und hängte sich mit seinem Sicherheitsgurt um den Ständer. Nun reichte ihm ein zweiter die Traversen mit den aufmontierten Isolatoren zu. Er fädelte die Traversen über den Ständer und befestigte sie. Dabei hatte er zu beachten, daß er die Richtung zur Station einhielt. Machte die aufgelegte Leitung einen Knick, so mußte ein Anker angebracht werden. In der Mitte des Ständers wurde eine Ankerschelle befestigt, von der ein Eisenseil mit einem Querschnitt von etwa 25 Quadratmillimetern zu einem Spannschloß führte. Hiermit konnte man dann den Zug der Leitung ausgleichen. Der Anker wurde an einem Sparren befestigt. Nun wurden Drähte durch das Ständerrohr geschoben, das mit einer Porzellankappe gegen Regen abgedichtet wurde. Ans Ende des Dachständers im Bodenraum wurde nun ein Brett genagelt, das den Sicherungskasten trug. Damit war ihre Arbeit vorerst beendet. Die Maurer deckten dann sorgfältig das Dach wieder zu. Es konnte auch vorkommen, daß ein Firstziegel losgetreten wurde, das mußte dann repariert werden. Selbstverständlich wurde auch der Ständer abgedichtet; das geschah mit einer Blechmanschette, die am Ständerrand mit Hanf ausgestopft und mit Farbe überstrichen wurde. Auch beim Anker wurde eine Abdeckung vorgenommen. So wurden jeden Tag etwa fünf Dachständer erstellt. Manchmal gab es auch einen Kreuzungsständer, hier dauerte es dann doppelt so lange. Bei rund 130 Häusern konnte sich Klausner ausrechnen, wann mit dem Drahtzug begonnen werden konnte. Hoffentlich macht uns das Wetter keinen Strich durch die Rechnung, dachte er, dann müßten wir bis zum Herbst fertig sein.

Im Gasthaus zum Ochsen gab es ebenfalls viel Arbeit. Galt es doch, zwei Schweine zu schlachten. Gleich nach dem Füttern baute Jörgli den Brühtrog inmitten des Hofes auf. Die Mägde hatten die Blutpfanne und die Eimer mit heißem Wasser hergerichtet. Soeben trieb Jörgli die quietschenden Schweine dem Metzger Hannes zu. Damit er sie besser lenken konnte, hatte er an ihren Füßen einen Strick befestigt. Eine Sau hielt Frieda mit dem Strick in der Hand, die andere wurden von Lina gehalten, während Jörgli den Kopf nahm und bei den Ohren festhielt. Hannes hob das Beil, und mit einem genau berechneten Schlag ließ er es mit der Rückseite der Schneide auf die Stirne der Sau krachen, die fiel um, ohne noch einen Mucks zu machen. Geschickt stieß der Metzger ihr das Messer in den Hals. Mina war im gleichen Augenblick mit der Pfanne da, um das dampfende Blut aufzufangen. Schnell war die Pfanne voll, unter ständigem Rühren gab sie das Blut in einen bereitstehenden Eimer. Es durften sich keine Klümpchen bilden, deshalb mußte stetig gerührt werden. Mit der zweiten Sau wurde dieselbe Prozedur durchgeführt. Danach wurde die erste in den Brühtrog gelegt und mit etwas Pech eingerieben, dann wurden die Borsten mit einer stählernen Glocke abgeschrubbt. Auf einem Schragen, auf dem ein Brett lag, wurden die Schweine zerlegt. Lina und Frieda hatten schon in aller Frühe den Kessel mit Hilfe einiger Monteure auf den Hof geschleppt und Feuer gemacht. Das Wasser darin sprudelte inzwischen schon. Während der Speck eingelegt wurde, fing der Hannes das Därmeputzen an. Etwa eine Stunde mußten der Speck und die Innereien kochen, damit sie weiterverarbeitet werden konnten. Nur Lina blieb noch beim Kessel, während die anderen in die Küche gingen. Die Bretter zum Speckschneiden und der Fleischwolf zum Durchdrehen für die Würste wurden bereitgestellt.

Vom Kirchturm schlug es elf Uhr. Jetzt müßte eigentlich der Speck fertig sein, dachte Klausner. Richtig kalkuliert! Gerade holte Lina mit Hilfe von Hannes ein ordentliches Stück Speck aus dem Kessel. „Da komme ich ja gerade richtig", meinte scheinheilig Klausner. „Doa hebbes recht", antwortete der Hannes. „Ganges nur in d'Küch, die Mina richt ihne scho ebbes zsamm!" Klausner lief beim Anblick des Fleisches das Wasser im Mund zusammen. Eilig begab er sich in die Küche. „Ah, riechts hier aber gut!" „Des will i meine, Herr Monteur", sagte Mina, „setzet Se ner her und esset Se en Speck! Des is es beschte von der Metzelsuppe!" Sie stellte ihm einen vollen Teller durchwachsenen Speck hin, dazu noch Pfeffer und Salz und eine große Scheibe selbstgebackenes Brot. Nachdem er es tatsächlich geschafft hatte, den Teller zu leeren, trank er noch einen doppelten Zwetschgenschnaps, „zur Verdauung", wie er sagte. Voll der Köstlichkeit fuhr er mit dem Fahrrad zur Arbeitsstelle. „Los Keil, auf zum Kesselspeck", rief er schon von weitem seinem Kollegen zu. Der lief so schnell er konnte zum Wirtshaus, denn Kesselspeck durfte nicht kalt werden, das war eine Erfahrungssache.

Inzwischen ragten schon von verschiedenen Häusern die Dachständer in den Himmel, wohlgefällig betrachtete Adolf das Werk. Herrgott, dachte er, das ist so recht ein Leben, wie es mir gefällt! Er war mit sich und der Welt zufrieden. Auf seinem Fahrrad kam er zur Station. Täusche ich mich, fragte er sich, oder sehe ich dahinten wirklich Leute? Er täuschte sich nicht. Es waren die Männer vom Bautrupp, die die Fernleitung erstellten. Tatsächlich sah man am Horizont schon einige Holzmasten. Sie gaben der Landschaft ein ungewohntes Gepräge. Stolz standen sie da und verkündeten die neue Zeit.

„Mensch, hier riecht es gut, was?" Weinberger war als erster im Gasthaus und unterhielt sich mit seinen Kameraden. „Da hast du recht", gab ihm Seppl zur Antwort. „Das ist was für meines Vaters Sohn", meinte der. Sie nahmen am Tisch Platz. Sogleich brachte die Wirtin eine große Schüssel mit Wurstsuppe, danach folgte eine Schlachtplatte. Sie bestand aus einem Stück Kesselfleisch, einer Blutwurst, einer Leberwurst, einer Bratwurst und einer gehörigen Portion Metzelkraut. „So, Leit, langt no feschte zua, wenn der no ebbes braucht, schreit er mer halt", ermunterte die Wirtin sie. „O Heimatland, wo sollen wir das bloß hinessen?" stöhnte Andreas. „Ha, des is bei uns so der Brauch", feixte Jörgli, der eben in die Stube getreten war. „Wia mer ißt, sou ärbert mer au!" „Dann arbeitest du gut", lachte Luigi. Fröhlich schmausten sie.

Inzwischen kamen auch die anderen Kollegen. Auch ihnen stellte Mina solche Portionen hin. Klausner schenkte, während sie aßen, einstweilen Bier aus. Beim Pfeifeanzünden meinte er: „Das wenn alle Tage so wäre, wäre das eine schöne Plage!" „Ja, nichts ist schlechter zu ertragen als eine Reihe von guten Tagen", zitierte Keil ein Goethe-Wort und steckte sich einen Stumpen an. Während sie so beim Mittagessen waren, ging die Türe auf und ein untersetzter, rotbackiger Mann mit einer braunen Lederjacke trat ein. „Mein Name ist Mathes, ich bin mit meiner Kolonne hier. Wir stellen die Masten für die Fernleitung auf, können wir auch etwas zu essen haben?" „Aber selbstverständlich", antwortete

Klausner, „da kommt ihr gerade recht, heute ist nämlich Schlachttag! Ich sage schnell der Wirtin Bescheid. Übrigens, mein Name ist Klausner, ich bin hier für alles verantwortlich!" „So, Sie sind der Klausner, von Ihnen habe ich schon gehört! Unser Ingenieur, der Herr von Lauterbach, hat mich an Sie verwiesen! Na, dann ist ja alles in Ordnung!" Zehn Mann stark war die Kolonne, sechs davon waren Italiener. Das war vielleicht etwas für Luigi! Eine Begrüßung und ein Durcheinanderreden begann. „Gebt doch denen was zu essen, damit sie ihr Maul halten", knurrte Keil. Tatsächlich, nicht lange danach war es verhältnismäßig ruhig.

Nach dem Essen gingen sie alle wieder an ihre Arbeit. Klausner begab sich auf seine Kammer. Er mußte die Stundenzettel noch fertigmachen. Diesmal dauert es bis gegen Abend, denn inzwischen waren es ja 23 geworden. Mitten in der Arbeit öffnete sich die Türe, Mina stand im Zimmer. „Du, Adolf", sagte sie etwas atemlos, du ich brauche eine Pause!" Sie öffnet ihr Kleid, das sie um die Brust spannte, blickte ihn mit feurigen Augen an und ließ sich auf sein Bett fallen. Noch etwas verwirrt, beugte er sich über sie. Sie lag mit geschlossenen Augen da und wartete auf ihn. Er riß sie in die Arme. Sein Kuß war heiß und fordernd. Sie zitterte in seinem Arm, ihr Kleid war verrutscht, und er tastete nach ihren Schenkeln. „Liebster, es geht noch nicht", keuchte sie. „Sei bitte zärtlich zu mir." „Du", droht er „ich bin ganz aufgewühlt!" „Verzeih mir, das wollte ich nicht! Ich will dich nicht reizen!" „Du Dummerle, das holen wir doch alles wieder nach", flüsterte er. „Sei vorsichtig, wenn du nach unten gehst. Du weißt ja, unsere Liebe ist unser Geheimnis!" „Ja, aber einen langen, festen Kuß bekomme ich noch", bettelte sie. Selig hing sie an seinem Halse. Sachte schob sie die Türe einen Spalt weit auf, spähte in den Sohler hinein und huschte aus der Kammer. Er schrieb noch ungefähr eine Stunde. Die Dunkelheit war angebrochen, die Leute kamen von der Arbeit.

6. Kapitel   FEURIO!

Am Abend war Stammtisch der Handwerker. Der Schmied, der Schlosser, der Wagner und der Schreinermeister waren da. Übrigens mußte sich auch rumgesprochen haben, daß die Mina zwei Schweine geschlachtet hatte. So sprachen sie den frischen Blut- und Leberwürsten und dem Metzelkraut kräftig zu. „Ha, so ä Metzelsupp, des is scho ebbes", brummte der Schmied, wischte sich das Fett aus dem Schnurrbart und trank einen gewaltigen Schluck Bier. „Ja, so läßt sis lebe", gab ihm der Schreinermeister Frickinger recht. „Was sagen denn Sie dazu, Herr Klausner? Send Si au unserer Meinung?" „Gewiß bin ich das", versicherte der. „Lebe und lebe lasse", fuhr der Schmied fort, „is mei Devise!" So ging die Unterhaltung noch weiter.

An einem anderen Tisch spielten sie ein neues Spiel. Die Leitungsbauer trieben es und forderten die anderen auf, mitzutun. Das ging so: Ein Spiel Karten wurde aufgelegt. Der Geber verteilte die Karten einzeln. Wer die erste As erwischte, durfte die bereitstehende Maß Bier antrinken, der die zweite und dritte As bekam, durfte weitertrinken. Der die vierte As hatte, mußte dann bezahlen. Wenn einer nun raffiniert war, trank er so gewaltig an oder trank bei der zweiten As oder der dritten weiter, so daß es vorkam, daß der letzte gar nichts mehr bekam, aber zahlen mußte! Ein Spiel, das mit großem Hallo aufgenommen wurde, das aber auch zu ganz schönen Räuschen führte. Einer nach dem anderen verschwand, weil er schwer geladen hatte. Die Handwerksmeister machten auch eine zeitlang mit, kamen aber mit dem Trinken nicht nach und gaben sich bald geschlagen. „Dös is a Teifelsspiel, doa mach i nimmer mit", sagte einer der Bauern und gab bald auf. „Doa mißt mer ja saufe kenna wia a Moggela", dröhnte der Schmied mit seinem Baß, ihn hatte es schon zweimal zum Zahlen erwischt, „Bruader, die Elektrischa kenna vielleicht saufa! Singe mer liaba ans, des is gscheiter", gröhlte der Wagner, er hatte auch schon ganz schön geladen. „Ja, singe mer ans!" Doch die Männer hatten schon so viel Bier in sich, daß es mit dem Singen nicht mehr recht klappen wollte. „Weißt was, Heiner" sagte der Schmied zu dem Schlossermeister, „geh mer ham." „Ja, mir langts a." Bald darauf, es war noch nicht mal zehn Uhr, war die Gaststube schon leer. Klausner ärgert sich etwas, daß sich die Gesellschaft so schnell aufgelöst hatte. Die Lumperei mit dem Karteln machen wir nicht mehr mit, sinnierte er. Seiner Gewohnheit nach ging er noch etwas vor die Haustüre. Ah, die frische Luft war eine Wohltat, kräftig saugte er die laue Märzenluft in seine Lungen. Das Mondlicht blitzte etwas durch die Kastanie, die ihre breitausladenden Äste in den Nachthimmel streckte. Vom Kirchturm herüber konnte man das Gurren der Wildtauben hören. Im Stalle rasselte eine Kuhkette. Eben holte die Kirchturmuhr zum Schlage aus, zehn Uhr. Da, was war das? Am Dorfrand unten sah er etwas Helles, vielleicht ein Feuer, durchfuhr es ihn. Er jagte das Dorf hinunter. Ja, jetzt sah er es deutlich: Aus dem Brechhaus, in dem der Flachs gebrochen wurde, schlugen die Flammen „Feurio, Feurio!" brüllte er durch die nächtliche Stille. Beim Haus des Bürgermeisters schrie er noch immer „Feurio!" Fenster wurden hell, Menschen liefen noch schlaftrunken auf die Straße, einer rannte zur Kirche, schaurig gellte die Glocke durch die Nacht.

Inzwischen rumpelte die alte Handspritze dem Dorfende zu. Dort war nahe beim Brechhaus im Jahr zuvor ein Feuerlöschteich angelegt worden. Außerdem stand der Wind günstig. So konnte ein weiteres Ausbreiten des Feuers vermieden werden. Die Kollegen von Klausner halfen auch bei der Ablösung der Leute an der Handpumpe mit. Bald hatten sie das Feuer im Griff. Der Dachstuhl war total vernichtet, nur ein paar verkohlte Sparren sahen in den Himmel. „Ach, des is nit so schlimm", meinte der Bürgermeister, „des baue mer wieder auf!" Bald darauf war der nächtliche Spuk zu Ende.

„Leit, gangts ham", sagte der Feuerwehrkommandant. „Du, Wilhelm, bleibscht no mit ein poar Junge zur Feuerwach doa! Morge siecht wieder alles ganz anderscht aus!" „Du, Kommandant" sagte einer der Umstehenden, „i glab, i was, wer des woar!" „Ja, wiesou?" „Heit früah hob i an Zigeunerskarre doa steh sehe!" „Wos du net segscht! Des mous i glei der Polizei melde", gab der Bürgermeister zur Antwort. „Sou, sou, Zigeuner! No, mir werre ja secha!" In der Zwischenzeit hatten sich die meisten Bürger in ihre Häuser zurückgezogen. „Auf den Schrecke nauf muß i no wos trinke, gent der mit?" fragte der Bürgermeister. „Weil des sou guat klappt hot, Feierwehrleit, zahl i no ä poar Moaß!" Das ließ sich die Feuerwehr nicht zweimal sagen. So zogen sie also, sich ihrer Taten rühmend, in den „Ochsen".

Mina war während der Brandrufe von Klausner gerade im Schweinestall. Ein Mutterschwein hatte geferkelt, sie mußte beim Säugen der

Jungen mit dabeisein, da die Sau die Jungen nicht gerne annahm. Jörgli kam nur mit Hemd und Hose bekleidet in den Stall gestürzt. „Mina, is Brechhaus brennt", stieß er atemlos hervor. „Des hilft mi nix, i muaß zscherscht die Suggerli saufe loasse." „Mach ner weiter, i kümmer mi scho um den Brand, es werd nit sou schlimm sei!" Nachdem sie die Kleinen versorgt hatte, ging sie nach oben, um sich anzukleiden. Sie kannte ihre Pappenheimer. Sie wußte genau, daß hinterher noch ein „Nachlöschen" abgehalten wurde.

Schon hörte sie die ersten ankommen. „Dacht ichs mir doch", murmelte sie vor sich hin. „Mina, doa derfst a Fässla oustecha", rief ihr der Bürgermeister zu. „Herr Klausner, täten Sie mir dabei etwas helfen?" „Aber gerne", gab der zur Antwort. In der Stube ging es hoch her. Ein älterer Knecht schilderte gerade, wie sie die Spritze so schnell am Brandplatz hatten. „No, und mir hebbe die Schleich sou schnell ausgrollt ghabt, daß ihr glei oufanga hobt kenna." Sie überboten sich in der Schilderung ihrer Taten. Bis es dem Feuerwehrkommandanten zu dumm wurde. „Etz haltet er mol eier Maul, ä jeder hot derzua gholfe. Doa draf dea mer ans drinke!" Sie hoben ihre Krüglein oder Gläser und prosteten einander zu. Nach einer Weile fragte der Bürgermeister: „Wer hot denn iberhabbt glieda?" „I", sagte der alte Ulmenbauer und blinzelte den Bürgermeister an, „warum?" „Ja, wenn du net glieda häscht, wäret Leit net sou schnell doa gwest, des muaß mer scho sage!" „Des stimmt, des is woar", hörte man sie zustimmen. Der alte Ulmenbauer wehrte das Lob ab und meinte: „Des woar doch mei Pflicht und sunscht nix!"

Krüglein um Krüglein schleppte Klausner mit der Mina in die Stube. Immer lauter wurden die Stimmen, immer höher schlugen die Wogen der Geselligkeit. Von vergangenen Bränden wurde erzählt. „In Adelshofe hots ämol brennt bon Stierkorb, in der Ernt wors, grod des Tread wor daham, dou is ä schwers Gwitter kumme. Blitzt hots, des Feier is ner sou ummananda gfloge! Pechschwarz wor der Himmel. Zmoal an Blitzer und glei draf der Dunner, etz hots eigschlacha, hober mer no denkt. Do senn scho Ziegl vo der Scheira gfloge uns Feier is zon Dach naus! Des vergeß i mei Lebtag net! Wisst der, i wor doamals Knecht bon Nachber, bon Kleebaura!" „Wia is no weiter ganga?" „Die Garbe senn brennd in Himmel nauf gschmisse worra, sou ebbes hob i no nia gseha! Die ganz Scheier is wegbrennt, doa wor nix mer zon mache! Grod, daß mer no die andere Häuser und die Ställ hebbe rette kenna!"

„Ja, des Feier, des nemmt der oft alles in er poar Stunda!" stimmte ein anderer zu und nahm einen mächtigen Schluck aus dem Krug, den der Bürgermeister hatte füllen lassen. Es war weit nach Mitternacht, als sie sich zur Ruhe begaben. „Herr Klausner, Ihne muaß i no extra danke", verabschiedete sich der Bürgermeister. „Scho recht, man tut eben, was des Bürgers Pflicht ist!" Adolf schloß die Haustüre und begab sich mit Mina nach oben. „Schatz", sagte sie „schlaf gut, weißt, des wor a langer Tag, sei mer net bös!" „Aber das bin ich doch nicht! Ich wünsche dir eine gute Nacht!" Er suchte seine Kammer auf.

Über Nacht hatte sich der Himmel bedeckt, und schwere Regenwolken zogen dahin. Gegen sieben Uhr morgens fing es an zu regnen. Richtig schwere Tropfen fielen von oben. Platschend lief es über die Dächer, die Dachrinnen konnten das viele Wasser kaum fassen. Das kann ja heiter werden, dachte Klausner. Was fange ich nur mit den Leuten an? „Männer", sagte er, „Männer, wir gehen mal ins Lager, dort können wir allerhand vorbereiten. Spannschlösser einflechten, Ankerschlösser gangbar machen, Isolatoren aufhanfen und so weiter. Sicher ist der Regen bald vorbei. Es regnet ja schon nicht mehr so stark wie zuvor." Im Laufschritt eilten sie zum Lager. Doch der Regen nahm kein Ende. Immer heftiger prasselte er an die mit Spinnweben bedeckten Fenster des Lagers. Die Männer wurden immer mißmutiger. Endlich schlug es zwölf Uhr. „Gehen wir zum Essen", rief Klausner. Sie drängten aus der stickigen Enge des Lagers ins Freie.

Wieder ging es im Laufschritt in das Wirtshaus. Es gab eine angeröstete Griessuppe, dazu Koteletts und Kartoffelsalat. „Das laß ich mir gefallen", lobte Mathes die Köchin, „sowas Gutes hab ich schon lange nicht mehr gegessen! Bei uns Leitungsbauern gibt's fast alle Tage Kraut und Fleisch, denn wir sind selten mehrere Tage an einem Ort!" Draußen goß es noch immer wie mit Kübeln. „Leute", sagte Klausner „heute regnet es in unsere Werkstatt, da können wir nichts machen. Schreibt einstweilen eure Stundenzettel, der Nachmittag steht dann zur freien Verfügung. Wir", dabei zeigte er auf Keil und sich selbst, „gehen noch die Ortsnetzplanung durch. Du, Seppl, kannst dich ja mal beim Schmied umschauen!" Seppl grinste verständnissinnig. Einige der Leute trollten sich und gingen nach oben, ihr Schreibzeug holen, andere setzten sich zu einem Kartenspiel zusammen.

„Ich hole die Pläne", meinte Klausner und trank sein Bier aus. „Es pressiert ja nicht so." Er ging nach oben. Keil brannte sich in der Zwischenzeit einen Stumpen an und blies genußvoll den Rauch vor sich hin. Am Tisch nebenan spielten sie Sechsundsechzig. „Eichel ist Trumpf", verkündete der Geber. „So, na dann ist gedeckt", sagte der andere, als sein Gegenüber zwanzig gemeldet hatte und er mit dem Zehner stechen konnte. „Trumpf", meldete er und spielte das Trumpf-As aus. Dreizehn, vierundzwanzig und vierzig. „Ja, mit der Karte kann's meine Großmutter auch, sogar ohne Brille", gab ihm der andere zur Antwort. Der gab zurück: „Aufs Karteln kommt's nicht an, Mischen muß man können!" „Ja, schaut den an, bist du vielleicht unter die Falschspieler gegangen?" „Weißt du, der Teufel hilft seinen Leuten! Aber er holt sie sich auch", gab ihm der Gegner schlagfertig zur Antwort. Alle vier lachten herzhaft. Keil hatte dem Disput mit Vergnügen zugehört, da kam Klausner mit den Plänen. „Zuerst muß ich mir eine Pfeife anbrennen, dann kann's losgehen", sagte er zu Keil. Als die Pfeife brannte, breitete er die Pläne auf dem Tisch aus. Mit einem Bleistift zeichnete er die Anwesen ein, auf denen bereits ein Dachständer montiert war. „Sollte es morgen nicht mehr regnen, muß der Ortsnetzmast mit seinen zwölf Metern Höhe gestellt werden. Dazu können uns gleich die Leitungsbauer helfen." „Eine prima Idee!" pflichtete ihm Keil bei.

Soeben kam Mathes in die Stube. „Sie kommen gerade richtig", begrüßte Klausner den durchnäßten Kolonnenführer. „Wir möchten Sie nämlich bitten, diesen Ortsnetzmast zu erstellen, ginge das?" „Aber das ist doch eine Kleinigkeit für uns", gab Mathes zur Antwort. „Hoffentlich hört bald der Regen auf! Ich bin nämlich ganz schön durchnäßt, werde mich umziehen! Sie sind sicher doch noch da, wenn ich zurückkomme?" „Gewiß", wurde ihm versichert.

Bald darauf war Mathes wieder bei ihnen. „Wie wär's, meine Herren, ein Gläschen Zwetschgenschnaps gefällig?" lud sie Klausner ein. „Das ist bestimmt nicht verkehrt, überhaupt, wenn ich dran denke, wie naß ich war", gab ihm Mathes zur Antwort. „Ja, sowas ist Medizin!" versicherte auch Keil. Klausner ging hinaus, um die Flasche zu holen. Mina war allein in der Küche. „Adolf, du?" strahlte sie ihn an. Sie eilte auf ihn zu, schlang ihre Arme um, ihn drückte ihn ganz fest an sich und gab ihm einen langen Kuß. Eine heiße Welle durchflutete ihn. „Schatz, laß mich los", bat er. „Ich muß wieder in die Stube hinaus, die Herren warten auf den Schnaps." „Bitte, komme heute nacht zu mir, ich brauche dich!" „Mit Freuden", sagte Klausner, noch ganz erhitzt, während sie ihm die Schnapsflasche aushändigte. „Ich mußte erst die Wirtin suchen", log Klausner. „Das macht doch überhaupt nichts aus, wir haben doch Zeit." Er schenkte die Gläser voll. „Ein Prosit auf unser Werk und auf unsere Gesundheit", gaben sie einander Bescheid. Sie unterhielten sich noch eine ganze Zeit lang über ihre Arbeit. Etwa die Hälfte der Männer hatte inzwischen die Stundenzettel bei Klausner abgegeben. „So, jetzt gehe ich nach oben, die Zettel kontrollieren, bis zum Abend", sagte er.

In der Gaststube wurde es mittlerweile immer lebendiger. Nun wurde schon an drei Tischen gekartelt. Die Nichtspieler saßen als Kiebitze herum und gaben ihre Kommentare ab. Auch einige Altbauern, die Austrägler, hatten sich eingefunden. Sie lobten das Wetter und meinten: „Das tut der Saat gut, auch ein prima Heu wird das geben, da kann man das Gras förmlich wachsen sehen!" „Ja, so ist das, die einen brauchen den Regen nicht, weil es bei ihnen in die Werkstatt regnet, die anderen empfinden den Regen als einen Segen, doch für die Natur war es ganz bestimmt ein Segen!"

Gegen fünf Uhr wurde es heller, und etwa zehn Minuten später schien die Sonne. Klausner hielt es nicht mehr in der Stube. Er mußte ins Freie. Herrgott, war das eine Luft! Tief sog er seine Lungen voll. Die Bäume und Büsche glänzten in den Sonnenstrahlen mit Schnüren von glitzernden Regentropfen. Wie Edelsteine funkelten sie. Er ging an der Kirche vorbei dem Dorfende zu. Am Brechhaus, das in der vergangenen Nacht gebrannt hatte, sah er ein Fahrrad stehen. Nanu, dachte er, wer hat hier außer mir noch ein Rad? Da kam auch schon ein Mann in Uniform, mit der Pickelhaube auf dem Kopf, aus der Ruine. Aha, der Gendarm! Klausner stellte sich dem Hüter des Gesetzes vor. Auch erzählte er, daß er es als erster gemerkt habe, daß es brennt und daß er Alarm gegeben habe. „Da bin ich ja gleich beim richtigen Mann", sagte der Gendarm. Klausner schilderte ihm dann den Vorgang vom gestrigen Abend. Außerdem bemerkte er auch, daß ein Bauer erzählt habe, daß Zigeuner dort gelagert hätten. Allerdings, wer das gesagt hat, das wisse er nicht. „Das ist ja eine ganze Menge", lobte der Gendarm, „das andere werden wir auch herausbekommen!" Der Gendarm bedankte sich für die Auskunft und wünschte noch einen schönen Abend.

Klausner hatte noch eine Zeitlang den Brandgeruch in der Nase, doch bald verlor er sich in den Düften des Weißdorns, der eine verschwenderische Blütenpracht aufwies. Langsam schlenderte er dem Dorfe zu. Kurz vor der Kirche begegnete er noch dem Lehrer. „Hat es Sie auch noch ins Freie gezogen?" fragte er. „Ja, Herr Klausner, den ganzen Tag in der Stube, das hält doch niemand aus, zuerst in der Schule, dann im Studierzimmer!" „Das kann ich Ihnen nachfühlen, auch ich bin am liebsten in Gottes freier Natur!" stimmte Klausner zu.

Zufrieden betrat er das Gasthaus. Der Abend verlief wie alle anderen auch. Es wurde erzählt, Karten gespielt und gesungen. Gegen 23 Uhr kehrte Ruhe im Hause ein. Klausner ging zu Mina in deren Schlafkammer.

Der Tag hatte schon begonnen, erst beim fünften Hahnenschrei erwachte Mina. Behutsam stand sie auf, stellte sich an den Waschtisch, seifte ihren Körper ein und wusch den Schweiß und alles der vergangenen Nacht ab. Während sie sich wusch, wurde auch Adolf wach. Mit einem Satz war er aus dem Bett, schnappte sich ein Handtuch und ging über die Treppe, ein Liedchen trällernd, zum Brunnen. Ihm fiel ein, daß ja der Ortsnetzmast mit zwölf Metern Länge gestellt werden mußte. Na ja, die Kollegen würden das sicher meistern, die tun ja nichts anderes als Masten stellen! Schon drängten sich am Brunnentrog die anderen heran. „Immer mit der Ruhe", brummte Klausner, „wer zuerst kommt, mahlt zuerst!" Durch das kalte Wasser war seine Müdigkeit im Nu verflogen. Er hatte einen Bärenhunger. Da rief auch schon Mina zum Frühstück.

Nach der Milchsuppe und dem Kaffee ging es an die Baustelle. Zuvor hatte Klausner mit Mathes noch ein Gespräch über den Ortsnetzmast. Er hatte nämlich am Vorabend noch veranlaßt, daß der Mast von den Knechten des Bürgermeisters an die Stelle gebracht wurde, an der der Mast dann genau stehen sollte. In der Zwischenzeit, so gegen Mittag, könnten sie mit dem Lochgraben fertig sein, so daß also nach dem Mittagessen der Mast gestellt werden konnte. „Ihr anderen geht mit Keil und Weinberger Ständer stellen!" befahl er. „Ich muß heute nach Rothenburg, es ist Freitag, und ihr wollt euer Geld für die Woche!" „Ja, das ist wichtig", beteuerten sie ihm. Er ging nach oben und holte seine Ledermappe. Bevor er wegfuhr, schaute er noch beim Bürgermeister vorbei und vergewisserte sich telefonisch, ob die Löhne auf der Post in Rothenburg auch telegrafisch angewiesen waren. Dies wurde ihm bestätigt.

Fröhlich pfeifend schwang er sich auf sein Fahrrad und fuhr nach Rothenburg. Dort angekommen, nahm er sich die Zeit für einen kurzen Stadtbummel. Freitags war „Säumarkt". Überall konnte er Bauernfuhrwerke stehen sehen, verbanden die Bauern doch den Besuch des Marktes gleich mit einem Einkauf ihres nötigen Bedarfs. Auch in den Wirtschaften ging es hoch her, war es doch eine Selbstverständlichkeit, daß nach dem Handel eingekehrt wurde, auch tauschte man bei dieser Gelegenheit allerhand Neuigkeiten aus. So wurde der Säumarkt gleichzeitig zu einer Nachrichtenbörse. „Hascht scho ghört...?" und „Wos segscht etz du derzua...?", so hörte man allenthalben. Klausner amüsierte sich dabei köstlich. Er schmunzelte immer wieder, als er so durch die Gassen und Gäßchen streifte und dabei so allerhand aufschnappte. Vor allem die Frauen hatten viel zu bereden. Da wurde von Liebe, Geburt und Tod berichtet oder von den Getreidepreisen, den Viehpreisen und daß alles teurer wurde. „Mi selber kriaga immer des Gleiche, ober die Stoder verlanga abbl mehr fer ihr Zeig!" So jammerten sie; es war jedesmal das Gleiche.

Eben schlug es elf Uhr von der Jakobskirche. Jetzt wird es aber Zeit, daß ich das Geld hole, dachte Klausner. Er fuhr zuerst zum Bahnhof; dort fragte er, ob etwas für sie da wäre. Der Schaffner an der Spedition erklärte ihm, daß eine Feldschmiede und ein großer Schraubstock gekommen wären. „Das lasse ich vom Gustl abholen", erwiderte Klausner. „Ich muß erst auf die Post, sonst machen die zu!" Rasch war er im gegenüberliegenden Gebäude. Das Geld wurde ihm ohne große Formalitäten ausgehändigt, man kannte ihn ja schon. Immerhin handelte es sich um einen stattlichen Betrag. Das Geld verstaute er in der Mappe und bestieg sein Fahrrad, um zum Gustl zu fahren. Er teilte ihm seinen Auftrag mit. „Wird gemacht, Herr Klausner", brummte Wittmann. „Morge früh habe Se des Zeig." Zufrieden fuhr Klausner nach Unterhofen zurück. Gerade läutete es zwölf Uhr, als er zum Dorfe hereinfuhr. Da komme ich ja gerade zum Essen zurecht, dachte er. Erst jetzt spürte er, daß er einen großen Hunger hatte. „Männer", sagte er, als er die

Stube betrat, „was gibt's heut?" „Bauchstecherli und Kraut", antwortete Seppl. „Was ist denn das?" „Kleine Kartoffelnudeln mit Kraut, eine richtige Fastenspeise." Er faßte sich einen tüchtigen Teller voll heraus. „Mhm, schmeckt gar nicht schlecht", kommentierte er. „Männer", sagte er dann, „heute abend gibt's Geld, ich muß es nur noch zusammenrichten." Frohgemut gingen sie wieder ans Werk. Der Mast war ja noch zu stellen.

Klausner ging nach dem Essen nach oben in sein Zimmer. Aus einem versperrten Aktenkoffer holte er die Lohntüten heraus und verglich die Abrechnungen mit den Lohnzetteln, danach füllte er die Tüten mit Geld und beschriftete sie mit dem jeweiligen Namen. Die fertigen Lohntüten versperrte er wieder im Koffer und stellte ihn in den Schrank, den er ebenfalls sorgfältig abschloß. Nun begab er sich an die Baustelle. Er wollte zusehen, wie Mathes mit seinen Leuten den Zwölf-Meter-Mast stellte. Sie hatten ihn schon mit dem oberen Teil auf einem Zimmerböckchen liegen, die Stützen mit den Isolatoren waren schon eingeschraubt, gerade wurde eine Bohle in das fertige Mastloch gestellt. Die Schwalben hatte Mathes auch bereitlegen lassen. Mit „Aufgepaßt, zwei links, zwei rechts am Kopfende, alles hört auf mein Kommando!" begann Mathes das Aufstellen. Mit „zuu-gleich" packten sie den Mast und hoben ihn auf die Schultern. „Die kleinen Schwalben nach vorne rücken, die großen folgen, kleine Schwalben fertigmachen, einsetzen. Habt ihr ihn?" „Ja, alles bestens!" „So, jetzt könnt ihr raus und die nächsten Schwalben einsetzen! Fertig? Hauruck, beide Schwalben anschieben, halt! Jetzt kommt ihr dran, die großen Schwalben einsetzen! Fertig? Aufpassen! Die große nicht so stark anschieben! Wenn die große angepackt hat, kann die kleine Schwalbe zum Abfangen auf die Gegenseite! Fertig? Zuu-gleich!" „Das geht ja wie geschmiert", sagte Klausner. Mit einem leichten Kratzgeräusch scheuerte der Mast an die im Loch stehenden Bohle. Inzwischen hatten die Männer an der kleinen Schwalbe den ein wenig überhängenden Mast gerade gerückt. Mathes holte eine Senkschnur aus der Tasche, entfernte sich ein Stück und lotete den Mast ein. „Noch ein bißchen vorwärts, halt, nach links, halt! Noch ein bißchen, gut so! Dauberschmidt und Lang, dreht mal den Mast etwas, damit die Isolatoren in die richtige Richtung schauen! Ja, so langt es!" Das Ganze hatte etwa eine halbe Stunde gedauert. „Saubere Arbeit", lobte Klausner. „Ja, meine Männer beherrschen schon ihr Handwerk", meinte Mathes nicht ganz ohne Stolz. „So, nun

74

Steinkranz setzen, einfüllen und tüchtig eindämmen! Vergeßt auch nicht den oberen Steinkranz!"

Während sich die Männer mit dem Mast beschäftigten, gingen Klausner und Mathes zur Station. Hier war fast alles fertig. Sie warteten auf den Transformator und das Anspannen der Hochspannungsleitung. „Wann legt ihr denn eure Leitung auf?" fragte Klausner. „Nächste Woche findet der Seilzug statt! An unsere Station können wir schon anspannen, die ist soweit fertig!" „Ja, das sehe ich", meinte Mathes. „Was ist denn euer nächster Auftrag?" „Eine Stichleitung von der Hauptleitung von Geslau über Windelsbach nach Hartershofen zu bauen. Wissen Sie, in Hartershofen soll ein Stützpunkt errichtet werden!" „Richtig, davon habe ich auch schon gehört! – Ich bin nur gespannt, was unsere Herren sagen werden, wenn ich am Montag in Ansbach bin und Bericht erstatte", lachte Klausner. „Die werden bestimmt große Augen machen, daß wir schon so weit sind!" „Ja, das glaube ich auch", sagte Mathes. „So, nun wollen wir mal nach den anderen sehen. Sie kommen doch mit, Herr Mathes?" „Ja, warum nicht." „Na schön, gehn wir". Sie gingen dem Dorf zu. Überall sah man auf den Dächern die neuen Dachständer in der Sonne blitzen. „Wenn das so weitergeht", meinte Klausner, während er sich eine Pfeife stopfte, „können wir nächste Woche im hinteren Dorf weitermachen. Hallo, ihr seid ja auch ganz schön weit gekommen, das lob ich mir!" „Ach was", wehrte Mathes ab, „wenn der Regentag nicht gekommen wäre, wären wir schon wesentlich weiter!" „Nun, ich bin sehr zufrieden mit euch! Machen wir für heute Schluß, es ist sowieso gleich sechs Uhr!" „Feierabend, Dach eindecken, Werkzeug aufräumen", schrie Keil nach oben. „Ich werde meinen Leuten auch Bescheid sagen" meinte Mathes, „wir treffen uns dann im Gasthaus."

Mit ein paar Sätzen jagte Klausner die Treppe zum Söller hinauf, direkt in die Arme von Mina, die vom Saubermachen und von der Inspektion der Zimmer die Treppe herunter wollte. Er nahm sie fest in den Arm, hob sie empor und gab der völlig Verdutzten einen langen Kuß. Sie strampelte, aber sie fand keinen Boden unter den Füßen. „Du bist mir aber einer", schnaufte sie, noch nach Atem ringend, „mich so zu überfallen!" lachte sie. „Na warte nur", drohte sie ihm mit dem Finger. Das kommt dich teuer zu stehen", heuchelte sie und blitzte ihn mit lachenden Augen an. „So, was willst du mit mir anstellen?" „Das wirst du schon sehen", antwortete sie kokett. „Pst! Da unten rührt sich was!"

Das Poltern zeigte ihr an, daß die Leute kamen. Schnell huschte sie nach unten in die Küche. Betont langsam, eine Melodie vor sich hinträllernd, die Mappe unter dem Arm, betrat Klausner die Stube. Frieda und Lina hatten im Hausgang einen Eimer mit warmem Wasser und eine Waschschüssel bereitgestellt, so konnten sie sich gründlich die Hände reinigen. Einer nach dem anderen betrat das Gastzimmer. Klausner hatte sich ganz allein an einen Tisch gesetzt. Während er die Mappe auspackte und die Lohntüten vor sich legte, sagte er: „Männer, Lohnempfang, ich rufe auf: Weinberger, Heumann, Luigi, Keil, Mathes, Gronauer, Lang, Dauberschmidt, Herrmann, Grünsteudel, Merk, Unger, Baumgärtner, Raffelsbauer, Schäfer, Popp, Schuster, Breitschwerdt und Ilgner". Nacheinander kamen sie an den Tisch, nahmen ihr Geld in Empfang, zählten es nach und unterschrieben auf der Quittung. Zufriedenheit war auf ihren Gesichtern. „Na, Männer, alles in Ordnung?" Sie bestätigten es ihm. Vor allem freute es sie, daß Herr von Helmholtz, der Direktor, sein Versprechen gehalten hatte und ihnen pro Tag eine Mark Auslösung zugestanden wurde. Da der Verpflegungssatz nicht mehr als eine Mark inklusive Übernachtung betrug, konnten sie den Lohn voll und ganz für sich und ihre Familien verwenden, eine feine Sache.

„Leit", sagte Mina, die in die Stube kam, „heit wird der Pressack ougschnitte." „Das ist ein Wort", sagte Keil. „Frau Wirtin, wenn es Ihnen nichts ausmacht ich hätte meinen gerne mit Musik!" „Ja, des kenne mer scho macha, is no ewer doa, der nen so hoabe will?" Sieben Hände gingen in die Höhe. „Also acht Portiona", stellte sie fest. „Blos müaßt der er weng warta, bis die Zwiebl gschnita senn!" Sie entfernte sich, bat jedoch Luigi, er möchte ihr beim Bierausschenken etwas helfen. Der strahlte sie an: „Gerne, Signora!" Er folgte ihr. Im Geiste rechnete er aus, wieviel er dabei von seinem Lohn sparen und noch ein Trinkgeld verdienen konnte. Er konnte es gar nicht erwarten, wieder bei seiner Bella Signorina zu sein und mit ihr auszugehen. Beim Gedanken daran schnalzte er mit der Zunge. „Was is, Luigi, paß auf, du läßt ja das Bier überlaufen!" Mina holte ihn wieder in die Wirklichkeit zurück. Verlegen mit rotem Kopf stand er da. „Is noch gut, noch nix ausgelaufen", beteuerte er. Lächelnd sah ihm Mina zu. Dann riß sie die Fenster weit auf, holte sich Zwiebeln und begann mit dem Schälen. Sie hätte ja lieber Frieda oder Lina genommen, aber die waren zur Zeit im Stall. Eine Zeitlang ging es ganz gut, doch nach etwa einer Viertelstunde tränten ihr die Augen. Sie hatte sich eine Schüssel mit kaltem Wasser bereitgestellt, in dem sie von Zeit zu Zeit ihr rotes tränendes Gesicht kühlte. Das Zwiebelschneiden war ihr jedesmal eine Qual, schon zu Hause als Kind konnte sie es nicht vertragen. Luigi hatte inzwischen die durstigen Kehlen der Männer versorgt. Er holte Teller und legte den aufgeschnittenen, geräucherten Pressack darauf. Ein Schüsselchen mit frischem Kren, ein Glas Senf und einen Laib Brot trug er in die Stube, dort wurde er mit einem Hallo empfangen. „Mhm, hat der Pressack einen herrlichen Geschmack", an jedem Tisch wurde der gelobt. Bald waren die Männer satt und zufrieden, denn kurz nachdem Luigi den Pressack hereinbrachte, kam auch Mina mit der „Musik". Sie stellte ein Kännchen mit Essig und Öl und einen großen Teller mit kleingeschnittenen Zwiebeln auf den Tisch. „So, und etz lassts eich schmecka, is Broat kennt er eich ja selber runterschneida!" Mit diesen Worten eilte sie wieder in die Küche.

7. Kapitel KARTEN- UND ANDERE SPIELE

Nachdem alle gesättigt waren, wurden schnell die Karten hervorgeholt. An drei Tischen wurde gespielt: ein Nürnberger Dreck, ein Schafkopf, ein langer Tarock und Sechsundsechzig. Es ging ziemlich laut zu, und den Männern saß das Geld auch lockerer als sonst. Klausner, Keil, Mathes und Weinberger fanden sich auch zu einem Schafkopf zusammen. Das Spiel ging hin und her; es wurde nicht besonders viel umgesetzt. Ein bemerkenswertes Spiel war dabei: Keil bekam in Vorderhand sechs Herz, die As, den König, die Zehn, die Neun, Acht, Sieben, dazu die Schellen-As und die Neun. Er spielte ein Herz-Solo ohne Bauern und Unter, er spielte an. Als erstes brachte er den Herz-Neuner, darauf fielen der Herz-Unter, der Schellen-Bauer, der Grün-Unter; Mathes hatte mit dem Schellen-Bauern recht bekommen. Er spielte die Grün-As aus, Keil stach mit der Herz-As, die beiden anderen mußten bedienen. Nun spielte Keil die Herz-Acht aus, darauf fielen der Eichel-Unter, der Grün-Bauer und der Schellen-Unter. Diesmal hatte Klausner mit dem Grün-Bauer den Stich gemacht. Er spielte Schellen-König an. Keil stach mit seinem As. Weinberger mußte die blanke Zehn reingeben, und Mathes hatte die Schellen-Acht. Nun spielte Keil die Herz-Sieben aus, darauf fielen der Herz-Bauer, da Weinberger keinen Trumpf mehr hatte, schmierte er die Grün-Zehn. Mathes hatte auch keinen Trumpf mehr, er schmierte die Eichel-As. Nun spielte Klausner aus. Er brachte die Eichel-Zehn. Da Keil wußte, daß die anderen beiden keinen Trumpf mehr hatten, stach er mit der Herz-Zehn. Nun spielte er die Herz-Acht aus. Weinberger schmierte den Schellen-König und Mathes den Eichel-König, während Klausner mit dem Eichel-Bauern, dem „Alten", stach. „Ja habt ihr denn nichts zu schmieren?" fragte Klausner. „Herr, du hast mir die Kraft genommen", spöttelte Keil, darauf meinte er: „Alle Gewehre ins Rathaus! Bitte zählen und zahlen!" Die Gegenspieler zählten ihre Karten und mußten feststellen, daß sie nur 49 Augen zusammengebracht hatten.

„So, meine Herren, zur Kasse, ich habe ohne vier Bauern und ohne vier Unter gespielt!" „Waas? Schaut den an, so ein frecher Kerl ist mir in meinem ganzen Leben noch nicht vorgekommen! Sag mal, wo hast du denn das Kartln gelernt?" „Meine Herren", feixte Keil, „so spielt man im Blauen Affen zu Venedig!" „So ein Angeber", maulte Weinberger.

„Ja, sagt mal, wo habt ihr denn das Geld hingelegt?" „Ja was bekommst du denn?" „Na, das gefällt mir, nicht einmal die Spiele könnt ihr ausrechnen! Also paßt mal auf: Ohne acht Männli sind schon sechzehn Pfennige, dazu kommt noch das Solo mit je sechs Pfennigen! Summa-Summarum, pro Spieler zweiundzwanzig Pfennige!" „Du, Mathes, wenn der so weitermacht, dann dürfen wir in die Mühle fahren", seufzte Weinberger. Keil freute sich königlich, einmal hatte er schon so ein Blatt bekommen, aber da saßen die Trümpfe auf einer Hand, er bekam ein Kontra und mußte das Doppelte bezahlen, doch das war schon lange her. Er liebte den Reiz des Risikos. Das Spiel blieb natürlich nicht verborgen, dafür sorgten schon die Kiebitze. So wurde also Keil zum Helden des Abends. Sie spielten etwa noch eine Stunde. Am Nebentisch wurde die sechste Maß gebracht. „Mensch, Klausner, die saufen wie die Bürstenbinder", meinte Weinberger. „Ja, denen schmeckts", stellte der fest.

Es war fast zehn Uhr, als sie noch zu singen begannen. „Unter Erlen steht ne Mühle", „Horch was kommt von draußen rein" oder „Die Waldeslust", „Lustig ist das Zigeunerleben" und vom Rehlein, das aus dem klaren Bache trank, sangen sie. Einige gröhlten auch schon etwas, sie hatten dem Bier zu sehr zugesprochen. Dicke Rauchschwaden zogen durch die Stube. Man hatte Schwierigkeiten, sich zu verstehen. So nach und nach verzog sich einer nach dem anderen und ging nach oben. Auch Klausner hatte schon einigemal gähnend auf seine Uhr gesehen. „Männer, ich glaube, wir machen Schluß." Bald darauf war die Stube leer. Luigi räumte noch mit Mina auf, die ihnen allen eine gute Nacht wünschte.

Klausner mußte noch in den Hof, er stellte sich an den Misthaufen, um sich zu erleichtern. Gerade wollte er sich umdrehen, als er glaubte, daß sich neben der Kastanie etwas bewegte. Er hatte sehr gute Augen, damit konnte er auch in der Finsternis ganz gut sehen. Das schwache Sternenlicht ließ zwei Schatten erkennen, auch vermeinte er ein Wispern zu hören. Das ist sicher ein Liebespaar, dachte Klausner, da muß ich diplomatischer vorgehen. Er ging ins Haus und zur hinteren Tür wieder heraus. Leise wie ein Jäger pirschte er sich an die bewußte Stelle. Sorgfältig nützte er den Schatten des Kastanienbaums aus. Ein Kichern und ein Girren ließ ihn den Atem anhalten. Das war doch Frieda? Da schau her, ein junger Mann, Peter Schuster, einer von der Kolonne Keil, hatte sie fest an sich gepreßt! „Au, ah, du tust mir doch weh", flüsterte sie. „Das will ich doch nicht! Komm her zu mir, ich will ganz lieb zu dir sein". Er setzte sich an den Kastanienbaum, lehnte sich gegen den Stamm und zog sie auf seinen Schoß. Sie zierte sich zuerst ein bißchen, doch dann gab sie nach und schmiegte sich an ihn. Geräuschlos trat Klausner den Rückzug an. Ja, ja, der Frühling, grinste er vor sich hin. In Gedanken war er natürlich schon wieder bei der geliebten Frau. Er wußte, er mußte noch etwas warten.

Er ging in seine Kammer, zog sich aus und legte sich ins Bett. Nur ein Viertelstündchen, dachte er, doch die Natur forderte ihr Recht. Er fiel in einen tiefen Schlaf. Inzwischen wartete Mina auf den Geliebten. Neugierig verließ sie ihr Bett, schlüpfte in ihre Samtpantoffeln und schlich sich in Klausners Kammer. Da die Vorhänge nicht geschlossen waren, konnte sie ihn im schwachen Licht der Sterne gerade noch liegen sehen. Er lag auf der Seite, sein Gesicht war ihr zugewandt, tiefe Atemzüge hoben seine Brust. Sie nahm seine Jacke vom Stuhl, warf sie sich über ihr Nachthemd, setzte sich an das Bett und betrachtete ihn eine lange Zeit.

Allerhand ging ihr durch den Kopf. „Wie soll wohl das alles werden mit uns zwei? Sicher wird er mich eines Tages verlassen, er ist ja noch so jung, gerade zwanzig. Dagegen ich werde im August schon zweiunddreißig. Bin ich eine alte Frau?" sinnierte sie. „Ist das mein Leben? Darf ich keine Kinder haben? Darf ich nicht das Glück, Mutter zu sein, erleben?" Gott wußte es, wie sehr sie sich nach einem Kind sehnte. Auf der anderen Seite war ihr klar, was es bedeutete, ein lediges Kind zu bekommen. Sie als achtbare Frau würde von der Gemeinschaft des Dorfes schief angeschaut werden. So saß sie also in ihren Gedanken versunken an seinem Bett. Plötzlich überkam es sie. Sie barg ihren Kopf in seinem Kissen. Tränen strömten über ihr Gesicht, und ein wehes Schluchzen preßte sich aus ihrer Kehle. Ihre Schultern zuckten, ihr Haar, das sie offen trug, breitete sich auf dem Bett aus. Wie im Fieber wurde ihr Körper geschüttelt. Durch den herzzerreißenden Laut, der sich aus ihrer Kehle rang, erwachte Adolf. Zuerst begriff er gar nicht, was vorging. Seine Mina tränenüberströmt an seinem Bett? Er machte ihr Platz, zog sie in seine Arme und sprach beruhigend und tröstend auf sie ein. „Liebste, was hast du?" Mit leiser Stimme, noch von leichtem Schluchzen unterbrochen, erzählte sie ihm von ihrem Zweifel und ihrer Angst, ihn zu verlieren. Ihr war kalt, und sie schmiegte sich an ihn. Es war nicht nur eine äußere Kälte, sie fror bis ins Innerste. „Komm", sagte Adolf, nahm sie auf die Arme und trug sie in ihr Schlafzimmer. „Meine Wände haben Ohren", sagte er. „Nebenan sind doch Weinberger, Heumann und Luigi. Hier können wir miteinander reden, ohne daß es jemand hört." „Liebster, du hast recht, wie immer", antwortete sie.

Mit leiser Stimme, manchmal noch von einem verhaltenen Schluchzen unterbrochen, erzählte sie Adolf von ihren Ängsten und Sorgen. Alles sagte sie ihm, nur ihren Wunsch nach einem Kinde verschwieg sie. Verständnisvoll hörte er ihr zu. Noch während ihrer Erzählung strich er ihr sachte über den Rücken und streichelte ihre Schenkel. Er merkte, wie sie sich nach und nach entspannte. „Schau, Schatz", sagte er, „auch ich habe mir schon Gedanken über uns gemacht, aber sag mal, bringt das etwas? Könntest du jetzt auf unsere Liebe, auf unsere Begegnungen verzichten?" „Nein, natürlich nicht, ich brauche dich doch so sehr!" „Siehst du, bei mir ist es doch das gleiche, Mina, in den letzten Tagen merkte ich immer mehr, es ist nicht nur allein die Leidenschaft, die mich an dich fesselt, nein, Liebste, es ist viel mehr, ich lebe auch in deiner Gedankenwelt. Du bist so umfassend! So endgültig! Mein ganzes Herz ist von dir erfüllt, ich kann es kaum in Worte fassen, was mich bewegt!" Mit leuchtenden Augen hing sie an seinen Lippen, eine Welle der Freude, der Dankbarkeit, der Zärtlichkeit durchflutete sie. Noch niemals in ihrem Leben hatte sie solche Worte gehört. „Ach Liebster du", all ihre Liebe schwang in diesen kurzen Worten. Mit einer fast mütterlichen Gebärde strich sie ihm das Haar aus der Stirne und bot ihm ihren Mund. Scheu und mit einer unendlichen Zärtlichkeit berührte er ihre Lippen mit den seinen, diesmal war kein Fordern dabei. Die Liebe füreinander bestimmte diese Stunde. Beide wurden von einem Glücksgefühl durchströmt, das sie noch nicht kannten. Stumm lagen sie nebeneinander. Nur ihre Hände, die sie mit einer Behutsamkeit gebrauchte, sprachen ihre Liebe aus.

„Du, Adolf", sagte sie „du mußt mich recht verstehen, obwohl ich verheiratet war und auch schon einiges von der Liebe kannte, aber so, wie es mit dir ist, das habe ich noch nicht erlebt! Mein Mann war immer der fordernde Teil, er ging nie so auf mich ein, wie du es tust. Vor ihm hatte ich immer Hemmungen, mich so zu geben, wie ich wirklich bin. Bei dir ist das alles eine Selbstverständlichkeit. Ich bin dem Schicksal ja so dankbar, daß ich das erleben durfte, gerade nach der Zeit, die hinter mir liegt." Er unterbrach sie und flüsterte er ihr zu: „Was sind schon zweiunddreißig Jahre! Manchmal ist eine Stunde im Leben des Menschen eine Ewigkeit! Wir sind Mann und Frau, jeder ist ein Teil des anderen, wir lieben uns, was sollten wir dabei an die Zukunft denken?" Während dieses Gespräches waren ihre Hände über seinen Körper gewandert, auch er streichelte sie. Fast gleichzeitig begannen sie leicht zu stöhnen, sie hatten beide eine Stelle gefunden, die ihre Leidenschaft entflammen ließ. Eine heiße Woge erfaßte sie und schlug über ihren Körpern zusammen. Die Lust raubte ihnen fast die Sinne und trug sie über den Verstand hinaus ins Unendliche. Erfüllt voneinander lösten sich ihre schweißbedeckten Leiber und ließen ihre stürmischen Empfindungen ausklingen. Lange lagen sie noch fest gepreßt aneinander. Erst so nach und nach kamen sie zur Ruhe. Erschöpft legte Mina ihren Kopf auf seine breite Brust, so schlief sie ein. Auch er war bald eingeschlafen. Einmal wachte er in der Nacht kurz auf, sah, daß ihre Schultern bis zu den Brüsten unbedeckt waren, sorgfältig deckte er sie zu. Sie kam nicht zu sich. Kurz war die Nacht.

Er meinte, kaum eingeschlafen zu sein, schon hörte er das Frühläuten. Eiligst schlüpfte er aus dem Bett. Es wurde höchste Zeit. Mina räkelte sich noch im Schlafe. Er gab ihr einen flüchtigen Kuß auf die Stirn und lief zur Tür. Er spähte in den Sohler. Nichts, Gott sei Dank! Ohne gesehen zu werden, verschwand er in seiner Kammer. Schon begann es nebenan zu rumoren. Die Männer wurden wach und standen auf. Rasch schnappte er sich sein Waschzeug und eilte über die Treppe nach unten. Der Samstagmorgen war angebrochen, am Nachmittag ging es nach Hause. Muß das sein, dachte er. Am liebsten wäre er hiergeblieben.

Die Sonne schien schon kräftig, die Amseln in der Kastanie stimmten ihr Morgenkonzert an. In dem Starenkobel am Scheunengiebel piepste es ununterbrochen, die junge Brut verlangte nach Nahrung. Ein kräftiger Hahn stolzierte mit aufgeplusterten Federn mit seinen Hennen an dem Misthaufen herum. Eben kam Frieda aus dem Stall mit einer Milchkanne in der Hand. Sie grüßte die Männer, die am Brunnentrog standen und sich wuschen. Besonders einen betrachtete sie mit einem liebevollen und zugleich stolzen Blick. Es war ihr Peter Schuster. Als sie an den gestrigen Abend dachte, wurde ihr ganz heiß. Verwirrt nahm sie ihre Kanne auf, um ins Haus zu gehen. Keiner hatte etwas von diesem Intermezzo mitbekommen. Manch einer von den Leuten am Brunnen sah ziemlich verkatert aus, doch das kalte Wasser brachte sie bald wieder in Ordnung. Stattliche junge Männer mit kräftigen Körpern, starken Muskeln und Sehnen, waren darunter. Manch ein bewundernder Blick von Vorübergehenden des weiblichen Geschlechts blieb auf ihnen ruhen. Sie waren sich dieses Interesses gar nicht bewußt, doch bei den Burschen im Dorf konnte das zu Eifersüchteleien führen.

Nach dem Frühstück versammelten sich alle im Hof zur Befehlsausgabe. „Kolonne Keil, Ständer stellen, Kolonne Mathes, den anderen Ortsnetzmasten stellen, und ihr", dabei deutete Klausner auf Neumann, Weinberger und Luigi, die nebeneinander standen, „ihr kommt mit mir!" So wußte also jeder, was zu tun war. „Um zwölf Uhr", fügte er noch hinzu „ist Feierabend! Euere Züge fahren von Rothenburg um zwei Uhr, der eine nach Steinach, der andere um drei Uhr nach Schillingsfürst. Alles verstanden? Gut, dann geht an euere Arbeit!"

Sie trollten sich davon. Klausner brannte sich eine Pfeife an, ging zu den wartenden Kollegen und forderte sie auf, mit ihm zu kommen. Weinberger zündete sich einen Stumpen an und Seppl schob sich eine kräftige Prise in die Nase. So wohlgerüstet, folgten sie ihm. „Wir müssen heute die Verbindungen an der Schalttafel anbringen", erklärte er ihnen unterwegs. „Das ist doch nicht weiter schlimm", meinte Heumann, „mit der Feldschmiede und dem Schraubstock ist das doch ein Kinderspiel!" „Na ja, wir werden sehen", brummte Klausner. Sie holten die Schalttafel aus Marmor aus dem Lager, betteten sie auf ein Bündel Stroh und fuhren sie vorsichtig mit der Karre zur Station. Dort legten sie die Tafel behutsam auf zwei bereitstehende Zimmerböckchen, wobei sie darauf achteten, daß die Tafel möglichst wenig durchhing. Seppl beschäftigte sich mit dem Anzünden des Schmiedefeuers. Die Kupferstangen, das Zinn, das Werkzeug wurden bereitgelegt. Sorgfältig wurde gemessen, um den Verschnitt so gering wie möglich zu halten. Seppl achtete darauf, daß das Kupfer im Feuer nicht ausglühte. Klausner hatte einen passenden Dorn in den Schraubstock eingespannt. An ihm sollten die Ösen gebogen werden. Heumann reichte Weinberger eine Kupferstange zu, der zog sie um den Dorn, er war sehr geschickt dabei, im Nu war eine Öse fertig. Klausner hob die inzwischen etwas erkaltete Stange auf, nahm die Lötlampe, eine Stange Zinn und verzinnte die Ösen. Silbrig glänzten sie in der Sonne. Luigi stand an der Schmiede, er bediente den Blasebalg mit dem Fuß. Bis zur Brotzeit um neun Uhr hatten sie alle Verbindungen hergestellt. „Männer, mit euch macht es Spaß, zu arbeiten!" lobte sie Klausner. „Wir sind auch froh um solchen Kapo", sagte Luigi. Er sprach aus, was die anderen dachten. „Hast recht", bekräftigte Heumann, während Weinberger Klausner angrinste. Alle waren zufrieden. Bis Mittag war es eine Kleinigkeit, die Verbindungen anzubringen, da ja der Hebelschalter und die Sicherungselemente bereits montiert waren. „Aufräumen, Feierabend für diese Woche!" rief Klausner. Eilig kamen sie seinem Befehl nach. Sie freuten sich schon auf zu Hause.

Der Einfachheit halber, da ja außer Klausner niemand zum Mittagessen dablieb, nahm er sein Essen gleich in der Küche ein. Es gab Hackbraten mit gelben Rüben und Salzkartoffeln. Es schmeckte wunderbar. Inzwischen hatten die Leute schon das Haus verlassen und marschierten gen Rothenburg. Klausner konnte sich Zeit lassen, er hatte ja das Fahrrad. Nach dem Essen ging er nach oben, er mußte noch seine Wäsche einpacken. Mina blinzelte ihm in einem unbeobachteten Augenblick zu. Sicher kommt sie noch auf einen Sprung zu mir, dachte er. Richtig, kaum hatte er den Rucksack mit der schmutzigen Wäsche verschnürt, stand sie schon in seiner Kammer. „Adolf, ich muß dir doch noch Ade sagen!" „Du, hör mal zu, wir haben überhaupt noch nicht wegen der Bezahlung gesprochen", meinte er. „Aber Liebster, ich werde doch von dir kein Geld nehmen, willst du mich beleidigen?" „Nein, aber ich finde, alles soll seine Ordnung haben!" „Komm her", sagte sie schelmisch, „bezahle mich!" Sie bot ihm ihren Mund dar. Außerdem streckte sie ihr Arme verlangend nach ihm aus. Er schloß sie in die Arme und küßte sie so heftig, daß sie stöhnte. „Du Schlimmer", drohte sie mit dem Finger, „zahlt man so seine Zeche?" „Möchtest du es anders haben?" scherzte er. „Ach Adolf", seufzte sie, „wie halte ich das bloß bis zum Montag aus?" „Ganz einfach, du denkst halt genau so oft an mich, wie ich an dich! Übrigens werde ich am Montag erst gegen Abend kommen; ich muß mich bei der Direktion in Ansbach melden. Weißt du, ich muß denen berichten, was wir bis jetzt gemacht heben." „Na ja, wenn ich Bescheid weiß, kann ich mich mit dem Abendessen danach richten. Du ißt doch so gerne Bratwürste mit Sauerkraut." „Fein, ich freue mich schon darauf! Schatz, nun mußt du mir noch einen Kuß zur Wegzehrung geben!" Bereitwillig kam sie dem Wunsch nach. Er schulterte seinen Rucksack, ging nach unten und bestieg sein Fahrrad.

Noch einmal blickte er nach oben. Er sah, wie sich der Vorhang seines Fensters bewegte und eine Hand ihm verstohlen zuwinkte.

Kräftig trat er in die Pedale, galt es doch, den Zug in Steinach zu erwischen. Kaum stand er auf dem Bahnsteig, kam auch der Anschlußzug aus Rothenburg. Mit Gejohle wurde Klausner von den anderen Männern empfangen. Manche Reisende sahen mit Erstaunen, was sich da abspielte. Sie konnten nicht verstehen, daß um einen einzelnen Mann so ein Theater gemacht wurde. Ratternd und ächzend kamen die Wagen zum Stehen. Ein Ruck ging durch den Zug, den die qualmende Lokomotive mit einem grellen Pfiff begleitete. Die Männer stürzten in die Abteile. Mtata, mtata rollten die Räder. Es ging der Heimat zu.

8. Kapitel   DIE ZENTRALE

Ein mächtiges Gebäude, etwa 30 Meter lang, gute 25 Meter breit und rund zehn Meter hoch war die Schalt- bzw. Stromerzeugungsanlage, im Volksmund „das Maschinenhaus", an der Draisstraße oberhalb des Rangierbahnhofs in Ansbach. Es war drei Jahre zuvor als „Mittelfränkische Überlandzentrale" errichtet worden und lag inmitten eines Grundstücks, das vor allem durch seinen gepflegten Rasen mit Obstbäumen auffiel. Etwas unterhalb des Maschinenhauses, leicht nach rechts abgesetzt, war vor kurzem ein größerer Bau im Jugendstil mit einer großzügigen Freitreppe fertiggestellt worden. Hier waren die Büroräume untergebracht, das Planungsbüro, die Buchhaltung, die Stromabrechnung, die Lohnverrechnung und die Kasse. Einschließlich des Betriebsleiters versahen hier zehn Personen ihren Dienst.

Das also war das Reich des Herrn von Lauterbach, er war als Diplomingenieur für die Zentrale in Ansbach zuständig. Im Maschinenhaus waren ein Obermaschinist und drei weitere Leute für den reibungslosen Betrieb verantwortlich. Im Inneren des Maschinenhauses, dessen Wände vier Meter hoch gekachelt waren, standen riesige Dieselmotoren, die mit Generatoren gekoppelt waren. Bereits beim Eintreten spürte man das vibrierende Stampfen der gewaltigen Maschine, die gerade lief, und hörte deutlich das tiefe Brummen des Generators. Die drei Maschinensätze hatten seit 1910 die Aufgabe gehabt, den Strombedarf für die Stadt Ansbach und das angeschlossene Umland sicherzustellen. Vor kurzem war jedoch das Leitungsnetz an das „Großkraftwerk Franken" in Nürnberg angeschlossen worden, und so diente das Elektrizitätswerk an der Draisstraße nur noch als Reserve. In der ansonsten leeren Halle des Maschinenhauses herrschte eine eigenartige Atmosphäre. Lautlos sah man den Obermaschinisten – eine Handvoll Putzwolle zwischen den Fingern – an den blanken Maschinenteilen herumpolieren. Hinter seinem Rücken an der Wand befanden sich riesige Schalttafeln aus Marmor, mit Instrumenten und Uhren und Zählern bestückt. Jede Stunde mußten diese Instrumente abgelesen werden, damit eine genaue Kontrolle möglich war. Hier schlug also das Herz des Unternehmens. Ein dickes Kabel führte vom Maschinenhaus in die Stadt, während Überlandleitungen den Strom in einen Teil Mittelfrankens trugen.

Es war an einem Montagmorgen, Ende April des Jahres 1913. Herr Scharf, der Obermaschinist, hatte gerade seinen stündlichen Kontrollgang hinter sich und gönnte sich eine Vesperpause. Seine Frau, die Berta, hatte ihm Leberwurstbrote mitgegeben. Darauf freute er sich. Er wußte, seine Frau kauft beim Kotters-Metzger ein, und der war bekannt für die Güte seiner Würste. Scharf packte also seine Brote aus und verzehrte sie mit Wohlbehagen.

Plötzlich ging die kleine Stahltüre auf, und ein Mann stand in der Maschinenhalle. „Ja, wo kommen denn Sie her? Wissen Sie nicht, daß es verboten ist, hier einzutreten? Können Sie denn nicht lesen?" wetterte Scharf. „Entschuldigung", meinte der Eingetretene kleinlaut, „mein Name ist Klausner und ich soll mich hier melden." Mit einigen Sätzen klärte er den Maschinisten auf, was es mit seinem Besuch auf sich habe. „Herr Klausner, da sind Sie bei mir falsch! Da Sie aber schon mal hier sind, möchten Sie doch sicher wissen, was das alles ist, was Sie da sehen?" Klausner nickte hocherfreut. „Na also, passen Sie mal auf!" Ausführlich erklärte er ihm die Funktion der Maschinen. Die beiden kleineren hatten Leistungen von 224 und 378 Kilowatt, die 1911 zusätzlich eingebaute leistete sogar 756 Kilowatt. Ehrfurchtsvoll hörte Klausner zu. Nun konnte er sich wenigstens ein Bild machen. Mit einer Zigarre bedankte Klausner sich bei Scharf. Der steckte sie sorgfältig weg.

Nach der Besichtigung des Maschinenhauses ging Klausner zum Verwaltungsgebäude. Er lehnte sein Fahrrad an einen Baum und stieg die Steintreppe hoch. Durch eine schwere geschnitzte Eichentüre betrat er das Haus. Im Gang, der etwas schummrig war, brannte eine Kohlenfadenlampe, sie verbreitete einen rötlichen Schein. So wird es einmal überall aussehen, schoß es Klausner durch den Kopf. Während er noch die Lampe anstarrte, kam ein kleines Männlein mit einer Listerjacke und übergezogenen Ärmelschonern, einer steifen Hemdbrust mit einer Fliege sowie einem Monokel im Auge aus einer Tür heraus. Klausner sah zuerst nur sein Hinterteil, weil der Mann einen Bückling in das eben verlassene Zimmer machte und „Jawohl, Herr Betriebsleiter" sagte. Als er sich umdrehte, bemerkte er Klausner. „Na, wen haben wir denn da?" fragte er mit einer sonoren Stimme, die so gar nicht zu seinem Äußeren paßte. „Klausner", stellte sich der vor. „So, so, Sie sind also der Herr Klausner, Sie sind mir nicht unbekannt, allerdings habe ich Sie noch nie gesehen. Wissen Sie, ich muß nämlich das Geld für Sie und Ihre Leute abrechnen. Übrigens, mein Name ist Holzapfel." „Sehr erfreut!" „Sicher wollen Sie zu Herrn von Lauterbach?" „Ja!" „Gehen Sie nur durch die Tür, aus der ich gekommen bin." „Vielen Dank!"

Er klopfte. „Ja, bitte!" „Guten Morgen, Herr von Lauterbach!" „Ah, der Herr Klausner, guten Morgen, Sie kommen aber reichlich spät, es ist schon fast halb zehn Uhr," stellte er mit einem Blick auf seine Taschenuhr fest und verglich sie mit der Standuhr im Zimmer. Mit rotem Kopf stand Klausner vor ihm. Er erklärte ihm, daß er zuvor im Maschinenhaus gewesen wäre, weil er sich doch nicht auskenne. „Ach so, da waren Sie also schon, ich wollte Ihnen nämlich einen Besuch empfehlen. So, nun nehmen Sie doch mal Platz! Zigarre gefällig?" Dankend nahm er an. Als ihre Zigarren brannten, meinte der Betriebsleiter: „Na, nun erzählen Sie mal, lieber Herr Klausner!" Etwa eine Stunde dauerte der Bericht und die Einsicht der Pläne. Ein Mann von der technischen Abteilung, ein Herr Luppe, wurde noch zu dem Gespräch hinzugezogen. „Lieber Herr Klausner, das ist ja ausgezeichnet, was Sie uns berichtet haben! Wir hätten nicht geglaubt, daß es so schnell geht. Alle Achtung!" lobte er den Monteur. Der meinte nur: „Das ist vor allem das Verdienst all unserer Mitarbeiter." „Na, Herr Klausner, nur nicht so bescheiden! Ich werde das jedenfalls an gegebener Stelle vorbringen. Haben Sie noch Wünsche oder Anregungen?" Klausner verneinte. „Na, dann möchte ich Ihnen und Ihren Leuten alles Gute für die weitere Zukunft wünschen!" „Danke, Herr Betriebsleiter." „Schon gut", mit diesen Worten entließ er Klausner. Auch Luppe ging mit ihm aus dem Zimmer. „Bei dem haben Sie einen ganz schönen Stein im Brett", stellte Luppe fest. „Ach wissen Sie, es ist immer gescheiter so als anders!" „Da haben Sie recht! Übrigens, wie kommen Sie jetzt wieder zur Baustelle? Fahren Sie mit dem Fahrrad oder mit der Bahn?" „Nun, ich werde bis Steinach mit dem Zug fahren, von dort aus mit dem Rad weiter nach Unterhofen!" „Aha. Nun, Herr Klausner, auch ich wünsche Ihnen alles Gute, vielleicht sehen wir uns bald mal wieder! Wir sollen wahrscheinlich ein Automobil bekommen, dann wird es leichter sein, Sie zu besuchen!" „Sicher, ich freue mich schon darauf." Mit einem Händedruck verabschiedeten sie sich.

Klausner traf gegen vier Uhr Nachmittag in Unterhofen ein. Mina war soeben mit dem Herrichten der Brotzeit beschäftigt, als sie Klausner mit dem Fahrrad kommen sah. Schnell wusch sie ihre Hände, steckte ihr

Haar zurecht und sah prüfend in den Spiegel. Ihr Gesicht sah ihr da entgegen, etwas erhitzt, doch mit blitzenden Augen und einer kleinen vorwitzige Strähne ihres pechschwarzen Haares, das unter dem Kopftuch hervorschaute. Sie war mit ihrer Erscheinung zufrieden. Er ist da! Ich muß zu ihm, dachte sie. Frieda und Lina sind ja noch auf dem Feld, so daß mein Besuch nicht bemerkt werden kann. Eilends begab sie sich nach oben. Klausner war gerade beschäftigt, seinen Rucksack auszuleeren, um die frisch gewaschene Wäsche einzuordnen, da ging die Türe auf, und Mina stand vor ihm. „Liebster, du!" Sie breitete ihre Arme aus und flog auf ihn zu. Mit einem jähen Ruck wandte er sich um und schloß sie in seine Arme. Ein langer verzehrender Kuß ließ sie die ganze Umwelt vergessen. Erst als sie zu stöhnen begann: „Du bringst mich ja um", wurde ihm bewußt, wie sehr er sich nach ihr gesehnt hatte. Schnell brachte sie ihr verrutschtes Kleid und ihr Kopftuch wieder in Ordnung. Er bedrängte sie von neuem und zog sie in Richtung seines Bettes. Sie aber machte sich los, klopfte ihm scherzhaft auf die Finger und meinte nur: „Warte doch bis heute nacht!" Obwohl ihre Gefühle auch durcheinander waren, behielt sie doch den Verstand. Vorsichtig schaute sie aus der Türe und mit einem „Bis bald!" verschwand sie nach unten. Klausner zog sich um. Mit seiner Manchesterhose und seiner Lederjacke bekleidet, verließ er das Zimmer. Er wollte noch zu den Baustellen.

Weinberger und Heumann mit Luigi waren wie immer mit der Trafostation beschäftigt. Sie stand schon kurz vor der Vollendung. Es wurde höchste Zeit, daß der Transformator ankam. Weinberger stand auf dem Podest, das den Trafo aufnehmen sollte, und zog gerade die letzten Befestigungsschrauben an. „Ja, schaut mal an, wer da kommt!" meinte er. „Kapo, sei gegrüßt", rief Seppl, und Luigi grinste ihn an. „Na, hast du schon ausgeschlafen?" frotzelte Weinberger, obwohl er genau wußte, daß Klausner bei der Betriebsleitung gewesen war. „Noch nicht richtig", brummte Klausner und schnitt eine Fratze. Plötzlich brüllte er zum Schein los: „Ihr meint wohl, wenn ich nicht da bin, könnt ihr machen was ihr wollt? Ist das die ganze Arbeit, die ihr geleistet habt?" Luigi sah sich bei diesen Worten erschrocken um, doch als er das Feixen der anderen sah, lachte auch er erleichtert auf. „So ist's recht, Kapo, nur immer fest auf uns arme Hund' drauf", lachte Weinberger. „Mir kommen gleich die Tränen", erwiderte Klausner. Er fühlte sich ungemein wohl. Ja, das waren seine Kameraden. Sie verstanden sich prächtig. „Wenn ihr soweit seid, räumt euer Werkzeug auf, es ist sowieso gleich Feierabend!" Das ließen die drei sich nicht zweimal sagen. „Ich muß noch nach Keil und Mathes sehen", brummte Klausner.

Die Kolonne unter Keil hatte eben die letzten Dachständer in der Hinteren Gasse gestellt und war somit ebenfalls für diesen Tag fertig. Auch Mathes hatte die fehlenden Ortsnetzmaste aufgestellt. Seine Leute waren gerade dabei, die Baustelle aufzuräumen. Mit Befriedigung sah Klausner, wie gut die Arbeit voranging. Überall ragten auf den Dächern die Dachständer und ihre Verankerungen in den Himmel. Es fehlten nur noch die Leitungsdrähte, die sie miteinander verbinden sollten. So in Gedanken begab er sich ins Lager. Dort herrschte ein fröhliches Treiben. Einer saß auf einer Kiste und hatte in seinem Schoß den Kopf eines Mannes. Sorgfältig wurde darauf geachtet, daß der nichts sehen konnte. Die anderen standen im Kreis herum, ab und zu trat einer aus der Mitte und versetzte dem im Schoße befindlichen einen kräftigen Hieb auf sein Hinterteil. Der mußte nun raten, wer es gewesen sein könnte. Sie nannten das ganze „Schinkenpatschen". Es war eine köstliche Gaudi, manch einer wurde ordentlich verschlagen, bis er den Betreffenden herausfand. Als Klausner eintrat, legte einer der Umstehenden den Finger auf den Mund und forderte Klausner auf zuzuschlagen. Klausner blieb nichts anderes übrig. Blitzschnell drehte sich der Geschlagene um und sah gerade noch, wie Klausner hinter einen anderen treten wollte. Es half dem Kolonnenführer nichts, er mußte in den Stock! Er bezog eine ordentliche Tracht Prügel. Immer wieder nannte er einen Falschen. Schließlich wurde ihm die Sache zu dumm. Außerdem brannte sein Hinterteil wie Feuer. Er machte den Monteuren klar, daß er lieber fünf Maß Bier zahlen würde, wenn er erlöst würde. Brüllend vor Lachen nahmen sie dieses Angebot an. Schau die Kerle an, dachte sich Klausner, die haben viel zu viel überschüssige Kraft! Na, wenn sie sich so austoben, soll es mir recht sein. So zogen also die Kolonnen in die Unterkunft.

Klausner ging auch auf seine Kammer und vertauschte seine dicke Lederjacke gegen eine leichte Strickweste. Bald darauf saßen sie bei Geräucherten, Schinken und Würsten. Weinberger setzte gerade seinen Bierkrug an die Lippen. „Freu dich, Gurgel, es kommt ein Wolkenbruch", sagte er und leerte den Krug auf einen Zug. „Allmächt", meinte da der Müllers Peter, „kann der saufen!" Respektvoll betrachtete er den Weinberger. Der strich sich über den Schnurrbart und meinte: „Das war

90

eine Wohltat!" „Du, Weinberger", mischte sich da Keil ein, „kennst du den Unterschied zwischen dir und einem Kamel?" Verdutzt verneinte der. „Nun paß mal auf: Ein Kamel kann vierzehn Tage lang arbeiten, ohne einen Tropfen zu saufen, und bei dir ist es umgekehrt!" Alle brüllten und bogen sich vor Lachen. Das Geschrei war so groß, daß Mina in die Stube stürzte, weil sie meinte, es wäre etwas passiert. Endlich konnte einer, noch prustend vor Lachen, sie über das aufklären, was vorgefallen war. Auch sie mußte herzlich lachen. Weinberger schaute zunächst etwas beleidigt aus, konnte aber dann auch nicht anders, als dröhnend zu lachen. Insgeheim dachte er: Warte nur, Freundchen, dir gebe ich schon auch mal heraus!

Klausner erzählte den an seinem Tisch Sitzenden von dem Besuch bei der Betriebsleitung. Aufmerksam lauschten sie seinen Worten und unterbrachen ihn ab und zu mit einer Frage. An den anderen drei Tischen wurde wieder Karten gespielt. Auch an diesem Abend füllte sich die Gaststube mit Bauern, die sich noch einen Abendtrunk genehmigten. Manch einer unter ihnen war sichtlich froh, der häuslichen Atmosphäre für eine Zeit entwischt zu sein. Sie wußten, bei den „Elektrischen" war immer etwas los. Gegen neun Uhr legten sie ihre Karten beiseite und begannen mit dem Gesang. Da es in der Stube recht rauchig war, hatten sie die Fenster weit geöffnet, so daß ihre Lieder weit in die sternklare Nacht klangen.

Einige Bäuerinnen, die zum Plausch auf den Bänkchen vor den Häusern saßen, hörten den Männern zu und summten die Melodien mit. Der Brunnen plätscherte im Hof, die Kastanie rauschte mit ihren Blättern, und durch ihr Geäst schien das Mondlicht, das die Umrisse der Kastanie wie ein Mantel einhüllte. Irgendwo in der Ferne hörte man einen Hund heulen. Vom nahen Kirchturm schlug die Uhr mit rasselndem Werk zehn Uhr. Die Frauen hüllten sich fröstelnd in ihre Schaltücher und gingen ins Haus. Auch in der Gastwirtschaft wurden die Fenster geschlossen. Die Männer suchten ihre Quartiere auf. Das Dorf rüstete sich zum Schlafen.

Mina schloß hinter den letzten Gästen die Haustüre und tat den schmiedeeisernen Riegel vor. Sie nahm sich eine Petroleumlampe und ging nach oben. Auch Klausner war auf seiner Kammer. Im Nachthemd saß er auf seinem Bett. Er konnte es kaum erwarten, bis die Geräusche im

Hause verklungen waren. Barfuß stahl er sich aus seiner Kammer, um zu Mina ins Schlafzimmer zu kommen. Sachte klinkte er die Türe auf und tastete sich an ihr Bett. Sie erwartete ihn schon mit klopfendem Herzen, es schlug ihr bis zum Hals. Sie konnte es gar nicht mehr erwarten, ihn zu besitzen. Ihm hämmerte das Blut in den Schläfen, endlich waren sie wieder miteinander vereint. Bald darauf fielen sie in einen tiefen Schlaf der Erschöpfung.

9. Kapitel   DER TRAFO

Am nächsten Morgen, sie hatten gerade das Frühstück beendet, kam Karl, der Knecht des Bürgermeisters, und bat Klausner zu seinem Herrn. Der folgte dem Knecht. „Guten Morgen, Herr Klausner", begrüßte ihn der Bürgermeister, „entschuldigen Sie, daß ich Sie so überfalle, aber es ist angerufen worden, daß der Transformator am Bahnhof eingetroffen ist, deshalb hab ich gedacht, es ist wichtig, Sie gleich zu verständigen." „Das ist ja ausgezeichnet! Ich bedanke mich sehr dafür, Herr Bürgermeister", antwortete Klausner. „Es ist ja auch höchste Zeit geworden, so können wir wenigstens weitermachen." Er bedankte sich noch einmal, schwang sich auf sein Fahrrad und fuhr zur Station. „Hallo, Weinberger", rief er von weitem, „Hallo, der Trafo ist da! Bitte bereite alles soweit vor. Die Flaschenzüge, den Kettenzug und die Rollen." „Alles klar, Kapo! Du kannst dich auf uns verlassen!" gab ihm Weinberger zur Antwort.

So schnell es ging, fuhr Klausner nach Rothenburg. Zuerst suchte er den Spediteur, den Wittmanns Gustl, auf. Der stand im Hof, eben hatte er sich eine kräftige Prise Schnupftabak einverleibt, und gab den wartenden Knechten seine Anweisungen. „Ja, doa schau her, der Herr Klausner, hebbe Sie au ebbes zon Fahre?" „Ja freilich, sonst wäre ich doch nicht hier!" „So, was is es nacher?" „Unser Transformator ist angekommen, der soll transportiert werden". „Pressiert des?" fragte der Gustl. „Selbstverständlich", gab ihm Klausner zur Antwort. „Ja, wenn des so is! Fritz, noa fährscht du glei afn Bahof! Muaß halt der Brunners-Schlosser warte!" „Is guat, Master", brummte der Fritz und lenkte seinen Wagen aus dem Hof. „Doa hebbes fei a Glick ghett, daß soa bald scho doa woare", meinte der Gustl. „Ich habe mir so was schon gedacht, deshalb bin ich auch gleich hierhergefahren", gab ihm Klausner zur Antwort. Dem Gustl kurz zuwinkend, setzte er sich auf sein Rad und fuhr zum Bahnhof. Vor der Güterhalle stand ordentlich verpackt sein Trafo, neben ihm lagerten außerdem noch drei große Trommeln mit Draht. Schon bog der Fritz mit seinem Wagen um die Güterhalle. Eilig erledigte Klausner die Frachtformalitäten. Mit Hilfe der Verladearbeiter, zwei Helfern und dem Fritz schafften sie den Trafo auf den Wagen. Mittels mitgebrachter Seile des Spediteurs befestigten sie den Trafo ordnungsgemäß, mit viel Hauruck und manchem vergossenem

Schweiß luden sie noch eine Kabeltrommel dazu. „Männer, das habt ihr gut gemacht, kommt her, hier habt ihr das Geld für drei Maß Bier!" Die Männer freuten und bedankten sich. Mit „Auf geht's, Popperli, und hüah" fuhr Fritz den Transport nach Unterhofen.

Klausner begab sich zur Brotzeit in die Bahnhofswirtschaft. Er hatte ja Zeit. Mit dem Fahrrad war er sowieso schneller. Heute werden wir ein ganz schönes Stück weiterkommen, dachte er. Er ließ sich seine Stadtwurst mit Brot schmecken, spülte das ganze mit einem kräftigen Schluck Bier hinunter, rief die Kellnerin zum Bezahlen und machte sich auf den Weg.

Inzwischen hatten die Kameraden in Unterhofen schon die Vorbereitungen getroffen. Der Kettenzug, die Flaschenzüge und die Rollen waren eingehängt. Alles war parat. „Luigi und Seppl, holt noch eine stabile Leiter!" ordnete gerade Weinberger an. Beide trollten sich. Vor mir aus können sie kommen, dachte sich Andreas. Prüfend fuhr er noch einmal die Leinen der Züge entlang. „Alles in Ordnung", sprach er zu sich selbst. Er setzte sich auf die Werkbank mit dem Schraubstock und zündete sich einen Stumpen an. Vergnügt paffte er vor sich hin. Da kam auch schon Klausner mit dem Fahrrad. „Andreas, ist alles in Ordnung?" „Klar, Kapo", grinste der. „Nun, das Fuhrwerk ist auch gleich da, ich habe es kurz vor dem Dorfeingang überholt. Wo sind denn die beiden anderen?" „Die hab ich zum Leiterholen geschickt, weiß du, es ist besser, wenn wir noch eine zweite da haben. „Gut so", antwortete Klausner. „Da sind sie ja schon!" Beide brachten eine feste Leiter.

Mit „Brrr, stad, Popperli" brachte der Fritz den Wagen mit dem Trafo zum Stehen. Mit Hilfe einer kräftigen Bohle und einer seitlichen Stützung luden sie den Trafo ab. Weinberger blieb bei dem abgestellten Trafo, während die anderen mit der Kabeltrommel zum Lager fuhren, um sie abzuladen. Als das geschehen war, gab Klausner dem Fritz noch ein Trinkgeld. Der bedankte sich mehrfach und machte sich auf den Heimweg. Da im Lager zwei Mann beschäftigt waren, Isolatoren aufzuhanfen, nahm Klausner sie mit zur Station; er konnte gut noch einige Hände gebrauchen.

Inzwischen hatte Weinberger den Kettenzug an den Trafo-Ösen eingehängt. Eben war er dabei, einen Schäkel aus dem Eisenseil zu fertigen, um die Flaschenzüge besser einhängen zu können. „Seppl und Luigi, nach oben auf die Plattform, die Seile über die Rollen", ordnete Klausner an. „Ihr zwei, seid ihr nicht Schuster und Raffelsbauer?" Beide nickten. „Also, ihr beiden zieht an den Leinen, wenn ich das Kommando gebe! Ist alles klar?" vergewisserte sich Klausner. „Alles klar", gaben sie zur Antwort.

„Fertigmachen. Anziehen! Schön gleichmäßig, nicht ruckartig! So ist's gut!" Klausner hatte die eine Führungskette des Kettenzugs in der Hand, um den Trafo im Gleichgewicht zu halten. Es klappte ausgezeichnet, immer höher schwebte der Trafo nach oben, schon war er über der Plattform. Seppl und Luigi zogen ihn in die Mitte der Plattform. „Langsam ablassen", schrie Klausner den Monteuren Schuster und Raffelsbauer zu. Sie korrigierten noch etwas, dann stand der Trafo auf seinem Platz. Es ging besser als sie es sich vorgestellt hatten.

Da stand er also, die Krönung der Maststation! Ein Stahlbehälter mit Kühlrippen, an der Oberseite die Ausführungen mit den Isolatoren zur Hochspannungsseite, dem Ölausdehnungsgefäß und dem Klemmbrett für die Niederspannungsseite. Ein Wunderwerk der damaligen Technik. Mitten in die Betrachtung läutete es zwölf Uhr. Die Schule war aus. Anscheinend hatte es sich herumgesprochen, daß der Transformator gekommen war. Bald war die Station vor neugierigen Schulkindern umringt. Mit offenen Mündern standen sie da. Es war ein großer Augenblick in ihrem Leben. Zum ersten Mal wurden sie mit der Zukunftsenergie konfrontiert. Noch ihren Enkeln würden sie einmal davon erzählen.

Die Männer räumten die Flaschenzüge, den Kettenzug und das dazugehörige Werkzeug auf und gingen zum Mittagessen. Es gab Erbsensuppe, danach Schweinefleisch mit gedämpftem Weißkraut und Kartoffeln. Während des Essens und danach wurde die Ankunft des Trafos selbstverständlich ausgiebig besprochen. „Am besten ist es, wenn ihr ihn euch selber anschaut", beendete Klausner die Gespräche darüber. „Das machen wir sowieso, Kapo", gaben ihm die Leute von der Ortsnetzkolonne und dem Leitungsbau zur Antwort. „Ihr hättet nur die Schulkinder sehen sollen", lachte Weinberger. „Sie hatten Augen wie an der Bescherung zu Weihnachten." „Komm, jetzt langt's aber", rügte ihn Schuster. „Wir wissen schon, daß du gerne übertreibst", brummte

Keil. Sie freuten sich über das Gesicht von Weinberger, das rot bis an den Halskragen war. „Man wird doch noch was sagen dürfen", meinte er. „Na los, Männer, was wartet ihr noch, auf geht's, schaut euch den Trafo doch selbst an", lud Klausner sie ein. Das ließen sie sich nicht zweimal sagen. Sie stürmten aus der Wirtschaft und rannten zur Station. „So schaut der aus?" meinte Grünsteudel und teilte damit die Meinung der anderen. Viele von ihnen hatten zuvor noch keinen Transformator gesehen. Auch die Wirkungsweise war ihnen noch unbekannt. Klausner versuchte ihnen mit einigen Sätzen die Aufgabe eines Trafos zu erklären. Kopfschüttelnd gingen sie wieder an ihre Arbeit. Klausner und die anderen drei machten sich an die Befestigung des Trafos. Der Nachmittag reichte dazu aus. Schon wurde es dämmrig. Sie gingen in ihr Quartier.

10. Kapitel DAS PROBLEM

Klausner war eben dabei, sich einen Knopf, den er sich am Nachmittag ausgerissen hatte, anzunähen – es war gar nicht so leicht beim Schein der Petroleumlampe –, da klopfte es an seine Tür. Auf sein erstauntes „Herein" stand Luigi auf der Schwelle. „Ja, was willst du denn?" fragte Klausner. Luigi druckste etwas verlegen herum und meinte dann schüchtern: „Du Kapo, ich habe ein Problem. Ich habe dir doch erzählt, daß ich ein Mädchen kennengelernt habe, eine Bella Signorina", er schnalzte mit der Zunge, und seine Augen leuchteten dabei. „Ja und?" „Na, und lieben wir uns sehr, verstehst du!" „Ach so, bekommt sie etwa ein Kind?" „Si, Signore", antwortete Luigi, der gar nicht merkte, daß er auf Italienisch geantwortet hatte. „Kapo, ich will sie heiraten, verstehst du! Aber ich traue mich nicht zu den Eltern von meine Bella Maria, du verstehst?" „Soll ich dir dabei helfen?" antwortete Klausner. Erleichtert nickte Luigi heftig und seufzte dabei ganz tief. „Ja, und wie stellst du dir das denn vor?"

„Kapo, du mußt mit ihnen reden! Bitte!" „Na, ich werde es versuchen. Sie wohnen doch in Ansbach?" „Ja." „Vielleicht läßt es sich einrichten, daß wir am Samstag bei der Heimfahrt in Ansbach Station machen. Ich muß halt dann mit einem späteren Zug weiterfahren." Bei diesen Worten geriet Luigi völlig aus dem Häuschen, sein Gesicht war fast verklärt, er haschte nach der Hand von Klausner, um sie zu küssen, der wehrte aber unwillig ab. „Ist schon gut, geh jetzt nach unten und hilf der Wirtin etwas in der Wirtschaft!" Eilig, noch einmal ein „Mille Grazie" stotternd, stürzte er aus der Kammer. Schau an, dachte sich Klausner, der Luigi! Ja, diese Südländer! Ihm war gar nicht so ganz wohl, daß er die Rolle eines Brautwerbers übernehmen sollte. Nun, es wird schon klappen, dachte er. Dabei wurde ihm erst bewußt, daß er ja auch mit Mina ein Verhältnis hatte. Ganz heiß wurde ihm dabei. Wenn das bei uns so wäre, sinnierte er weiter, ich würde Mina auch heiraten! Aber der Altersunterschied? Wie wäre das in zehn Jahren, grübelte er. Nachdenklich verließ er die Kammer und ging nach unten. Es war schon acht Uhr durch, als er in die Stube trat. „Ja, Kapo, wo hast du dich denn rumgetrieben?" fragte Weinberger. „Nun, ich hatte eben noch etwas zu erledigen, mir geht es nicht so wie dir, daß ich mich gleich nach Feierabend ins Wirtshaus setzen kann! Mit den Lohnlisten habe ich mich halt noch etwas beschäftigt", flunkerte er und nickte dabei Luigi verschwörerisch zu. Der drehte den Kopf verlegen zur Seite, doch niemand hatte etwas bemerkt.

„Was ist, wollen wir nicht Karten spielen?" fragte Weinberger. „Von mir aus", gab ihm Klausner zur Antwort. „Karteln wir einen Nürnberger Dreck", bestimmte Weinberger. Keil und Mathes waren einverstanden. Weinberger hatte wieder ein unheimliches Glück. Von den acht Knoppern, die sie herausspielten, hatte er überhaupt keinen, selbst bei „Kamerun", einem Spiel, in dem er meistens der Verlierer war, bekam er so ein Blatt, daß er einen „Durchmarsch" anmelden konnte. „Bei dir kälbert der Holzschlegel auf der Achsel", stellte Mathes resigniert fest. Weinberger feixte nur und meinte: „Heute gibt's wieder ein Gubi-Bier!" „Wieso Gubi?" fragte Keil. „Na: gut und billig", gab ihm Weinberger lachend zur Antwort. „Na warte nur, Freundchen, wir kriegen dich schon auch noch dran. Weißt du, durchs Karteln ist noch niemand reich geworden." „Reich nicht, aber seinen Durst hat er bestimmt gratis löschen können!" „Das stimmt auch wieder", gab Klausner zu. Er war nicht so recht bei der Sache. Die Angelegenheit mit Luigi hatte ihn doch etwas nachdenklich gemacht. „Das war ein langer Tag heute. Wißt ihr was, ich gehe ins Bett, morgen ist ja auch noch ein Tag!" gähnte Keil. Auch die anderen standen auf, wünschten sich eine gute Nacht und gingen nach oben.

Gewohnheitsgemäß ging Klausner noch ins Freie. Ah, die frische Luft tat gut! Kräftig füllte er seine Lungen mit der würzigen Abendluft. Prüfend warf er einen Blick zum Himmel. Sternklar stand der über ihm und der Mond hing wie eine rote Scheibe über dem Kastanienbaum. Ein leichter Nachtwind ließ Klausner etwas frösteln. Er war ja hemdsärmelig. Beim Hineingehen in das Haus hörte er ein leises „Pst". Es kam aus der angelehnten Küchentüre. Mina war es. Sie zog ihn beim Arm in die Küche. „Liebster", flüsterte sie. Fest hielt sie ihn umschlungen, heiß brannten ihre Küsse auf seinen Lippen. Klausner war von ihrem Ungestüm erstaunt. „Was ist denn mit dir heute los?" „Ach, ich sehne mich so sehr nach dir! Komm", lockte sie, „komm mit mir nach oben." Adolf, dem gar nicht danach zumute war und der den ganzen Abend schon eine melancholische Stimmung hatte, war wie verwandelt. Vorsichtig öffnete er die Küchentüre und lauschte in den Gang hinein. Kein Laut war zu hören. Eine tiefe Stille lag im Haus.

Er nahm Mina auf seine Arme und trug sie nach oben. Während er sie trug, schmiegte sie sich ganz fest an ihn. Die süße Last auf den Armen betrat er ihr Schlafzimmer. Der Mond beleuchtete es gerade soviel, daß man alles in Umrissen erkennen konnte. Er stellte Mina auf die Füße, und sie begann sich hastig zu entkleiden. Ihr langes aufgelöstes Haar bedeckte sie wie ein Schleier. Ihre vollen kräftigen Brüste konnte er gerade noch im Mondlicht sehen. Fasziniert starrte er sie an. „Bin ich schön?" fragte sie. „Viel zu schön", antwortete er mit einem Kloß in der Kehle. Nackt, wie er inzwischen war, schritt er auf sie zu, nahm sie in die Arme, schmiegte sich an sie und küßte sie lange und innig. Ein Beben ging durch ihre Gestalt, und ein leises Stöhnen entrang sich ihren Lippen. „Komm", drängte sie ihn, auf das Bett zusteuernd. Begierig klammerten sich ihre Körper aneinander. Die Bedachtsamkeit, die er sich noch vor ein paar Stunden eingeredet hatte, war wie weggeblasen. Wie ein Rausch kam es über sie. Erst lange nach Mitternacht kamen sie zur Ruhe.

Das Flöten der unermüdlichen Amsel vor ihrem Fenster ließ Mina als erste erwachen. Wohlig seufzend stand sie auf. Mit einem zärtlichen Blick betrachtete sie ihren geliebten Adolf. Schnell zog sie sich an, riß ihm die Bettdecke weg und brachte den Verschlafenen auf die Beine. „Mein Gott, bin ich müde", gähnte er. „Schäm dich", sagte Mina, „die jungen Leute von heute halten ja gar nichts mehr aus!" „Oho", sagte Adolf, langte nach ihr und wollte sie wieder ins Bett ziehen. Sie aber klopfte ihm auf die Finger und flüsterte: „Will der Herr Kapo seiner Mannschaft so ein schlechtes Beispiel geben?" „Du Hexe du, na warte! Im übrigen hast du ja recht. Im Saal rumort es schon, da wird es Zeit, daß ich gehe!" Sie lief zur Türe, spähte in den Sohler, gab ihm ein Zeichen, und er suchte sofort seine Kammer auf. Es war keine Sekunde zu früh, denn als sie ihr Schlafzimmer verließ, kam Schuster gerade aus dem Saal. „Einen recht guten Morgen wünsch' ich, Frau Wirtin!" „Auch Ihnen einen guten Morgen!" „Haben Sie gut geschlafen?" „Oh ja", antwortete Mina. Insgeheim dachte sie: Wenn der nur wüßte! Eilig lief sie nach unten. Vom Hof her hörte sie schon das Rumpeln des Futterkarrens und das Klappern der Milchkannen. Höchste Zeit, dachte sie, als sie die Küche betrat, um das Frühstück zuzubereiten. In ihr war ein Glücksgefühl; am liebsten hätte sie gesungen. So begann ein neuer Tag.

Nach dem Frühstück kam ein Knecht des Bürgermeisters und fragte nach Herrn Klausner, der solle gleich an das Telefon kommen. Klausner beeilte sich und ging mit dem Knecht zum Bürgermeister. Der erwartete ihn schon. „Gute Morche, Herr Klausner, der Bahnhof vo Rotaburg is doa, i gib ihna gleich den Höra." „Hier Klausner", meldete er sich. „So zehn Leute mit einer Menge Material und Werkzeugkoffern", wiederholte Klausner das Gehörte. „Ja, ich komme selbst sofort bei Ihnen vorbei", sprach er in den Hörer. „Herr Bürgermeister, heute kommen die Installateure der Anlagen, bitte, sagen Sie doch den Leuten in den Quartieren Bescheid, damit die sich darauf einrichten können. Ich fahre gleich nach Rothenburg, um den Transport hierher zu veranlassen. Sie haben doch das mit der Unterbringung bei Ihren Bauern veranlaßt?" „Selbstverständlich, ich werde auch gleich die Leute aufsuchen, um ihnen zu sagen, daß Ihre Installateure im Anmarsch sind." „Na, dann ist es ja gut!" Eilig schwang sich Klausner auf sein Fahrrad, fuhr zunächst zum Gasthaus zurück, machte dort die Arbeitseinteilung und radelte darauf schnellstens nach Rothenburg zum Bahnhof.

Dort erwartete Klausner ein Trupp Leute. Neben ihnen standen ihre Werkzeugkoffer, und auf dem Rücken trugen sie ihre Rucksäcke. Ein baumlanger Mann namens Fink stellte die Leute vor. „Herr Bruckner, Herr Kraft, Herr Bauer, Herr Rohleder, Herr Vizethum, das sind unsere Installateure, dazu hat jeder von ihnen noch einen Helfer. Die Namen teile ich Ihnen noch zu Hause mit, ich glaube, es ist vernünftiger, wenn wir erst mal unser ganzes Zeug wegschaffen." „Ganz Ihrer Meinung, Herr Fink", antwortete Klausner, „ich werde gleich einen Spediteur besorgen, der kann euch und euere Sachen nach Unterhofen fahren, bitte warten Sie ein wenig!"

Klausner fuhr mit dem Rad zum Wittmanns Gustl, um ihn zu verständigen. Der stand im Hof, hatte seine Hände über dem Bauch gefaltet und blinzelte zufrieden in die Sonne. „Ha, der Herr Klausner", rief er, „einen schönen guten Morgen!" „Das wünsche ich Ihnen auch! Meister Wittmann, ich brauche gleich ein Fuhrwerk! Wäre das möglich?" „Ja, freilich, der Hannes ist gerade von der Fahrt zum Schlosser Kraus zurück und is beim Ausspannen. He, Hannes, kannst gleich wieder einspannen". „Zerscht wird gfeschpert", brummte der ungehalten. „Ja, das können Sie ruhig", mischte sich Klausner in die Unterhaltung. „No also", brummte der Hannes. „Wos hebbes denn Wichtis zon Fahre, Herr Klausner?" fragte der Gustl. „Ach, wissen Sie, unsere Installateure sind angekommen, die haben ihre Werkzeugkoffer und einiges Material dabei!" „Des mache mir scho, des wär gelacht", sagte der Gustl und schob sich eine gewaltige Prise Schnupftabak in seine Nase. Er zog ein mächtiges kariertes Sacktuch aus der Hosentasche, schneuzte sich ein paar Mal, fuhr sich mit dem Handrücken über seinen Schnurrbart und begab sich in den Pferdestall.

Klausner fuhr zum Bahnhof. Die Männer saßen auf ihren Werkzeugkoffern und vesperten ebenfalls. Klausner hatte nun Zeit, sie näher in Augenschein zu nehmen. Sie machten einen ganz passablen Eindruck. Alle hatten sie ihre Lederjacken an. Es war fast wie eine Standeskleidung. Die Helfer dagegen waren etwas einfacher angezogen. Man sah sofort, daß sie keine Fachleute waren. Einige trugen Lodenjoppen, während zwei andere gestreifte Bauernblusen anhatten. Sie trugen aber allesamt die beliebten Schirmmützen. Die Herren Monteure waren auch samt und sonders mit Hosen aus Manchesterstoff ausgestattet. Diese Hosen waren von ledernen Gamaschen umgeben und steckten in Schnürstiefeln. Soeben bog der Hannes um die Kurve und kam mit seinem Gespann an die Bahnhofsrampe. „Also, meine Herren, laden wir auf!" nötigte sie Klausner. Bald war das vollbeladene Fuhrwerk, auf dem oben die Leute saßen, unterwegs nach Unterhofen.

Gerade läutete es Mittag, als der Wagen mit den Installateuren vor dem Gasthaus zum Ochsen in Unterhofen vorfuhr. Inzwischen hatte sich eine Gruppe von Leuten angesammelt, die die Neuankömmlinge kritisch musterten. Diese luden gerade ihr Gepäck aus und standen im Hof herum. „Leute", sprach Klausner, „wir machen zuerst Mittag, dann könnt ihr euere Quartiere aufsuchen." „Ja, das dürfte das vernünftigste sein", meinte Fink. Alles versammelte sich in der Wirtsstube zum gemeinsamen Mittagessen. Es gab Sauerkraut mit geräuchertem, gekochtem Schweinefleisch und Kartoffeln. Die Männer hatten samt und sonders einen guten Appetit. Auch das Bier von einem frisch angestochenen Fäßchen schäumte in den Krügen. Nach dem Essen kam auch schon der Bürgermeister. Zusammen mit ihm und Klausner gingen die Installateuren in die ihnen zugeteilten Quartiere.

Unterdessen war Hannes mit dem Fuhrwerk und dem Installationsmaterial zum Lager gefahren. Beim Ausladen half ihm die Gruppe Klausner. Dünne Blechrohre in Stangen von drei Metern Länge, sogenannte Peschelrohre, Winkelstücke, Bögen, Rohrschellen, Dosen, Schalter, zehn Bünde fein mit Jute umsponnenen Kupferdrahts sowie einige Blechkästen, die zum Absichern der Leitungen dienten, wurden ausgeladen. „Mensch, haben die ein Haufen Zeug", wunderte sich Weinberger. „Nun ja, was glaubst du, wenn die ganzen Lampen und die Motoren eingerichtet werden müssen, da braucht man schon allerhand Material", antwortete Seppl. Sie ordneten alles in große Kisten ein. Bald darauf war auch Fink zur Stelle. Anhand einer Liste verglich er die angekommenen Materialien sorgfältig. Seine Aufgabe war es nun, festzustellen, was an Lampen und Motoren in den einzelnen Höfen gebraucht wurde. Mit zweien seiner Leute machte er sich auf den Weg zum Ulmenbauer.

Nach der Begrüßung erklärte Fink dem Bauern die geplante Installation und fragte ihn, wo er seine Lampen montiert haben wolle. „Oane in die Stube nei, oane in die Küch und oane in die Kammer halt, und no oane brauche mer in Stall", gab er seine Wünsche kund. Daraufhin wurden die Leitungswege sorgfältig ausgemessen und notiert. Auf die Frage, ob oben bei den Dienstboten nicht auch eine Beleuchtung installiert werden sollte, meinte der Bauer: „Na, des brauchts vorerscht net, des koscht sou scho an Haufe Geld! Wo i doch an Motor a brauch. Dia Futterschneidmaschina is a net grod billi, des kommer sie doch denka!" „Na gut, gehen wir also mal in die Scheune", schlug Fink vor. „Den Motor stellen wir am besten auf den Futterboden, die handgetriebene Maschine wird ja in Zukunft von dem Motor angetrieben, auch eine Lampe ist dabei notwendig, die kann man gleich so anbringen, daß sie die Tenne der Scheune mitbeleuchtet!" „Ja, wenn Sie mana, Herr Monteur, dann mache mir des halt sou, Sie hebba doa ja a Erfahrung, i verloß mi ganz of Sie!" „Da brauchen Sie wirklich keine Angst zu haben, wir beraten Sie bestimmt nicht verkehrt", lachte Fink. Sorgfältig trug er alle Angaben in ein kleines Büchlein ein. Auch in der Scheune wurde der Leitungsweg genauestens vermessen; die Helfer riefen Fink die Zahlen der Messungen zu. „Ja, wos koschtet etz des ganze Zeig?" wollte der Bauer wissen. „Lieber Mann, das kann ich Ihnen erst in den nächsten Tagen sagen, wenn ich die ganzen Angaben durchgerechnet habe!" „Wisses, des muaß i scho wisse, damit i mir ä Bild mache kann, wos doa alles of mi zuakommt!" „Selbstverständlich bekommen Sie eine Kostenaufstellung", gab ihm Fink zur Antwort. „Ich bin ja sowieso bei Ihnen im Quartier, da sind wir ja alle Tage beisammen!" „Ja freili, doa hob i ja gornet droa denkt", meinte der Ulmenbauer. Bald darauf ging Fink mit seinen Helfern in den nächsten Hof. Auch hier gab es die gleiche Prozedur.

Gegen Feierabend kehrten sie in ihre Unterkünfte zurück; sie wurden dort auch verpflegt. In der Stube, dem Gastzimmer, hatten die „Elektrischen" jetzt schon vier lange Tische in Beschlag genommen. Alle Abend war eine vielfältige Unterhaltung im Gange. Meist wurde an mehreren Tischen Karten gespielt. Andere wiederum sahen bei den Spielen zu, fachsimpelten dabei und wußten selbstverständlich alles besser. Wieder andere unterhielten sich einfach. Allen war eines gemeinsam, gegen zehn Uhr hörten sie mit dem Karteln auf und begannen zu singen. Manchmal war es auch etwas früher, besonders wenn ein Bauer den Wunsch dazu hatte. Das hing aber auch mit dem Spenden einiger Maß Bier zusammen. Die musikalische Begleitung bestand inzwischen aus einer Gitarre, der „Ziacheri" – dem Akkordeon vom Müllers Peter – und einer Geige, die einer der Installateure namens Eichner sehr gut spielte. Eine feine Zusammenstellung, so recht zur Begleitung beim Singen geeignet.

So war es auch an diesem Abend nach dem Kartenspielen. Die Männer sangen die schönen Volksweisen von der Liebe, dem Scheiden, dem Wein und dem Trinken. Aus vielen Liedern konnte man die Liebe zur Heimat heraushören. Manch einer wurde ganz melancholisch dabei, nicht wenige der Alten hatten manchmal feuchte Augen, besonders wenn in den Liedern der Abschied und das Sterben vorkam.

Der alte Kirchenbauer war fast immer ein abendlicher Gast, er war ja auch Austragsbauer und hatte seinen Hof schon vor fünf Jahren übergeben. Seine Frau, die Babett, hatte man vor zwei Jahren zu Grab getragen, so daß es ihn deshalb jetzt öfters zu der Gesellschaft und zu den Liedern der „Elektrischen" hinzog. Sein Lieblingslied war „Im schönsten Wiesengrunde". Jedesmal nach der dritten Strophe wischte er an den Augen und schneuzte sich verhalten. Er wurde von den Jungen sehr respektvoll behandelt, was ihm sichtlich wohl tat. Auch konnte er, wenn er gut aufgelegt war, sehr humorvolle Geschichten von früher erzählen. Einmal, so erzählte er, war eine schöne Hochzeit im Dorfe, ein reicher Bauernsohn hatte eine gutsituierte Müllerstochter aus dem Hohenlohischen geheiratet. Wie das so üblich war, wurde der Herr Pfarrer auch zum Hochzeitsmahl eingeladen. Die Hochzeit fand im Mai statt. Ende

November wurde den Bauersleuten ein strammer Hoferbe geboren. Als der glückliche Vater bei dem Pfarrer die Taufe anmelden wollte, meinte der: „Aber mein lieber Hans, das ist doch viel zu früh", da antwortete der junge Vater: „Herr Pfarrer, dann komme ich halt nachmittags wieder". Alle lachten schallend, der Weinberger konnte gar nicht mehr aufhören, er stöhnte und wischte sich die Lachtränen aus den Augen. Der alte Kirchenbauer grinste verschmitzt vor sich hin und freute sich, daß diese Geschichte so eine Heiterkeit ausgelöst hatte. Nun war plötzlich ein Damm gebrochen, einer nach dem anderen erzählten sie Witze und lustige Geschichten. Sie merkten gar nicht, daß die Zeit wie im Fluge verging. Die alte Kastenuhr, die in einem bunt bemalten Holzgehäuse steckte, zeigte die zwölfte Stunde an und begann rasselnd zu schlagen.

„Was, schon zwölf Uhr? Männer, machen wir Schluß, morgen ist wieder ein Arbeitstag", rief Klausner. Sie tranken aus und verzogen sich. Luigi begann schon die Fenster aufzureißen und die Stühle auf die Tische zu stellen. Mina hatte ein Eimerchen und einen Lappen bereit, um die Tische und Bänke sauberzumachen. Klausner half, die leeren Krüge und Gläser aufzuräumen, so daß es bald wieder ordentlich in der Stube aussah. Bald darauf war im Gasthaus zum Ochsen Ruhe eingekehrt. Klausner war ebenfalls hundemüde, gähnend ging er nach oben. Mina hatte schon bemerkt, daß er öfters ausgiebig gähnte. Sie huschte ihm nach, gab ihm einen Gute-Nacht-Kuß und verschwand in ihrem Zimmer. Todmüde fiel er in sein Bett. Kaum lag er, ertönten auch schon kräftige Schnarchtöne. Auch Mina schlief sofort tief und fest.

Im Westen verblaßten die Sterne, im Osten zeigte sich der zarte Schimmer des heraufziehenden Tages. Noch lagen leichte Schatten über der Frankenhöhe, doch bald würden sie der Sonne weichen. Einige Hähne im Dorf begrüßten mit lauter Stimme den beginnenden Morgen. Auch unter dem Dach des Gasthofes wurde es lebendig. Die Spatzen in der Dachrinne und in der Scheune stimmten ihr Morgenkonzert an.

In der Kammer von Klausner rasselte der Wecker. Unwillig über diese Störung langte er auf das Nachtkästchen und versuchte den Störenfried zur Ruhe zu bringen. Noch heftig gähnend dehnte und streckte er sich. Während er in seine Hose schlüpfte, erinnerte er sich: „Heute ist ja Freitag, da muß ich nach Rothenburg, Geld holen." Während er sein Waschzeug zusammensuchte, wurde es auch im Saal lebendig. Schnell begab er sich nach unten zum Brunnen, damit er nicht lange warten mußte. Frieda hatte schon die Hühner hinausgelassen, und der kräftige Hahn stolzierte mit aufgeplusterten Federn über den Hof. Jörgli schob den ersten Mistkarren rumpelnd über die holprigen Pflastersteine. Prustend setzte er den Karren ab und wünschte Klausner einen guten Morgen. Der erwiderte den Gruß und meinte: „Schon so fleißig in aller Frühe?" „Ja wisses, Herr Klausner, wenn mer oamol so alt is wie i, nacher braucht mer nimmer sou viel Schloaf, na und Morchestund hat Gold im Mund, secht des Sprichwort!" „Ja, da haben Sie recht", lachte Klausner.

Heute muß ich mich rasieren, überlegte er, mit diesem Stoppelbart kann ich nicht nach Rothenburg. Er eilte nach oben, um sein Rasierzeug zu holen. Mit einem „Schönen guten Morgen!" betrat er die Küche. „Guten Morgen, Herr Klausner", erwiderten die Wirtin und Lina seinen Gruß. „Frau Wirtin", bat er, „ich brauche etwas heißes Wasser zum Rasieren". Während er sein Rasiermesser an einem Lederriemen abzog, schüttete sie etwas Wasser in eine kleine Schüssel. Sorgfältig seifte er sich ein, um dann unter allerhand Grimassen seine Rasur zu beenden. Mina und Lina sahen ihm dabei schmunzelnd zu. „Wißt ihr denn überhaupt, warum die Frauen keinen Bart haben?" neckte Klausner sie. Beide verneinten. „Weil sie während dem Rasieren nicht so lange den Mund halten könnten", klärte er sie auf. Kaum hatte er lachend geendet, flog ihm auch schon ein Putzlappen an den Kopf. Verdutzt sah er die beiden an. Das Lachen war nun auf ihrer Seite. Fluchtartig verließ er die Küche. Nach dem Frühstück und nach der Arbeitseinteilung schwang er sich auf sein Fahrrad und fuhr nach Rothenburg. Inzwischen schien die Sonne ganz schön warm. Die Vögel jubilierten, die Luft war voll von den Blütendüften der Bäume und Hecken. Ein herrlicher Frühlingstag war angebrochen, Klausner war so erfüllt von dem allen, daß er lauthals vor sich hinsang: „Auf, auf, ihr Wandersleut, das Wandern bringt groß Freud." Es war schon eine Lust, zu leben!

Bald sah er vor sich die Türme und Mauern der alten Reichsstadt. Breite Mauern, Zinnen und Dächer blitzten in der Sonne. Die ersten Fuhrwerke rollten durch die Tore in die Stadt. Lustig knallten die Peitschen der Fuhrleute durch die Luft. Eine Magd und ein Knecht stellten vor dem Gasthaus zum Ochsen Tische und Bänke auf das Pflaster. An so einem Sonnentag saßen die Gäste gerne im Freien. Ein Bäckerjunge war mit seinem Korb voller Semmeln unterwegs, höflich wünschte er Klausner einen guten Morgen. Der freute sich über den Jungen und kaufte ihm gleich zwei Semmeln ab. Er zahlte mit einem Groschen; als ihm der Bub herausgeben wollte, wehrte er ab und ließ ihm die vier Pfennige als Trinkgeld. Fröhlich pfeifend setzte er seinen Weg fort. Er hatte noch viel zu tun. Frohgemut fuhr Klausner zur Post, um das Lohngeld abzuholen.

Herr Breitenbacher, der Vorsteher des Postamtes, bediente ihn persönlich. Es war eine ganz nette Summe, die er ihm aushändigte. Schmunzelnd meinte Herr Breitenbacher: „Mit diesem Geld könnte man wohl mal eine große Reise tun und einen herrlichen Urlaub verbringen!" „Das würde ich wohl meinen", erwiderte Klausner. Lachend verabschiedete er sich und verstaute das Geld sorgfältig in seiner Aktentasche. Nach kurzer Fahrt kam er an der Güterhalle des Bahnhofs an. „Haben Sie etwas für mich?" fragte er den diensttuenden Beamten. „Ja, Herr Klausner, drei große Kabeltrommeln stehen abholbereit da. Ich habe schon versucht, Sie telefonisch zu erreichen, aber es hat sich niemand gemeldet beim Bürgermeister. Na ja, ich bin jetzt froh, daß Sie Bescheid wissen." „Noch heute lasse ich die Sachen abholen", erwiderte Klausner. Mit dem Fahrrad schlug er den Weg zum Wittmanns Gustl ein. Der war damit beschäftigt, die Wagenachsen zu schmieren. Mit einem Hebebock hob er die Räder vom Boden auf und zog sie von den Achsen herunter. Nun schmierte er ordentlich Wagenschmiere auf die Achsen und in die Nabenhülsen. Ab und zu schnaufte er gewaltig, wobei ihm die Adern auf der Stirne kräftig anschwollen. Es war keine leichte Arbeit. Immer wieder wischte er sich mit dem großen Sacktuch den Schweiß ab. Zum Schluß drehte er das Rad mit einem gewaltigen Ruck um die Achse, spielend ließ es sich nun drehen. Das Durchschieben des Achssplints schloß diese Arbeit ab. „Ha, der Herr Klausner, was verschafft mir die Ehre?" rief er mit seiner mächtigen Baßstimme. „Ja, Herr Wittmann, es gibt wieder was zu fahren". „Nix Herr Wittmann", brummte der, „für Sie bin i der Gustl!" „Nun, ich kann doch nicht einfach Du zu Ihnen sagen!" „So, und warum nicht? Secht mer net zo unsern Herrgott a Du?" „Allerdings, da haben Sie recht", lachte Klausner. „Also, ich bin der Adolf!" „Und i der Gustl!" Sie reichten sich die Hände. „Doa müas mer ober an Schluck drauf drinka, kumm ner mit." Er nötigte Klausner ins Haus. Doch der setzte sich auf das Bänkchen vor dem Haus. Bald darauf kam Gustl mit einer Flasche

Zwetschgenwasser und zwei Stamperln. „Also dann Prost!" Sie taten sich gegenseitig Bescheid. Eine Freundschaft nahm ihren Anfang. „Weche was bischt etz du komme?" „Du sollst halt wieder einmal fahren!" „Des hob i mir scho denkt. Um was geht's denn?" „Drei Kabeltrommeln sind am Bahnhof abzuholen und nach Unterhofen zu bringen." „O mei, wenn sunscht nix is, des mache mer gleich, wenn der Fritz zruckkommt, muss er des fahre! Hoscht austrunke? Of oan Boah kann mer net steah", er goß nochmal das Stamperl voll. „Du, der Schnaps ist ausgezeichnet!" „Ha, des will i moana, der is vo Leizebrunn vo meiner Schwester, dia brennt selber und der doa is scho fünf Johr alt! Gell, denn spürt ma?" „Allerdings", lachte Klausner. „Ja, jetzt muß ich aber gehen, weißt, ich muß die Lohngelder noch zurecht machen." „Also dann ade", verabschiedete sich der Gustl. Heiter und beschwingt setzte Klausner seine Fahrt fort, der Obstler zeigte Wirkung.

Als er in das Dorf einbog, läuteten gerade die Mittagsglocken. Alle waren bereits in der Gaststätte versammelt. Eben trugen Mina und die Mägde das Essen auf: Grießsuppe, Kartoffelnudeln und Krautsalat, das Richtige für einen Freitag. Die Kartoffelnudeln waren so recht schmalzig und der Krautsalat sehr pikant mit Zwiebeln, etwas Essig und einem Schuß Frankenwein angemacht. Bald waren alle satt und zufrieden. Ja, kochen konnte die Mina, das war eine wahre Pracht. Während die anderen wieder an ihre Arbeit gingen, richtete Klausner die Lohngelder her. Sorgfältig füllte er das Geld in die beschrifteten Lohntüten. Es war ein Vorschuß in der üblichen Höhe, die Abrechnung wurde nur alle vier Wochen gemacht.

11. Kapitel   DER UNFALL

Klausner hatte gerade die vierte Lohntüte fertig; fast wäre er dabei eingenickt. Da hörte er, wie laut sein Name gerufen wurde. Er sprang auf und rannte nach unten. Völlig atemlos stand Luigi vor ihm. „Kapo, ein Unglück, schnell!" stieß er hervor. „Was ist denn los?" „Der Dauberschmidt ist verunglückt". „Wo ist er denn?" „In der Hinteren Gasse". Klausner rannte zum Fahrrad und raste los.

Im Hof vom Bauern Kelm lag auf zwei Brettern Dauberschmidt. Mit kalkweißem Gesicht, großen Augen und einem Blutfaden im Mundwinkel lag er vor ihnen. Klausner sah auf den ersten Blick, daß er innere Verletzungen hatte. Eilig schwang er sich auf sein Rad, um beim Bürgermeister zu telefonieren. Die Rettungssanitäter vom Krankenhaus versprachen, sofort zu kommen. Wieder an der Unfallstelle angekommen, erfuhr er den Sachverhalt: Der Monteur sollte ein Dach aufdecken. Er stieg die Leiter bis zum Garbenloch hinauf und hangelte sich an den Strohballen hoch. Plötzlich gab ein Ballen Stroh nach, und Dauberschmidt stürzte rückwärts durch das Garbenloch auf die Scheunentenne; dort blieb er bewußtlos liegen. Sein Kollege Gronauer fand ihn gleich darauf. Er hatte noch einen Schrei gehört. „Laßt ihn nur ruhig auf den Brettern liegen, es könnte ja sein, daß er etwas mit dem Rückgrat hat", ordnete Klausner an. Mathes kniete neben dem Verletzten und wischte ihm ab und zu den Schweiß behutsam von der Stirne. Die Männer umstanden mit ernsten Gesichtern ihren Kameraden und unterhielten sich mit gedämpften Stimmen.

Klausner fuhr mit dem Rad an den Dorfeingang, um das Sanitätsfahrzeug einzuweisen. Den Kameraden, der im gleichen Quartier Dauberschmidt untergebracht war, bat er, dessen persönlichen Sachen zusammenzupacken und ins Krankenhaus mitzugeben. Kaum war er am Ziel angelangt, kam auch schon der Sanka. Klausner leitete ihn zur Unfallstelle. Dauberschmidt wurde auf eine Bahre umgebettet und vorsichtig in den Wagen gehoben. „Mathes, du fährst mit ins Krankenhaus!" befahl Klausner. „Ruf bitte sofort an, wenn du erfahren hast, was ihm fehlt!" Die Männer reichten Mathes die persönliche Habe, und ratternd setzte sich der Krankenwagen in Bewegung. „Männer, seid mir ja vorsichtig, wenn ihr wieder an euere Arbeit geht! So etwas möchte ich nicht nochmal erleben!" Betreten trotteten sie davon. Das Unglück war auch von den Dorfbewohnern nicht unbemerkt geblieben. Überall standen Grüppchen beisammen, um es zu bereden. Dauberschmidt war ein allseits beliebter und fröhlicher Kamerad. „Na, es wird scho net sou schlimm sei", meinte der Schmied und drückte damit die Hoffnung aller aus. Klausner begab sich an die Unfallstelle, um eine Skizze für den Unfallbericht anzufertigen. Das Garbenloch lag vom Boden der Tenne entfernt in rund vier Metern Höhe. Auch war es der Vorschrift gemäß mit einem Geländer umgeben. Dauberschmidt mußte darunter durchgerutscht sein. Er hatte sich wohl die Arbeit und die Zeit sparen wollen, alle Strohballen von vorne wegzuräumen. Nun hat er Zeit, grübelte Klausner. Er nahm sich vor, demnächst die Leute nochmals über Unfallverhütung zu belehren. So etwas durfte unter keinen Umständen nochmals passieren!

Er begab sich zum Gasthaus. Seine Lohntüten warteten ja auf ihn. Unterwegs wurde er noch vom Lehrer aufgehalten, der wollte wissen, was geschehen war. Klausner erzählte ihm den Sachverhalt. „Hoffentlich ist es nichts Ernstes", schloß Klausner seinen Bericht. „Ja, das wollen wir alle hoffen", seufzte der Lehrer. „Ich werde heute abend mal vorbeisehen, da werden Sie bestimmt schon weiteres gehört haben. Wissen Sie, ich frage nicht aus Neugier, aber ich bin der Lokalberichterstatter vom Rothenburger Boten für unseren Ort", klärte er Klausner auf. „Nun, kommen Sie doch abends vorbei, sicher wissen wir da mehr. Mathes ist nämlich mit ins Krankenhaus gefahren, er ruft an." „Fein", sagte der Lehrer und verabschiedete sich.

Am Abend ging es nicht so lustig zu. Alle waren noch sehr betroffen von dem Unglück, das Dauberschmidt ereilt hatte. Niedergeschlagenheit machte sich breit. Jeder wartete auf den Anruf aus dem Krankenhaus. Klausner hatte inzwischen die Lohnausgabe beendet. Jeder hatte schweigend seine Lohntüte in Empfang genommen, nur die Tüte von Dauberschmidt blieb auf dem Tisch vor ihm liegen. In leiser Unterhaltung saßen die Leute beisammen. Plötzlich öffnete sich die Stubentüre, und Girgl, einer der Knechte des Bürgermeisters, bat Klausner ans Telefon. Wie eine Feder schnellte Klausner hoch und eilte mit dem Knecht davon. „Ja, hier ist Unterhofen, Klausner", meldete er sich. Fest preßte er den Hörer ans Ohr. Nach einer Weile des Zuhörens gab er ein „Gott sei Dank!" von sich. Mathes war am anderen Ende des Telefons und hatte ihm erklärt, Dauberschmidt hätte einige Rippenbrüche und Prellungen, dabei mußte wohl eine Rippe etwas die Lunge verletzt haben, auch das Schlüsselbein rechts sei angeknackst. Im übrigen habe Dauberschmidt aber einen Schutzengel gehabt. Der Chefarzt des Krankenhauses, Herr Dr. Berger, hätte ihm erklärt, in ein paar Wochen wäre alles wieder behoben, bleibende Folgen nicht zu erwarten. Auf die Frage, was er jetzt tun sollte, gab ihm Klausner zur Antwort: „Geh doch zum Wittmann und sieh nach, ob der Fritz heute noch mit den Kabeltrommeln kommt. Wenn nicht, bleib über Nacht in Rothenburg und fahr morgen früh mit dem Fritz auf dem Fuhrwerk." „Alles klar, Kapo"; mit diesen Worten war das Gespräch beendet.

Klausner war ein Stein vom Herzen gefallen. Eilends kehrte er ins Gasthaus zurück, um den Kollegen zu berichten. Bald darauf war die gedrückte Stimmung verflogen, unddie Spannung von ihnen gewichen. Schon wurde es wieder laut in der Stube. Es war ja auch Zahltag! Schnell fanden sich die Kartelrunden zusammen, während andere noch den Unfall diskutierten. Allerdings: Angesichts der Tatsache, daß einer ihrer Kollegen im Krankenhaus lag, war ihnen nicht zum Singen zumute. Gegen elf Uhr legten auch die letzten Kartler ihr Blatt zur Seite, murmelten ein „Gute Nacht" und suchten ihre Schlafstätten auf. Luigi und Seppl halfen der Wirtin noch beim Aufräumen. Bald war tiefe Ruhe im Gasthaus zum Ochsen eingekehrt.

Klausner wartete noch eine halbe Stunde, bevor er in das Schlafzimmer von Mina schlich. Sie erwartete ihn schon. „Heute brauche ich Trost", meinte er. Das Unglück mit Dauberschmidt hatte ihn doch mehr mitgenommen, als er es sich eingestehen wollte. Behutsam küßte sie ihn auf den Mund und strich zärtlichen über sein Haar. „Du Ärmster", meinte sie, „du hast bestimmt heute allerhand ausgestanden." Wie ein Ertrinkender klammerte er sich an sie. Immer wieder suchte er ihren Mund. Sie konnte ein leichtes Stöhnen nicht unterdrücken. „Liebster, du tust mir weh!" „Verzeih, das wollte ich nicht. Manchmal bin ich schon ziemlich ungeschickt." „Nun, so schlimm ist es auch wieder nicht." Sie schmiegte sich fest an ihn. „Erzähl doch mal, wie alles war. Weißt du, ich habe nur immer Bruchstücke mitbekommen". Mit stockender Stimme begann er, Mina vom Unglück zu erzählen. Als er geendet hatte, lag sie noch eine ganze Zeit still neben ihm. Während seiner Schilderung des Vorfalles ruhte ihr Kopf auf seiner breiten Brust. Nun suchte sie mit ihren Lippen die seinen. Ein leises Zittern überflog ihren Körper, er merkte ihre Bereitschaft. In ihren Armen versinkend, vergaß er diesen verhängnisvollen Tag.

12. Kapitel   DER BESUCH

Hell schien die Morgensonne in den Krankensaal. Verwirrt blinzelte Dauberschmidt. Nanu, dachte er, wo bin ich nur? Er wollte sich aufrichten, doch da durchfuhr ihn ein schneidender Schmerz im Rippenbereich. Ermattet sank er in die Kissen. Vor sich auf der Bettdecke fand er einen Klingelknopf. Er läutete nach der Krankenschwester. Was ist nur mit mir, grübelte er. Plötzlich ging die Türe auf, und Schwester Martha trat ins Zimmer. Sie war eine rundliche Person mit einem gutmütigen Gesicht und lustigen Augen. Eine Strähne ihres blonden Haares lugte unter dem Schwesternhäubchen hervor. Dauberschmidt schätzte ihr Alter etwa auf vierzig Jahre. Mit einer Altstimme, begleitet von einem kleinen Lächeln, fragte sie: „Was wünscht der Herr?" „Ja, sagen Sie mir doch bitte, Schwester, was ist denn mit mir geschehen und was soll das alles bedeuten?" Er konnte sich an nichts erinnern. Mit wenigen Worten klärte sie ihn auf. „Außer ein paar Rippenbrüchen, einer Gehirnerschütterung und einigen Prellungen haben Sie nichts weiter mitbekommen", schloß sie ihren Bericht. „Haben Sie Schmerzen?" „Wenn ich mich nicht rühre, tut mir gar nichts weiter weh. Außer einem dummen Brummen im Kopf spüre ich nichts!" „Na ja, dann ist es ja gut, sollten Sie etwas brauchen, bitte nur klingeln, im übrigen bringt Ihnen gleich jemand das Frühstück, vorerst müssen Sie noch mit Haferschleim zurechtkommen, doch morgen gibt es schon was anderes." Bei der Nennung von Haferschleim verzog Dauberschmidt das Gesicht und meinte: „Muß das sein?" „Ja, so sind die Mannsbilder, kaum können sie den Kopf heben, schon haben sie etwas auszusetzen!" Mit gespielter Strenge hob sie den Zeigefinger: „Was Schwester Martha anordnet, wird befolgt! Verstanden?" Dauberschmidt grinste vor sich hin. „Selbstverständlich, Herr Feldwebel", antwortete er. Lachend verließ Schwester Martha den Patienten.

Nicht lange danach kam ein Pfleger mir einem Teller voll Haferschleim. „Mein Name ist Lang, doch Sie können ruhig Helm zu mir sagen, alle nennen mich so." Es war ein junger Mann, vielleicht so um die fünfundzwanzig. Da Dauberschmidt auch nicht älter war, sagte er: „Und ich bin der Eugen." Beide gaben sich vorsichtig die Hand, denn der Pfleger wollte selbstverständlich dem Eugen nicht weh tun.

Da Eugen seinen Arm noch nicht richtig bewegen konnte, fütterte ihn Helm. Grinsend über das ganze Gesicht, beobachtete er, wie Dauberschmidt mit einer wahren Todesverachtung den Brei schluckte. „So ist es brav, noch ein Löffelchen für den Großvater und die Großmutter", foppte er den armen Eugen. Warte nur, Freund, dachte der, dir werde ich es schon noch geben. Beim letzten Löffel blies er kräftig, und der Brei spritzte Helm ins Gesicht. „Er war etwas zu heiß", meinte er treuherzig. „So, so, na dann sind wir ja wieder quitt." Beide lachten aus vollem Herzen. Da ging die Tür auf. Helm wischte sich rasch den Brei aus dem Gesicht. Klausner kam an Dauberschmidts Bett und meinte: „Da geht es ja ganz munter zu." „O je, der Kapo! Wie du siehst, Adolf, mir geht es schon ganz gut, doch laß dich erst mal begrüßen!"

Klausner dankte und freute sich, daß Eugen schon so schnell wieder der alte war. Helm hatte inzwischen mit dem leeren Teller den Krankensaal verlassen. „Wie fühlst du dich denn?" „Ruhig liegenbleiben muß ich halt, dann habe ich auch keine Schmerzen! Weißt du, Adolf, Unkraut vergeht nicht, da werden höchstens zwei draus." „Na, so einfach ist das ja auch nicht. Wir hatten alle Angst um dich! Im übrigen ich soll dich von allen herzlich grüßen und dir gute Besserung wünschen!" Dankend nahm Eugen die Grüße und Wünsche zu seiner Genesung entgegen. „Du hör mal, ich habe hier den Unfallbericht, ich lese ihn dir vor und du mußt ihn unterschreiben, alles klar?" „Selbstverständlich, Kapo. Mit dem Unterschreiben mußt du allerdings noch etwas warten, das geht noch nicht." „Das ist mir schon recht, es ist ja nur wegen der Versicherung." „Ja, alles muß seine Ordnung haben." „Übrigens, mitgebracht habe ich dir selbstverständlich auch etwas!" Er holte aus seiner Tasche einen Bocksbeutel mit Frankenwein hervor. „Den darfst du allerdings erst trinken, wenn es dir der Doktor erlaubt, denn bei Gehirnerschütterungen gibt es vorerst keinen Alkohol", mahnte er ihn. „Ach, seid ihr alle um mich besorgt", feixte Eugen. „Nun, wir wollen doch dein Bestes." „Ja, so sagen auch immer die Händler, wenn sie zum Bauern kommen", scherzte Eugen. „So, und jetzt bis du still und verhältst dich ruhig, du sollst dich doch nicht anstrengen. Ich soll auch nicht länger als höchstens fünf Minuten zu dir, sagte mir eine Schwester." „Aha, das war bestimmt Schwester Martha, das gute Stück!" „Das ist mir wurst, du legst dich jetzt jedenfalls schlafen. Nächste Woche komme ich wieder. Deine Eltern habe ich auch verständigt, du brauchst dir als keine Sorgen zu machen. Also behüt dich Gott!" „Ade, Kapo!" Klausner wandte sich zum Gehen. Auf dem Flur atmete er tief durch. Gott sei Dank, daß Eugen so davon gekommen ist, dachte er. Wenn alles gut geht, kann er in vierzehn Tagen bis drei Wochen wieder bei uns sein.

Eilig verließ er das Krankenhaus. Als er sein Fahrrad bestieg, läutete es Mittag. Ich muß meine Sachen noch zusammenrichten, dann wird es höchste Zeit, damit ich den Zug in Steinach noch erwische, ging es ihm durch den Sinn. Er trat kräftig in die Pedale. Mensch, mit Luigi muß ich ja auch noch einen Termin ausmachen, fiel ihm ein. Sicher sitzt der schon auf Kohlen! „Männer, unserem Dauberschmidt geht es den Umständen nach gut, ich soll euch herzlich grüßen! Ich rechne, daß er in drei Wochen wieder unter uns sein wird!" Erleichtert nahmen sie die Nachricht auf. Sie saßen gerade beim Mittagessen. Klausner stürmte nach oben in seine Kammer. Auf der Treppe begegnete ihm Luigi. „Du, heute fahre ich mit dir zu deinen Schwiegereltern in spe." „Kapo, das vergeß ich dir nie!" „Schon gut", wehrte der ab.

Den gepackten Rucksack ließ er im Hausgang stehen. Wo nur Mina ist, dachte er, soll ich wohl mal in die Küche schauen? Mit erhitztem Gesicht stand sie am Herd und rührte mit dem Kochlöffel in einem Topf herum. Sie war so eifrig damit beschäftigt, daß sie sein Kommen gar nicht bemerkt hatte. Erst als er mit der Hand ihr Kinn leicht anhob und ihr einen Kuß gab, klammerte sie sich an ihn. Gierig saugten sich ihre Lippen an ihm fest. „Du", stieß sie noch ganz außer Atem hervor, „mußt du schon gehen?" „Ja, leider", antwortete er. „Warte, ich habe noch etwas für dich." Sie gab ihm eine dicke Rolle Butter, fein säuberlich in Huflattichblätter eingewickelt, mit auf den Weg. „So hälts am besten", meinte sie, als er die Verpackung ansah. Noch einmal küßte sie ihn mit voller Glut, strich ihm das Haar aus der Stirne und tätschelte seine Wange. „Also mach's gut, bis zum Montag!" Schnell zerdrückte sie eine kleine Träne und strich sich mit dem Schürzenzipfel über die Augen. Auch er blinzelte.

Draußen vor der Wirtschaft stand schon der Leiterwagen, der die Monteure zur Bahn nach Rothenburg brachte. Eben wurden die letzten Sachen aufgeladen. Mit einem fröhlichen Lied fuhren sie durch das Dorf. In Steinach würde er die meisten von ihnen wiedersehen! Eine Aufgabe hatte er noch zu erfüllen. Er hatte dem Lehrer versprochen, ihm von dem Besuch bei Dauberschmidt zu berichten. Nach einer halben Stunde, die er bei dem Lehrer verbracht hatte, setzte er sich auf sein Fahrrad und strampelte nach Steinach-Bahnhof.

❧❧

13. Kapitel   DIE BRAUTWERBUNG

In Steinach stieg Klausner zu den Kollegen, die johlend in den Fenstern des Eisenbahnabteils hingen. „So, Kapo, da sind wir also beisammen", sagte Weinberger. Alle waren in gelöster Stimmung, ging es doch nach Hause. Nur einer saß mit sehr gemischten Gefühlen da, der Luigi! Nur Adolf wußte von seinen Seelennöten. Voll Mitleid, aber auch gleichzeitig mit Besorgnis, schaute Klausner öfter zu ihm hin. Der Müllers-Peter hatte natürlich seine Ziacheri dabei. Schon stimmte er das Lied vom Wanderburschen an. Alle sangen kräftig mit.

Die Abteilfenster waren ganz geöffnet, so daß die frohen Weisen weit in die Landschaft um die Frankenhöhe und den Rezatgrund ertönten. Besonders in den Bahnhöfen bis Ansbach erfreuten sich die Passagiere an dem Gesang der Männer. Einige meinten, das seien sicher Reservisten, Soldaten, die ihre Dienstzeit für Kaiser und Reich beendet hatten. Nun, die Monteure ließen sie in ihrem Glauben. Die meisten von ihnen hatten den Dienst am Vaterland ja auch schon hinter sich gebracht. Eben hatten sie den Bahnhof Lehrberg verlassen, es war der letzte vor Ansbach. Der große Teil der Männer stieg in Ansbach aus. Sie nahmen ihr Gepäck auf, auch Klausner und Luigi machten sich fertig. „Ja, was ist das denn, du mußt doch bis Nürnberg weiterfahren", bemerkte Weinberger. „Ach, ich habe in Ansbach bei der Betriebsleitung noch was zu erledigen", log Klausner. Sie mußten doch nicht alles wissen! Später würde er es ihnen vielleicht einmal erzählen. „Also Männer, macht's gut, bis zum Montag", verabschiedete er sich von ihnen. „Ja, Kapo, du auch, und ein schönes Wochenende!" Sie stürmten auf den Bahnsteig hinaus.

Klausner und Luigi ließen sich etwas Zeit. Die Kollegen sollten nichts merken, im Nu waren sie verschwunden. Klausner besorgte sich noch eine Zeitung am Kiosk. Nach zehn Minuten hatte er die Gewißheit, daß keiner mehr vor seinen Leuten da war. Er machte sich mit Luigi auf den Weg. Zuvor gab er noch seinen Rucksack und seine Aktentasche am Gepäckschalter zur Aufbewahrung auf. Er hatte keine Lust, das Zeug mit sich herumzuschleifen. Nach einem etwa zehnminütigen Fußmarsch kamen sie in die Oberhäuserstraße. Sie standen vor einem kleinen Einfamilienhaus, das ein wenig nach hinten gerückt war, denn vor ihnen lag ein Garten. Wunderbar gepflegte Gemüsebeete, Sträucher und eine Fülle von Blumen, von akkurat geschnittenen Hecken eingefaßt, empfing sie. Rechts von der Haustüre stand eine Bank. Klausner bedeutete Luigi, er möge sich setzen und erst auf ein Zeichen von ihm hineinkommen. Erleichtert setzte der sich auf die Bank. Klausner betätigte den Klopfer, ein Frosch aus Bronze. Jemand rief: „Einen Moment!" Die Tür ging auf. Ein Mann in mittleren Jahren stand vor ihm. Er hatte ein rundes pausbäckiges Gesicht, fröhliche graublau blitzende Augen und einen buschigen Schnurrbart. Er trug eine Metzgersbluse, und seine Beine steckten in Drillichhosen. Über der Kleidung trug er eine blaue Leinenschürze, die Hemdsärmel waren aufgerollt, so daß man seine kräftigen Arme sah. Sein volles schwarzes Haar hatte schon einen grauen Schimmer an den Schläfen. Als er Klausner fragte, was er wolle, konnte der eine ebenmäßig schöne Zahnreihe mit blitzenden Zähnen bewundern.

„Mein Name ist Klausner," stellte er sich vor. „Ich bin der Vorgesetzte vom Luigi", steuerte er geradewegs sein Ziel an. Bei der Nennung des Namens verfinsterte sich das Gesicht des Mannes. Erst als sich Klausner über die Qualitäten von Luigi ausgelassen hatte, hellten sich die Mienen des Mannes auf. „Entschuldigen Sie, Herr Klausner, ich habe Ihnen nicht einmal einen Platz angeboten, bitte treten Sie doch ein." Er holte eine Flasche Bier und einen Krug und schenkte Klausner und sich einfach ein. Nach etwa einer halben Stunde waren sich die Männer einig. „Sie müssen verstehen, Herr Klausner, das kommt völlig überraschend für uns. Meine Frau weiß ja auch nichts davon." Kaum hatte er von ihr gesprochen, da kam sie auch schon mit einem großen Waschkorb. „Mutter, das ist Herr Klausner", klärte sie ihr Mann auf. Dann erzählte er ihr, was er in der letzten halben Stunde erfahren hatte. „Was", meinte sie, „unsere Maria, heiraten?" Sie schluckte mehrmals. „Vater, unsere Große, kannst du dir das vorstellen?" Sie bekam ganz feuchte Augen und strich sich vor Rührung immer wieder über das Kleid. Sie war eine hübsche, großgewachsene Frau mit einem gleichmäßig geschnittenen Gesicht. Sie hatte eine Fülle strohblonder Haare, die sie in schweren Zöpfen um den Kopf gelegt trug. Nur ihre Nase paßte nicht ganz in das Gesicht, es war ein kleines Stupsnäschen, das ihr aber einen pfiffigen Ausdruck verlieh. Sie war vermutlich einige Jahre jünger als ihr Mann. Voll Stolz betrachtete ihr Mann sie immer wieder, wie Klausner bemerkte.

116

Als Klausner nun seine Werbung beendet hatte, war ihre erste Frage: „Ja, lieben die beiden sich denn?" „Aber Mutter", gab ihr Mann zur Antwort, „glaubst du, daß unsere Maria einen jeden nehmen tät?" „Nein, das nicht, aber ich kann es noch gar nicht fassen! Weißt du was, Vater, ich brauche jetzt unbedingt einen Schnaps!" Sie ging an ein Wandschränkchen und fragte Klausner: „Trinken Sie auch einen mit?" „Da sage ich nicht nein." Sie schenkte ein und sie prosteten sich zu. „So", meinte sie, „jetzt ist mir wohler." „Na, und ich werde den Bräutigam hereinholen", meinte Klausner. Er holte Luigi. Mit etwas gemischten Gefühlen musterten sie den Burschen. Mit puterrot angelauufenem Kopf stand der mit niedergeschlagenen Augen vor ihnen. Nach einem unendlich langem Augenblick räusperte sich der Schwiegervater in spe und reichte Luigi die Hand. „Danke, danke", stammelte der und umarmte voller Freude seinen zukünftigen Schwiegervater. Die Mutter nahm ihn der Einfachheit halber gleich in den Arm und küßte den stattlichen jungen Mann auf die Wangen. Er war in die Familie aufgenommen. „Du Vater, was werden wohl Ullrich, Konrad und unsere kleine Klara dazu sagen?" Maria hatte noch drei Geschwister, sie war die älteste. „Na, die werden Augen machen." „Übrigens, es ist fast sechs Uhr, da muß Maria ja bald kommen. Sie ist nämlich Verkäuferin in einer Bäckerei", sagte die Mutter nicht ohne Stolz. „Sie hat am Samstag um fünf Uhr Schluß und bis sie aufgeräumt hat, ist es meistens sechs Uhr. Aber Herr Klausner, Sie sind sicher hungrig? Vater hat vom Schlachthof – er arbeitet dort – immer etwas daheim. Mögen Sie einen guten Pressack?" Erfreut nickte Klausner. „Das ist recht, ich mag Leute, die nicht so kompliziert sind." Schnell tischte sie auf.

Kaum war sie fertig, hörte man den Klopfer durch das Haus schallen. Das war sicher Maria. Ahnungslos betrat sie das Wohnzimmer. „Was ist denn da los?" wollte sie fragen, doch als sie Luigi sah, schoß ihr eine Blutwelle ins Gesicht, und vor lauter Verlegenheit brachte sie kein Wort hervor. „Na, willst du deinen Bräutigam nicht begrüßen?" fragte ihr Vater. Ungläubig sah sie zur Mutter, doch als diese aufmunternd nickte, flog sie, alles vergessend, auf Luigi zu. Der nahm sie in die Arme und herzte und küßte sie, daß sie völlig außer Atem kam. Mit feuchten Augen betrachteten Vater und Mutter das junge Paar. Auch Klausner war gerührt von so viel Liebe. Mit Wohlgefallen schaute er die beiden hübschen jungen Menschen an. Er dachte in diesem Moment an Mina. „So, und jetzt wird zuerst was gegessen", sagte die praktisch veranlagte Mutter. Der Pressack schmeckte vorzüglich. Die Jugend, aber auch die Eltern hatten sich so viel zu sagen, daß Klausner sich bald darauf empfahl. Hier störte er nur. Er hatte jedenfalls seine Mission erfüllt! Mit vielen Dankesbeteuerungen wurde er verabschiedet. Sie wünschten ihm noch alles Gute, und er möge sie doch wieder einmal besuchen. „Na, zur Hochzeit komme ich auf alle Fälle", lachte Klausner.

14. Kapitel DER DRAHTZUG

In der Nacht hatte es geregnet, noch glänzten die Tropfen auf den Blättern der Kastanie, die im Hofe des Gasthauses zum Ochsen stand. Ein lauer Wind blies von den Höhen der Frankenhöhe und vertrieb die letzten Regenwolken. Eine Schar Tauben hatte sich aufgemacht, um sich auf den Feldern ihre Nahrung zu suchen. In Unterhofen wurde es lebendig. Mistkarren ratterten, Milchkannen klapperten, verschlafene Knechte und Mägde sah man in die Ställe eilen. Eben machte sich der Mesner auf zum morgendlichen Gebetläuten. Der Schmied schien ein Frühaufsteher zu sein, denn man konnte das helle Klingen des Ambosses, auf den der Hammer fiel, schon weithin hören. Die „Elektrischen" hatten ihr Frühstück beendet und standen im Hof der Wirtschaft. Die Arbeitseinteilung begann.

„Männer", sagte Klausner, „Männer, heute ist ein besonderer Tag, wir beginnen mit dem Drahtzug! Weinberger, Seppl und Luigi, ihr besorgt euch beim Zimmermeister Ströhlein kräftige Böcke, gemeinsam wollen wir dann die Trommeln mit den Leitungsdrähten auf die Böcke legen. Keil, du holst mit deinen Leuten die Rollen vom Lager. Jeder hängt an einem Dachständer die Rollen ein und bleibt dort. Wir legen zunächst nur auf! Alle vier Drähte kommen in die Traversen! Der Null-Leiter liegt links oben. Ihr könnt ihn leicht unterscheiden. Er ist einen Querschnitt schwächer." Zu Trips gewandt sagte er: „Du gehst auf den Anfangständer, vergiß die Leine nicht. Schaut mal alle her", forderte er die Umstehenden auf. Er hatte den Ortsnetzplan Luigi und Seppl in die Hand gegeben. Mit einem Bleistift zeigte er den Verlauf der Leitungsführung an. „Gibt es noch Fragen dazu?" „Sollen wir bis zum Kreuzungsständer auf dem Pfarrhaus auflegen, oder geht es einfach durch?" fragte Schuster. „Richtig, wir legen ganz durch! Die Kreuzung machen wir extra", gab Klausner zur Antwort. „Also Männer, auf geht's!" ordnete er an.

Jeder begab sich an seinen Platz. Zuerst wuchteten sie die Trommeln mit den Leitungen auf die Böcke, dann gingen sie zu ihren Dachständern. „Vergeßt die Steigtraversen nicht mitzunehmen und hängt euch ja alle mit einem Sicherheitsgurt an. Ich möchte keinen erwischen, der sich nicht angehängt hat, ist das klar?" „Alles völlig klar", antwortete Keil für alle.

Bald sah man an jedem Dachständer einen Mann hängen. Sie waren bereit. Alle hatten ihre Leinen parat, um den Draht anzubinden und ihn so weiterzubefördern. Klausner suchte sich einen etwas erhöhten Standpunkt gleich hinter der Kirche aus. Von hier konnte er in den Garten blicken, in dem die Trommel stand, hatte aber auch den Blick frei auf die anderen Dächer, auf denen die Männer an den Dachständern hingen. „Achtung! Trips, wirf deine Leine", schrie er. Luigi hatte inzwischen schon den Draht bis an das Haus, auf dem Trips stand, gezogen. Klausner trat hinzu. Geschickt befestigte er den Draht mittels einer Schlinge an der Leine. „Anziehen!" brüllte er zu Trips hinauf. Der zog und hatte bald darauf den Draht auf seinem Dachständer. Wie ein Cowboy warf Raffelsbauer dem Trips seine Leine zu. Schon das erstemal klappte es. Trips band seine Leine los und befestigte die Leine von Raffelsbauer mit dem Draht. „Fertig", brüllt er. „Anziehen!" schrie Klausner. So ging es von Dachständer zu Dachständer. Als es Mittag läutete, waren bereits zwei Drähte lose auf den Traversen aufgelegt. „Männer! Aufhören! Wir machen Mittag!" rief Klausner den Leuten zu.

Bald darauf waren sie an den Wirtshaustischen versammelt. Die Reissuppe und das Rindfleisch mit Kartoffelgemüse schmeckte ihnen ausgezeichnet. Alle waren satt und zufrieden. „Du, Anton", scherzte Schuster und stieß seinen Freund an, „du müßtest mal zum Zirkus, da kannst du das Werfen mit der Leine lernen." Anton hatte nämlich erst beim drittenmal den Schuster mit seiner Leine erreicht! „Ach du", gab der zur Antwort, „es gibt halt nichts, was du nicht besser machst!" „Leute, streitet euch nicht", brummte Keil. „Auf geht's zum nächsten!" Sie begaben sich wieder an ihre Arbeit. Die Trommel, die auf den Böcken lag, hatte schon die Hälfte ihres Gewichtes verloren. Spielend lief sie jetzt auf der Welle, die durch ihre Mitte gesteckt war. Schicht um Schicht des glänzenden Kupferdrahtes wurde abgespult. Der massive Draht hatte einen Querschnitt von 16 Quadratmillimetern. Der Nulleiter hatte nur einen Querschnitt von zehn Millimetern. Nach etwa einer halben Stunde war die Trommel abgespult. Da der letzte Draht nicht ganz reichte, mußte er mit dem von der nächsten Trommel verbunden werden. Beide Drähte wurden sorgfältig gereinigt und die Enden übereinandergelegt. Nun wurden sie mit einem dünnen Kupferdraht umwickelt und verlötet. Nietverbindungen, wie sie später einmal selbstverständlich werden sollten, gab es damals noch nicht. Sicher, es gab schon Klemmen, aber diese verwendete man nur, um die Hausanschlußleitung anzuklemmen. Für eine Verbindung waren sie zu unsicher. Bei einem Kreuzungsständer mußten daher die Verbindungen alle verlötet werden. Dies geschah mit einer Lötlampe; um eine Gefahr für das Haus oder gar für den Heuboden durch die brennende Lampe zu vermeiden, stand sie in einem Eimer. Den zog jeweils der Monteur hoch, der die Leitungen verlötete.

Schon stand die Sonne ziemlich tief im Westen, da glänzten die Drähte auf den Dachständern. In leichten Bögen hingen sie durch. Alle vier waren aufgelegt. Seine Hände zu einem Trichter geformt, brüllte Klausner: „Männer, Feierabend! Dächer zudecken, aufräumen!" Eilig kamen sie seinem Befehl nach. Sie trafen sich im Lager. Die Rollen, die sie nicht mehr benötigten, hatten sie dabei. „Leute, das war heute eine gute Arbeit," lobte sie Keil. „Ja", sagte auch Klausner, „ich bin sehr zufrieden mit euch." Sie freuten sich und waren auch etwas stolz. Nur einer konnte sein Lästermaul nicht halten, es war Baumgärtner. „Kollegen", sagte er, „dafür können wir uns nichts kaufen!" „Du alter Ruch" – damit war ein gierige Nimmersatt gemeint –, schimpfte Gronauer, „bei dir geht es nur ums Freibier!" Alle lachten. Sie hatten gute Arbeit geleistet, und niemand sollte sie ihnen streitig machen. „Mensch, jetzt habe ich aber einen Kohldampf", brummte Heumann, um sie auf andere Gedanken zu bringen. „Ja, mir geht es auch so", pflichtete ihm ein anderer bei. „Gehn wir!" Sie schlossen das Lager ab und begaben sich in ihre Quartiere.

Auf dem Nachhauseweg begegneten ihnen ihre Kollegen, die Installateure, die sich auf dem Weg ins Wirtshaus befanden. Sie hörten etwas früher auf, sie wurden ja bei den Bauern selbst verpflegt. Diese nahmen ihre Brotzeit zu sich bevor sie in den Stall mußten. „Na, ihr Strippenzieher, wie weit seid ihr denn?" spann sich ein Gespräch an. „Ach, wir kommen ganz gut voran", meinte Fink. „Übrigens, versteht ihr denn etwas von unserer Arbeit?" „Hört, hört!" protestierten sie. „Glaubt ja nicht, daß ihr was Besseres seid!" Der Stolz auf den eigenen und die Geringschätzung der jeweils anderen Berufe kam bei ihnen hoch. „Jetzt haltet doch mal euer Maul", schritt Keil dagegen eein. „Die einen machen eben das und die anderen was anderes. Stellt euch einmal vor, jeder würde das Gleiche tun. Wo kämen wir denn da hin?" „Da hat er auch wieder recht", warf Popp ein. Er gehörte zu den Stillen und sagte selten was, doch alle respektierten seine Meinung.

Umgezogen und gewaschen erschienen sie dann zur Brotzeit. Geräucherte Würste, Pressack und Schinken standen zur Auswahl auf den Tischen, dazu gab es ein herrlich duftendes Holzofenbrot, das Mina in dem alten Backhäuschen im Grasgarten hinter dem Haus buk. Ein Faß Bier war angestochen. Schäumend sprudelte es in die Krüge. Weinberger hatte wie immer seinen Krug auf einen Zug geleert. „Ha", rülpste er, „das war unbedingt notwendig." Voll Wohlbehagen strich er sich über den Schnurrbart, um den letzten Rest des Bieres mit dem Handrücken zu entfernen.

„So ein Feierabend ist doch was Wunderbares", meinte Weinberger frohgelaunt. Schnell hatten sich die bekannten Kartelrunden zusammengefunden, während sich an anderen Tischen die Monteure mit einigen Bauern unterhielten. Ein ziemlich hochpolitisches Gespräch war im Gange. Von den Kolonien war die Rede. Ein junger Mann aus dem Nachbarort Reichelshofen sei bei der Schutztruppe von Lettow-Vorbeck, wußte der Kirchenbauer zu berichten. „Irgendwelche Kerl do drunta hebbe an Aufstand gmacht, aber des in enner nit guat bekumma! Des muaß a ebbes sei, sou in an fremda Land und bo denn Klima, bo dera Hitz!" kommentierte der Meyers-Bauer. „Ja, da haben Sie recht, das ist bestimmt nicht leicht, aber unsere Kolonien brauchen eben unseren Schutz", schaltete sich Klausner ins Gespräch ein, „stellen Sie sich doch einmal vor, Sie wären dort als Pflanzer einer großen Plantage, hätten alles in mühevoller Arbeit aufgebaut. Sie machen die ersten Gewinne und Ihren Farmarbeitern geht es auch gut und sie sind zufrieden. Da kommen plötzlich streunende Horden von Leuten, die nicht arbeiten wollen daher, zünden Ihre Häuser an, verwüsten Ihre Plantagen, erschlagen Ihre Angehörigen, schänden Ihre Frauen! Muß da nicht schleunigst für Abhilfe gesorgt werden?" „Ja, das ist wahr, da haben Sie völlig recht, Herr Klausner!" „Wissen Sie, meine Herren, man muß sich nur die Mühe machen, sich in die Lage dieser Menschen zu versetzen! Für mich ist es einfach eine Frage der Vernunft und der Menschlichkeit, diesen Leuten den Schutz des Deutschen Reiches zu gewähren." „I moan halt, daß dia Leit oft aufgehetzt werra, denn im Grund san viele derfo friedli, des hot mer amol der Schandtaubermüller verzelt, den sei Bruader is scho lang als Missionar in Afrika", ließ sich wieder der Kirchenbauer vernehmen. „Sicher gibt's doa a anständige Leit, mer muaß halt warte, bis dia verstenna, wia mers mit ehna moant", warf der

Schmied ein und schob sich eine mächtige Prise Schnupftabak in die Nase. Alle nickten, und damit war das politische Gespräch beendet.

Nach einer Weile fing der Meyers-Bauer wieder zu reden an. Er wollte wissen, wie es denn jetzt weitergeht mit dem Ortsnetzbau. Klausner stopfte sich eine Pfeife, blies ein paar Rauchwolken bedächtig vor sich hin und antwortete: „Die Drähte liegen auf einer Seite schon auf. Morgen werden sie gespannt bis zum Kreuzungsständer auf dem Pfarrhaus. Dann kommt die andere Seite dran. Wenn das Wetter so bleibt, machen wir gute Fortschritte!" „Welle mers hoffe, mir brauche a bal a scheer Heiwetter! Ja, wenn des Gros sou weiter wechst, nocha geht bal is Mäa ou! Grea füttera kommer etz schon ganz schea." Ihre Unterhaltung bewegte sich wieder in sicheren Bahnen. Von dieser Sache verstanden sie etwas! Ab und zu prosteten sie sich zu, oder der eine brannte sich einen Stumpen an, während der andere seine Nase bediente. An den Karteltischen ging es sehr lebhaft zu. „Ja, warum schmierst du denn nicht", konnte man die Stimme von Weinberger hören. Ärgerlich warf er die Karten auf den Tisch. „Du machst das Geld wieder klafterweis kaputt", schimpfte er den Mitspieler Gronauer. Der brummte schuldbewußt: „Na ja, zwei Pfennige." „So, ist das vielleicht nix?! Haben und nicht haben macht schon vier Pfennige", maulte Weinberger weiter. „Ach hören wir doch auf." „Mir langt es auch", ließen sich die anderen zwei, es waren Unger und Merk, vernehmen. Auch am anderen Kartentisch wurde aufgehört. „Singen wir halt, das ist doch viel schöner", meinte Klausner. Der Müllers Peter probierte schon mit der Ziacheri, Eichner fiedelte und Luigi zupfte auf der Gitarre herum. „Als erstes singen wir das Frankenlied", rief Raffelsbauer. Bald klang es mächtig, von den Wallfahrern, dem Frankenwein, dem Schutzherrn Kilian und den breiten stromdurchglänzten Auen. Einige Jägerlieder schlossen sich an. Lieder von der Liebe, der Sehnsucht und dem Abschiednehmen folgten. Gegen elf Uhr machten sie Schluß, und um Mitternacht, als die Kirchturmuhr rasselnd zum Schlage ausholte, lag alles in tiefer Ruhe. Auch Klausner suchte nach einem Gute-Nacht-Kuß für Mina seine Kammer auf.

Das Poltern im Saale weckte Klausner, flugs sprang er in seine Hosen und rannte über die Treppen zum Brunnen. Die Männer eilten, noch etwas gähnend, ebenfalls in den Hof zum Waschen. Keil staunte nicht schlecht, als er Klausner schon am Brunnen vorfand. „Guten Morgen, Adolf, sag mal, du gehst wohl überhaupt nicht ins Bett? Ich dachte, ich

wäre der Erste, aber du mußt mich natürlich wieder übertrumpfen!"
„Morgenstund hat Gold im Mund," feixte Adolf. „Oder ist aller Laster
Anfang", brummte Keil. Beide lachten und spritzten sich mit Brunnenwasser voll. „Ja, was ist denn in euch gefahren, seid ihr noch zu retten?"
fragte Weinberger. „Das ist unsere Sache, kümmere du dich um die
deinige", gab ihm Klausner zur Antwort. „Aber, Kapo, ich wollte dich
doch nicht beleidigen." „So hab ich das auch nicht aufgefaßt!" „Na
also, das will ich meinen." Inzwischen hatten sich schon allerhand
Leute am Brunnen eingefunden. Das frische kalte Wasser machte sie
schnell munter.

Ein leichter Morgenwind spielte mit den Blättern der Kastanie. Ein
leuchtend blauer Himmel versprach einen schönen Frühsommertag.
Frieda trug eine volle Milchkanne ins Haus, während Lina ihre Kanne
auf ein kleines Kärrchen lud und zur Sammelstelle fuhr. Von dort fuhr
sie jeden Tag der Straußen Heiner zur Molkerei nach Rothenburg. Während die Männer sich anzogen und ihre Lagerstätten in Ordnung brachten, bereitete Mina das Frühstück: Milchsuppe, Kaffee, Brot und
Schmalznudeln. Die Männer langten kräftig zu. Da sie ein regelmäßiges
Essen zu Mittag bekamen, hatten sie sich die Brotzeit ziemlich abge-
wöhnt. Nach dem Frühstück teilte Klausner ein: „Männer," begann er,
„Männer, wir spannen heute unsere gestern aufgelegten Drähte. Immer
zwei Mann nehmen einen Flaschenzug und gehen auf einem Dachständer." Bald sah man sie in luftiger Höhe an den Dachständern hängen.
Klausner hatte sich wieder den gestrigen Standpunkt ausgesucht und
leitete den Spannprozess.

Weinberger und Seppl hingen an dem Kreuzungsständer auf dem Pfarrhaus. Sie hatten die Schlaufen ihres Flaschenzuges in die Isolatorenstützen eingehängt. Zunächst zogen beide kräftig mit den Händen. Als der
Draht ziemlich spannte, setzten sie ihren Flaschenzug ein. Ebenso
machten es Gronauer und Lang, drei Ständer vor ihnen und Schuster
und Baumgärtner, die wiederum drei Ständer davor hingen. Klausner
hatte inzwischen seinen Standpunkt bezogen. „Rechts oben fassen",
schrie er zu ihnen hinauf. Sie hängten ihre Frösche in den von Klausner
bestimmten Draht. „Anziehen", schallte laut das Kommando. Sie zogen
ihre Flaschenzüge an. „Halt, langsam, noch ein wenig, gut so! Nächster
Draht, links unten fassen", rief er zu den Leuten hinauf. „Anziehen!
Schön gleichmäßig, halt! Nun den letzten, rechts unten! Fertig, anzie-

hen! Halt, noch ein wenig. Halt!" Die Drähte sahen vom Standpunkt Klausners aus wie Zeilen auf einem Notenpapier. „Den rechten oberen noch etwas anziehen! Halt, ein klein wenig nachlassen, gut so, den Nulleiter etwas nachlassen, der ist zu stramm. Halt!" So korrigiert Klausner das Spannen. Endlich war er mit dem Ergebnis zufrieden. „Abbinden!" rief er zu ihnen hinauf. Sie hatten nun die Drähte in den Rillen der Isolatoren liegen. Die Drähte mußten abgebunden werden. Dazu verwendete man ausgeglühten Kupferdraht, der sich, da er sehr weich war, ausgezeichnet zum Abbinden verwenden ließ. „Schuster, was ist mit euch?" „Wir haben den Bindedraht vergessen", antwortete Baumgärtner. „Werft eure Leine runter, ich hänge euch welchen an. Das nächste Mal habt ihr euren Kopf beisammen!" tadelte sie Klausner.

Weinberger und Seppl hatten die meiste Arbeit. Sie mußten, da sie am Kreuzungsständer waren, den Draht um die Isolatoren schlingen, ihn verlöten und die nötigen Schwänze stehen lassen zu den Verbindungen. Eine gute Stunde später, eben läutete es Mittag, hatten auch sie ihre Arbeit beendet. Die anderen standen schon bei Klausner und betrachteten ihr Werk. „Donnerwetter, Kapo, die Drähte passen aber ausgezeichnet, immer der gleiche Abstand!" lobten sie. „Ja, glaubt ihr denn, ich stehe umsonst da!" wehrte Klausner ab. Wohlgefällig betrachteten sie ihr Werk. „So, jetzt machen wir aber Mittag, das haben wir uns bestimmt verdient!" Sie wuschen ihre Hände am Brunnen und begaben sich in die Gaststube.

Lina und Frieda hatten bereits zwei große dampfende Suppentöpfe vor sie hingestellt. Kartoffelsuppe mit Geräuchertem und einigen Schüsseln roter Rüben gab es! Alle langten mächtig zu. Bald darauf waren die Teller leer. Mina erkundigte sich, ob es wohl gereicht hätte. Sie könnten noch etwas Suppe haben, auch einige Stückchen Fleisch seien noch da. Sie brachte den Rest, der jedoch nur noch von wenigen gegessen wurde. „Männer", begann Klausner nach dem Essen, während er seine Pfeife stopfte, „heute nachmittag machen wir mit dem Drahtzug weiter. Schafft die Trommeln an das Pfarrhaus. Von dort machen wir die Hintere Gasse. Ihr" – er deutete auf Gronauer, Schuster, Popp und Breitschwerdt – „ihr deckt die Dächer auf, vergeßt nicht eure Leinen! Du, Keil, schaffst die Trommeln mit deinen Leuten ans Pfarrhaus!"

Eben war die Schule aus, und die Kinder stürmten ins Freie. „Ui, schaut mal, die Elektrischen haben ja schon die Drähte aufgehängt", rief ein

Vorwitziger. Staunend betrachteten sie die schimmernden Drähte in der Höhe. „Herr Monteur", meinte der Sohn vom Schmied, „darf ich den Draht auch einmal anfassen?" „Aber sicher", antwortete Keil, er gab ihn dem Jungen in die Hand. Die anderen drängten sich herzu. Jeder wollte es einmal tun. Ehrfürchtig betrachteten sie den Draht. „Doa kummt etz der Strom durch?" fragte ein kleiner Naseweis. „Ja freilich, des hot uns doch der Herr Lehrer gsocht", gab ihm ein anderer zur Antwort. „Ja, so ebbes", kopfschüttelnd trollten sie sich zum Mittagessen!

Der Drahtzug, der nachmittags fortgesetzt wurde, verlief ohne weitere Zwischenfälle. Gleichzeitig ging auch der Einsatz der Installateure weiter. Beim Kirchenbauern arbeiteten Kraft und Bogendörfer, die auch bei ihm untergebracht waren. Ihre Zuständigkeit begann ab der Sicherung des Dachständers. Eine Leitung mußte von dieser Sicherung nach unten auf den sogenannten Sohler verlegt werden. Dort war auf einem Brett eine weitere Sicherung befestigt. Man kannte zu jener Zeit nur Lamellensicherungen: Ein dünner Silberdraht war auf einem Sockel aus Porzellan angebracht, ein zweiter Silberdraht im Gegenstecker, ebenfalls aus Porzellan, schloß den Stromkreis – im Grunde eine ganz simple Angelegenheit. Wurden mehrere Leitungen verlegt, erhöhte sich auch die Zahl der Lamellen.

Die Männer hatten also die Aufgabe, eine Rohrleitung vom Dachständer weg nach unten zu verlegen. Von dort ging die Leitung dann in die einzelnen Räume, in die Scheune oder in andere Nebengebäude. Konnten die Rohre auf Holzbalken verlegt werden, so war es leicht, sie wurden einfach mit Rohrschellen befestigt und die wiederum mit Holzschrauben. Bei gestuckten Wänden war es nicht so einfach. Zuerst mußte mittels der Senkschnur, die mit einem Rötelstein eingefärbt war, die Leitungsführung fixiert werden. Danach wurden mit einem Maßstab die genauen Abstände der Dübel festgelegt. Nun wurden mit einem Meißel Dübellöcher geschlagen. Dabei war zu beachten, daß diese Löcher konisch geschlagen wurden, das heißt, sie mußten nach hinten breiter sein, damit der Dübel seine Festigkeit erhielt. Die Dübel wurden von einer Dachlatte geschnitten, nicht zu groß, aber auch nicht zu klein, denn sie durften ja nicht wackeln. Waren alle Dübellöcher geschlagen, wurden sie mit einem Pinsel und Wasser tüchtig naß gemacht. Nun begann das Gipsen. In einem Gipspfännchen wurde Gips und Wasser vermengt, dabei mußte man besonders darauf achten, daß der Gips nicht zu naß wurde. Es sollte eine schöne streichfähige Masse hergestellt werden. Jetzt hieß es sehr flink sein. Die Löcher wurden mit dem Gipsbrei gefüllt und sofort die Dübel eingedrückt. War man sehr schnell, konnte man etwa zehn Dübel eindrücken, bevor der Gips hart wurde. Danach wurde nochmal Gips angerührt, der zum Verschmieren der Dübellöcher diente. Nun kam die nächste Leitungsführung dran, denn der Gips sollte ja hart werden. Die Peschelrohre wurden nun von den Monteuren an der Wand mit Rohrschellen befestigt. Waren alle Rohre befestigt, zog man die umsponnenen Kupferdrähte durch die Rohre; dabei mußte man darauf achten, daß sie nicht an den Rohren aufscheuerten. Dazu gab es einen Trick, man fettete die Drähte einfach mit etwas Schweineschmalz ein, so ließen sie sich sehr leicht durch die Rohre und vor allem durch die Bögen schieben. Fuhr man mit dem Leitungsweg zu einem Schalter oder einer Lampe, so wurde eine Porzellandose dazwischen gesetzt. Ging es mit der Leitung über eine Stuckdecke zur Lampe, so wurde es meist ziemlich schwierig mit der Befestigung. Manchmal mußte man ziemlich lange suchen, bis man ein Brett unter dem Putz fand, so daß eine Befestigung möglich war. Am Ende des verlegten Rohres wurde eine Metalltülle aufgesetzt, deren Rand von Porzellan eingefaßt war, so daß die Leitung nicht so leicht verletzt werden konnte. Die Lampen bestanden aus einem Porzellankörper, in den eine Glühlampenfassung eingegossen war. Die Drähte wurden ganz einfach in vorbereitete kleine Kanäle gesteckt und mit zwei Schräubchen festgezogen. In der Fassung steckte ein Porzellanring, der verhindern sollte, daß größere Glühlampen eingeschraubt werden konnten.

Da die Stromversorgungs-Unternehmen den Anlagen keine Zähler zur Verfügung stellen konnten, mußte pauschal abgerechnet werden. Die Elektrizitätswerke der damaligen Zeit ließen sich einfach eine Pauschalabrechnung einfallen. Bei einer Glühlampe bis vierzig Watt Leistung kostete es eine Mark im Monat, bei Motorleistungen zwei Mark. Sicher wies diese Berechnung manche Härte auf, aber wie hätte man anders verfahren sollen? Von Grundgebühren und Zählermiete konnte damals keine Rede sein. Einen Vorteil hatte das ganze: Sparen brauchte man bei dieser Berechnung nicht. Sicher waren damals nur Kohlenfadenlampen in Betrieb, doch diese waren wesentlich heller als das Petroleumlicht, vom Gestank des Öles überhaupt nicht zu sprechen. Doch trotz dieses unbeschränkten Angebots beim Stromverbrauch waren die fränkischen Bauern in ihrer sparsamen Art zunächst sehr skeptisch.

Ließen Dienstboten das Licht auch nur eine kurze Zeit länger brennen als unbedingt notwendig, so wurden sie bestimmt vom Bauern oder der Bäuerin deswegen gescholten.

Die Monteure waren inzwischen in der Küche, der Wohnstube und dem Stall schon fertig. Eben waren sie mit dem Motor in der Scheune beschäftigt. Die Rohrverlegung war einfach, da man ja an den Holzbalken entlang fahren konnte. Ein Novum waren damals die Schalter. Stern-Dreieck-Schalter, wie sie später gebräuchlich werden sollten, waren noch unbekannt. Mit einem Hebelschalter wurde der Motor angelassen, dann wurden die Kohlebürsten dazugeschaltet, denn es handelte sich bei den Motoren damals ausschließlich um sogenannte Schleifringläufer. Der Kollektor mußte also zusätzlich geschaltet werden. Das geschah mittels eines Anlassers, der über Schleifkontakte betätigt wurde; somit verringerte sich der Widerstand, und der Motor kam auf volle Touren. Diese Motoren waren völlig offen, das heißt, Staub und Schmutz konnten sich überall in den Wicklungen festsetzen; deshalb mußten sie auch von Zeit zu Zeit gereinigt werden. Außerdem kannte man die Verwendung von Kugellagern in den Motoren nicht. Diese Lager bestanden meistens aus Messing oder Rotguß, bei denen dann ein Schmierring mitlief. Vorne an der Welle war ein Gefäß angebracht, in das von Zeit zu Zeit Schmieröl eingefüllt werden mußte. Um die Standfestigkeit brauchte man nicht zu fürchten, denn ein Motor mit etwa vier PS hatte ein Gewicht von guten zwei Zentnern. Doch um ganz sicher zu gehen, wurde er am Ständer noch mit Schlüsselschrauben befestigt. Eine dieser Schlüsselschrauben wurde gleich als Erdungsschraube hergenommen. Von hier aus wurde ein Kupferseil mit mindestens fünfundzwanzig Quadratmillimetern Dicke ein Stück fortgeführt und mit einem Erdspieß im Boden befestigt. Sollte das Gehäuse durch irgend einen Umstand Strom bekommen, so wurde dieser durch den Erdspieß abgeleitet. Dabei löste dann selbstverständlich die zuständige Sicherung aus. So sah also der damalige Schutz aus.

Die Monteure hoben unter Zuhilfenahme eines Balkens, an dem sie den Flaschenzug befestigten, den Motor auf seinen Standort. Um ihn in die richtige Lage zur Futterschneidmaschine zu bringen, maßen sie mit einer Latte den genauen Abstand von Riemenscheibe zu Riemenscheibe. Würde das Verhältnis nicht stimmen, würde dauernd der Treibriemen abspringen. „Noch ein bißchen, halt", gab Kraft das Kommando, während Bogendörfer mit einem Hebeisen den Motor verrückte. „So können wir ihn stehen lassen", meinte Kraft mit einem kritischen Blick. „Schraub ihn fest, ich mache derweil die Leitung zum Anlasser." Beide gingen an die Arbeit. Das Scheunentor war dabei weit geöffnet, damit sie genug Licht zur Arbeit hatten. Ab und zu huschte eine Schwalbe in die Scheune, viele hatten ihre Nester auf einem Balken. Das Gezwitscher der Jungen im Nest war die Begleitmusik der Monteure zu ihrer Arbeit.

Nach der abendlichen Vesper, die wie immer aus geräucherten Würsten, Butter und Schinken mit dem selbstgebackenen Brot von Mina bestand, nützte Klausner den Abend zu einem längeren Spaziergang. Er möchte sich an so einem schönen Sommerabend nicht sofort in die Wirtsstube setzen. An der Schule vorbei, entlang der Mauer, die den Pfarrgarten umschloß, bog er nach rechts ab und war bereits an einem breiten Feldweg, der um das ganze Dorf herumführte. Ein Duft der blühenden Bäume und Hecken war in der Luft, die er in vollen Zügen genoß. Ein helles Klingen hörte man allenthalben. Die Sensen wurden gedengelt. Alles richtete sich auf die Heuernte ein. Das Gras stand aber auch prächtig, und es wurde Zeit, den Schnitt zu beginnen. Dabei mußten alle mit anpacken.

Eine bäuerliche Familie bestand aus Vater und Mutter und im Durchschnitt fünf Kindern. Es war aber gar nicht selten, daß acht, ja oft zehn Kinder auf einem Hofe aufwuchsen. Zu den Familien kamen dann die Dienstboten. Es gab den großen Knecht, den kleinen Knecht, den Stangenreiter, ein junger Mann, der etwa das zweite Dienstjahr angetreten hatte. Das weibliche Personal setzte sich aus der großen Magd, der kleinen Magd und der Stalldirne zusammen. Je nach Größe des Hofes waren es mehr oder weniger Dienstboten. Oft kamen, hauptsächlich während der Ernte, noch Tagelöhner dazu.

Selbstverständlich mußten die schulpflichtigen Kinder sich an den Arbeiten in Haus und Feld beteiligen, Arbeiten, die bei den Kindern oft an die Grenze ihrer Leistungsfähigkeit gingen, besonders bei den kleineren Höfen, die sich nicht so viele Dienstboten erlauben konnten. Die Buben mußten vor allem beim Füttern helfen. Auch das Viehhüten war ihre Aufgabe. Im Winter mußten sie oft Holz in die Küchen und die Stube schaffen. Die Mädchen hatten der Mutter zu helfen, im Haus, Garten und Küche, auch oft im Stall beim Melken. Eine Arbeit war besonders wichtig: Sie hatten sich um die jüngeren Geschwister zukümmern, besonders während der Erntezeit, wo jede Hand gebraucht wurde. Da ja kaum Maschinen auf dem Hofe vorhanden waren, mußte sehr viel Handarbeit getan werden. Der Tagesbeginn der Dienstboten war deshalb beim ersten Hahnenschrei. Während der Ernte von Heu, Getreide oder Hackfrüchten wurde vom Morgengrauen bis in die Nacht hinein gearbeitet. Manchmal fielen den Mägden beim abendlichen Melken die Augen zu, und der Schlag mit dem Kuhschwanz ließ sie recht unsanft aufwachen.

Ja, so ein Leben auf dem Lande zur damaligen Zeit war schon sehr beschwerlich. Dabei war der Verdienst auch nicht gerade verlockend. Ein Großknecht oder eine Großmagd bekam das Jahr über einen Lohn von ungefähr 80 Mark – in Gold, versteht sich – dazu kam das Essen, die Unterkunft und sonst noch allerlei. Zum Beispiel gab es ein kleines Trinkgeld, wenn ein Stück Vieh verkauft wurde, oder zur Kirchweih das Kerwa-Geld vom Bauern. Auch wurde meistens das Blauzeug für Schürzen und Kittel gestellt. Wenn ein Bauer sehr zufrieden war mit seinem Dienstboten, kaufte er ihm schon mal ein paar Schuhe. Außerdem mußte der Bauer als Dienstherr einen Betrag in die neu geschaffene Rentenversicherung zahlen. Selbstverständlich zahlte er nur den Pflichtbeitrag. Der Dienstbote besaß ein Dienstbuch, in das die Marken zur Versicherung eingeklebt wurden. Außerdem wurden hier auch die Beurteilung und die gute Führung sowie die Dienstzeiten eingetragen.

Nach dem langen Spaziergang – fast zwei Stunden hatte er gedauert und Klausner hatte auch seine Arbeit kritisch unter die Lupe genommen – kehrte in die Wirtschaft zu den anderen zurück. „Ja Kapo, wo bleibst du denn?" fragte Weinberger, „hast du vielleicht eine Schöne kennengelernt?" „Genau so ist es", feixte Klausner, „du wirst mir doch nicht neidig sein?" Weinberger wehrte ab: „Da würde mir meine Frau, meine Frieda, die Augen auskratzen", bemerkte er augenzwinkernd. Alles lachte. „Geh zu, was ist, wollen wir nicht karteln?" „Höchstens Sechsundsechzig, zu einem Schafkopf fehlt mir heute die Konzentration." „In Ordnung. Luigi, hol mal die Karten und die Täfelchen, die Kreide liegt dort auf dem Fenstersims." Luigi brachte das Gewünschte. „Ziehen wir, wer gibt?" „Ja, heben wir auf", brummte Weinberger. „Kapo. Die größte Sau gibt", grinste der Müllers Peter, und Gronauer, ein weiterer

Mitspieler, lachte, denn Klausner hatte die Eichel-Sau aufgehoben. „Mein Lieber", meinte Klausner zu Gronauer gewandt „das wenn du mir gesagt hättest!" Luigi meinte treuherzig: „Du bist keine Sau, Kapo!" Die ganze Gesellschaft wiehert vor Vergnügen. Das Spiel begann. Sie spielten ungefähr eine Stunde, dann hatten sie acht Knoppern herausgespielt, das heißt, achtmal war einer der Verlierer.

Einige Bauern hatten sich im Laufe des Abends ebenfalls eingefunden. „Morche in aller Früh geht's Schneide loas", sagte der Kirchenbauer, dabei paffte er aus seiner Pfeife vor sich hin. „Ja, morche geht's loas", pflichtete ihm der Ulmenbauer bei, während er eine Prise Schnupftabak auf seinen Handrücken plazierte und ihn der Nase zuführte. „Mochst auch an Pris?" fragte er den Schmied. „Doa wer i net na soache", sagte der und bediente sich aus der Dose des Ulmenbauern. „Weil des sou is, müaß mer heit echer ham. Mina, mer zoalet. Richt fer morche des Kerbholz her, du wast scho worum." „Ober freili", antwortete Mina und kassierte die Zecher ab. Das Kerbholz war ein Stab aus Eichenholz, in den Kerben geschnitten wurden. Einen gleichen Stab brachte der betreffende Bauer – oder wer halt geschickt wurde – zur Wirtschaft mit, in Abstimmung mit dem anderen Stab wurde so der bargeldlose Zahlungsverkehr abgewickelt. Im Herbst, an Allerheiligen oder Martini herum, wurde dann abgerechnet, wobei die Kerben beider Stäbe miteinander verglichen wurden. Daher kommt auch das Sprichwort „Der hat etwas auf dem Kerbholz". Da man zur damaligen Zeit noch keine Bierflaschen kannte, holte man eben das Bier mit dem Krug. Bei jedem Krug wurde also eine Kerbe in das Holz geschnitten. Es wurde aber nicht nur Bier getrunken. Vor allem der Most war ein Getränk, das man selbst herstellte und das in der Erntezeit, oft verdünnt, getrunken wurde. Fast alle Bauern hatten ja genügend Obst, so daß jeder damals einige Fässer Most im Keller hatte. Einige, wie der Wagners-Bauer oder der Schwarz, hatten sogar das Brennrecht. Sie produzierten also ihren „Zwetschger" selbst. Im Winter vor allem war das ein richtiges „Aufwärmerla" oder wenn man mal zu fett oder zu üppig gegessen hatte, dann war so ein Obstschnaps wahrlich willkommen.

Gegen zehn Uhr war die Stube bereits leer, und Mina war beim Aufräumen, wobei ihr Luigi und der Müllers-Peter mit zur Hand gingen. „Ich setze mich noch etwas auf das Bänkchen vor dem Hause, so eine Sommernacht muß man doch genießen", meinte Klausner, steckte sich eine Pfeife an und ging nach draußen. Der starke Duft der Linden vor der Kirche wehte zu ihm herüber. Die Grillen zirpten, und Glühwürmchen schwirrten durch die Nacht. Die Wärme, die die Sonne tagsüber ausgestrahlt hatte, verschwand nur langsam. Man konnte gut hemdsärmelig im Freien sitzen. Ein silbrig schimmernder Halbmond lugte zwischen den Zweigen der Kastanie hervor. Millionen von Sternen glitzerten am Himmel. Eine große friedliche Stimmung, die nur ab und zu vom Rasseln einer Kuhkette in dem nahegelegenen Stall unterbrochen wurde, senkte sich über das Land. Mina kam zu ihm auf das Bänkchen. Wortlos saßen sie lange Zeit nebeneinander. Sie hatte ihren Kopf auf seiner Schulter. Er spürte den feinen Duft ihres Haares. Zärtlich küßte er sie, dann wünschte er ihr eine gute Nacht und ging er nach oben.

15. Kapitel   DIE HEUERNTE

Drei Stunden nach Mitternacht, man konnte den beginnenden Morgen nur erahnen, standen die Bauern und Knechte auf. Als sie mit ihren Sensen das Dorf verließen, konnte man gerade einen leichten Schimmer von Osten her, von der Frankenhöhe, wahrnehmen. In langer Reihe zogen sie mit den geschulterten Sensen, den Wetzstein in einer Blechscheide, die mit Wasser gefüllt war und mit einem Gurt um den Leib befestigt wurde, dahin. Die heiße Milchsuppe, die sie zu sich genommen hatten, hatte ihnen gutgetan, nach und nach verteilten sie sich zu ihren Wiesen. Schon konnte man das Gras erkennen.

Sie wetzten ihre Sensen. Nach einem kurzen Gebet und einem „in Gottes Namen" begann der Bauer die Mahd. Breitbeinig stand er da. Den Rücken hatte er leicht gekrümmt. Mit einem weiten Schwung ließ er die Sense durch das Gras gleiten. Zischend fuhr sie in die sterbenden Halme. Ihm nach kamen der Großknecht, der Michel, dann der Stangenreiter, der Ludwig, zum Schluß der große Sohn des Bauern, der Martin. Heuer war es das erste Mal, daß er mit aufs Mähen durfte. Er war mächtig stolz, galt er doch jetzt in den Augen der Dienstboten als der angehende Bauer. Da das Gras vom Tau noch ziemlich naß war, ließ es sich ausgezeichnet schneiden. Ab und zu setzte der Bauer seine Sense ab, um den Wetzstein zu gebrauchen. Das brachte eine kleine Pause.

Inzwischen war die Sonne aufgegangen. Nun konnte man überall auf den Wiesen die Schnitter erkennen. Auf der Wiese neben dem Kirchenbauern schaffte der Bürgermeister mit seinem Mannsvolk. Rechts von ihm auf der Langweidwiese war der Ulmenbauer bei der Arbeit. Die Sensen blitzten in der Sonne des beginnenden Tages. Der Kirchenbauer hatte etwa drei Stunden gemäht, bis er die Wiese fertig hatte. Während er sich mit dem Hemdsärmel den Schweiß von der Stirne wischte, meinte er: „Na, Martin, geht's noch?" Der nickte nur. Er spürt kaum seine Arme, doch er wollte sich vor den Knechten keine Blöße geben. Ein Stechen und ein Ziehen in den Schulterblättern war die Folge dieser Anstrengung. Froh, weil er mit der ersten Wiese fertig war, setzte er sich am Rande nieder. Da kam auch schon die Luise, die kleine Magd. Sie hatte vier Rechen über der Schulter und in der Hand einen großen

Henkelkorb. Darinnen lagen, sorgfältig verpackt, Speck, Brot und ein Krug mit Most. Auch ein kleines Fläschchen Zwetschgenwasser hatte die Bäuerin eingepackt. „Hm, des ist gut, Männer, nehmt zerscht an Schluck Schnaps, des is grod is Richtia!" forderte sie der Bauer auf. Jeder bekam einen kräftigen Schluck. Ah, der brannte wohltuend in der Kehle! Nun merkten sie erst, wie hungrig sie waren. Bald waren nur noch einige Krümel übrig. Den Mostkrug stellten sie, noch etwa halbvoll, in den kleinen Graben, der die Wiese begrenzte, er sollte frisch bleiben. Nach der Pause wurden mit den Rechen die dichten Schwaden des Grases verteilt, damit die Sonnenhitze es schnell dürr werden ließ. Während der Bauer und der Großknecht, der Michel, ihre Sensen schulterten, um die Wiese am Haus noch zu mähen, blieb der Martin mit der kleinen Magd und dem Ludwig auf der Wiese. Nach etwa zwei Stunden wurde das abgewelkte Gras gewendet. Inzwischen waren auch die weiblichen Dienstboten erschienen. Bis auf die Bäuerin waren alle auf den Wiesen. Das Heu wurde zum zweitenmal umgeschlagen. Nach dieser Arbeit zogen sie mit ihren Rechen zur Wiese am Haus. Dort begannen sie das gemähte Gras zum erstenmal zu wenden. Das Gebetläuten um elf Uhr ließ sie in ihrer Tätigkeit innehalten. Da näherte sich auch schon die Bäuerin. „Kommt her, machet Mittag", schrie sie ihnen zu. Sie ließen ihre Rechen liegen und folgten der Frau ins Haus. Vor dem Haus stand ein gewaltiger Steintrog am Brunnen. Sie legten ihr Arme bis zu den Ellbogen in das kalte Wasser. So kühlten sie ihre erhitzten Körper ab. Sie gingen zum Essen.

Den Beginn der Heuernte hatten die „Elektrischen" glatt verschlafen, denn als sie am Morgen um sechs Uhr geweckt wurden, waren die Bauern schon mit dem Mähen der ersten Wiesen fertig. Klausner staunte nicht schlecht, als er beim morgendlichen Waschen am Brunnen stand. Kam da gerade der Fritz vom Spediteur Wittmann mit Pferd und Wagen auf den Hof gefahren! Er rief dem verdutzten Klausner einen fröhlichen „Guten Morgen" zu. „Ja, was tust du denn da?" war seine Frage. Er wußte ja nicht, daß der Fritz der Bruder vom Jörgli war und alle Jahre bei der Heuernte und der Getreideernte bei der Mina mithalf. Sein Arbeitgeber, der Gustl, gab ihm dafür sogar Urlaub. Außerdem erwartete die Mina noch einen Gast: Der Stiefbruder ihres verstorbenen Mannes, der Georg, ließ es sich nicht nehmen der Mina zu helfen. Er hatte in Rothenburg eine Holz- und Kohlenhandlung. Während dieser Zeit gab es da sowieso nichts zu tun, so daß er ganz gut abwesend sein konnte.

Im übrigen machte ihm, dem gebürtigen Bauern und Müllerssohn, die Arbeit auf dem Lande Spaß.

Ein treuer Gast stellte sich auch regelmäßig zu den Ernten ein. Es war die Schuster-Kathi. Sie war seit zwei Jahren Witwe und hatte noch sechs Kinder zu versorgen. Ihr Mann, der Schuster-Nazi – eigentlich hieß er Ignatius, doch niemand im Dorf nannte ihn so –, der Nazi also hatte im Frühjahr angefangen zu husten, und drei Tage nach Michaeli hatte man ihn begraben. Die Kathi war eine allezeit fröhliche Frau, kerngesund und voller Energie. Der Nazi hatte sie von Unterfranken mitgebracht. Nach dem Tode ihres Mannes nahm sie das Heft in die Hand. Zu Anfang ihrer Ehe hatten die Leute hinter ihrem Rücken getuschelt. Sie war nämlich eine „Katholische", doch als alle Jahre ein Kind geboren und selbstverständlich evangelisch getauft wurde, hörte das Gerede auf. Nur eines ließ sie sich nicht nehmen, an den Feiertagen wie Fronleichnam oder Mariä Himmelfahrt zog sie in der Frühe ihre Tracht an mit Bänderhaube, seidenem Halstuch, den vielen Röcken, dem Spenzer, der reichlich mit Perlen bestickt war; außerdem legte sie eine goldene Halskette und eine Brosche an. Beides hatte sie von ihrer Mutter bekommen, und es wurde von ihr hoch in Ehren gehalten. Sie packte dann jeweils einen Armkorb mit etwas Essen ein und machte sich zeitig auf den Weg nach Gebsattel, dem nächsten katholischen Dorf im Umkreis. Ja, sie hatte es nicht leicht mit ihren sieben Kindern, doch der Älteste hatte vergangenes Jahr konfirmiert und war bei einem Schuster in Rothenburg in der Lehre. Er sollte einmal die Tradition des Schusterberufes fortführen. Seit dem Tode des Vaters wartete der Platz auf dem verwaisten Schusterschemel auf ihn. Als der Schuster-Nazi noch seinem Handwerk nachgehen konnte – er war tüchtig und ob seiner guten Arbeit weithin bekannt –, da war im Schuster-Häusle alles in Ordnung gewesen, doch die Kathi ließ sich nicht unterkriegen. Sie baute Kartoffeln an und fütterte von dem Ertrag der zwei kleinen Äcker auch ein Schwein. Wegen der Milch hielt sie sich zwei Ziegen, und die Kinder betreuten an die dreißig Stallhasen. Da sie die häusliche Arbeit schon den größeren Mädchen übertragen konnte, hatte sie Zeit zum Tagelöhnern. Hauptsächlich und mit Freude half sie bei der Mina. Vielleicht hatte das gleiche Schicksal als Witwe die beiden einander nahegebracht. Mina bewunderte jedesmal ihre heitere und humorvolle Art. Sie war jedenfalls eine tüchtige Schafferin, und Mina konnte sich voll und ganz auf sie verlassen. Sie stand einer Jungen in nichts nach. So brauchte Mina also keine Sorge um ihre Heuernte zu haben, während sie sich dem Wohle der „Elektrischen" widmete. All das erfuhr Klausner vom Jörgli. Er staunte nur über so viel Hilfsbereitschaft und Solidarität, doch das war den Leuten eine Selbstverständlichkeit, davon wurde kein Aufhebens gemacht.

Bei der morgendlichen Einteilung der Arbeit ging es darum, in der Hinteren Gasse des Dorfes die Leitung aufzulegen. Die Installateure waren schon in die ersten Häusern fertig. Wo sie die Arbeit beendet hatten, da zogen sie auch aus. Mit neuen Anlagen warteten neue Quartiere auf sie. Die Männer gingen also an ihre Arbeit. Während Klausner noch auf dem Hof der Wirtschaft stand, konnte er etwas Seltsames beobachten. Bäuerinnen kamen mit kleinen Leiterwagen, in denen ihre Jüngsten eingepackt waren, zum Pfarrhaus gefahren. Während der Erntezeit war es schon lange üblich, die Kinder bei der ältesten Tochter des Pfarrers abzuliefern. Ruth hatte mit vier Jahren Spinale Kinderlähmung bekommen und war deshalb beim Gehen behindert. Die Aufgabe als Kindermädchen konnte sie jedoch ohne weiteres erfüllen, und es machte ihr große Freude, mit den Kleinen umzugehen. Sie hatte eine echte Begabung dazu, und die Kinder hatten sie alle sehr gerne. Bei ihrer Arbeit wurde sie auch oftmals von der Frau des Lehrers unterstützt. Die Bäuerinnen waren froh, daß ihre Kinder so gut aufgehoben waren. Der Lohn dafür wurde in Naturalien abgegolten, so war jedem geholfen. Für Fräulein Ruth war es vor allem die Bestätigung, trotz ihrer Behinderung ein nützliches Glied der Gesellschaft zu sein.

Eben kamen die Bauern vom ersten Mähen in der Frühe zurück. Nun mußte das brüllende Vieh versorgt werden. Nach dem Frühstück ging es zum Heuumschlagen wieder auf die Wiesen. Klausner ging in die Hintere Gasse zum Drahtzug. Inzwischen waren die Dächer aufgedeckt, die Rollen eingehängt, und die Männer warteten auf das Kommando. Weinberger, Seppl und Luigi waren, wie schon das letzte Mal, wieder an der Trommel. Alles lief in der bekannten Weise und zur vollen Zufriedenheit Klausners ab. Gegen Mittag hatten sie schon die beiden oberen Drähte aufgelegt; das Wetter war ja ebenfalls auf ihrer Seite. Ein strahlend blauer Himmel, nur kleine, vereinzelte Wölkchen schwammen in der heißen Luft. Die Sonne meinte es wirklich sehr gut mit ihnen. Gegen Mittag war das Thermometer auf fast dreißig Grad geklettert.

136

Mancher Schweißtropfen rann über ihre Gesichter und verursachte ein Brennen in ihren Augen.

Doch nun war es Mittag. Gott sei Dank! Als erstes erfrischten sie sich wieder am Brunnen. Ah, das tat gut! Sie ließen sich das kalte Wasser über ihren Kopf laufen, zogen das verschwitzte Hemd aus und kühlten sich den Oberkörper. Zum Essen gab es Nudeln mit Gulasch und Gurkensalat. Durch die Hitze waren sie ziemlich ausgedörrt, und erst nach dem ersten Schluck Bier konnten sie das Essen beginnen, aber großen Appetit entwickelten sie nicht. Mina trug fast das halbe Essen wieder in die Küche. „Männer", meinte Jörgli, der in die Stube kam, „ihr müast an Moscht trinke mit er wenig an Wasser verdünnt, des hilft geche den Durscht!" Sie folgten seinem Rat. Der Most war wirklich ein guter Durststiller.

16. Kapitel   VORNEHME GÄSTE

Kaum war die Mittagspause beendet – die Männer waren gerade wieder an ihre Arbeit gegangen –, fuhr ein Automobil in den Hof. Es wurde nach kurzer Zeit von den Kindern des Dorfes, die nicht auf den Wiesen bei der Heuernte helfen mußten, umringt. Staunend standen sie um das Fahrzeug herum. Manch einer dachte wohl im Stillen, ob er wohl auch mal in solch einem Fahrzeug sitzen würde. „Grüß Gott, Herr Klausner," rief Herr von Lauterbach und sprang von der Bank neben dem Fahrer. Herr Luppe stieg hinten aus. „Grüß Gott, Herr Betriebsleiter", antwortete Klausner. „Gelt, da staunen Sie, es ging schneller mit dem Automobil, als wir es uns vorgestellt haben." „Das sehe ich", sagte Klausner und gab jedem die Hand. Der Chauffeur hatte das Fahrzeug abgestellt, das noch ein kleines blaues Wölkchen von sich gab. Es war eine Mercedes-Maybach-Viersitzer-Limousine. Sie funkelte nur so und war der ganze Stolz des Chauffeurs.

„Na, mein lieber Herr Klausner, wie ich auf der ersten Blick sehen kann, haben Sie ja bereits die Drähte aufgelegt, da brauche ich nicht erst zu fragen, wie es Ihnen geht", sagte Herr von Lauterbach. „Saubere Arbeit, muß ich schon sagen! Was sagen Sie, Herr Luppe?" „Da kann ich Ihnen nur beipflichten", gab dieser zur Antwort. „Kommen Sie", forderte Herr von Lauterbach auf, „machen wir einen kleinen Rundgang." Mit Wohlgefallen musterte er die straffgespannten, schimmernden Drähte, die sich, in einem tadellosen Abstand zueinander, von Dachständer zu Dachständer zogen. Er konnte wahrlich nichts aussetzen an der Arbeit der Männer und war des Lobes voll. Stolz und selbstbewußt ging Klausner an seiner Seite. An der Maststation angekommen, knöpfte er sich den Hemdkragen auf; es war eine mörderische Hitze. Von Lauterbach fixierte mit den Augen des Fachmanns die Arbeit an der Station. „Herr Klausner, die Verbindungen zwischen Trafo und Hochspannungsleitung dürfen ein bißchen strammer sein. Wir müssen oft mit extremen Windverhältnissen rechnen, da könnte es vielleicht passieren, daß die Verbindungen zusammenkommen. Dies müssen wir unter allen Umständen vermeiden!" „Ja, da haben Sie recht!" gab Klausner zur Antwort. „Ansonsten bin ich mit Ihnen sehr zufrieden", lobte er. Klausner wurde ganz verlegen und meinte: „Ohne meine tüchtigen Leute wäre es nicht so." „Na ja, da mögen Sie schon recht haben, aber ohne Führung geht eben nichts", beendete Herr von Lauterbach seine Beurteilung. „So, nun wollen wir doch einmal einen Hof und die dortige Installation ansehen." Sie begaben sich zum Hof des Kirchenbauern. „Wo ist eigentlich Herr Fink?" fragte der Betriebsleiter. „Ah, da sind Sie ja", begrüßte er ihn. „Nun, Herr Fink, wie läuft es?" „Danke, Herr Betriebsleiter, ich bin soweit zufrieden!" „Na schön, wir werden ja sehen." Aufmerksam sah von Lauterbach sich die Installationen an. Besonderes Augenmerk legte er auf die Erdungen. Er konnte nichts daran aussetzen.

„So, meine Herren, nun lade ich Sie zu einem kleinen Umtrunk ein!" Klausner fragte: „Herr von Lauterbach, ich darf doch Herrn Keil mitnehmen?" „Aber selbstverständlich!" Sie begaben sich zum Ochsen. Klausner kam mit Keil an. Der begrüßte die Herren. Sie nahmen Platz. Das Bier schäumte in den Krügen. „Prost, meine Herren, auf Ihre gelungene Arbeit!" Sie hoben ihre Krüge und prosteten sich zu. „Hm, das ist eine Wohltat bei der Hitze!" Mina brachte Schinken, Butter und Brot und wünschte den Herren guten Appetit. Die Brotzeit schmeckte allen vorzüglich. Danach meinte Herr von Lauterbach – er hatte Zigarren ausgeteilt, und alle pafften vor sich hin –: „Meine Herren, wenn das mit dem Wetter so weitergeht und nichts mehr dazwischen kommt, können wir in etwa sechs Wochen hier in Unterhofen mit der Elektrifizierung fertig sein!" „Ja, das denke ich auch", pflichtete ihm Klausner bei. „Übrigens, wie geht es denn dem Herrn Dauberschmidt?" fragte Herr von Lauterbach. „Da kann ich Sie beruhigen, er wurde vergangene Woche aus dem Krankenhaus entlassen und hat jetzt noch zwei Wochen Schonung." „Na, da haben wir ja noch mal Glück gehabt! Bitte, meine Herren, achten Sie mir darauf, daß solche Unfälle nicht mehr vorkommen! Arbeiten Sie lieber langsamer und sorgfältiger!" Sie nickten. „Trinken Sie nur aus, bei der Hitze kann man schon noch ein Bier brauchen", forderte er die Monteure auf. Das ließen sie sich nicht zweimal sagen. „Im übrigen" – er zog einen Zehnmarkschein aus der Brieftasche – „eine kleine Sonderprämie, machen Sie sich mit Ihren Leuten ein paar schöne Stunden!" Mit vielen Worten des Dankes verabschiedeten sie sich von ihrem Betriebsleiter und von Herrn Luppe. „Donnerwetter", meinte Keil „Zehn Mark, da können wir ja ganz schön schlucken!" Bei einem Bierpreis von 20 Pfennig die Maß hatte er selbstverständlich recht. Sie freuten sich schon auf den Feierabend.

Hätten die Fenster der Stube nicht weit offengestanden, hätte man vor lauter Tabakrauch einander nicht mehr gesehen. Manche schmauchten gemächlich ihre Pfeife, während andere den Zigarren oder den billigen Stumpen zu drei Pfennigen den Vorzug gaben. Auch die Schnupferei kam nicht zu kurz. Die Stimmung war jedenfalls großartig, denn Klausner hatte in Anbetracht des großzügigen Geldgeschenkes ein Faß Bier mit 50 Litern anstechen lassen. Das Freibier floß also in Strömen. Da kann man sich wohl vorstellen, wie die Stimmung in der Stube war. Mit dem Karteln war es an diesem Abend nichts. Geschichten, Anekdoten und Witze wurden erzählt. Immer lauter, immer fröhlicher ging es zu. Weinberger erzählte, nachdem er um Ruhe gebeten hatte, eben einen Witz: „Da war einmal ein Bauer", begann er „der hatte immer sehr viel Durst. Deshalb ging er auch des öfteren in die Wirtschaft, doch meistens hatte er über den Durst getrunken, er kam halt oft mit einem Rausch nach Hause. Seine Frau, die Babette, wartete schon mit dem Nudelholz auf ihn. Da gab es dann Saures. So ging es eine ganze Zeit lang. Eines Tages beschwerte sich der Bauer bei seinen Saufkumpanen über das Verhalten seiner Frau. Sie gaben ihm den Rat: Hol dein Pferd aus dem Stall und schieb es vor die Haustüre. Wenn sie zuschlägt, erwischt sie das Pferd. Er tat, wie sie es ihm geraten hatten; allerdings keilte das Pferd erschreckt aus und erschlug dabei die Bäuerin. Drei Tage darauf war die Beerdigung. Einer von den Verwandten der Frau sah erstaunt, wenn die Männer dem hinterbliebenen Bauern Beileid wünschten, wie der immer den Kopf schüttelte, kam aber eine Frau zum Beileidwünschen, nickte er mit dem Kopf. Auf die Frage, warum er bei den Männern immer den Kopf schüttelte, gab er zur Antwort: Sie fragen mich jedesmal, ob ich meinen Gaul nicht verkaufen würde!"

Kaum hatte Weinberger geendet, brüllten alle los. Manche lachten so, daß sie Tränen in den Augen hatten. „Mensch, den Witz muß ich mir merken", lachte Müllers Peter, „den muß ich bei meinem Stammtisch erzählen!" „Da weiß ich auch einen Witz", rief Gronauer. „Also, paßt mal auf: Ein Knecht hat eine Fuhre Heu umgeworfen, da kommt der Herr Pfarrer vorbei und fragt: Ja, Michel, was sagt denn dein Bauer dazu? – Der? Herr Pfarrer, der sagt nichts! – So, warum denn nicht? – Ja wissens, Herr Pfarrer, der liegt unter der Fuhre!" Die Männer wieherten vor Vergnügen. So ging es pausenlos weiter. Die Reden wurden immer lauter, das Lachen immer heftiger, die Witze immer derber. Wenn das so weitergeht, fürchtete Klausner, gibt es am Ende noch eine

Schlägerei. Als gerade mal eine Pause eingetreten war, schlug er deshalb vor: „Leute, kommt, singen wir!" „Ja, singen wir, das ist gescheiter", ließ auch Breitschwerdt vernehmen. Nach dem Stimmen der Instrumente ging es los. Sie begannen mit dem Lied von der Mühle unter den Erlen. Danach folge die „Wahre Freundschaft". Sie sangen von der Liebe, von der Treue oder Untreue, vom Sterben und vom Scheiden. Dazwischen sprachen sie immer wieder fleißig ihren Krügen zu. Manch einer der Monteure gähnte wohl verstohlen hinter der vorgehaltenen Hand. Das Singen ging langsam auch in Gegröle über. Klausner war froh, als Luigi ihm meldete: „Kapo, das Faß ist leer!" „Ja, Männer, was mich anbetrifft, ich gehe ins Bett." „Wir auch, wir auch", schrien alle durcheinander. So leerte sich im Nu die Stube. Kunststück, dachte sich Klausner, tagsüber diese Hitze, danach das Bier. Das muß einem ja langen. Alle hatten sie die richtige Bettschwere. „Habt ihr das Abendrot gesehen?" fragte der Schwager der Mina, „da wird es morgen auch wieder so heiß." „Ja, das ist das richtige Heuwetter", meinte Jörgli fröhlich, „doa gett wos!" Müde und bierselig begaben sie sich nach oben zum Schlafen. „Also, gute Nacht, Kapo", brummten sie noch, „morgen geht es auf ein Neues!" „Ja, morgen müssen wir wieder da sein. Gute Nacht, Männer!"

Rasselnd holte die Kirchturmuhr zum Schlage aus. Sechs Uhr morgens zeigte sie an. Eine Schar Tauben umkreiste den Turm. Der Herr Lehrer öffnete die Fensterläden im Schulhaus und beugte sich weit aus dem Fenster. Mit vollen Zügen atmete er die würzige Luft ein, die mit dem Duft des frischen Heues geschwängert war. Es war der letzte Schultag, dann begannen die Ferien. Die Bauern warteten schon sehnsüchtig auf ihre Kinder. Sie brauchten sie dringend zur Heuernte. Da gab es viele leichte Arbeiten. Vor allem das Nachrechen des Heus oder das Umschlagen waren nicht gar so anstrengend. Auch machte es den Kindern mehr Spaß, auf den Wiesen zu sein, als in der Schule bei den hohen Temperaturen über den Aufgaben zu schwitzen. Lehrer Bergmann freute sich selbstverständlich auch über die Ferien. Er hatte sich ebenfalls viel vorgenommen. Zum Schulhaus gehörte nämlich ein großer Garten mit Gemüse, Obst, Beeren und Sträuchern. Allzu gerne arbeitete er darin; das war für ihn echte Erholung.. Außerdem kochte seine Frau fabelhafte Marmeladen und Gelees ein. Seine Familie bestand ja auch aus sieben Personen, neben den Eltern drei Buben und zwei Mädchen. Sein Ältester, der Markus, ging in Ansbach in die Oberstufe des Gymnasiums, dann kam die Ruth, danach die Dorothea; mit ihren zwölf Jahren half sie der Mutter schon tüchtig im Haushalt. Der Karl war erst fünf und die Luise, das Nesthäkchen, gar erst drei Jahre alt. Materiell brauchte sich die Lehrersfamilie allerdings wenig Sorgen zu machen. Es war ein ungeschriebenes Gesetz, daß sie bei jeder Metzelsuppe, an der Kirchweih, bei der Konfirmation oder der Einschulung der Kinder etwas an Naturalien bekamen, außerdem half ja auch die Frau Lehrer bei der Kinderbetreuung. War auch das Jahresgehalt eines Lehrers nicht gerade üppig, so kam die Familie doch durch die Zuwendungen der Bauern und die Erzeugnisse aus dem Garten sehr gut über die Runden.

Draußen auf den Wiesen waren die Männer mit dem morgendlichen Mähen fertig. Nach ihrer anstrengenden Tätigkeit saßen sie nun in Grüppchen beisammen und hielten zweites Frühstück. Auch die Leute der Mina waren beim Vespern. Der Schinken, das frische Brot und ab und zu ein Schluck aus dem herumgereichten Mostkrug waren ein wahres Labsal. So schmeckte es nirgends als auf der Wiese. Der Schwager der Mina war froh über die Pause. Er war ordentlich geschafft durch das Mähen. Es ging ihm immer so in den ersten Tagen, denn es war halt ungewohnt für ihn; doch es bereitete ihm Freude, dabei zu sein. Er liebte diese Arbeit und den Duft des würzigen Heus. Die Frieda, die Lina und die Schuster-Kathi waren mit der Brotzeit und mit ihren Rechen gekommen. Das Umschlagen des Heus war Weiberangelegenheit. „Gegen Mittag", meinte Jörgli, „können wir schon das Vorgestrige heimfahren. Den Wocha hob i scho zammgricht geschtern obeads. Packer mers widder!" Sie erhoben sich, die Männer, um die Bachwiese zu mähen und die Frauen, um mit dem Umschlagen zu beginnen. Wegen der Hitze trugen die Frauen helle Kopftücher, während die Männer breitrandige Strohhüte aufhatten. Ihre Kleidung bestand aus leinenen Blusen und leichten Baumwollhosen. Darüber trugen sie den blauen Schurz. An den Füßen hatten sie leichte „Socken", selbstgefertigte Pantoffeln mit Oberteilen aus groben Sackleinen.

Sie schulterten ihre Sensen, um zur Bachwiese aufzubrechen. Die Frauen zerteilten zunächst das frisch geschnittene Gras, das in dicken Schwaden dalag. Die stechend heiße Sonne tat dann ein übriges. Nach etwa zwei Stunden wurde wieder gewendet. Gegen Mittag mußten sie dann bei Jörgli auf der anderen Wiese sein, um das fertige Heu aufzuladen und die Wiesen abzurechen. Beim Kirchenbauern drüben luden

142

sie bereits einen Leiterwagen voll auf. Überall in der Luft lag der schwere Duft des Heus. Viele fleißige Hände waren beschäftigt, das knisternde Heu zu bergen. Es war eine gute Ernte, und der Herrgott meinte es auch mit dem Wetter gut. Während die ersten Bauern vom Mähen nach Hause kamen, standen die Monteure am steinernen Brunnentrog, um sich den Schlaf aus den Augen zu waschen. Mit nackten Oberkörpern, mehr oder weniger behaart, standen sie im Hof und rieben sich trocken. Mancher schauderte leicht dabei, denn das Wasser war enorm frisch, doch die Kälte tat gut, kreiste doch nach dem Waschen das Blut so richtig in den Adern. Weinberger hatte eben einen von den jungen Monteuren erspäht, der es mit der Säuberung nicht ganz so genau nahm. Er trat hinter den Jungen, packte ihn mit einer Hand am Genick, mit der anderen am Rücken und beugte so den völlig Verdutzten mit dem gesamten Oberkörper in den Brunnentrog. Nach Luft schnappend und sich vor Kälte schüttelnd kam er wieder hoch. Die Männer brüllten vor Lachen. „So geht es jedem, der sich nicht richtig wäscht!" drohte Weinberger. Der völlig Überraschte war ziemlich verlegen und brummte nur vor sich hin.

Bald saßen die Männer vor ihrer Milchsuppe Klausner betrat die Stube und wünschte einen guten Morgen. „Ich glaube", sagte er, „ein jeder weiß, wie es weitergeht?" „Ja, Kapo, bestimmt, Kapo", antworteten sie. „Nun, dann werde ich mal nach den Installateuren schauen", meinte er, während er sich vom Tisch erhob. Da die Installateure in Kost und Logis bei ihren Bauern waren, konnte er sie vor Arbeitsbeginn ja nicht erreichen. Nur beim gemeinsamen Feierabend kamen sie zusammen. Die Monteure trollten sich zum Lager, um Material und Werkzeug zu holen. Im Hausgang wäre Klausner bald mit Mina zusammengeprallt, die sich anschickte, das gebrauchte Geschirr abzuräumen. „Donnerwetter, das hätte bald ein Unglück gegeben", scherzte er. Da sie alleine im Gang standen, faßte er sie kräftig um die Taille, hob sie leicht an und gab ihr einen deftigen Kuß. „Du Schlimmer", stieß sie ein wenig atemlos hervor, „mich so zu überfallen." „Das war der Morgengruß", lachte er. Mit ein paar Schritten war er aus dem Hause. Sie schaute ihm lächelnd nach, während ihr Puls flog und sich ihre Brüste unter der Bluse hoben und senkten. Verträumt stand sie noch ein bißchen da, doch dann straffte sie sich. Die Arbeit rief. Eilig hastete sie in die Stube, um das Geschirr abzuräumen.

Während Klausner der Hinteren Gasse zustrebte, kamen ihm immer wieder Monteure entgegen, die sich zur Arbeitsstelle begaben. Sie trugen Flaschenzüge, Leinen, Gurte und Lötlampen. Sein Blick richtete sich nach oben. Voll Stolz sah er die golden in der Morgensonne blitzenden Drähte, die sich von Dachständer zu Dachständer spannten. Unser Werk, dachte er. Er fühlte sich ein wenig als Pionier einer neuen Zeit. „Guten Morgen, Herr Klausner", rief ihm Fink zu, der im Hof des Kleebauern stand und seine Gedanken unterbrach. „Guten Morgen", gab er zur Antwort. „Zu Ihnen wollte ich ja, das trifft sich ausgezeichnet." „Wieso, ist etwas nicht in Ordnung?" „Doch, doch, aber ich wollte nur mal sehen, wie es bei euch läuft." „Ach so, und ich dachte schon, ein Bauer hätte sich beschwert." „Hätte er einen Grund dazu gehabt?" flachste Klausner. „Aber nein, ich dachte nur", war die verlegene Antwort Finks. Sie gaben sich die Hand. „Kommen Sie nur herein, Herr Klausner", lud ihn Fink ein. Er führte ihn in das Wohnzimmer oder die gute Stube, wie es allgemein hieß. Danach ging es in die Küche und in den Stall, zuletzt sahen sie in der Scheune nach dem Rechten. Die Monteure Vizthum und Steiner waren mit der Montage des Elektromotors beschäftigt. Mit kräftigen Schlüsselschrauben befestigten sie den Ständer des Motors auf einer starken Bohle. „Es ist nur schade, daß wir unser Werk nicht ausprobieren können, da wir ja noch keinen Strom haben", bedauerte Fink. „Ja, da haben Sie recht, doch um so größer wird die Freude sein, wenn wir demnächst in Betrieb gehen werden, da werden wir dann sehen, wie es klappt!"

Sehr zufrieden verließ Klausner die Arbeitsstätte und lobte Fink für seine gute Arbeit. Der wehrte ab und meinte, das wäre doch selbstverständlich. Als Klausner den Hof des Kleebauern verließ, traf er mit dem Bürgermeister zusammen. „Ha, Sie such i scho die ganze Zeit, bis mer Sie ober au findet!" „Ja, was ist denn so wichtig?" „Was wird scho sei, vom Bahnhof hat halt jemand ahgrufe, Material is widder kumme!" „Ach so", lachte Klausner, „da muß ich halt wieder nach Rothenburg, um das zu organisieren. Ich danke Ihnen, Herr Bürgermeister, für die Benachrichtigung!" „Ha, des is doch a Selbstverständlichkeit", wehrte der ab. „Etz muß ich aber wieder zum Heumache, dia werre scho warte!" „Ja, das glaube ich Ihnen wohl. Zur Zeit werden alle Hände gebraucht!" Bis zur Gastwirtschaft gingen sie gemeinsam. Sie unterhielten sich noch über das schöne Wetter und wie gut die Heuernte verlief. „Also bis heute abend", verabschiedeten sie sich. Klausner ging nach oben, zog sich ein leichtes Sommerhemd über und schlüpfte in leichte Baumwollhosen. Fröhlich ein Lied vor sich hinpfeifend, sprang er die Treppen hinab. „Was ist denn mit dir los?" wunderte sich Mina, die gerade aus der Küchentüre kam. „Bei uns gibt es ein Sprichwort: Der Vogel, der in der Früh pfeift, den holt am Abend die Katz!" „Von dir laß ich mich gerne holen", antwortete lachend Klausner. „Duu", drohte sie mit erhobenen Zeigefinger, während eine verlegene Röte ihr Gesicht verschönte. „Du, Mina, ich muß nach Rothenburg, drum habe ich mich so schön gemacht, weiß du, die Konkurrenz ist groß, es gibt ja so viele schöne Mädchen!" „Du! Ich kratz dir die Augen aus", drohte sie ihm mit gepieltem Ernst. „Soo, ja, wie soll ich dich denn dann bewundern, wenn ich dich gar nicht mehr sehen kann?" „Ach Adolf", seufzte sie, „mit dir kann man ja gar nicht böse sein!" „Das hört sich schon anders an. Komm her, du Racker, laß dir einen Kuß geben." Willig bot sie ihm ihre Lippen. Er küßte sie ganz leicht auf den Mund, gab ihr einen Klaps auf das Hinterteil und sprang über die Haustreppe ins Freie. Fröhlich schwang er sich auf sein Fahrrad; er war mit sich und der Welt zufrieden.

Auf seiner Fahrt nach Rothenburg sah er überall die Leute bei der Heuernte auf den Wiesen. Es war ein Bild fast wie auf einem Gemälde von Breughel, dem großen holländischen Maler, der vor allem durch seine Bilder aus dem ländlichen Genre weltberühmt wurde. Adolf stand auf einer kleinen Anhöhe mit seinem Fahrrad und nahm dieses Bild mit wachen Sinnen in sich auf. Herrgott, ist unsere Heimat schön, dachte er. Bald war er am Bahnhof in Rothenburg. Eine schläfrige Stille lag über dem Gelände. Wo sonst die Bauernfuhrwerke standen und Knechte mit dem Aufladen oder Abladen von Waren oder landwirtschaftlichen Erzeugnissen beschäftigt waren, herrschte Stille. Verlassen lag der Platz an der Güterhalle im grellen Sonnenlicht da, nur ein Hund hechelte mit herausgestreckter Zunge, nach Wasser lechzend, vor sich hin. „Ja, Bello, dir ist's halt auch zu heiß, komm, ich werde dir Wasser bringen," sagte der Frachtschaffner, während er sich den Schweiß von dem Mützenband rieb. Nun erst bemerkte er Klausner. „Ach, der Herr Klausner, guten Tag, wollen Sie die Sachen abholen?" „Ja freilich", antwortete Adolf. „Nun, es ist in erster Linie Installationsmaterial." „Das habe ich mir schon gedacht. Wir haben ja fast alles, was wir zum Ortsnetz brauchen. Höchstens Isolatoren benötigen wir noch." „Ich glaube, da ist auch eine Kiste dabei. Na, gehen wir halt die Frachtbriefe durch. Mö-

gen's auch eine Prise?" „Da sage ich nicht nein." Der Schaffner schob
ihm die Schnupftabaksdose zu. „Bitte, bedienen Sie sich!" Er nahm im
Gegensatz zu Klausner eine gewaltige Prise, nieste kräftig, zog sein
großes Sacktuch hervor und schneuzte sich sehr geräuschvoll. Während
er sich die letzten Krümel aus dem Schnurrbart strich, begann er die
Frachtbriefe hervorzuholen. „Also, da haben wir zuerst mehrere Bündel
Rohre, einige Bunde mit Draht, Ihre Isolatoren und noch eine ganze
Menge Kleinmaterial. So, wenn Sie so gut wären und täten mir das un-
terschreiben!" Er bot ihm einen Kopierstift an, den er mit der Zunge
leicht benetzte. Klausner unterschrieb, gab ihm als Trinkgeld zwanzig
Pfennige, kontrollierte mit dem Schaffner das Material und fuhr zum
Wittmanns Gustl.

Dieser erteilte gerade einem seiner Kutscher eine Anweisung, als
Klausner mit seinem Fahrrad in den Hof hineinfuhr. „Ja, da schau her,
der Adolf, was willst du denn von uns in der halben Tageszeit?" „Was
werde ich schon wollen, du mußt halt wieder einmal Material am Bahnhof abholen!" Beide schüttelten sich die Hände. „Doa drauf miasmer
ober zscherscht an drinke", meinte der Gustl, „komm, geh zua, geh mer
ins Haus." Gleich links vom Hausgang hatte der Gustl sich ein kleines
Büro eingerichtet. Auf einer ovalen Emailtafel prangten das Wort
„Comptoir". Ein breiter Schreibtisch, einige Stühle, ein Stehpult, ein
kleines Hängeschränkchen mit Spirituosen sowie ein mächtiger Tresor
an der rechten Seitenwand füllten den kleinen Raum völlig aus.
„Soderle, jetzt setze mer uns erst amol", schnaufte der Gustl, „komm,
nemm Platz", forderte er Klausner auf. Dann schlurfte er auf das Hängeschränkchen zu, holte eine Flasche Zwetschgenwasser heraus und
goß Klausner und sich ein Gläschen voll. „Zum Wohlsein", beide
kippten den Schnaps, der bald eine wohlige Wärme im Magen hinterließ. „So, Adolf, um was geht's denn?" Während Klausner ihm die
Materialfahrt erklärte, bediente sich der Gustl aus seiner Schnupftabaksdose. „Magst auch an Pris?" fragte er Adolf. „Eine Zigarre wär mir
lieber", antwortete der. „Kannst du haben", brummte der Gustl und
holte aus der Schublade des Stehpultes eine Zigarrenkiste hervor. „Da,
bediene dich!" Klausner roch an der Zigarre, biß die Spitze ab und
setzte sie in Brand. „Hm", meinte er anerkennend, „nicht schlecht!" „Ja,
glaubst du denn der Gustl gibt dir was Lumperts? Da kennst du mich
aber schlecht! Du, was macht denn überhaupt der Fritz bei der Mina in
der Heuernte?" wechselte er das Thema. „Der Fritz, ja mei, dem geht es

gut. Mein lieber Freund, ich habe nicht schlecht gestaunt, als ich erfahren habe, daß der Jörgli und der Fritz Brüder sind und das der Fritz immer bei der Mina bei den Ernten mithilft. Heute nachmittag werden sie das erste Heu einfahren." „So, so, na, das Wetter paßt ja auch ausgezeichnet dazu", antwortete der Gustl. „Also, du kriagscht dei Material morche gleich in der Früah. I will mi selber ämol umschaue!" „Ja, komm doch einmal zu uns heraus, dann kann ich dir auch zeigen, was wir alles schon getan haben und was noch zu machen ist!" „Ja, des interessiert mich scho! Hob bis etzt bloß immer ka Zeit ghobt, obber allawal is ruhiger, doa kann i scho amol a wenig fort." „Du, ich freue mich schon auf deinen Besuch", versicherte ihm Klausner. „Komm her, auf an Boa kann mer net standa", er füllte die Gläschen, und beide tranken sich zu. „Lieber Freund, jetzt wird es aber Zeit, sonst schimpft die Mina, wenn ich nicht zum Mittagessen zu Hause bin." „So, hots dich scho am Bendel", lachte der Gustl hell auf. „Nein, so ist es auch wieder nicht", antwortete Klausner mit rotem Kopf, „sie hat es nur nicht gerne, wenn jemand zu spät kommt und sie das Essen warmhalten muß! Also Servus, bis Morgen!" Klausner bestieg sein Rad und fuhr heimwärts. Als er in die Straße nach Unterhofen einbog, läutete schon die Elf-Uhr-Glocke von der Spitalkirche. Elf Uhr, überlegte Klausner, da bin ich ja gerade richtig zum Mittag in Unterhofen.

17. Kapitel　　　　　DAS GEWITTER

Die Sonne brannte von einem Himmel, auf dem kleine vereinzelte Wölkchen schwammen, die Luft zitterte vor Hitze, und der Schweiß floß Klausner von der Stirne über die Augen und hinterließ ein leichtes Brennen. Trotz des Fahrtwindes spürte er die enorme Hitze. Wie mag es da wohl meinen Kollegen ergehen, die bei ihrer Arbeit unter den Dächern sind, spann er seine Gedanken fort. Die müssen ja einem Hitzschlag nahe sein! Mal sehen, ob ich nicht andere Arbeiten für sie finde, das kann ich ja nicht mehr verantworten, bei solchen Temperaturen unter dem Dach arbeiten zu lassen! Kaum hatte Klausner den Gasthof erreicht und sein Fahrrad abgestellt, erschienen auch schon seine Leute. Sie hatten alle ihre Hemden ausgezogen, über ihren nackten Oberkörpern konnte man die Schweißspuren als kleine Rinnsale auf der Haut sehen. Sie stürzten auf den Brunnentrog zu, um Abkühlung zu finden. Das kalte Wasser weckte wieder ihre Lebensgeister.

„Ha, jetzt is mir wohler", prustete Grünsteudel, spie etwas Wasser aus dem Mund und schüttelte den Kopf, daß die Wassertropfen aus den Haaren flogen. „Kinder, heute hat es doch mindestens zehn Maß im Schatten", stöhnte auch Seppl, während sich die anderen noch am Brunnen abkühlten. „Ich brauch unbedingt was zum Trinken, ich bin ja so ausgedörrt, daß ich nicht mal mehr Speichel im Munde habe", meinte Mathes. Während sie sich erfrischten, kam Fritz mit einer Fuhre voll duftendem Heu in den Hof gefahren. Der Leiterwagen war hochgetürmt, oben lag der Heubaum darauf, der hinten und vorne mit einem starken Seil befestigt war. Dort waren am Wagen die sogenannten Windhölzer angebracht, die mit den Windenlöffeln festgezurrt wurden. Dadurch wurde das Heu stark zusammengepreßt, und man konnte eine Menge aufladen. Allerdings mußte beim Laden des Wagens ein erfahrener Mann dabei sein, damit die Ladung sehr gleichmäßig durchgeführt wurde. War einmal nicht ganz exakt geladen, bestand leicht die Gefahr des Umschmeißens. „Öha, Popperli", schrie Fritz und brachte die dampfenden Pferde zum Stehen. Der Schaum flog ihnen in weißen Flocken von den Nüstern. Beruhigend nahm Jörgli sie beim Kopf und sprach auf sie ein. Er drehte die Bremse zu, schirrte sie aus und führte sie an den Trog; mit langen durstigen Zügen soffen die Pferde daraus. Danach breitete Fritz eine Wolldecke über die schwitzenden Leiber und führte die Pferde in den Stall.

Mina stand mit einem großen Krug voll verdünntem Apfelmost im Hausgang und goß jedem in ein bereitgehaltenes Krüglein ein. Gierig labten sie sich an dem Inhalt. „Männer, heute gibt's was Leichtes, Äpfelküchle und an Kaffee. Doch vorher gibt's noch eine gröstete Grießsuppe. Bei dera Hitz, hob ich mir halt denkt, daß des is Richtige wär." Sie stimmten ihr zu. Die heiße Suppe löschte ihren Durst am ersten. Als Mina dann mit einer hochgetürmten Schüssel voll goldbrauner Apfelküchlein in die Stube trat, wurde sie mit begeisterten Rufen empfangen. Bald waren nur noch ein paar Krümel des leckeren Gebäcks übrig.

„Also, Männer, paßt mal auf", begann Klausner nach dem Essen. „Macht euere Dächer zu und kommt ins Lager, bei der Hitze kann man ja nicht mehr unter den Dächern arbeiten. Im Lager ist es doch erträglicher, außerdem wird es Zeit, das Lager mal aufzuräumen. Wenn morgen der Gustl kommt, muß Platz für neues Material sein!" Sie trollten sich davon, um ihre Dächer zuzumachen. Man konnte nicht wissen, ob bei dieser Hitze nicht ein Gewitter kommen würde. Die Sonne stand wie eine glühende, bleierne Scheibe am Himmel. Die Vögel waren verstummt, sie hatten sich in den Schatten der Bäume und in ihre Nester zurückgezogen. Unbeweglich stand die Störchin auf ihrem Nest auf dem Kirchendach und fächelte der jungen Brut etwas Luft in die weit geöffneten Schnäbel. Eben schwebte der Vater heran, in seinem Schnabel trug er einen großen Frosch. Klappernd empfing ihn die Störchin. Schnell war die Beute aufgeteilt, und der Vater hob von dem Nest ab zu neuer Futtersuche. Inzwischen schwankte Fuhre um Fuhre des duftenden Heus nach Hause in die Scheunen. „Ich glaub, da kommt heute noch ein Wetter", meinte der Kirchenbauer, schirmte die Augen mit der Hand ab und schaute prüfend zur Frankenhöhe. Dort bildeten sich schon einige kleine dunkle Wolken. „Leute, schicken wir uns, das Wetter läßt bestimmt nicht mehr lange auf sich warten!" Schon beluden sie die letzte Fuhre. Das Vieh war auch wie verrückt, die Bremsen umlagerten ihre Körper und saugten sich an ihnen fest, man mußte aufpassen, daß man nicht von den auskeilenden Pferden getroffen wurde. Da mußte man schon einen kräftigen Zügel führen!

Urplötzlich waren aus den kleinen Wölkchen finstere Türme geworden. Ein fahler Schein lag über dem Lande, die Luft war so schwül geworden, daß das Atmen beschwerlich wurde. Da kam Wind auf, der sich langsam zum Sturm steigerte und über die größtenteils gemähten Wiesen fegte. Aus den Wolkentürmen zuckten die ersten Blitze, und der Donner rollte über das Land. Die Leute auf den Wiesen eilten so schnell sie konnten nach Hause. Pfeifend heulte der Sturm und trieb Sand, Gras und Laub vor sich her. Die Kronen der Bäume bogen sich, und da und dort wurde ein Ast abgerissen. Nun setzte auch der Regen ein. Zuerst etwas zaghaft, doch bald goß es wie aus Kübeln. Da! Ein greller Blitz, dem gleich darauf ein schmetternder Donner folgte. Das hat bestimmt eingeschlagen, dachte Klausner, der unter der Lagertüre stand. Ja, der Blitz war in eine der großen Eichen, die um den Obstgarten des Bürgermeisters standen, gefahren. Wie mit einer gewaltigen Axt hatte er den Stamm von oben nach unten gespalten. Kleine blaue Flämmchen leckten über den Stamm, wurden aber sofort von den Wassermassen erstickt. Es roch mächtig nach Schwefel. Offenbar war das schon der Abschluß des Gewitters, so plötzlich hörte der Sturm auf, und auch der Regen war nur noch ein dünner Schleier. „Das ist ja noch mal gut gegangen", meinte Weinberger, der auch an der Lagertüre stand. Luigi hatte sich bei Beginn des Gewitters ziemlich nach hinten verdrückt; er hatte Angst vor Gewittern. Sein Onkel war in der Toscana das Opfer eines Gewitters geworden. Es hatte ihn beim Arbeiten in seinem Weinberg erwischt; so hatte es Luigis Vater erzählt.

„Männer, kommt heraus, riecht nur die gute Luft! Die Natur ist wieder frisch gewaschen, atmet nur recht tief ein", sagte Klausner. Schon huschten die ersten Sonnenstrahlen über die Flur. Nur im Westen standen noch die schwarzen Wolken, und man hörte den Donner grollen. „Machen wir Schluß für heute!" befahl Klausner. Das Lager sah inzwischen sauber aufgeräumt aus. „Es ist nur gut, daß wir die Dächer zugemacht haben", meinte Keil. „Ja, ich habe der Sache nicht recht getraut", antwortete Klausner. Auf dem Weg zum Gasthaus begegneten ihnen einige Dienstboten. Sie waren klatschnaß, und die Kleider klebten an ihren Körpern, doch sie waren guter Dinge. Lachend und scherzend marschierten sie nach Hause. Sie freuten sich, daß die fürchterliche Hitze zu Ende war.

Im Hof des Gasthauses stand nun eine zweite Fuhre Heu, und der Fritz, der Jörgli und die beiden Mägde waren damit beschäftigt, die eine Fuhre in die Scheune zu schieben. Gleich sprangen die Männer hinzu, um zu helfen, die andere Fuhre stand noch im Hof. Selbstverständlich halfen die Männer beim Abladen. Der Seppl stand auf der Fuhre, hatte

eine Heugabel in der Hand und stach das Heu nach oben auf den Heuboden. Die Mägde waren im Heustock, verteilten das Heu und trampel-
ten es fest. Das war für die jungen Männer ein Vergnügen, so mit den
Mägden im Heu herumzutoben. Wenn einer gar zu nahe kam, kreischten sie übermütig, es machte ihnen aber ungeheuren Spaß. Bei so vielen
Helfern dauerte es natürlich nicht lange, und das Heu war in der
Scheune untergebracht. Da es sehr trocken war, staubte es ganz schön
im Heustock. Sie glichen bald Kaminkehrern. Jeder bemerkte es beim
anderen und glaubte, daß er selbst nicht so aussehen würde. War das
eine Gaudi! Das frische Wasser des Brunnens verwandelte sie aber bald
wieder in zivilisierte Menschen. Mina hatte inzwischen schon die Brotzeit hergerichtet. „Wer geholfen hat, der braucht nichts zu bezahlen",
ordnete Mina an, „auch an einer Maß Bier liegt mer nix dran. Ich bin ja
so froh, daß wir des Heu so gut nach Hause gebracht haben!" Bald darauf saßen die Männer am Tisch, ließen sich die Brotzeit schmecken und
spülten mit einem kräftigen Schluck Bier nach. Das hob gewaltig ihre
Lebensgeister. Sie waren mit sich und der Welt zufrieden.

Klausner ging nach oben. Die Frachtbriefe mußten noch mit den Ma-
terialscheinen verglichen werden. Er rückte sich den Tisch an das Fenster, so konnte er besser sehen. Während er die Zahlenkolonnen miteinander verglich, erfaßte ihn plötzlich eine Müdigkeit, die Zahlen begannen zu schwimmen, und ehe er es sich versah, war er eingeschlafen.
Etwa zwei Stunden mußte er geschlafen haben, als jemand gegen die
Türe pochte und seinen Namen rief. Es war Luigi. „Entschuldige, Kapo,
wir haben dich vermißt, und Keil hatte gesagt, ich sollte mal nach dir in
deinem Zimmer schauen." „Schon gut", antwortete Klausner, „bin nur
ein wenig eingenickt, außerdem bin ich fertig und gehe mit dir nach
unten." „Du, Kapo", meinte da Luigi „ich möchte dich im Namen von
meiner Maria und deren Eltern zur Hochzeit einladen. Am Samstag in
acht Tagen, am 26. Juli, ist es soweit." „Ah, da schau her. Ich bedanke
mich für diese Einladung, selbstverständlich werde ich kommen. Sage
bitte deinen Schwiegereltern und deiner Braut einen schönen Gruß!"
„Aber Kapo, das ist doch ganz klar, du hast uns doch zusammengebracht." „So, habe ich das", lachte Klausner. „Na gut, gehen wir nach
unten, ich räume nur noch meine Sachen auf, geh du einstweilen voraus!"
Da das Gewitter das Heu, das noch draußen gewesen war, durchnäßt
hatte, und es erst wieder trocken werden mußte, bevor es nach Hause

gefahren werden konnte, war am Abend auch die Wirtsstube voller Gäste. Nicht nur die Elektrischen saßen an den Tischen, nein, auch verschiedene Bauern waren da. Vor lauter Rauchschwaden, die die Luft schwängerten, konnte man fast nichts sehen. „Ja, macht doch um Himmelswillen die Fenster auf", rief Klausner. Er mußte sich laut bemerkbar machen, denn es ging hoch her, und die Lautstärke der Stimmen war gewaltig. „Es ist doch unsinnig, bei der guten Luft draußen die Fenster nicht zu öffnen, wollt ihr denn in diesem Mief ersticken?" „Eigentlich hast du recht, Kapo", meinte Weinberger, „doch bei dem lebhaften Disput haben wir das gar nicht gemerkt." Die frische, vom Gewitter gereinigte Luft zog in die Stube und verdrängte im Nu die Rauchwolken. „Kann mir einer von euch sagen, worüber ihr so lautstark debattiert habt?" „Stell dir vor, Kapo, es ging um den Blitzschutz. Ich habe behauptet, daß unsere Ortsnetze gegen den Blitz gesichert werden und daß jeder Dachständer praktisch wie ein Blitzableiter wirkt, das ging aber nicht in ihre dicke Bauernschädel hinein, sie lachten mich aus und fragten, wer mir denn diesen Bären aufgebunden hat. Erklär du es ihnen halt, mir glauben diese fränkischen Dickschädel nichts", jammerte Weinberger. „Nun, dann werde ich es halt versuchen", brummte Klausner.

Er holte ein Stück Kreide und malte mit wenigen Strichen einige Häuser mit den Dachständern und den dazugehörenden Leitungen auf die Tischplatte. Vor allem die Trafostation und die Sternpunkterdung versuchte er darzustellen. „So, also, jetzt paßt einmal gut auf", mit diesen Worten begann er seine Erklärung, „hier ist also eine zentrale Erdleitung" – er deutete mit seinem Finger auf die Sternpunkterde an der Trafostation –, „hier gehen die Leitungen in das Ortsnetz und auf die Dachständer, somit sind doch alle Dachständer untereinander verbunden, oder nicht?" Sie nickten mit den Köpfen. „Na also", fuhr er fort, „und damit sind sie auch gleichzeitig an die Erdleitung angeschlossen. Habt ihr das verstanden?" Wieder nickten sie. „Wenn also nun ein Blitz in die Leitung schlägt, wird die Sicherung am Trafo auslösen, damit ist das gesamte Netz stromlos, es kann demnach auch nichts passieren. Außerdem bekommen wir noch zusätzlich einen Blitzschutz im Ortsnetz, den wir aller Wahrscheinlichkeit nach auf einem Holzmast anbringen werden. Hier wird dann jeder einzelne Leiter beziehungsweise jeder Draht noch einmal geschützt!" „Kommt denn da so viel Strom durch einen Blitz in die Leitung, daß gleich die Sicherung auslöst?"

fragte der Bürgermeister. „Das sind Millionen Volt, nur die Strom-stärke, die man mit Ampère nach dem französischen Erfinder ausdrückt, ist sehr klein, deshalb ist auch der Bruchteil einer Sekunde das auslö-sende Moment." Staunend sahen die Bauern Klausner an. Was der alles wußte! Der jedoch unterbracht die Instruktionsstunde, wischte den Tisch ab und forderte zum Kartenspielen auf. Bald hörte man nur noch das Ansagen der einzelnen Spiele.

18. Kapitel   DAS JAHRHUNDERT-BLATT

Klausner spielte mit Weinberger, Gronauer und Keil. Weinberger war am Ausgeben, zuvor hatte Klausner abgehoben. Keil war Hintermann. Er hob seine Karten auf. Zuerst bekam er drei Unter und einen Bauern, beim zweiten Wurf erhielt er noch einen Unter und drei weitere Bauern. Er konnte es gar nicht glauben. So lange spielte er schon Schafkopf, doch das war sein Traum! Acht Trümpfe, vier Bauern und vier Unter. Noch einmal prüfte er die Karten. Nach dem logischerweise alle anderen paßten, meldete er seinen „Tout" aus der Hand an. „Stellt euch vor", jubelte Keil, „alle acht Herren!" „Was!" Sie konnten das gar nicht fassen. Er legte die Karten auf den Tisch. „Da", sagte er, „überzeugt euch selbst." „Tatsächlich, tatsächlich", hörte man allenthalben. „Männer, das muß festgehalten werden, sowas gibt es höchstens alle fünfzig Jahre!" Inzwischen standen alle im Raum Anwesenden um den Tisch des Glückspilzes herum. Keiner von ihnen hatte das schon mal erlebt.

Klausner ging nach oben, holte ein Stück weißen Karton, etwas Büroleim, sein Tuschzeug und ein Lineal. Sorgfältig klebte er die Karten auf den Karton. Oben die Bauern, darunter die Unter. Dazu schrieb er das Datum. Ganz am Rande malte er noch die Namen der Mitspieler. „Wenn ich wieder nach Rothenburg komme, werde ich einen Bilderrahmen mitbringen", sagte Klausner. „O ja, das machst du", stimmten sie ihm zu. „Das wird uns immer an diesen Tag erinnern", fügte der Bürgermeister hinzu. Seit dieser Zeit hing an der Längsseite der Stube dieses denkwürdige Dokument, das der Nachwelt verkündete, was sich am 14. Juli 1913 zugetragen hatte.

Von dem gewonnenen Geld ließ Keil natürlich einige Maß Bier auffahren. Das Ereignis bot ja auch Grund, ein bißchen zu feiern. Bald stellte sich auch der Gesang ein. Laut klangen die Lieder durch die weit geöffneten Fenster in die Sommernacht. Es ging allerdings nicht sehr lange, denn die Müdigkeit nach der Hitze und dem darauffolgenden Gewitter ließ die Männer immer öfter gähnen, so daß sie beschlossen, sich zur Ruhe zu begeben.

Die halbe Sichel des Mondes, der durch das Geäst des Kastanienbaumes sah, verbreitete silbernes Licht und ließ alle Gegenstände verschwommen und unwirklich erscheinen. Hinten von der Obstgartenseite her lief eine Gestalt durch das nasse Gras; es war ein Mann. Auf seiner Schulter trug er eine Leiter. Vorsichtig legte er sie an die Hauswand an. Bevor er die Leiter betrat, sicherte er nochmals nach allen Seiten. Nichts war zu bemerken. Geschmeidig schob er sich an der Leiter hoch. Am Fenster der Angebeteten angekommen, klopfte er ganz sacht an die Fensterscheibe. Die Liebste hatte sicher schon gewartet, denn gleich danach öffnete sich das Fenster, und sie ließ ihn zu sich ein. Frieda zitterte am ganzen Leib, als ihr geliebter Peter sie umfaßte. Er spürte ihre festen jungen Brüste unter dem dünnen Nachthemd. Ein unbändiges Verlangen erfüllte beide. Sie liebten sich, bis der erste graue Schimmer des neuen Tages aufzog. So, wie er gekommen war, verschwand er wieder mit seiner Leiter. In Frieda war ein Jubel und ein Glücksgefühl, das Gefühl der jungen Liebe.

Wieder zog ein strahlend heller Tag herauf. Die ersten Bauern und Knechte kamen schon vom Mähen nach Hause. Ihre Sensen, die sie geschultert trugen, glänzten in der Sonne. In der Kastanie im Hofe war ein Gekreische und Jubilieren, Stare, Meisen und Spatzen hüpften im Geäst herum und schmetterten ihre Lieder. Die Monteure standen mit ihren Helfern am Brunnentrog, sie waren gerade bei ihrer Morgentoilette. Auf der Treppe zum Gasthaus stand Mina. „Was ist, braucht ihr heute so lange? Männer, das Frühstück wartet doch schon!" Eilig rieben sie sich mit dem Handtuch die Körper trocken und verschwanden nach oben. Klausner blinzelte durch seine Finger zur Treppe hin. Minas Anblick nahm ihn gefangen. Sie trug eine hemdsärmelige Leinenbluse, die so geknöpft war, daß man gerade den Busenansatz erahnen konnte. Ein karierter Leinenrock schwang um ihre Hüften bis zur Hälfte der Waden. Ihre braun gebrannten Beine steckten in leichten Pantoffeln. Ihr wunderschönes langes, schwarzes Haar hatte sie in zwei breite Zöpfe geflochten und um den Kopf gelegt. Ihr Gesicht wurde von einem Lachen verschönt, ihre geöffneten Lippen mit den blitzenden weißen Zähnen vervollständigten das bezaubernde Bild. Den linken Arm hatte sie leicht in die Taille gestützt, während sie mit dem rechten eine einladende Geste machte. Begierig nahm Klausner dieses Bild in sich auf. Meine Mina, dachte er, so eine Frau, sowas gehört mir! Er mußte an die vergangene Nacht denken. Bewundernd musterte er ihre Gestalt. Plötzlich stieß ihn Keil in die Rippen. „Was ist, Kapo, was stehst du denn rum? Andere wollen ja auch an den Brunnen." Verwirrt murmelte er eine

Entschuldigung und eilte rasch nach oben zu. Mina hatte seine Bewunderung wohl gemerkt, sie hatte ja nur ihn beobachtet. Welche Frau läßt sich nicht gerne bewundern, sie war sich ihrer Wirkung auf ihn wohl bewußt. Als er an ihr vorbei die Treppe nach oben rannte, blinzelte sie ihm verschwörerisch zu. Klausner wurde es ganz anders dabei. Diese Frau, dachte er, hat mich total verhext!

Die Männer versammelten sich zum Frühstück. Frieda trug die große Schüssel mit der Milchsuppe herein. Ein inneres Leuchten verschönerte ihr Gesicht. Verträumt lächelnd versah sie ihre Arbeit. Ab und zu wanderte ihr Blick zu Peter, der sie nicht aus den Augen ließ. In ihm war ein ungeheures Glücksgefühl, etwas, das völlig neu für ihn war. Als sie die Stube verließ, stieß er einen leichten Seufzer aus. „Ja, mein Sohn, was hast du denn?" fragte Gronauer. „Ach nichts, ich war nur etwas in Gedanken." „Mein lieber junger Freund, das Denken mußt du den Pferden überlassen, die haben größere Köpfe als du! Merk dir das!"

„Männer, hört mal her, ich glaube, ihr wißt mit euerer Arbeit so weit Bescheid, daß ich euch nicht viel zu sagen brauche. Macht also weiter mit dem Dachständerstellen. Ich denke, daß wir morgen wieder so weit sein werden mit dem Drahtzug in der Hinteren Gasse! Den Holzmast zwischen dem Langmeier und dem Herzog stellen wir dann am Freitag. Reicht das Material aus?" „Ja, Kapo, nur Isolatoren müßten wieder aufgehanft werden", vernahm man den Seppl. „So, na dann gehst du halt mit dem Luigi ins Lager und kümmerst dich um die Isolatoren." „In Ordnung, Kapo. Komm, Luigi", forderte Seppl auf. Die beiden trollten sich. „Also Männer, auf geht's", rief Keil. Sie folgten ihm. Bedächtig stopfte sich Klausner eine Pfeife, setzte sie in Brand und spuckte, als ihn der Rauch reizte, auf das Pflaster des Hofs. Er gähnte hinter vorgehaltener Hand, die Nacht mit Mina hinterließ ihre Spuren. „Verdammt", knurrte er, ein Vogel hatte ihm seinen Kot auf das frische Hemd geklatscht. „So eine Sauerei", brummte er, „diese Luder." Er ging zum Brunnen, streifte sich das Hemd ab und versuchte es sauber zu bekommen. Es gelang ihm auch einigermaßen. Das Zeug trocknet ja schnell bei der Hitze, dachte er sich. Während er mit der Reinigung seines Hemdes beschäftigt war, bog ein Fuhrwerk mit einem Paar Haflinger in den Hof ein. Ihr Fell glänzte, und von ihren Nüstern tropften leichte Schaumflocken. Der Fahrer mußte es eilig gehabt haben. „Brrrr", Wittmann brachte sein Gefährt zum Stehen. Mit einer Vitalität, die man ihm gar nicht zugetraut hätte, sprang er vom Kutschbock. „Na, Klausner, da bin ich mit euerem Zeug." „Nun, da wünsche ich dir also einen guten Morgen!" sagte Klausner. „Das Gleiche, das Gleiche", rief der Gustl.

Mina war oben im Schlafzimmer beim Bettenmachen, als sie das Klappern der Hufe hörte. Voll Neugier beugte sie sich aus dem Fenster, denn der Kastanienbaum versperrte ihr etwas die Sicht. Ja mei, der Gustl, dachte sie bei sich. Was der wohl will? Er wird mir doch nicht den Fritz wegholen, grübelte sie. Sie strich über die aufgeschüttelten Oberbetten, glättete mit der Hand ein paar Falten und eilte nach unten. Kaum hatte der Gustl sie entdeckt, konnte man schon seine polternde Stimme vernehmen. „Ja, die Mina, grüß dich Gott! Sauber, sag ich, sauber, wies blühende Leben. Herrschaft, doa wenn mer noch net verheirat wär! Af der Stell tät i di nemma!" „Ja, schau denn ouh. Doa kerre ja zwoa dazua. Glaabst denn du, daß i an setta Altn nemma tät?" „Du, Mina, i will der ämol sage, boa die Alta is mer guat ghalte!" „Des hob i scho ermol wu ghärt", gab Mina zur Antwort. „Komm, Gustl, laß es doch sein, mit der Mina wirst du sowieso nicht fertig", lachte Klausner. „Ja, ja, die Mina, dia wo scho als klas Kind sou, i was no guat, wenn i in d Taubermühl no gfore bin. Des is scho lang her, und as Kinder werre halt Leit." „Geh zu, Gustl, willst net was veschpere?" „Na, zscherscht muß mi der Adolf sei Zeig sehe loasse! Außerdem muß i zscherscht ausspanne und die Gäul versorge!" „Des touscht", meinte Mina. „Ich gehe jetzt nach oben und hole die Pläne, so kann ich dir, Gustl, alles besser erklären", sagte Klausner. Mina verschwand in der Küche, während Gustl seine Pferde versorgte.

Durch die weit geöffneten Fenster der Stube schien die Sonne auf den Tisch, auf dem Klausner die Pläne des Ortsnetzes ausgebreitet hatte. Er nahm einen Bleistift zu Hilfe und erklärte dem Gustl die Leitungsführung und die Vernetzung. Der besah sich die Sache ganz genau und hatte mancherlei Frage dazu. Während Klausner den Plan erklärte, streifte Gustl ihm mit einigen Seitenblicken. Das hätte ich nicht geglaubt, sollten sie ausdrücken, ist der Adolf gescheit, der versteht sein Handwerk. „So, das wäre also die Theorie", schloß Adolf seine Belehrungen. „Jetzt schauen wir uns das alles in der Praxis an."

„Halt, so einfach ist das nicht. Mina!" schrie Gustl. „Was willst du denn?" „Ha, an Schnaps brauche mer dringend", schnaufte er. „So, an

Schnaps, in aller Früah?" „Wos hast doa aller Früah! Es geht scho af Zehna!" „No, ja, vo mir aus." Sie schenkte den beiden ein. „Hol dir no ah a Gläsla." Sie taten einander Bescheid. „So, jetzt muß i aber ind Kich! Ihr wellt doch wos zon Esse!" „Na, und wir schauen uns nun das gesamte Ortsnetz an", meinte Klausner. „Komm, Gustl!" Zuerst führte er seinen Gast an die Transformatorenstation. Er versuchte mit einfachen Worten die Funktion des Trafos, die Hochspannungs- und Niederspannungsseite zu erklären. Vor allem durfte er nicht in den Fehler verfallen, in ihm einen Fachmann zu sehen. Seine Erläuterungen mußten vielmehr so sein, als würde er zu Kindern reden. Das war gar nicht leicht, doch an den Fragen von Gustl konnte Adolf erkennen, daß er mit seiner Aufgabe ganz gut zurechtkam.

Nach einem Besuch des Lagers zeigte Klausner in die Luft. Dort sah man die in der Sonne glänzenden Drähte zwischen den einzelnen Dachständern. Ihr Weg führte sie auch in die Hintere Gasse. Dort sah Gustl den Leuten beim Stellen der Ständer zu. „Saubere Arbeit", brummte er, zog sein großes Sacktuch hervor und wischte sich den Schweiß von der Stirne. Eben schlug es zwölf Uhr, schon begann die Mittagsglocke zu läuten. „Machen wir Mittag, die Mina hat es nicht gerne, wenn wir zu spät kommen", sagte Adolf. Gustl und er schlenderten zum Gasthaus. „Also, ihr habt ja ganz schön gearbeitet. Wenn ihr so weiter macht, seid ihr ja bald fertig", meinte der Gustl. „Nun, da ist noch eine Menge zu tun", antwortete Klausner. Sie saßen im Gastzimmer, das sich inzwischen mit den Monteuren gefüllt hatte. Soeben brachten die Mägde die Suppe in großen Schüsseln herein. Jeder konnte sich so bedienen, wie er Lust hatte. Das wurde auch mit den anderen Speisen so gehandhabt, so daß jeder ordentlich satt wurde. Für die Grießnockerlsuppe und den Hackbraten mit Salzkartoffeln und Bohnengemüse wurde Mina sehr gelobt. „Daß die Mina eine vorzügliche Köchin ist, das ist kein Wunder", meinte Gustl. „Ihre Mutter, die Taubermüllerin, hat ja vor ihrer Verheiratung als Köchin im Goldenen Hirsch zu Rothenburg gearbeitet. Von dort hat sie der Taubermüller zu sich heimgeholt. Ja", meinte Gustl, während er sich eine mächtige Prise Schnupftabak auf dem Handrücken plazierte, „die Müllerin hat ihren Töchtern das Kochen beigebracht." Mina, die während diesen Worten mit den Mägden die leeren Platten abräumte, wurde ganz verlegen und bekam einen roten Kopf. „Ach", wehrte sie ab, „das ist ja schon so lange her." „Das du das nicht verlernt hast, hast du uns eben ja bewiesen, was?" Alle pflichteten ihm bei. Auch Klausner legte sich mächtig ins Zeug und meinte: „Ja, wir sind mehr als zufrieden mit dieser Küche." „Ach, Schnickschnack", sagte Mina und verließ mit hochrotem Kopf die Stube. Gustl lehnte sich behaglich rülpsend zurück und wedelte sich mit seinem Sacktuch vor der Nase herum, während Adolf sich eine Pfeife stopfen wollte. Gustl wehrte mit der Hand ab, langte in seine Joppentasche und brachte eine seiner bekannt guten Zigarren zum Vorschein. „Da, nimm," meinte er. „Nun, da sage ich nicht nein. Deine Zigarren sind ja hervorragend." Andächtig biß er die Spitze ab und setzte die Zigarre in Brand. Genuß-voll paffte er vor sich hin. Der Rauch verbreitete einen aromatischen Duft. Die Männer schnupperten. Neidvoll blickt mancher Raucher zu ihrem Tisch.

„Männer, auf geht's", sagte Keil. Sie verließen die Stube, um zu ihren Arbeitsplätzen zu gehen. Mina war in die Stube gekommen, riß die Fenster weit auf und hustete ein paarmal diskret. „Ach, jetzt kann der Qualm doch abziehen", meinte etwas schuldbewußt der Gustl. „Komm, setz dich doch etwas zu uns", bat er. „Was macht denn eigentlich der Fritz? Hat er sich schon an die Arbeit gewöhnt?" „Der Fritz? Ja, der ist mir schon eine große Hilfe, er kann halt ausgezeichnet mit den Pferden umgehen!" „Ja, das kann er, besser noch als ich", pflichtete ihr der Gustl bei. „Sie rauchen aber heute ein feines Kraut", wandte sich Mina an Klausner. „Ja, ich selbst kann mir das nicht erlauben, diese Zigarre ist vom Gustl." „So einen Rauch rieche selbst ich gerne," sagte sie und hob schnuppernd ihre Nase. „Weißt du was, Mina, bring doch einen Schnaps. Auf dein gutes Mittagessen ist das der richtige Abschluß!" Sie kam mit der Schnapsflasche an den Tisch. „Schenk dir nur auch einen ein", forderte Gustl sie auf. Sie füllte drei Stamperl, und sie prosteten sich zu. „Mina, den spürst du erst, wenn du ihn drin hast", lachte Gustl und zwinkerte ihr bedeutungsvoll zu. Klausner betrachtete sie mit ei-nem langen Blick. Sie wurde rot bis unter die Haarspitzen. „Oh, ihr Mannsbilder", seufzte sie. Sie wollte aufstehen, doch Gustl hielt sie zu-rück und sagte: „Wenn du schon mal da bist, will ich gleich zahlen!" „Ja, sonst nix mehr, du hast mir ja den Fritz geschickt, da hast du mir einen großen Gefallen getan!" „Ach was", wischte er ihre Einwände beiseite, „was der Gustl ißt und trinkt, zahlt er auch." Er nahm drei Mark aus seinem Geldbeutel und legte sie auf die blanke Tischplatte. Sie zierte sich zuerst ein bißchen, nahm das Geld dann aber doch. Im Aufstehen meinte er: „Es war sehr interessant bei dir, Adolf. Ich komme bald mal wieder." Er verabschiedete sich von Mina mit einem Klaps auf ihr Hinterteil und verließ er die Stube. „Für mich wird es auch Zeit, an die Arbeit zu gehen", sagte Klausner und ging mit Gustl hinaus.

19. Kapitel   DIE FERTIGSTELLUNG

Klausner sah ihnen dabei zu. Sie spannten die Isolatorenstützen in einen Schraubstock ein, wickelten Hanf schön gleichmäßig und fest um die Stützen und bestrichen den umwickelten Hanf mit einer Bleifarbe. Nun drehten sie die mit einem Porzellangewinde versehenen Isolatoren auf die Stützen. Sie mußten sich beim Aufdrehen ziemlich anstrengen, denn die Isolatoren mußten ja sehr fest sitzen und durften nicht wackeln. Die Farbe verlieh der Hanfwicklung zusätzliche Festigkeit, wenn sie hart wurde, saßen die Isolatoren bombenfest. Inmitten des Schulgartens kniete der Lehrer an einem Beet mit Monatserdbeeren. Seine Schüssel war fast voll von den köstlichen Früchten. Er wischten sich den Schweiß aus den Augen, erhob er sich und sah den ihn beobachtenden Klausner an. Der lachte ihm zu und meinte: „Wunderbare Beeren haben Sie da!" „Ja, meine Zucht", vermerkte der Lehrer stolz, „mögen Sie mal versuchen?" „Da sage ich nicht nein." „Na also! Kommen Sie doch zu mir in den Garten", forderte er Klausner auf. Der folgt der Einladung. „Machen Sie mal ihre Hand auf!" Der Lehrer schüttelte ihm eine Anzahl Beeren in die hohlen Hände. „Hören Sie auf, das genügt doch schon", wehrte Klausner ab. „Ach was", gab ihm der Lehrer zur Antwort, „wir haben doch genug davon!" Klausner steckte sich eine in den Mund, verdreht die Augen vor Entzücken. „Hm, das ist ja eine Köstlichkeit!" „Gell, das sagen Sie auch, ja, der Bruder meiner Frau, er ist Apotheker in Rothenburg, behauptet das auch immer", schmunzelte der Lehrer. Schnell schob sich Klausner noch eine Beere in den Mund. „O, solche feinen Beeren mit so einem köstlichen Aroma bekommt man ganz selten!" „Wenn Sie am Samstag mittag nach Hause fahren, kommen Sie doch vorbei, wir werden Ihnen dann ein Glas Marmelade davon mitgeben", forderte der Lehrer Klausner auf. „Darauf komme ich gerne zurück", gab Klausner zur Antwort. Er bedankte sich nochmals für die Beeren und setzte seinen Weg ins Lager fort.

Seppl und Luigi waren mit dem Aufhanfen von Isolatoren beschäftigt. Neben ihnen am Boden stand ein Korb, in dem die fertigen Isolatoren lagen. Der Korb war schon fast voll. „Na, ihr geht ja mächtig ran, gute Arbeit", lobte sie Klausner. Seppl bekam einen roten Kopf und war ganz verlegen, während Luigi seiner Freude offen Ausdruck gab. Er lachte über das ganze Gesicht, wobei seine weißen Zähne im braungebrannten Gesicht blitzten. „Macht nur weiter so", brummte Klausner und verließ das Lager. Langsam schlenderte er über die abgemähte Wiese des Kleebauern. Er blieb am Fuhrweg stehen, denn ein hochbeladener Heuwagen schaukelte an ihm vorbei. Die Rösser dampften, Schweiß stand auf ihrem nassen Fell. Ihr Schwänze peitschten über die Rücken, um die Fliegen und die blutsaugenden Bremsen zu verjagen. Sie witterten den nahen Stall und legten sich kräftig in die Siele. Des Moorenbauern Knecht lenkte den Wagen. Lässig hielt er den Führungszügel in der Hand, mit zwei Fingern tippte er an seinen breiten Strohhut, um Klausner zu grüßen. Der grüßte mit erhobener Hand zurück. Ein stattliches Mannsbild, dachte sich Klausner, groß und breitschultrig, mit einem mächtigen Brustkasten. Da hat der Moorbauer einen feinen Fang gemacht, der kann arbeiten! Außerdem war der Heinrich ein fröhlicher Mensch und bei den Mädchen des Dorfes gern gesehen.

Klausner setzte seinen Weg fort. Eine Hitze ist das wieder, dacht er. Er zog sein Sacktuch hervor und wischte sich den Schweiß ab. Die Sonne stach von einem Himmel, auf dem nicht das kleinste Wölkchen zu sehen war. Nun, was soll's, es ist eben das richtige Heuwetter! Er wandte sich dem hinteren Dorfe zu. Auf den aufgedeckten Dächern standen die Männer in den Dachluken, aus denen die Ständerrohre in den Himmel sahen. Es war jetzt die günstigste Zeit zum Stellen vor allem derjenigen Dachständer, die als sogenannte „blinde" auf den Scheunen standen. Diese blinden Dachständer hatten keine Anschlüsse zur Installation. Das durfte auch nicht sein, da sie ja inmitten brennbaren Materials, in Heu oder Stroh, standen. Sie wurden lediglich als Leitungsträger gebraucht. Da zur Zeit die Heuböden und die Getreideböden leer waren, konnten die Monteure zum Stellen der Dachständer bequem an ihre Arbeit. Seine Hände als Schalltrichter benützend, rief Klausner zu den Monteuren hinauf. „Ist alles in Ordnung?" „Alles klar", kam die Antwort von oben. So ging er an den Häusern der Hinteren Gasse vorbei. Wenn das so weitergeht, sinnierte er, sind wir in ein paar Wochen fertig. Bei den Installateuren wird es sicher noch länger dauern. Bin nur gespannt, wo wir dann hinkommen werden, setzte er seine Betrachtung fort. Ach was, tröstete er sich, wir werden das schon rechtzeitig erfahren.

Im Hof des Wagner-Bauern kniete ein Monteur vor einem am Boden liegenden Brett. Er hatte ein Bandeisen darauf gelegt und versuchte es

162

auszurichten. Keine leichte Arbeit, wenn man alleine war. Klausner trat zu ihm. „Kommen Sie, gemeinsam geht das doch leichter", forderte er den Monteur auf. „Ich halte Ihnen das Eisen am Ende, dann können Sie es besser gerade richten." Der Monteur bedankte sich für die Hilfe. „Wenn Sie mir noch ein wenig helfen, kann ich das Eisen fertig machen." Er körnte das Eisen an einer bestimmten Stelle an und bohrte mit einer Handbohrmaschine ein Loch hinein. Nun steckt er eine Messingschraube durch das Loch und befestigte daran einen Kabelschuh. „Bitte, halten Sie das Ganze noch etwas, ich hole nur meine Lötlampe", bat er Klausner. Bald war er wieder da. Er setzte seine Lötlampe in Betrieb und verlötete den Kabelschuh. Unterdessen hatte sein Kollege die Leitung zum Anschluß des Motors gelegt. Das Bandeisen gehörte zur Erdung des Motors. „Nur schade", meinte Klausner, „daß man die Motoren noch nicht laufen lassen kann, aber bald ist es soweit, dann werden wir sehen, wie das alles funktioniert." „Ja, ich bin schon sehr gespannt darauf", gab ihm der Monteur zur Antwort. „Haben Sie eigentlich Schwierigkeiten mit Ihrem Gastgeber?" fragte Klausner. „Im Gegenteil, wir helfen abends noch bei der Stallarbeit, das freut den Bauern selbstverständlich und er ist mit uns sehr zufrieden!" „So, na, das ist ja prima", lobte Klausner, „so soll es ja auch sein!" Froh über diese Auskunft machte er sich auf den Weg ins Gasthaus. Die Wochenzettel mußten fertig gemacht werden. Außerdem war wieder mal ein Bericht über die Arbeiten fällig. Wenn es nur nicht gar so heiß wäre! Er tunkte sein Sacktuch in den Brunnentrog und kühlte sich mit dem Wasser die Stirne. Ah, das tat gut!

Im Hausgang war es angenehm kühl, und ein großer irdener Krug mit Wasser vermischten Mostes stand auf einem Stuhl. Mina hatte ihn dorthin gestellt. Er nahm einen gewaltigen Schluck und ließ die Flüssigkeit durch seine ausgedörrte Kehle laufen. Er begab sich nach oben, rückte den kleinen Tisch an das weit geöffnete Fenster, legte seine Schreibsachen zurecht und begann zu arbeiten. Die alte Turmuhr holte zum letzten Schlage aus. Was, sieben Uhr schon! Klausner schreckte hoch. Unten polterten die heimkehrenden Männer herein. Er packte seine Sachen zusammen, verstaute sie in der Aktentasche und schloß das Ganze im Schrank ein. Den Schlüssel dazu hatte er an seinem Schlüsselbund hängen. Er nahm sein Waschzeug hervor und hastete über die Treppe nach unten. Mit Behagen seifte er sich den verschwitzten Oberkörper ein und wusch sich den Schweiß des Tages ab. „Gell, das ist eine Wohltat", meinte der hinzugekommene Keil. „Ja, da hast du recht, fast so schön wie Weihnachten", flachste Klausner. Beide lachten herzhaft. Klausner eilte nach oben. Er wollte sich ein frisches Hemd anziehen. „So", meinte er, wieder in der Wirtsstube angekommen, „jetzt fühle ich mich wohler!" Er setzte sich an den Tisch. Luigi hatte bereits ein Krüglein schäumenden Bieres vor ihn hingestellt. „Na, dann Prost!" In langen durstigen Zügen tranken die Männer. „Du", meinte Weinberger, „das kommt gar nicht dahin, wo ich durstig bin." „Das wäre bei dir das erste Mal", lachte Gronauer. Heißhungrig machten sie sich über die Brotzeit her.

Kaum hatten sie das Essen beendet, schaukelten zwei hochgetürmte Fuhren duftenden Heus auf den Hof herein. Der Fritz hatte eben die Pferde ausgespannt und führte sie in den Stall. Zuvor hatte er deren dampfenden Leiber mit Stroh abgerieben. „Leute, auf geht's", rief Klausner, „da gibt es was zu tun!" Sie eilten auf den Hof, schoben die voll beladenen Wagen in die Scheune, um sie zu entladen. Für so kräftige junge Leute war das ein Kinderspiel. Mina übernahm das Kommando. Sie zeigte auf Lina und Frieda: „Ihr geht auf den Heustock hinauf. Nehmt euch ein paar Mannsbilder mit. Aber tretet mir das Heu gut ein!" Unger und Schuster beeilten sich und gesellten sich zu den Mägden. Sie versprachen sich eine lustige Arbeit. Seppl stand inzwischen schon auf der Fuhre und langte mit einer großen Heugabel das aufgespießte Heu nach oben. Dort wurde es von den vier Leuten abgenommen, im Stock verteilt und festgetreten. Bei dieser Arbeit war es natürlich unmöglich, einander nicht näher zu kommen. Die jungen Männer nützten das weidlich aus und faßten bei den Mägden kräftig zu. Zuerst kreischten diese und zierte sich, doch bald hatten sie großen Spaß daran. Da das Heu sehr trocken war, staubte es ordentlich im Heustock. Die vier sahen aus wie Bergarbeiter in einer Kohlenzeche untertage. Nur das Weiß ihrer Zähne blitzte aus ihren Gesichtern. Lachend und schäkernd verrichteten sie ihre Arbeit. Über ihre erhitzten Gesichter zeichnete der Schweiß kleine Rinnen. Schub um Schub langte der Seppl das Heu herauf. Schon konnte man die ersten Sprossen des Leiterwagens sehen, bald war es geschafft. Baumgärtner machte sich bereit, den Seppl abzulösen. Die leere Fuhre wurde hinausgeschoben und die volle hereingefahren. Das Spiel begann von neuem. Während der kurzen Pause ruhten die vier im Heustock aus. Das heißt, sie saßen beieinander, die Männer hatten wie selbstverständlich die Arme um die Hüften der

Frauen gelegt. Die Frauen saßen halb auf dem Schoß der Männer, doch sie zeigten keine Scheu und schmiegten ihre Köpfe an die breiten Brüste der Männer. Ihre Gesichter hatten einen Zug von Verspieltheit, aber auch den der Freude, am Jungsein und am Leben. „Was ist das mit euch, schlaft ihr etwa?" brüllte die Stimme Baumgärtners. Er hatte nun die Arbeit von Seppl übernommen. Schon war ein großer Schub Heu auf der Gabel und erschien in der Heuluke. Die vier sprangen auf, um erneut mit ihrer Arbeit zu beginnen. Eilig nahmen sie das Heu ab. „Na also", brummte Baumgärtner zufrieden.

Fritz hatte mit Jörgli die Pferde versorgt und war gerade beim Einspannen, als der Bürgermeister kam. „Ist der Herr Klausner auch da?" fragte er. „Ja, warum?" fragte Mina. „Nun, da ist angerufen worden, daß Material gekommen sei." „Ach so", meinte Mina, „ich werde es ihm sagen." Sie sprang behende die Treppen hoch, ohne anzuklopfen trat sie in Klausners Zimmer ein. „Du, Adolf", wollte sie sagen, doch es blieb ihr momentan das Wort im Mund stecken. Sie stand unter der Türe mit einem roten Kopf. Splitternackt stand er im Zimmer und wollte sich eben ein Hemd über den Kopf ziehen. Mit angehaltenem Atem und begehrlichen Blicken musterte sie seinen muskulösen Körper. Er war sich seiner Wirkung wohl bewußt. „Na, komm nur näher", forderte er sie auf. Zögernd zuerst, doch dann mit einem schnellen Schritt flog sie in die Arme des Geliebten. Sie drängte sich an ihn. Ein Kribbeln überflog seinen Körper. Er spürte nicht das Kratzen des Leinenstoffes ihres Kleides. Fest preßte er seine Lippen auf ihre leicht geöffneten. Wie eine Ertrinkende klammerte sie sich an ihm fest, ihre Brüste hoben und senkten sich. „Du", seufzte sie nur, doch dann gewann die Vernunft die Oberhand. Mit einem geschickten Griff löste sie sich von ihm. „Warte doch bis heute nacht", vertröstete sie Adolf. Sie teilte ihm mit, was ihr der Bürgermeister ausgerichtet hatte.

Schwitzend, sich das Kreuz reibend, stand Baumgärtner unter dem Scheunentor. Fest hielt er die Gabel in der Hand. Die zweite Fuhre war abgeladen. Fleißige Hände schoben den leeren Wagen in den Hof. Jörgli und Fritz warteten schon darauf, den Wagen fertigzumachen und die Pferde einzuspannen. Die letzten zwei Fuhren von der Buckl-Wiese mußten noch nach Hause gebracht werden. Einige von den Leuten schwangen sich auf die leeren Wägen und fuhren mit auf die Wiese. Die beiden Mägde Lina und Frieda standen am Brunnentrog mit den beiden Monteuren, um sich den Schmutz wenigstens einigermaßen abzuspülen.

Der Heustaub brannte nämlich ganz schön in ihren Gesichtern. Die Mädchen hatten kräftige braungebrannte Arme. Lachend schürzten sie ihre Röcke, um ihre Beine mit Wasser zu benetzen. Die beiden Jungen nützten das aus, um sie zu bespritzen. Doch die Mädchen waren auch nicht von gestern. Während sich Frieda umdrehte, als wollte sie gehen, trat sie hinter die beiden Monteure. Geschickt packte sie die beiden von hinten bei den Köpfen und tauchte die völlig Überraschten in das Wasser des Brunnens. Da eilte auch Lina von der anderen Seite des Brunnens herbei, um zu helfen. Kräftig tauchten sie die völlig Überrumpelten in den Trog. Prustend und heftig zappelnd richteten die sich auf, während die Mägde eiligst das Weite suchten. „Na, wartet nur, euch Luder werden wir helfen", maulten die beiden. Im Hof standen die anderen Monteure und hielten sich die Bäuche vor Lachen. „Mensch Meier", lachte Weinberger, „die haben es euch aber tüchtig gegeben! Wenn ihr euch das gefallen laßt, könnt ihr meine Schuhe auch putzen." Die beiden wehrten lachend ab. „Ach was, bei der Hitze ist's doch eine Wohltat." Mina reichte den beiden einen großen irdenen Krug mit Wasser vermischten Mostes. „Da, trinkt einmal kräftig! Eure Kehlen müssen von dem Heustaub doch ganz ausgetrocknet sein!" Beide tranken in langen Zügen.

Die Mägde hatten inzwischen ihre Stallarbeit aufgenommen. Gemolken und ausgemistet mußte werden. Alle anderen setzten sich auf die Bank vor dem Hause und warteten auf die nächsten Fuhren. Klausner stopfte sich seine Pfeife, Seppl nahm sich eine ordentliche Prise Schnupftabak. Während sie auf der Bank saßen, konnten sie feststellen, daß Fuhre um Fuhre des duftenden Heus an ihnen vorbei gefahren wurde. „Heute kommt allerhand nach Hause", stellte Seppl fachmännisch fest, schneuzte sich ausgiebig und rieb seine Hände an der Hose ab. „Kunststück, bei dem Wetter", beteiligte sich Weinberger an der Unterhaltung. „Du, Weinberger, wie weit seid ihr denn eigentlich mit dem Ständerstellen?" fragte Klausner. „Bis Samstag mittag dürften wir soweit fertig sein", gab ihm dieser zur Antwort. „Na, dann können wir ja am Montag mit dem Auflegen der Leitungen beginnen." „Ja, das können wir", bekräftigte Weinberger. „Morgen früh muß ich nach Rothenburg, Material holen", fuhr Klausner fort. „Sicher sind da die restlichen Dinge dabei, die uns noch fehlen. Wenn ich also nicht da bin morgen früh, kümmere dich bitte um die Aufsicht!" „Alles klar, Kapo!" Sie unterhielten sich noch eine Weile über die Arbeit.

❧❦

20. Kapitel   JUNGE LIEBE

Da kam auch schon der Fritz mit der ersten Fuhre auf den Hof gefahren. „Männer, es geht los!" stellte Klausner fest. Er spuckte in die Hände und forderte die anderen zur Mitarbeit auf. Soeben trugen die Mägde Lina und Frieda ihre vollen Kannen mit Milch in das Haus. „Los, seht zu, daß ihr in den Heustock kommt", rief Mina. Sie beeilten sich. Das Abladen begann. Mächtige Ballen verschwanden oben in der Futter-luke. Die vier auf dem Boden hatten ganz schön zu tun, das Heu wegzu-räumen, zu verteilen und festzutreten. Die Frauen hatten ihre Röcke hochgesteckt unter dem Schürzenbändel, so daß man ihre kräftigen, wohlgeformten Schenkel bewundern konnte. Nicht ganz ohne Absicht streiften dabei ihre Blicke die Männer. Die strichen beim Verteilen des Heues an ihre Schenkel hoch, was sich die Mädchen auch gefallen lie-ßen. In der Pause, bis der andere Wagen entladen werden konnte, kam es dann zu den ersten Zärtlichkeiten. Bis sie von unten eine polternde Stimme aus ihren Träumen riß und ihnen ankündigte, daß die letzte Fuhre zu entladen sei. Da sich die Sonne anschickte, ihre letzten Strah-len zu schicken, war es im Heustock mittlerweile ganz finster gewor-den. Das Licht durch die vielen Glasziegel, die im Dach eingebaut wa-ren, fiel nur spärlich auf die Arbeitenden. Außerdem wurde die Hitze im Stock immer ärger. Den Mägden pappten die Kleider am Leibe. Die Männer konnten ihre schweißtriefenden Hemden auswinden. Waren sie vordem lustig und ausgelassen, so arbeiteten sie nun verbissen, der Schweiß brannte ihnen in den Augen. Frieda lehnte sich einige Male an ihren Partner, den Schusters Peter. Lina seufzte ein paarmal und ließ sich vom Ungers Ernst trösten. Endlich waren sie fertig. Aufatmend lie-ßen sich die Mädchen in das Heu fallen. Sie waren todmüde. „Nicht", wehrte Lina ihren Liebhaber ab, „ich bin doch so schmutzig!" Auch Frieda meinte: „Gehen wir doch im Weiher baden." Sie waren einver-standen.

Etwa einen Kilometer vom Ort entfernt in einer kleinen Talsenke er-streckte sich ein Weiher. Er war nicht besonders groß, doch für die Ju-gend des Dorfes im Sommer zum Baden und im Winter zum Schleifen reichte er aus. Nun, zu dieser Zeit war er selbstverständlich abends ein beliebter Treffpunkt der Dorfjugend. Vor allem wurde die Dunkelheit ausgenützt, denn wer hatte schon damals auf dem Lande einen Badeanzug? So verließen also kurze Zeit später die vier, sich vorsichtig umsehend, die Scheune, um sich zum Weiher zu begeben. Die Mädchen hatten ein Bündel in der Hand, es enthielt ein Kleid und frische Unterwäsche, die Monteure hatten sich eine Hose und ein Hemd eingepackt. Lautlos, Hand in Hand, suchten sie sich hinter einem Busch eine Stelle aus, um sich zu entkleiden. Die Männer warteten noch etwas, bis die Mädchen im Wasser waren, dann folgten sie ihnen nach. Wohlig entspannten sich ihre Körper im lauen Wasser. Alle Müdigkeit war verflogen. Sie säuberten sich gründlich. Ah, das tat gut! „Wie ist das, sollen wir euch den Rücken waschen?" fragten sie die Mädchen. „Das wollten wir euch auch fragen", antworteten diese. Sie waren sich gegenseitig behilflich. Das Sternenlicht war gerade ausreichend, ihre Konturen zu erkennen. Sie standen ungefähr bis zum Nabel im Wasser, Zärtlich streichelten die Finger über die Brüste der Mädchen. Ein wohliger Schauer befiel sie, ihre Pulse flogen. „Kommt, gehen wir aus dem Wasser." Sie faßten die Mädchen unter und trugen sie an Land. Schuster trug sein Mädchen ein Stückchen weiter, sie genierten sich voreinander. Sie liebten sich ausgiebig. Als die Turmuhr Mitternacht verkündete, erhoben sie sich, ein leichter Nachtwind ließ sie etwas erschauern. Sie kleideten sich an und suchten ihr Quartier auf. Morgen war ja wieder ein arbeitsreicher Tag, der ihnen alles abverlangte.

Auch im Schlafzimmer der Mina wurde geliebt. Wohlig entspannt lag Mina mit dem Kopf auf der Brust von Adolf. Die Erregung ebbte nur langsam ab, während Adolf bereits leise neben ihr schnarchte. Als der Mond gegen ein Uhr aufging, lag alles im Dorf in tiefer Ruhe. Nur die Gedanken von vier jungen Leuten waren noch in Aufruhr. Die erste Liebe hatte sie voll getroffen! Unruhig warf sich Frieda im Bett herum. Sie dachte an ihren Peter und an die erste Sommernacht, in der sie sich geliebt hatten. Trotz des schweren Tages fand sie keine Ruhe. Weit öffnete sie ihr Fenster und zog den Geruch des Heus in ihre Lungen. Lange starrte sie zu den Sternen und dem aufgegangenen Mond, bevor sie Ruhe fand. Lina hatte eine Kerze brennen und versuchte in ihrem Schein ihr übervolles Herz ihrem Tagebuch anzuvertrauen. Endlich schlüpfte auch sie in ihr Bett.

Im Morgengrauen des beginnenden Tages zogen die Bauern mit ihren Dienstboten wieder auf die Wiesen. Der Tau hatte das Gras stark benetzt, so daß die Sensen nur so durch die Grashalme rauschten. Mit der

Gleichmäßigkeit einer Maschine zogen sie ihre Bahnen. Schwaden um Schwaden legten sie hin. Während im Dorf das Leben erst erwachte, waren sie schon mitten in der Arbeit. Ein leichter Dunstschleier lag über der Landschaft um die Frankenhöhe. Doch langsam, zögernd schoben sich die ersten Sonnenstrahlen über die Hänge. Das beginnende Licht des neuen Tages wurde lauthals von den Hähnen im Dorf begrüßt. Auch im Saal des Gasthauses zum Ochsen rumorte es. Noch etwas schlaftrunken rissen die Männer die Fenster weit auf, um den Mief der vergangenen Nacht hinauszulassen. Weit lehnte sich der Schusters Peter aus dem Fenster und blinzelte in die aufgehende Sonne. Die Spatzen in der Dachrinne führten ihr morgendliches Konzert auf. In der Kastanie flötete eine Amsel. Tief atmete er die frische Luft ein. Von unten hörte man das Brüllen der Kühe, sie warteten auf das Melken und auf ihr Futter. Auch im Schweinestall herrschte ein ziemlicher Radau.

Die Männer begaben sich nach unten an den Brunnen. Auch Klausner fand sich ein. Brrr, das kalte Wasser machte sie schnell munter. Eilig schlüpften sie in ihre Hemden und stopften sie in den Hosenbund. „Männer, frühstücken!" rief Mina von der Tür des Gasthauses her. Sie stürmten über die Treppe nach oben. Wer von den jungen Leuten hatte wohl keinen Appetit? Nach dem Frühstück wandte sich Klausner an Keil. „Georg, du weißt, daß ich heute morgen nach Rothenburg muß. Teile du die Arbeit ein und überwache sie." „Selbstverständlich Adolf, du kannst dich darauf verlassen." Klausner ging nach oben, um seine Tasche zu holen, während Keil die Männer aufforderte, sich fertig zu machen.

Die Sonne schien schon ziemlich warm, als Klausner an den Wiesen mit den arbeitenden Menschen vorbeiradelte. Die Linden am Galgentor in Rothenburg blühten. Schwer und honigsüß wehte der Duft ihm zu. Überall war ein Summen in der Luft, die Bienen und andere Insekten hatten es eilig, ihre Schätze zu bergen. Klausner trällerte ein Lied vor sich hin . Seine Fahrt endete am Bahnhof. „Einen schönen guten Morgen", grüßte er. „Ah, der Herr Klausner", antwortete der Frachtschaffner und legte zwei Finger grüßend an das Lackschild seiner Dienstmütze. „Für euch ist allerhand gekommen", begann der Alte. Er schob sich eine Prise Schnupftabak in die Nase, langte nach den Frachtpapieren und blätterte in den Frachtbriefen. Klausner sah sie sorgfältig durch und verglich sie mit dem Material. „Stimmt!" sagte er nach einer Weile.

Er langte in seine Rocktasche, holte eine Zigarre hervor und gab sie dem freudestrahlenden Schaffner. „Na, sowas, des is ja aane vom Gustl, gell?" „Das stimmt, lassen Sie's sich nur gut schmecken." „Ha, die rauch ich erscht am Sonntag", antwortete ihm der Schaffner. Klausner fuhr zum Gustl. Schwungvoll brachte er im Hofe der Spedition sein Fahrrad zum Stehen. Er freute sich schon auf ein Gespräch mit dem älteren Freund, doch leider wurde er enttäuscht. „Der Gustl ist heute in aller Frühe nach Blaufelden ins Hohenlohische gefahren, dort ist Pferdemarkt. Er will sich noch ein Paar Pferde zulegen. Er will mal schauen, ob da nichts zu finden wäre." „Nun, Frau Wittmann, richten Sie ihm bitte viele Grüße aus, und er soll morgen früh das Material vom Bahnhof nach Unterhofen bringen." „Selbstverständlich werde ich das tun, Sie bekommen Ihr Material pünktlich. Darf ich Ihnen ein Schnäpschen anbieten, Herr Klausner?" „Nein danke, so bald am Morgen will ich noch keinen", antwortete er. „Sie entschuldigen, aber ich muß wieder weiter", beendete er das Gespräch.

Er schwang sich auf sein Rad und fuhr in die Stadt hinein. Er wollte den Zauber dieser wunderschönen mittelalterlichen Stadt noch etwas genießen. Er schob sein Fahrrad über das uralte Kopfsteinpflaster und besah sich die Fassaden der prächtigen Bürgerhäuser. Da sah man einen herrlich aus Sandstein gehauenen Toreingang, dort einen reich mit Schnitzereien versehenen Balkon, der mit einer ganzen Flut von blühenden Geranien geschmückt war. An den breit ausladenden Giebelfronten der Häuser konnte man den Reichtum der Bürger von einst erahnen. Hier stimmte alles zusammen. Das Fachwerk, die Architektur, die in die Gassen hineinragenden handgeschmiedeten Wirtshausschilde, verziert mit dem Löwen, dem Ochsen oder dem Doppeladler. Auch schwere Haustore konnte man sehen. Aus kräftigen alten Eichenbohlen mit starken Eisenbändern zeugten sie von der trutzigen Vergangenheit. Hier und dort, an dem die Stadt umgebenden Mauerwerk, konnte man aber auch den Zahn der Zeit, der an ihm nagte, beobachten. Manchmal bröckelte das Gestein, das vom Regen ausgewaschen war, und hinterließ kleine Lücken. Sicher waren die Väter der Stadt bedacht, immer wieder Reparaturen durchzuführen, doch die Stadtmauer war nun einmal gewaltig. Diese Stadt, dachte er, ist ein echtes Kleinod, mit ihren Türmen, Kirchen, Zinnen und Mauerkronen, mit den Bürgerhäusern, die in ihrer behäbigen Selbstverständlichkeit dastanden, oder mit den kleinen Fachwerkhäuschen, die sich in den Schutz der Mauern duckten.

Er ging gern durch diese Stadt, ja, er hatte sie richtig liebgewonnen. Träumend saß er auf einer Bank am Jakobsplatz hinter der Kirche, das Elf-Uhr-Läuten riß ihn aus seiner Betrachtung. Wo nur die Zeit hinkommt, dachte er, ich muß mich beeilen, wenn ich am Mittag in Unterhofen sein will. Er bestieg sein Fahrrad und fuhr aus der Stadt hinaus.

Keil hatte in der Zwischenzeit die Männer kontrolliert, aber auch da und dort selbst mit Hand angelegt. Es waren nur noch wenige Dachständer zu erstellen. Danach sollten dann der Leitungszug, das Anspannen an die Maststation, das Fertigstellen der Hausanschlüsse und die Hausinstallationen erfolgen. Auch diese Arbeiten machten gute Fortschritte, so daß man nun den Fertigstellungstermin etwa für den September, unter Berücksichtigung der Urlaubzeit – sie sollten etwa zehn Tage frei bekommen – absehen konnte. Keil stellte diese Überlegungen an, während er auf dem Weg in das Lager war. Vom Klang der Mittagsglocke erschreckt, kreiste eine Schar Tauben um den Kirchturm. „Los, Männer, wir machen Mittag", forderte Keil Seppl, Weinberger und Luigi auf. Sie ließen alles liegen und stehen und hasteten dem Gasthaus zu. Schon von weitem konnte man das Fahrrad von Klausner sehen. Aha, der Kapo ist auch schon zurück, dachte sich Keil. Klausner hatte seine Leinenjacke über den Stuhl gehängt und saß hemdsärmelig am Tisch. „Hat alles geklappt?" begrüßte er den Kollegen. „Aber sicher, alles in Ordnung!" „Na, dann wollen wir essen. Mahlzeit, Männer!" „Mahlzeit", antworteten diese.

Nach dem Essen forderte Klausner seine Leute auf: „Vergeßt nicht, euere Lohnzettel zu schreiben!" Bald darauf war die Stube leer, nur ein leichter Schleier von Tabakrauch war noch zu spüren. Luigi half der Wirtin und den Mägden immer beim Geschirraufräumen. Zuerst hatten sie vereinbart, daß jedesmal ein anderer den Tischdienst übernehmen sollte, aber es erwies sich, daß mancher sehr ungeschickt war und manch ein Geschirrteil dabei zu Bruch ging. Deshalb war es ihnen und natürlich auch Mina recht, daß Luigi das übernahm. Luigi war auch der geborene Ober. Mit einer Leichtigkeit und einer Grazie servierte er die Speisen, als hätte er das auf einer Fachschule des Hotelwesens gelernt. Ihm selber machte das aber auch Spaß. Er ging halt nach dem Essen etwas später zu seiner richtigen Arbeit, doch keiner hatte da was dagegen, am allerwenigsten Klausner, und das war wohl das Wichtigste. Luigi marschierte zum Lager, er und seine beiden Freunde, Seppl und Weinberger, schafften meistens zusammen. So war es auch heute. Mit dem Aufhanfen der Isolatoren waren sie fertig. Sie machten sich über das Einflechten der Spannschlösser in die Ankerseile. Der rund 25 Zentimeter lange Bolzen, der am Ende schon eine Öse hatte, wurde in den Schraubstock gespannt. Das etwa 25 Quadratmillimeter starke Eisenseil wurde hindurch geschoben und zu einer Öse geformt. Nun wurden die einzelnen Adern des Seiles aufgespleißt und eine nach der anderen um das Seil gewickelt. Dabei mußte man besonders darauf achten, daß die Adern ganz gleichmäßig um das Seil geflochten wurden. Dieses Anker-Einflechten bot einen großen Vorteil. Brauchten doch die Arbeiter, die den Dachständer zu stellen hatten, auf ihrem ohnehin beengten Arbeitsplatz nicht noch mit dem sperrigen Eisenseil umgehen. Sie mußten nur noch das in der Länge zugerichtete Stück an der Ankerschelle am Dachständer befestigen und durch den Dachsparren ein Loch zu bohren, um den Bolzen hindurch zu stecken. Sie durften nur nicht vergessen, das Abdeckblech vorher in das Seil einzufädeln. So arbeiteten die drei also den Männern zu, die mit dem Stellen der Dachständer betraut waren. Die drei hatten sich die Arbeit ganz gut aufgeteilt. Während Luigi und Seppl jeweils an der Seite des Schraubstockes standen, richtete Weinberger die Seile her und schnitt sie mit der Kabelschere auf die richtige Länge zu.

„Ich glaube, heute donnerts noch, diese Hitze ist ja nicht zum Aushalten!" stöhnt Weinberger und wischte sich den Schweiß von der Stirne. „Das ist gut möglich", meinte Seppl, „wenn die Mücken und Bremsen gar so wild tun, ist das meistens das Zeichen." Am wenigsten litt Luigi unter der Hitze. Für ihn waren diese Temperaturen nicht ungewöhnlich. Nur hielt man in Italien während der großen Hitze unter der Mittagszeit ihre Siesta. Er war aber schon einige Jahre wieder zurück in Deutschland und hatte er sich daran gewöhnt, auch während der Mittagszeit zu arbeiten. Diese Hitze war ja auch noch lange nicht bei über vierzig Grad im Schatten, wie es in Süditalien oft war. Wenn hier das Thermometer mal über die dreißig Grad im Schatten kletterte, stöhnten sie alle und sprachen von einer Sauhitze. Wie gesagt, er fühlte sich bei diesen Temperaturen sehr wohl. Mit seiner schönen Tenorstimme sang er deshalb manchmal ein neapolitanisches Volkslied, das er von seinem Großvater gelernt hatte. Diese melancholisch gefärbte und dabei doch eigenartig lustige Weise hörten die beiden Freunde besonders gerne, da kam es schon mal vor, daß er von Weinberger aufgefordert wurde, zu singen.

Was hätte er lieber getan als das! So empfing also Klausner ein schmelzendes Belcanto, als der sich dem Lager näherte. Der Luigi, dachte er, bei dieser Hitze singen! Er blieb stehen und hörte zu. Ein lautes Händeklatschen und ein Bravo ließ die Männer in der Hütte sich erstaunt umsehen. Klausner trat ein, während er noch immer in die Hände klatschte. „Bravissimo Luigi", sagte er. Dieser stand mit rotem Kopf vor ihm und wußte gar nicht, wo er seine Hände hintun sollte. „Du bist ja ein vollendeter Sänger, Luigi, du mußt uns noch mehr von diesen Liedern singen!" Da ging ein Leuchten über sein Gesicht, mit strahlenden Augen versicherte er, daß er das gerne tun wolle.

„Was meinst du, Andreas," wandte sich Klausner an Weinberger, „glaubst du auch, daß heute noch ein Wetter kommen könnte?" Der trat vor das Lager, schaute prüfend zum Himmel, an dem die Sonne gleich einer glühenden Scheibe hing, beschirmte seine Augen mit der Hand und sah hinüber zur Frankenhöhe. Sah er richtig, bildeten sich dort nicht ganz kleine zarte Wölkchen? Ganz geheuer war ihm die Sache nicht. „Ich weiß nicht, diese bleierne Hitze! Ich glaube, es ist besser, wenn du den Männern befiehlst, die Dächer zuzudecken!" „Ja, das glaube ich auch", sagte Klausner. Er beeilte sich, in das Dorf zu kommen. Er rannte förmlich die Hintere Gasse hinauf. „Nanu", dachte sich Gronauer, „was rennt der denn da so durch die Gegend bei der Hitze?" „Männer", brüllt Klausner, „macht eure Dächer zu!" „Jetzt spinnt er", sagte Grünsteudel zu Weber, „das kann doch nicht sein, schau dir diese Sonne und den Himmel an, keine Wolke!" „So, nun da schau mal auf die Frankenhöhe 'nüber!" Aus den kleinen zarten Wölkchen waren dunkelgefärbte Wolkenballen geworden. „Mensch, jetzt sage ich nichts mehr, der Kapo hat ja einen Instinkt, das ist ja nicht zu glauben! Los, reich mir die Dachziegel her, das Dach muß zu, so schnell wie möglich!"

In fieberhafter Eile deckten die Monteure die Dächer zu, schon türmten sich die Wolkenballen und wurden immer schwärzer. Die Sonne bekam einen gelben Schein. Auf den Wiesen wurden die Pferde unruhig, und die Leute beeilten sich, das Heu noch nach Hause zu bringen. Wenn das Wetter nur noch eine halbe Stunde aushält, dachte sich der Ulmenbauer. Seine Leute arbeiteten wie besessen, es war, als hätten sie plötzlich vier Hände. Doch so erging es allen auf den Wiesen, es war ein Wettlauf mit der Zeit. Ein leichter Wind hatte sich bereits erhoben und ließ das lockere und dürre Heu über die Wiesen tanzen, es war ein lustiges Spiel, das da der Wind trieb. Es war mehr ein Tändeln. Einige, wenn auch nicht ganz hochgetürmte Wagen jagten mit den Pferden dem Dorf zu. Der Wunsch des Ulmenbauer ging in Erfüllung, die halbe Stunde hatte ihm gereicht, und sein Wagen mit dem Knecht und den Rössern war auf dem Heimweg.

Finster wurde der Himmel, die ersten Blitze zuckten aus den Wolkentürmen. Noch hörte man den Donner nicht. Es war noch etwas Zeit. Kaum hatten die Monteure die letzten Dächer zugedeckt, kam der Sturm auf. Heulend fegte er über das Dorf weg, die Menschen auf den Wiesen hielten ihre Hüte fest und begannen zu rennen. Kaum waren die letzten im Schutz der Hecken angelangt, hörte man den schmetternden Schlag des Donners, der aus einem ganzen Bündel voll Blitzen kam. Nun klatschten auch schon die ersten schweren Regentropfen auf das Pflaster, zuerst waren es nur einzelne, doch bald goß es wie mit Kübeln. Das Wasser schoß in Strömen in die Gräben und verwandelte sie in reißende Bäche. Manche Leute hatten das rettende Dorf nicht mehr erreicht und kamen klatschnaß angerannt, den Frauen klebten die leichten Leinenkleider am Körper, den Männern lief das Wasser aus den Hosenbeinen, doch sie waren guten Mutes. Die Hitze hatte sie total geschafft, so daß sie den Regen als eine Wohltat empfanden. Die Monteure zogen auch ihre verschwitzten Hemden aus, rannten mit nacktem Oberkörper ins Freie und ließen sich den Regen auf die Haut prasseln. „Brausebad umsonst", flachste Weinberger. „Ja, wunderbar", schrie ihm Seppl zu. Der Regen rauschte in der Kastanie, daß man kaum ein Wort verstand. Langsam wurde es heller, dort von der Frankenhöhe, von der das Wetter gekommen war, sah man schon wieder die Sonne scheinen. Ein Aufatmen ging über das Land, die Luft war frisch und rein, die Menschen, die unter der schrecklichen Hitze gelitten hatten, waren direkt ausgelassen, die ganze Natur war verjüngt, wie frisch gewaschen sah die Gegend aus, der Regen wurde auch spärlicher, um bald darauf ganz zu versiegen. Die Amseln und Finken turnten in der Kastanie herum und schmetterten ihre Lieder. Die Natur, die so sehr unter der Hitze gelitten hatte, war wie verwandelt. Tausende von Wasserperlen schimmerten auf den Hecken, die Sonne verwandelte sie in lauter kleine funkelnde Edelsteine.

Fritz und Jörgli hatten auch noch eine Fuhre Heu heimgebracht. Der Wagen stand in der Scheune und wartete auf das Abladen. „Zuerst wird

174

Brotzeit gemacht!" ordnete Mina an. Sie befolgten ihren Rat und begaben sich in die Gaststube. Man konnte es förmlich erleben, wie das Ende der Hitze die Männer umgeformt hatte. Eine Atmosphäre des Frohsinns und der Freude verspürte man überall. Die Mägde hatten ihre verschwitzten Kleider und Schürzen gegen neue Kleider getauscht, sie sahen hinreißend aus. Auch Mina hatte sich umgezogen. Es war wohltuend, welche Frische von ihnen ausging. Besonders zwei Augenpaare weideten sich an dem Anblick der Mädchen, immer wieder huschten verstohlene Blicke von Peter und Ernst zu ihnen. Ein Funke war auf sie übergesprungen. Den Mädchen wurde das zuerst gar nicht bewußt, doch allmählich spürten sie die begehrlichen Blicke der beiden. Frieda wurde ganz eigentümlich zumute; sie dachte an die vergangene Nacht am Weiher. Ob wir uns heute Abend wieder lieben können, dachte sie. Eine Welle des Glücks pulsierte durch ihren Körper. Auch Lina erging es ähnlich. „Los, Frieda und Lina, umziehen! Auf geht's in den Heustock! Wir müssen abladen, außerdem muß die Stallarbeit getan werden!" „Um die Stallarbeit braucht ihr euch heute nicht zu kümmern", sagte Jörgli, „die mache ich heute zusammen mit dem Fritz. Wenn der Seppl und der Baumgärtner wieder beim Abladen helfen und die zwei, der Peter und der Ernst, wieder in den Heustock gehen, werden wir fast zur selben Zeit fertig." „Jörgli, da hast du dir einen Kuß verdient", rief Frieda. Der schmunzelte: „Von dir laß ich mir schon einen geben, wenn dir mein Schnurrbart nichts ausmacht", lachte er. „Ach was", meinte Frieda kühn, „ein Kuß ohne Bart ist wie eine Suppe ohne Salz!" „Ja, da schau her, Mädchen, wo hast du nur diese Sprüche her?" lachte Jörgli. „Na, ist das so schwer", scherzte Frieda, „wenn man doch die ganze Zeit unter Mannsbildern ist?" „Da hast du auch wieder recht", antwortete Jörgli.

Die Mädchen und die beiden Monteure rannten nach oben, sie zogen alte Sachen an, das war gut genug in den Heustock hinein, außerdem freuten sie sich schon aufeinander. Seppl stand schon auf der Fuhre, als die vier die Treppe zum Heuboden erklommen. „Dalli, dalli", schrie er, stach die Gabel in das Heu und hob den ersten Ballen hinauf. Die vier mußten sich erst an das Dämmerlicht im Stock gewöhnen. Peter stand schon an der Luke und reichte zusammen mit Ernst den Mägden die Heubündel zu, diese verstreuten sie auf dem ganzen Stock und traten sie fest. Bald sahen sie wieder wie die Mohren aus. Der Heustaub kratzte in der Kehle und brannte in den Augen, doch heute hatten sie direkt Spaß daran. Sie waren verliebt, und ihre Liebsten waren bei ihnen, war das nicht wunderbar? „Fertig", brüllte der Seppl durch die Luke empor. „Wir kommen gleich, wir müssen nur das Heu noch festtreten!" gab Frieda nach unten durch. „In Ordnung", sagte Seppl und sprang von der leeren Fuhre. Nun hatten die vier etwas Zeit, sie fielen sich stürmisch um den Hals und küßten und kosten sich, daß die Mädchen kaum Luft bekamen. „Heute abend am Weiher", flüsterten sie einander verschwörerisch zu, dann verließen sie den Heustock. Nach einer halben Stunde fanden sich alle in der Stube ein, auch die Installateure waren da.

21. Kapitel DUNKLE AHNUNGEN

Zuerst wurde noch ein bißchen gearbeitet. Die Männer füllten ihre Lohnzettel aus. Manch einer tat sich da schon schwer, mit ungelenken Buchstaben wurde oft geschrieben, eigentlich müßte man sagen, gemalt, aber mit der Zeit kannte Klausner ganz gut die Handschrift der einzelnen. Freilich, am Anfang hatte er sich dabei nicht leicht getan. Manch einer von den Monteuren hätte auch lieber einen Dachständer gestellt oder ein Loch gegraben anstatt zu schreiben. Besonders Luigi tat sich ein bißchen schwer, jedoch er hatte viele Freunde, die ihm dabei Hilfeleistung gaben. Nach einer knappen halben Stunde war die Prozedur beendigt.

Nun begann der gemütliche Teil. Es wurde nach den Karten gelangt. An vier Tischen wurde gespielt. Schafkopf, Tarock und Sechsundsechzig waren die geläufigen Spiele. Da sie ja schon öfters miteinander gespielt hatten, fanden sich schnell die richtigen Gruppen zusammen. An dem Tisch an dem Sechsundsechzig gespielt wurde, kamen die ersten Maßen, „auf Verdacht", wie der Gronauer sagte, auf den Tisch, ansonsten wurde auch ganz schön getrunken. Luigi, der der Wirtin im Lokal immer zur Hand ging, hatte ganz anständig zu tun. Ab und zu ließ sich auch Mina sehen, um nach dem Rechten zu schauen. Beim Kartenspielen ging es manchmal hoch her, vor allem sehr laut wurde es manchmal, so daß Außenstehende oft den Eindruck gewannen, hier würde heftig gestritten. Das war aber ganz und gar nicht der Fall. In voller Harmonie verliefen die Spiele. Heute waren die Fenster weit geöffnet, eine Wohltat für die Nichtraucher.

Auch war Stammtisch der Meister und Honoratioren. Der Schmied, der Wagner, der Schreinermeister und der Bäcker waren schon eingetroffen, es fehlte noch der Bürgermeister, der Schneidermeister und der Lehrer. Die Herren saßen natürlich am Stammtisch. Zuerst unterhielten sie sich über das Wetter, und daß sie nochmal Glück gehabt hätten, daß es so gut verlief. Außerdem war ja auch schon sehr viel Heu ausgezeichnet nach Hause gebracht worden. „Man muß Gott dafür dankbar sein", meinte der Wagner, „daß alles so gut gegangen ist!" Sie nickten bestätigend. „Hört er mol zua, Leit", brummte der Schmied, „wos i gläit hob." Er stopfte sich umständlich seine alte Pfeife und spannte die anderen dabei noch etwas auf die Folter. „Ja, soch halt, was hascht du ghäirt?" „Leit, i konn eich socha, nix Gscheits!" „Ja, sou redd doch", bedrängt ihn der Heiner, der Schlossermeister. „Warte noa wenig, dia wella des sicher a höra", sagte der Schmied. Soeben betraten die fehlenden Personen, der Lehrer und der Bürgermeister, die Stube. Allen einen guten Abend wünschend, setzten sie sich an den Stammtisch. „Was is jetzt, willst etz immer no net verzälla?" stichelte der Wagner. „Also, etz paßt ä mol auf, in Rotaburg hob i ghäirt, daß mer etz immer mehr Leit eiziagt, den Wagner sei Gsell vo Bewer (Bettwar) hot auf Ingelstadt in d Schanz eirucke müassa! Wos socht etz ir doa derzua? Dabei hot der sei Gsellazeit no gor net rum und der Karl, der Wagner, brauchtn doch sou noatwendi. Burchermaster, waßt du denn doa wos derfu?" „Na, doa hob i no nix ghäirt." „Des is ober scho komisch", meinte der Schlossermeister und schob sich eine Prise Schnupftabak in die Nase. „Das is noch mehr wie merkwürdig", meinte der Lehrer. „Aber Leute, ereifert euch doch nicht, sicher gibt es da eine einfache Erklärung", fuhr er fort. „Es wird halt das Heer aufgestockt. Die allgemeine Weltlage ist doch bestens. Alle Königshäuser in Europa sind miteinander verwandt und verschwägert, da kann doch nichts geschehen." „Doa hebbes recht, Herr Lehrer", bekräftigte der Schreinermeister Blümlein. „Ach was, loasse mer doch dia Politik, trinke mer liaber wos!" Er hob sein Glas, und alle prosteten sich zu.

„Du, Burchamasta, werd etz des wos mit dera Entwässerung vo denna Hubbelwiesa?" fing der Schmied nach einer Weile an. „I denk scho, nach der Hei-Ernt, hob i denkt, fang mer ou!" „Sell los mer i gfalle, des git ka schlechte Wiesa, wenns truka senn!" „Doa hast recht", meinte der Schlossermeister, „i hob ja a zwoa klaani Stickla dort. I hob mer des so vorgschtellt, bo en jeda Haus geht a Mann mit, dann werrä mer des bald hoba." „Sie meinen Hand- und Spanndienst, Herr Bürgermeister?" fragte der Lehrer, er war besorgt und äußerte seine Bedenken, daß er das nicht machen könnte. „Aber gengas, Herr Lehrer, doa brauch mer doch Sie net", besänftigte lachend der Bürgermeister, die Herren am Tisch schmunzelten. „Dann ist es mir schon recht, muß ich mich halt anders verhalten. Mina, bringen Sie doch eine Flasche Tauberzeller und sechs Gläser." „Gewiß, Herr Lehrer, gern." Sie eilte, um das Gewünschte zu holen. „So haben wir das nicht gemeint", sagte der Bürgermeister, ins Hochdeutsch fallend. „Ist schon recht", wehrte der Lehrer ab. „Das ist auch nicht der Grund, ich möchte heute einen Geburtstag feiern. Unser Großer ist 18 Jahre alt." „Wos, etz is der Bua a scho achtzeh, mer soll gor net moana, wo die Zeit hikummt", sagte der Bäcker. „Ja, bald macht er sein Abitur", meinte der Lehrer stolz. Sie beglückwünschten ihn zu seinem Sohn. Da kam auch schon Mina mit dem Wein. Erst jetzt entdeckte der Lehrer den Klausner. „Aber Herr Klausner, entschuldigen Sie, ich habe Sie gar nicht bemerkt beim Hereingehen, kommen Sie bitte auch an unseren Tisch! Die Herren sind doch einverstanden?" „Aber selbstverständlich", antworteten sie im Chor. „Mina, bitte bringen Sie noch eine Flasche und ein Glas", bat der Lehrer.

Klausner setzte sich zu ihnen. „Ich habe vorhin gehört, daß Sie über die Möglichkeit eines Krieges gesprochen haben", nahm er die Unterhaltung auf, „na ja, ich meine, diese Bündnispakte, die in letzter Zeit geschlossen wurden, könnten sich auch einmal ins Gegenteil verkehren." „Wie meinen Sie denn das?" wollte der Lehrer wissen. „Nun, ich versuche Ihnen das an einem Beispiel zu erklären: Angenommen, wir haben einen Bündnispakt mit einem anderen Land und dieses Land wird durch einen Zwischenfall in die Situation gebracht, eine Mobilmachung zu veranlassen, sind wir dann nicht auch verpflichtet, da mitzumachen?" „Allerdings, das leuchtet mir schon ein", meinte der Lehrer, „wie aber sollte das geschehen?" „Nun, gibt es denn nicht radikale Elemente, die bereit sind, eine Monarchie zu stürzen, die auch nicht vor einem Mord zurückschrecken?" fragte er in den Kreis hinein. „Von der Seite habe ich das noch gar nicht betrachtet", meinte versonnen der Lehrer, biß seiner Zigarre die Spitze ab und setzte sie nachdenklich in Brand. „Das ist ein Aspekt, den ich mir nochmal gründlich durch den Kopf gehen lassen werde", gab er zur Antwort. Wie recht sollte Klausner behalten, schon ein Jahr später war die Welt in Brand gesetzt.

Sie schenkten ihre Gläser voll und prosteten sich gegenseitig zu. „Also der Tauberzeller", meinte Klausner, „das ist ein ausgezeichneter Tropfen! Ein wenig herb, ein wenig erdig, ein echter Franken!" „Ja, es ist nur schade, daß lange nicht mehr so viel gebaut wird wie früher", ließ sich der Schmied vernehmen. Inzwischen hatten die Männer das Kartenspiel eingestellt. Luigi hatte seine Gitarre parat, der Müllers Peter sein Akkordeon, der Eichner seine Geige. Sie stimmten ihre Instrumente, dann begannen die Männer zu singen: Innsbruck, ich muß dich lassen, das Lied vom Wildschutz Jennerwein, das traurig schöne vom

Edelweiß, Müllerlieder, viele Wanderlieder, das Frankenlied, das vom Böhmerwald, das Waldlerlied und das vom fröhlichen Bauern auf dem Lande. Erst um Mitternacht brachen die letzten auf.

Kaum hatte die Morgenglocke ihren letzten Schlag getan, stand Klausner bereits mit seinem Waschzeug am Brunnen. Ah, das kalte Wasser fachte die Lebensgeister an, schnell war die Müdigkeit der vergangenen Nacht wie weggeblasen. Die Mina, dachte er bei sich, das ist schon eine tolle Frau! Wie die lieben kann! Seufzend spritzte er sich das kalte Wasser ins Gesicht. „Ja, was ist denn das, sehen meine Augen richtig oder bin ich noch besoffen", schrie Weinberger, „der Kapo so früh schon auf den Beinen!" „Halts Maul", brummte der, „und wasch dich lieber, das ist gescheiter!" „Au weh, Simmerl, hat der Herr vielleicht schlecht geschlafen? Ist ihm der Wein nicht gut bekommen?" frotzelte er. „Ach wo, so habe ich das doch nicht gemeint!" „Na, dann ist es ja gut", meinte Weinberger. Der Kapo hatte seine Morgentoilette beendet, da kamen erst die anderen.

Gronauer stand vor dem Brunnentrog und dehnte und streckte sich. „Das wird heute aber ein glücklicher Tag", sagte scheinheilig Klausner. „So, warum denn?" fragte Gronauer. „Weil sich die Esel strecken!" Alle lachten schallend, als sie das dumme Gesicht von Gronauer sahen. Die beiden Mägde Lina und Frieda schauten auf, als sie die Milchkannen ins Haus trugen, und wunderten sich, daß die Männer in aller Frühe schon so lustig waren. Ihre Blicke suchten die zwei Monteure, mit denen sie am Abend zuvor so glücklich gewesen waren. Da es in der Wirtsstube so laut gewesen war, hatte keiner bemerkt, daß der Ungers Ernst und der Schusters Peter gefehlt hatten. Welch ein Glück für die beiden, nichts fürchteten sie mehr als den Spott der Kameraden. Dabei war ihnen durchaus nicht zum Spaßen zumute. Sie glaubten in den beiden Mädchen die Frauen für das Leben gefunden zu haben. Wie das alles aber weitergehen sollte, wußte auch keiner von ihnen.

Die Männer kamen wenig später zum Frühstück herunter. Lina und Frieda hatten den Kaffee und die Milchsuppe bereits auf die Tische gestellt. Beim Hereintragen streifte Frieda unabsichtlich den Arm von Peter, der unter der Tür stand. Eine heiße Welle schoß in ihr hoch und verwirrte sie ordentlich. Peter sah sie ganz liebevoll an. Zum Glück hatten die Kameraden von dem Intermezzo nichts mitbekommen. Sie ließen sich das Frühstück schmecken.

Nach der morgendlichen Einteilung suchten die Männer die Arbeitsstellen auf. Weinberger, Seppl und Luigi begaben sich wieder zum Lager, während Keil mit seinen Leuten in das hintere Dorf zum Stellen von Dachständern abzog. „Ich muß noch die Lohnzettel kontrollieren, komme dann später nach, ich rechne, daß das Material gegen zehn Uhr da sein wird. Bis dorthin bin ich auch fertig, komme dann in das Lager", sagte Klausner. „In Ordnung, Kapo", erwiderte Weinberger. Klausner ging gähnend nach oben. Die Nacht mit Mina hatte ihn ganz schön mitgenommen. Er gab sich einen Ruck. Adolf, konzentriere dich auf deine Arbeit, befahl er sich. Sorgfältig legte er sich die Zettel bereit. Da und dort hatte er etwas auszubessern, doch im großen und ganzen waren die Zettel ganz ordentlich ausgefüllt. In der Spalte „Auslösung" hatte jedenfalls keiner vergessen, das „Ja" anzukreuzen! Klausner schmunzelte. Mit ein wenig Stolz dachte er, ich habe eigentlich wirklich keinen Grund, über meine Leute zu klagen, sie sind im Laufe der Zeit eine verschworene Gemeinschaft geworden. Ab und zu gab es schon mal Meinungsverschiedenheiten, aber so sollte es ja auch sein! Kritik ist, wenn sie vernünftig ist, äußerst fruchtbar, sinnierte er weiter vor sich hin. Er packte die kontrollierten Zettel in einen großen Umschlag, schrieb noch einige Zeilen dazu, frankierte das ganze und trug es zum Briefkasten. Der Holzapfel wird sich freuen, wenn die Post kommt, dachte er bei sich, da hat er wieder ganz schön zu tun, bis er alles ausgerechnet hat, damit wir unser Geld bekommen.

Er marschierte zum Lager. Er hatte gut kalkuliert, denn der Wagen mit dem Material stand schon dort. Der Gustl selbst war gefahren. „Ha, der Adolf, hast du auch schon ausgeschlafen?" wurde er von Gustl empfangen. „Ach wo, wie du siehst, schlafe ich ja noch", gab der ihm schlagfertig zur Antwort. Die Männer schüttelten sich hocherfreut die Hände. „Da müssen wir gleich einen Schluck drauf nehmen!" Gustl zog einen Flachmann aus der hinteren Hosentasche und schenkte in den aufgeschraubten, kleinen Becher ein. „Du zuerst", nötigte er Klausner. „Also dann auf deine Gesundheit!" In einem Zug kippt er den Zwetschgenschnaps hinunter. Gustl tat ihm danach ebenfalls Bescheid. „Männer, kommt her! Ihr sollt auch nicht ausgehen wie die Waisenkinder!" Jeder kam dran. „Macht des Fläschle nur leer, daheim habe ich schon wieder einen zum Nachfüllen", scherzte Gustl. Gerne kamen sie seinem Wunsch nach. Den größten Teil des Materials hatten sie schon abgeladen, der Rest wurde auch bald erledigt. Aufmerksam verglich Weinberger das Material mit dem Frachtzettel. „Das habe ich zwar schon auf dem Bahnhof besorgt, doch es spielt keine Rolle, wenn du das nochmal machst", meinte Klausner. „Vertrauen ist gut, Kontrolle ist besser, sagte schon Marx", brummte Klausner. „Was ist, bleibst du zum Essen da?" wandte sich Klausner an den Gustl. „Ja, selbstverständlich, glaubst du, daß der Gustl nicht bei der Mina einkehrt, wenn er schon mal da ist? Außerdem weiß ich doch, daß die Mina eine ausgezeichnete Köchin ist und daß ein leerer Sack nicht steht", polterte er. Er strich sich dabei wohlig über seine mächtige Leibesfülle. „Nun, von einem leeren Sack kann man bei dir wirklich nicht reden", lachte Klausner. „Komm, zeig mir doch, wie weit ihr wieder gekommen seid", forderte Gustl Klausner auf. Alsdann, komm!" Sie schlenderten in das hintere Dorf. „Sakra, is des heit wider a Hitz!" Gustl zog sein großkariertes Sacktuch hervor und fuhr sich über die Stirne. „Hat das Gewitter gestern nachmittag was ougstellt?" wollte er von Klausner wissen. „Nein, Gott sei Dank nicht", gab ihm der zur Antwort. Nachdem er dem Gustl den Arbeitsfortschritt gezeigt hatte, begaben sie sich zum Lokal; es war auch schon knapp vor zwölf Uhr, jeden Moment mußte es läuten.

Da kamen auch schon die Männer von der Arbeitsstelle. Rasch wuschen sie sich die Hände und setzten sich an die mittäglich gedeckten Tische. Es gab Selchfleisch mit Sauerkraut und Kartoffeln. Die Männer langten ordentlich zu. Auch dem Wittmanns Gustl schmeckte es vorzüglich, wie er der Mina versicherte. Sie waren fast mit dem Essen fertig, als ein Knecht des Bürgermeisters eintrat und dem Herrn Klausner ausrichtete, daß er doch die Betriebsleitung in Ansbach anrufen möge. „So, na, ich bedanke mich für dasÜberbringen der Nachricht", meinte Klausner, „lassen Sie sich bitte einen Schnaps auf meine Rechnung geben." „Dankschön, Herr Klausner", antwortete der Knecht. „Was können die nur von uns wollen?" sagte Klausner, zu Weinberger und Keil gewandt. „Na, wir werden ja sehen, jetzt ist Mittag, und den wollen wir uns nicht vermiesen lassen." „Recht hast, Adolf", pflichtete ihm der Gustl bei. Er bot Klausner eine vor seinen berühmten Zigarren an. Der setzte sie mit Genuß in Brand und lehnte sich behaglich zurück. Gustl schob sich eine mächtige Prise Tabak in die Nase und bot seine Dose auch den andern an. Die Dose machte die Runde. Es wurde ausgiebig vom Schnupftabak Gebrauch gemacht. Der Krug mit dem verdünnten Most machte ebenfalls fleißig die Runde. Meistens tranken die Männer mittags kein Bier, denn bei der Hitze draußen wurde man schnell müde. Man konnte sich dann nicht mehr so konzentrieren auf die Arbeit, das wiederum konnte zu einem Unfall führen und so etwas wollten die Männer – besonders nach dem Ereignis mit Dauberschmidt – nicht riskieren. Im Nu war die Mittagspause zu Ende. Die Monteure machten sich wieder an die Arbeit. Klausner ging zum Telefonieren. „Morgen bekommen wir hohen Besuch", verkündete er bald darauf den Männern auf den Baustellen. „Die Direktion selbst wird erscheinen." „Na, mir soll's recht sein", brummte Keil, „was die nur wollen? Erst letzte Woche war doch Herr von Lauterbach, der Betriebsleiter, bei uns?" „Ach was", wiegelte Klausner ab, „die wollen sicher sehen, wie weit unser Netz inzwischen ist." „Vielleicht hast du recht, es könnte aber auch etwas anderes sein, na, wir werden sehen, morgen um diese Zeit wissen wir mehr." Klausner wischte sich mit dem Taschentuch den Schweiß von der Stirne und betupfte auch den Innenrand seiner Mütze. „Herrgott, ist das wieder eine Hitze heute, sicher sind es über 30 Grad im Schatten!" Die Sonne stand wie eine glühende Scheibe am Himmel, die Menschen und das Vieh litten unter ihren brennenden Strahlen. Doch den Bauern war das Wetter recht, so bekamen sie ausgezeichnetes Heu nach Hause. Hatte es nicht schon Heuernten gegeben, wo man das Heu förmlich nach Hause stehlen mußte? Viele waren damals gezwungen, das nasse Heu zu Hause im Hof zum Trocknen auszubreiten. Brachte man nämlich feuchtes Heu in den Stock, konnte es leicht so heiß werden, daß es sich entzündete und alles in Flammen aufging. Schon des öfteren hatte es solche Brände gegeben.

Von weitem sah Klausner, daß der Gustl seine Pferde eingespannt hatte. Er war im Begriff wegzufahren. Ich muß ihm doch auf Wiedersehen sagen, dachte Klausner. „Hallo, alter Freund", rief er ihm zu, „mach's gut, grüß mir dein Weib und laß dich bald mal wieder sehen." „Ja, pfüat di", rief Gustl, schnalzte leicht mit der Zunge und lenkte sein Gefährt auf die Straße. Fast wäre er dem hochaufgetürmten Wagen mit Jörgli – der oben auf der Fuhre saß – und mit Fritz, der die Zügel führte, in die Seite gefahren. Doch ein kurzer heftiger Zug riß die Pferde Gustls herum, der so eine Kollision vermied. Fritz beruhigte die schnaubenden Pferde, während Jörgli von der Fuhre herunterglitt. Mit vereinten Kräften schoben sie den Wagen in die Scheune. Jörgli brachte die Pferde in den Stall zur wohlverdienten Ruhe. Fritz hatte sich das schweißnasse Hemd vom Oberkörper gerissen und kühlte seinen Körper am Brunnen ab. „Brrr", schüttelte er sich, „das tut gut!" Seine Haut hatte eine richtige bronzefarbige Tönung angenommen. Auf der Wiese arbeitete er mit nacktem Oberkörper wie die meisten von den Männern. Eine Stunde später hatten sich alle zur Brotzeit eingefunden. Mina betrat die Stube. „Herr Klausner, würden einige von Ihren Leuten beim Abladen helfen?" fragte sie. „Aber selbstverständlich", gab dieser zur Antwort. „Das ist fein, daß ich mit Ihrer Hilfe rechnen kann", meint Mina. Fast gleichzeitig versicherten Schusters Peter und Ungers Ernst: „Wir gehen auch wieder in den Heustock." „Halt", rief Seppl, „du hast mich zum Abladen vergessen und auch den Weinberger." „Sehen Sie, Frau Wirtin, wie das bei uns alles klappt", meinte Klausner. „Auf geht's, Männer, auf zum Heuabladen!" Mina strahlte über das ganze Gesicht.

Die beiden Mägde warteten schon an der Tenne. Gemeinsam suchten sie ihren Platz im Heuboden auf. Das schummrige Licht, das durch die Glasziegel von oben herabfiel, verbreitete eine intime Atmosphäre. Eine rauhe Stimme riß die Paare aus den Umarmungen und den Küssen. „Was ist, wollt ihr mir nicht das Heu abnehmen?" schrie Seppl. Nur widerwillig lösten sie sich voneinander, die Arbeit ging vor. Bald verwandelten sich die Männer und Frauen in Mohren, denn eine dicke Staubschicht bedeckte ihre Gesichter und die bloßen Arme, man konnte nur noch das Helle ihrer Augen sehen. Doch sie scherzten dabei, und manchmal langte wohl einer der Männer den Mädchen an den Busen, was die sich auch gefallen ließen und mit einem gurrenden Lachen hinnahmen. Zwischen dem Abladen der ersten Fuhre und der zweiten gab es eine kleine Pause; die nutzten die vier weidlich aus und kosten miteinander. Erst als Weinberger schrie: „Abnehmen, los da oben", ließen sie voneinander. Peter und Ernst hatten ihre Hemden ausgezogen und arbeiteten mit nacktem Oberkörper. Wohlgefällig betrachteten die Mädchen die muskulösen Körper der Geliebten. Frieda strich auch einmal über die Brust von Peter, wobei ihr ganz heiß wurde. Nach einer Stunde anstrengender Arbeit war auch die zweite Fuhre abgeladen. „Fertig", schrie Andreas von unten herauf. Sie konnten sich noch zuflüstern: „Um zehn Uhr am Weiher!" Über und über verschmutzt kamen sie vom Boden herunter.

„Allmächt, wie schaut denn ihr aus!" rief Luigi, der im Hof stand, den vier Leuten zu. „Ja, Gigolo", lachte Ernst, „da müßtest du mal rauf!" Sie liefen zum Brunnentrog, um sich notdürftig zu säubern, während die beiden Frauen im Stall verschwanden. „Männer, kommt rein" rief Mina,

„ich habe ein Fäßchen angestochen, ihr habt es euch verdient!" Seppl klopfte dem Luigi auf die Schulter. „Na, du Makkaronifresser", meinte er gutmütig, „bring uns doch gleich mal was zum Trinken!" Der beeilte sich. „Ah, das tut gut!" Kräftig feuchteten sie ihre ausgedörrten Kehlen an. „Das kommt gar nicht dahin, wo es mich dürstet," lachte Weinberger und gab den ausgetrunkenen Krug Luigi. „Allmächt, kann der saufen", bewunderte ihn der Merks Hans. „Männer", feixte Weinberger „ihr sprecht immer vom Saufen, vom Durst habt ihr noch nicht geredet!" „Ja, ja", sagte Keil, „Durst ist schlimmer als Heimweh!" Alle lachten. „Was ist, wollen wir heute nicht ein bißchen karteln?" fragte Popp. Das war Wasser auf die Mühle von Weinberger. „Ich bin dabei", sagte er wie aus der Pistole geschossen. Gronauer und Raffelsbauer erklärten sich auch bereit. „Also, Männer, wollen wir mal. Was spielen wir denn?" „Na, halt einen Schafkopf." „Ach so, ich dachte, wir würden Maßen karteln", sagte Gronauer, „Na, du bis vielleicht blöd, wir haben doch Freibier!" „Ach so, ja, daran habe ich gar nicht gedacht." „Also ich spiele mit der Alten", hörte man den Raffelsbauer. „Hast recht, Hermann, mit der geht es am besten!" gab ihm Weinberger zur Antwort. So begann der Abend.

Samtblau spannte sich der Himmel über die Erde. Tausende von Sternen funkelten und strahlten ihr mildes Licht hernieder. Die bleiche Sichel des Mondes verbreitete einen zauberhaften Schimmer und ließ die Dinge unwirklich und verschwommen wirken. Irgendwo rief ein Käuzchen. Soeben hatte die Kirchturmuhr den letzten Schlag getan. Zehn Uhr! Am Weiher unten lag ein leichter Dunstschleier über dem Wasser. In den Weidenbüschen am Rande des Weihers konnte man ein Wispern und Raunen vernehmen. Die Luft war erfüllt vom Quaken der Frösche. Nackte Körper glitten in das lauwarme Wasser. Das Sternen- und Mondlicht reichte gerade aus, um die Schemen der Mädchen und Burschen zu erkennen. Die Jugend des Dorfes traf sich, um den Schmutz und die Hitze des Tages zu vergessen. Sorgfältig gaben sie aber darauf acht, nicht erkannt zu werden. Auch Peter, Ernst und die beiden Mädchen Frieda und Lina stiegen gemeinsam in das Wasser. Leise plätscherten die Wellen, als die vier eintauchten. Fast lautlos wuschen sie sich gegenseitig den Schmutz und den Schweiß des vergangenen Tages herunter. Die Mädchen hatten ihre Haare gelöst, so daß ihre schweren Flechten ihre festen jungen Brüste bedeckten. Es war ein Bild voll Jugend und Lebenskraft, das die Burschen staunend erschauern ließ. Voll Liebe und Besitzerstolz betrachteten sie die im Wasser stehenden Mädchen. Man konnte sie mehr erahnen als sehen, aber gerade das war besonders reizvoll. Ein leichter Hauch strich über das Wasser und ließ die vier frösteln. „Komm", flüsterten sie sich zu. Sie stiegen an das Ufer, hoben ihre Handtücher auf und frottierten einander ihre Körper ab, bis ihnen wieder richtig warm wurde und das Blut in ihren Adern pulsierte. Sie legten sich auf die Handtücher und liebten sich. Rings um den Weiher wurde geraschelt und geflüstert, die warme Sommernacht mit ihrem Zauber tat das ihrige dazu. Lange nach Mitternacht, langsam verblaßten die ersten Sterne, wanderten sie schweigend Hand in Hand dem Gasthaus zu. Breit und behäbig lag es vor ihnen, ein Gefühl der Geborgenheit ausstrahlend. Leicht spielte der Nachtwind in den Zweigen der Kastanie und ließ das Laub rascheln. Frieda und Lina hatten, bevor sie zum Weiher gingen, die Stalltüre entriegelt und nur angelehnt, durch den Stall gelangten die vier in das Haus, die Mädchen zu ihren Kammern und die Burschen in den Saal zu den schnarchenden Kollegen. Schon auf der Treppe hatten sie ihre Schuhe ausgezogen. Lautlos auf den Zehenspitzen suchten sie ihr Lager auf. Gott sei Dank, ihre Heimkehr war unbemerkt geblieben. Die Arbeit, das Bad und die Liebe hatten sie so müde gemacht, daß sie sofort einschliefen.

Langsam verblaßte die Sichel des Mondes und ein leichter, heller Streifen über der Frankenhöhe ließ den Beginn des neuen Tages erahnen. Schon krähten im Dorf die ersten Hähne. Der Tau benetzte die Wiesen, und die Sensen der Männer rauschten durch das feuchte Gras. „So, heute ist die letzte Wiese dran", meinte der Ulmenbauer und betrachtete voll Stolz die breit da liegenden Schwaden. Er setzte seine Sense ab, holte den Wetzstein aus dem Futteral und schärfte sie. Bedächtig fuhr er prüfend mit dem Daumen über die Schneide. Breitbeinig, sich leicht in den Hüften schwingend, ließ er die Sense durch das Gras zischen. Ihm nach folgten die beiden Knechte und sein ältster Sohn. Ja, bald war wohl die Heuernte zu Ende, überall konnte man nun schon abgemähte Wiesen sehen.

Im Gasthaus zum Ochsen wurde es nun auch lebendig. Etwas verschlafen standen die ersten Monteure am Brunnen, gähnend wuschen sie sich den Schlaf aus den Augen. Frieda und Lina schepperten schon mit den Melkeimern herum. Sie waren zwar müde, aber glücklich. Singend verrichteten sie ihre Arbeit. Verwundert rieb sich Jörgli die Augen, als er

186

in den Stall kam. „Was ist denn mit euch los?" fragte er die Mädchen. „Singen am hellen Morgen! Kennt ihr nicht das Sprichwort: Der Vogel, der am Morgen singt, den holt am Abend die Katz?" „Ach du", antwortete Frieda, „du mit deiner Spintisiererei!" „Na, des is mehr als merkwürdig, etz bin i scho sou lang bo der Mina doa, eich hobi ober in der Früah noni singa hern!" Kopfschüttelnd verließ er den Stall, um Futter zu holen. Frieda sah Lina an und beide Mädchen kicherten und legten verschwörerisch den Finger auf den Mund. Unter ihren geschickten Händen strahlte die Milch schäumend in die Eimer. Mina, die in der Küche hantierte, hatte ebenfalls einen verträumten, glücklichen Zug um den Mund. Sie war auch noch ganz erfüllt von der Liebe dieser Nacht. Sie werkelte mit den Tiegeln und Pfannen herum, daß es eine Freude war, ihr zuzusehen. Schon hatte sie die Kaffeekannen auf dem Tablett stehen, ebenso die Schüssel mit der Milchsuppe und das aufgeschnittene Brot. Trällernd betrat sie die Stube. Mit einem fröhlichen „Guten Morgen, Wirtin", wurde sie empfangen. Sie dankte den Männern mit einem Lächeln und erwiderte den Morgengruß. „Männer", sagte sie, „heute kommen die letzten Fuhren Heu nach Hause, dann ist die Heuernte beendet." „Ach, deshalb freuen Sie sich so", meinte Weinberger. „Nun, das ist sicher ein Grund zum Freuen", sagte der Seppl. „Bei uns daheim wurde das auch immer gefeiert."

22. Kapitel
DIE FRÄNKISCHE ÜBERLANDWERK AG

Plötzlich redeten alle durcheinander, selbst Morgenmuffel, die sonst nie den Mund aufbekamen in der Frühe, beteiligten sich am Gespräch. „Im übrigen", sagte Klausner mit erhobener Stimme, „habt ihr denn vergessen, daß wir heute hohen Besuch erhalten?" „Ach so, heute hat sich ja die verehrte Direktion angesagt", brummte Keil. „Na, uns kann das doch egal sein, was Peter?" sagte der Ungers Ernst in die eingetretene Stille, „machen wir uns an unsere Arbeit." „Hast recht, Peter." Mit den beiden verließen auch die anderen das Wirtshaus. Möchte nur wissen, was die wohl wollen, grübelte Klausner vor sich hin. Nun, er sollte nicht mehr lange auf die Folter gespannt werden, denn das Automobil war schon unterwegs und brachte die Herren von der Direktion nach Unterhofen. Klausner wußte nicht, was er tun sollte: die Herren hier erwarten oder auf der Baustelle. Er zauderte noch etwas, kam aber dann doch zum Entschluß, hier zu warten. Er hatte ja auch noch mit dem Schreibkram zu tun. Mina gab er Bescheid, daß er sich oben befinde, sie möge ihm Bescheid geben, wenn die Herren eingetroffen wären. Es dauert eine kleine halbe Stunde, da vernahm er bereits das Knattern des Automobils. Schon erschallte auch Minas Ruf; hastig begab sich Klausner nach unten.

Die beiden Herren, Direktor von Helmholtz und der Betriebsleiter von Lauterbach, standen bereits im Hof. „Einen schönen guten Morgen, Herr Klausner", rief Herr von Helmholtz. „Guten Morgen, Herr Direktor", antwortete der und verbeugte sich vor den Herren. Herr von Lauterbach fragte: „Wie geht es Ihnen und was macht unser Ortsnetz?" „Oh, danke der Nachfrage, es ist alles in Ordnung, wir können bald in Betrieb gehen." „Donnerwetter, gute Arbeit", lobte der Direktor. „Nun, mein lieber Herr Klausner, gehen wir doch in die Gaststube." Die Herren begaben sich ins Haus. Mina trocknete ihre Hände an der Schürze ab und empfing die Herren im Hausgang. Sie machte einen artigen Knicks, wurde aber von Herrn von Helmholtz sofort bei den Händen gefaßt und herzlich begrüßt: „Aber ich bitte Sie, Frau Wirtin, das ist doch nicht nötig, zu danken haben wir, weil Sie unsere Leute so gut versorgen!" Mina wurde ganz verlegen. „Aber Herr Direktor, das ist doch eine Selbstverständlichkeit", stammelte sie. „Na, ganz so selbstverständlich ist das nicht." „Entschuldigung, was darf ich den Herren denn bringen?" „Haben Sie Apfelsaft?" „Aber sicher." „Nun dann bringen Sie uns bitte einige Gläser", orderte Herr von Helmholtz. „Zigarre gefällig?" Er reichte sein Etui herum. Klausner und von Lauterbach bedienten sich. Als die Zigarren brannten, Mina den Apfelsaft serviert und den Raum wieder verlassen hatte, kam der Direktor auf das Anliegen zu sprechen. „Sicher werden Sie sich wundern, mein lieber Herr Klausner, warum wir in so kurzer Zeit schon wieder bei Ihnen sind", begann Herr von Helmholtz das Gespräch. „Nun, das ist ein besonderer Anlaß. Zuerst eine Erklärung: Das Fränkische Überlandwerk, eine Aktiengesellschaft, an der die Firma Schuckert, Banken und Privatleute und vor allem die Kreisgemeinde Mittelfranken beteiligt ist, wurde im Januar dieses Jahres gegründet. Davon haben Sie ja bestimmt gehört. Da nun diese Firma noch nicht über die Fachleute verfügt, die notwendig sind, um das Gebiet des westlichen Mittelfrankens zu elektrifizieren, hat die Fränkische Überlandwerk AG einen sogenannten Bauvertrag mit der Firma Schuckert abgeschlossen; wir stellen ihr im Rahmen dieses Vertrages einen Teil unserer Leute zur Verfügung. Deshalb sind wir heute bei Ihnen, um über Ihre Zukunft und die der anderen Mitarbeiter zu sprechen. Selbstverständlich behalten sie alle Ihre alten Rechte bei. Tarifmäßig ändert sich auch nichts, nur, daß Sie ab sofort zur Fränkischen Überlandwerk AG gehören. Ihre Abrechnung und Bezahlung erfolgt in Zukunft weiter über die Betriebsleitung in Ansbach. Im Grunde wird nichts anders in Ihrer Tätigkeit nichts, höchstens der Name der Firma. Da ich jedoch", fuhr der Direktor fort, „nicht über Ihren Kopf hinweg handeln wollte, haben wir Sie davon in Kenntnis gesetzt und bitten um Ihr Verständnis. Sie unterstehen in Zukunft weiterhin Herrn von Lauterbach, da er auch von der FÜW übernommen wurde, auf mich als Direktor müssen Sie allerdings verzichten, da ich weitere Aufgaben bei Siemens in Berlin zu übernehmen habe. So, mein lieber Klausner, jetzt sind Sie im Bilde!" Er zog kräftig an seiner Zigarre, so, daß ein leichter Tabaknebel sein Gesicht verhüllte. Bedächtig strich er seinen Vollbart und beobachtete Klausner durch seinen Zwicker. Der schaute zunächst etwas betroffen drein, räusperte sich und begann zu antworten: „Verehrter Herr Direktor, wenn das der Wunsch von Ihnen beziehungsweise der Firma Schuckert ist, so werden wir diesen selbstverständlich akzeptieren, zudem Herr von Lauterbach diesen Übergang ebenfalls schon vollzogen hat. Nach Ihren Darstellungen haben wir ja keinerlei Verlust bei der Übernahme, ja regional gesehen mag es vielleicht sogar Vorteile geben". „Brav, brav", murmelte Herr von Helmholtz und klopfte Klausner auf die Schulter. „Ich habe mir schon gedacht, daß bei Ihnen auf Verständnis zu hoffen sei. Lieber Herr Klausner, mir persönlich tut es ja leid, daß wir uns nicht mehr sehen können. Wir haben immer bestens zusammengearbeitet, und Ihr Rat war uns immer sehr wertvoll! Ich möchte Ihnen auch im Namen des Unternehmens herzlich Dank sagen für Ihre ausgezeichnete Arbeit. Bitte, teilen Sie das auch Ihren Leuten mit! Außerdem", fuhr er fort, „habe ich in diesem Kuvert eine Prämie, die Sie nach Gutdünken verwenden können." „Als sogenanntes Übergangsgeld", schaltete sich Herr von Lauterbach ein, „gewährt Ihnen und Ihren Leuten die FÜW AG einen vollen Monatslohn!" „Donnerwetter, das läßt sich hören", meinte Klausner. „Sie müssen schon entschuldigen, Herr Klausner, daß wir uns nun verabschieden, doch wir haben noch allerhand zu erledigen." Sie verabschiedeten sich voneinander. „Herr Klausner, Sie kommen bitte am Montag nach Ansbach zur Betriebsleitung!" ordnete Herr von Lauterbach an. Der Direktor ergriff Klausners Hand, schüttelte sie kräftig, wünschte ihm alles Gute für die Zukunft, klopfte ihm noch auf die Schulter, zog sein Taschentuch hervor und trompetete hinein, um seine Rührung zu verbergen. Klausner hatte einen Kloß in der Kehle, er sagte nur: „Vergelt's Gott, Herr Direktor." Die beiden bestiegen ihr Automobil und fuhren ab.

Inzwischen war es Mittag geworden, die Männer kamen zum Essen. Weinberger und Keil, die als erste in der Stube waren, schnupperten den duftenden Rauch der Zigarren. „Mensch, riecht's hier aber gut, das waren bestimmt die feinsten Havannas?" „Da hast du recht", antwortete Klausner, „das waren Direktionszigarren!" „Ja, waren die Herren denn schon da?" „Ja, und sie hatten es sehr eilig." „So, ja, was wollten sie denn?" „Das werde ich euch gleich nach dem Essen erklären", gab Klausner zur Antwort. „Jetzt wollen wir aber zuerst essen, oder seid ihr etwa nicht hungrig?" Auf dem Tisch standen schon die Schüsseln mit der Suppe. „Au fein, Nudelsuppe", hörte man den Keil brummen. „Die sind ja selbstgemacht!" wunderte sich Schäfer, der Nürnberger. „Ja, glaubst du denn, die Mina kauft ihre Nudeln?" konterte Schuster. „Bei uns auf dem Land werden die Nudeln alle selbst gemacht", mischte sich Seppl ins Gespräch. „Da hast du recht", bekräftigte Baumgärtner und schlürfte mit Wohlbehagen die Suppe. Auf dem Speisezettel stand Selchfleisch mit Kartoffelgemüse und Brot. Die Männer hatten gar keinen so großen Appetit, irgend etwas lag in der Luft. Eine knisternde Spannung breitete sich aus, an den Tischen wurde getuschelt. „Männer, hört mal alle her", mit diesen Worten eröffnete Klausner seine Rede. Er schilderte in kurzen Sätzen das soeben Gehörte. Zuerst war Betroffenheit auf den Gesichtern der Männer zu lesen, doch als Klausner dann von den finanziellen Zuwendungen sprach, ging ein Aufatmen durch die Reihen. „Im Grunde, Leute, kann es uns doch gleich sein, ob wir zu Schuckert oder zur FÜW gehören, oder was meint ihr? Hauptsache, die Kasse stimmt!" „Ja, da hast du recht, Weinberger", gaben sie zu. „Ich glaube, das ist gar nicht mal so schlecht, zu den ersten Mitarbeitern zu gehören", sagte Baumgärtner. „Da kriegen wir später mal eine anständige Betriebsrente!" „Im übrigen", schloß Klausner seinen Bericht, „muß ich am Montag nach Ansbach, sicher werde ich da weiteres erfahren." Erst dann fiel ihm das Kuvert ein, das ihm Herr von Helmholtz ausgehändigt hatte. Er hatte es in seine Jackentasche gesteckt und war noch nicht dazugekommen, es zu öffnen. Nun holte er das Versäumte nach. „Donnerwetter, Männer, ein Hundertmarkschein!" „Ein Hurra unserem edlen Spender", schrie Gronauer; alle stimmten mit ein. „Diesen denkwürdigen Tag müssen wir natürlich feiern", sagte Klausner. „Räumt alle euere Sachen auf und sagt auch den Installateuren Bescheid. Wir treffen uns in etwa einer Stunde zum Feiern!"

Sie stürmten aus der Stube. Klausner ging in die Küche, er wollte Mina alles berichten. Kaum hatte er den Raum betreten, hing sie schon an seinem Hals. „Du, Adolf, was ist los? Warum kommst du zu mir in die Küche?" „Da mußt du mich zuerst loslassen, sonst kann ich dir nichts erzählen. Wenn du mir den Atem nimmst mit deinem Kuß, geht das wohl nicht." Er rang noch nach Luft. „Also, nun hör mir mal genau zu." Zum zweitenmal erzählte er die Geschichte. Mina unterbrach ihn mit keinem Wort. Erst als er auf das Feiern kam, fand sie ihre Sprache wieder. „Nun, du kannst dich auf mich verlassen, ich werden euch einen schönen Abendbrottisch herrichten. Selbstverständlich werden wir gleich ein Faß Bier anstechen. Das paßt ja ganz famos, sind wir doch heute mit der Heuernte fertig geworden, na, und ihr habt dabei doch fest geholfen. Da feiern wir aber richtig!" „Ja, so soll es wohl sein. Also bis später."

Es wurde eine ausgelassene Feier. Zuerst wurde gegessen, getrunken, anschließend gesungen und getanzt. Die beiden Mägde, Frieda und

Lina, auch Mina ließen kaum einen Tanz aus. Außerdem waren noch einige Bauerntöchter gekommen. Mina hatte in weiser Voraussicht dafür gesorgt, daß genügend weibliche Wesen vorhanden waren. Durch die weit geöffneten Fenster konnte man die Musik und den Gesang hören. Klausner tanzte zum erstenmal mit der geliebten Frau. Sie schmiegte sich in seinen Arm, leicht wie eine Feder tanzte sie, ihr Körper schwang so richtig nach dem Takt der Musik, es war ein Genuß, mit ihr zu tanzen. Als Klausner ihr das einmal zuflüsterte, gab sie zur Antwort: „Es kommt ja auch darauf an, wer führt und wie er beim Tanze führt!" Das wiederum schmeichelte Klausner sehr. „Wie schade", seufzte Mina, „das der Tanzboden von euch belegt ist, hier haben wir halt nicht viel Platz zum Tanzen." „Na, da können wir doch abhelfen", meinte Klausner, die paar Strohsäcke haben wir gleich aufgeräumt, was meint ihr dazu?" Ein zustimmendes Gejohle gab ihm die Bestätigung. Alles eilte nach oben in den Saal. Rasch hatte man die Liegestätten beseitigt, so daß nun Platz genug zum Tanzen da war. Für die Musik stand ein kleines Podium bereit.

Eine der Lustigsten war die Schusters Kathi. Nie hätte jemand geglaubt, der sie so ausgiebig tanzen sah, daß sie ein so schweres Schicksal hinter sich hatte. Schau nur den Merk an, dachte sich Klausner, so ein Hackstock, die ganze Zeit meint man, der mache sich nichts aus Frauen, nun aber ließ er keinen Tanz aus. Vor allem eine blonde Bauerntochter hatte es ihm angetan mit lustig blitzenden Augen und einer reizenden Stupsnase. Die Emma vom Kleebauern war es. Selig lag sie in den Armen von Merk, der, das mußte man neidlos anerkennen, ein sehr flotter Tänzer war. Walzer, Polka, Rheinländer und Dreher wurden getanzt. Auch ältere Tänze, wie das Hirtenmadla oder einen Zwiefachen, einen sogenannten Schweinauer, spielte das Orchester. „Nur schade, daß keine Klarinette dabei ist", meinte Raffelsbauer. „Da hol ich den Fritz", sagte eine Bauernmagd. Mit fliegenden Röcken eilte sie die Treppe hinunter. Nicht lange danach brachte sie den Fritz, einen hochaufgeschossenen, sommersprossigen, etwas linkisch wirkenden jungen Mann, er hatte eine Klarinette in einem Futteral unter dem Arm. Rasch setzte er sich zu den Musikanten auf das Podium. Kurz besprachen sie den Einsatz, dann ging's los! Der Fritz beherrschte sein Instrument ausgezeichnet. Nach kurzer Zeit schien es, als hätte er schon immer mit den anderen gespielt.

Die Klänge der Musik hatten inzwischen allerhand junges Volk ange-
lockt. Burschen und Mädchen fanden sich ein. Es war fast wie an der
Kirchweih. Luigi und Seppl schleppten, was das Zeug hielt, volle Bierkrüge nach oben. „Eine richtige Gaudi, was?" rief Raffelsbauer, und
Weinberger, der gerade mit der Kathi tanzte, lachte ihm zu. Mit der Zeit
wurde die Stimmung immer ausgelassener, was wohl auch auf den ge-
nossenen Alkohol zurückzuführen war. Es wurde lauter und lauter, und
manches Mädchen drückte sich schon mal an einen der Monteure. Die
langten natürlich ebenfalls kräftig zu, wobei dann die Mädchen zu kreischen begannen. Eben versuchte Popp, ein Mädchen zu küssen, bereitwillig bot es seinen Mund dar. Da wurde er plötzlich mit einem rohen Griff am Kragenrand zurückgerissen, so daß er nach Luft japste.
Ein zorniger junger Mann stand vor ihm. Wütend riß er die Tänzer
auseinander. Es dauerte nur einen Moment, bis Popp reagierte. Blitzschnell drehte er sich um und versetzte dem Angreifer einen Schwinger
mit der rechten Faust. Er duckte sich und schlug von unten her einen
Haken in das Gesicht des Burschen. Dem platzte die Oberlippe, Blut
rieselte über sein Hemd. Da sah er rot! Mit einem Schrei stürzte er sich
auf den Nebenbuhler, hoch über dem Kopf schwenkte er einen Maßkrug. Gronauer, der neben Popp getanzt hatte, konnte mit einem Hand-
kantenschlag den niedersausenden Maßkrug gerade noch abfangen.
„Burschen, auf geht's", brüllte der angeschlagene Knecht wutentbrannt,
„den Elektrischen wollen wir mal zeigen, wer hier das Recht hat!" Mit
Geheul stürzten sich die Burschen auf die Monteure. Im Nu war eine
richtige Keilerei im Gange. Verbissen kämpfend wälzten sich einige auf
dem Boden herum. Die Mädchen standen indessen verschüchtert auf
der Seite und beobachteten ängstlich das Geschehen.

Klausner gab Keil und Weinberger einen Wink. Mit vereinten Kräften
gelang es ihnen, die Streithähne auseinander zu bringen. Manch einer
hatte sein Hemd zerrissen oder es voll Blut geschmiert. Außer einigen
Schrammen und einigen blutigen Köpfen waren, Gott sei Dank, keine
größeren Schäden entstanden. Bald darauf fing die Musik wieder zu
spielen an. Die Paare drehten sich, als wäre nichts geschehen. Nur der
Angreifer war mit seinem Mädchen verschwunden. Manch eines der
Mädchen hatte Gelegenheit, seinen Helden zu bewundern und dessen
Schrammen zu versorgen, was sie gerne taten. Auch Peter und Ernst
ließen sich liebevoll von Frieda und Lina behandeln. Zum ersten Mal
trat dabei zu Tage, daß da was im Gange war. „Schau mal an", meinte
Weinberger zu Klausner, „bei denen hat es wohl gefunkt?" „Ja, ich

glaube schon", gab ihm der zur Antwort. „Ach ja, junge Leute", seufzte Keil, der mit seinen vierzig Jahren der Älteste unter ihnen war. „Gell, wir waren doch genauso?" „Hast recht, Alter", bestätigte ihm Schäfer; auch er war schon fünfzehn Jahre verheiratet und hatte drei Kinder. „Komm, tanzen wir nochmal", forderte er Weinberger auf, ging zu der Schusters Kathi und bat sie um den nächsten Tanz. Froh nickend ließ sie sich zum Tanze führen. Weinberger bat die Mina um einen Tanz. Lachend nahm sie ihn beim Arm und drehte sich nach dem Takte einer Polka. Der Friede war wieder hergestellt.

Die aufgehende Sonne schickte schon ihre ersten Strahlen über die Frankenhöhe, als die Musik ihr Spiel einstellte und langsam Ruhe einkehrte. Der Tanzboden wurde wieder in einen Schlafsaal verwandelt. Manch einer machte noch ein kurzes Nickerchen, denn zu mehr reichte es nicht. Heute ist ja Samstag, fuhr es Klausner durch den Sinn. Am Freitag hatte er die Lohngelder wegen des hohen Besuchs nicht holen können. Gleich nach dem Frühstück wollte er sich auf den Weg machen. Am Frühstückstisch saß eine ziemlich verkaterte Mannschaft. Einige hatten überhaupt nicht geschlafen und kehrten von einem Morgenspaziergang zurück. Sie hatten schon etwas Farbe in den Gesichtern, während die zurückgebliebenen mit ziemlich grauen Wangen und kleinen Äuglein am Frühstückstisch saßen. Schweigsam wurde das Frühstück eingenommen, manch einer hob verstohlen die Hand vor den Mund, um sein Gähnen zu verbergen. „Leute, ich fahre nach Rothenburg und hole euer Geld; geht an eure Arbeit, bis zehn Uhr will ich wieder zurück sein, anschließend wird ausgezahlt!" „In Ordnung, Kapo, du kannst dich auf uns verlassen", antwortete Keil. Sie suchten ihre Arbeitsstellen auf.

Die Sonne stand nun schon glänzend am Himmel und sandte ihre warmen Strahlen auf die Erde. In der nahen Kastanie lärmten die Stare, während sich die Spatzen an den Roßäpfeln im Hof gütlich taten und ein Mordsspektakel darum machten. Für all das hatten die Männer keine Blicke, müde und übernächtigt blinzelten sie im Morgenlicht, nur Luigi trällerte ein Volksliedchen vor sich hin. Sein Gemüt war heiter, er dachte an seine Maria, die ja in ein paar Tagen seine Frau werden sollte. Wer konnte dieses Glück schon fassen? „Mensch, halt's Maul mit deiner Singerei", schimpfte Merk vor sich hin, doch Luigi drehte ihm eine Nase. Da mußten selbst die verkaterten Männer grinsen. „Der hat gut lachen, der heiratet doch nächste Woche", klärte sie Keil auf. „Was, der

Arme", frotzelte Schäfer. Alle feixten. „Nur Neid, nix wie Neid", konterte Luigi. „Da hast du recht", bestätigte Keil. „Los, Männer, an die Arbeit!"

An der Arbeit waren auch schon Lina und Frieda. Sie hatten Waschtag nach all dem Staub beim Heumachen . Seit dem Morgen hatten sie schon den Waschkessel angeheizt, die Wäsche auf einem Waschtisch ausgebreitet, mit Schmierseife eingerieben und mit einer Wurzelbürste kräftig bearbeitet. Nun ruhte die Wäsche in großen Holzbottichen mit klarem Wasser zum Fleien. Immer wieder mußten sie frisches Wasser vom Brunnen holen, um die Schäffer zu füllen. Es war eine mühselige Arbeit. Endlich war nach Meinung der Mägde die Wäsche so weit, daß man sie auswringen konnte. Bei den großen Stücken mußten beide kräftig anpacken. es war zuviel Wäsche, um sie einfach über den Zahn zu hängen, wie das bei der „kleinen Wäsche" üblich war. Sechsmal mußten Lina und Frieda den Waschkorb hinter das Haus in den Grasgarten tragen. Dort standen Wäschpfosten mit der Wäscheleine. Schwer hingen die nassen Stücke auf der Leine. „Hoffentlich bleibt's Wetter", meinte Frieda. Prüfend sah Lina zum Himmel, der von keinem Wölkchen getrübt war.

Gegen zehn Uhr war Klausner von Rothenburg zurück. In seiner Tasche befand sich das Lohngeld. Diesmal war es wieder ein Vorschuß, die Abrechnung erfolgte immer zum Monatsende. Sorgfaltig verteilte er das Geld in die Lohntüten und schrieb die Namen der Männer darauf. Der Lohngeldempfang zählte stets zum Höhepunkt der Woche. Zu Hause warteten ja auch schon die Angehörigen auf das mitgebrachte Geld. Die Monteure verdienten für die damaligen Verhältnisse nicht schlecht. Der Stundenlohn für einen Facharbeiter betrug 50 Pfennige, dazu kam ja für sie noch die eine Mark Auslösung pro Tag. Ein Paar Schuhe zum Beispiel kostete drei Mark oder eine Brotzeit mit Wurst, Brot und einem Glas Bier 35 Pfennige; ein Anzug aus gutem englischen Kammgarn war für 20 bis 25 Mark zu haben. Eine Manchesterhose, wie sie die Monteuren gerne trugen wurde, konnte man für fünf Mark erwerben. Ging man also etwas sparsam mit seinem verdienten Geld um, so konnte man sich noch ganz gut etwas auf die Seite legen.

Da die Männer bei den Bauern ja immer nach Feierabend noch halfen, bekamen sie selbstverständlich die Brotzeiten und die Getränke umsonst, auch zahlte wohl mal einer der Bauern dem einen oder dem anderen eine Maß Bier. Deshalb konnte man auch den Angehörigen eine ganz nette Summe Geld mit nach Haus bringen. Wenn man die Beiträge für die Krankenkasse und die Invalidenversicherung abzog, so blieb doch noch ganz schön was übrig. Außerdem hatte man die Gewißheit, im Alter versorgt zu sein. Gegen elf Uhr kamen dann auch die Leute zum Lohnempfang. Jeder nahm sein sauer verdientes Geld entgegen. Anschließend wurden die Rucksäcke geschnürt, dann hieß es auf zum Bahnhof, heim zu den Lieben, eine Woche war wieder herum. Alle freuten sich auf das Wochenende. Der Wettergott meinte es auch gut mit ihnen, ein kühler Wind strich über die abgeernteten Wiesen und ließ sie die Sonnenhitze nicht gar so stark empfinden. Sicher floß noch manch ein Tropfen Schweiß auf dem Marsch zum Bahnhof, doch die Aussicht auf die Heimfahrt beflügelte die Schritte der Männer. Voller Freude sangen sie lauthals ihre Wanderlieder. Klausner konnte noch in Ruhe mittagessen, denn er hatte ja das Fahrrad. Er fuhr gleich zum Bahnhof Steinach und brauchte so nicht den Umweg über Rothenburg zu machen. Der Einfachheit halber aß er in der Küche mit dem Gesinde zusammen. Es gab nichts besonderes, einen Semmelschmarrn mit eingemachten Zwetschgen und hinterher einen Kaffee mit einer Schmalznudel.

Nach dem Essen ging Klausner nach oben, auch er hatte zu packen. Eben wollte er seinen Rucksack verschnüren, als Mina in die Kammer trat. „Liebster, schau, ich habe dir noch was mitzugeben", sagte sie. „Da, ich glaube das schmeckt dir bestimmt." Sie hatte einen kleinen Rollschinken in Papier gewickelt. „Aber Mina, das hätts doch nicht braucht!" „Ach was, Adolf, ich gebe es dir doch gerne!" Er nahm sie in den Arm und gab ihr einen langen Kuß, ihr wurde ganz schwindelig dabei. „Ach Adolf", seufzte sie, „wenn nur der Montag schon wieder da wäre." „Ja, Liebste, ich würde am liebsten dableiben, aber du weißt doch, Mutter, Vater und Geschwister warten auf ihren Adolf!" „Ja, ich kann das schon verstehen." „Na also, Liebes, paß gut auf dich auf! Bleib mir gesund bis zum Montag, allerdings komme ich erst gegen nachmittag, denn ich muß ja am Morgen zuerst zur Betriebsleitung." Er gab ihr noch einen flüchtigen Kuß und stürmte die Treppe hinab. Als er auf dem Fahrrad saß und sich nochmal umblickte, winkte sie ihm zu.

∻◦∻

23. Kapitel BEI DER BETRIEBSLEITUNG

„Bitte nicht anklopfen" stand auf einem Emailschild an der Tür. Klausner trat also ein. Es war Montag morgen um sieben Uhr, das zeigte eine mächtige Standuhr zwischen dem rechten Fenster und der Wand an. Eine Holzwand bis zur halben Brusthöhe versperrte den weiteren Zugang. In der Mitte des Raums standen sich zwei Schreibtische gegenüber. Ein Telefon war so plaziert, daß es bequem von beiden aus erreicht werden konnte. Auf den Schreibtischen lagen dicke grüne Filzunterlagen. Ein gewaltiges Tintenfaß, auf beiden Seiten von Bronzelöwen gerahmt, stand auf dem einen der Schreibtische. In dem einen Tintenglas war rote Tinte, in dem anderen schwarze. Davor lagen in einer Schale mehrere Federhalter und Bleistifte. An der rechten Wandseite stand ein Stehpult, das von einer von der Decke herabhängenden Lampe beleuchtet werden konnte, außerdem hing in der Mitte des Raumes ein funkelnder Kristallüster. Das war das Reich von Herrn Holzapfel. Von da aus führte eine Verbindungstüre in das Allerheiligste, in das Zimmer des Betriebsleiters Herrn von Lauterbach. Im Büro von Herrn Holzapfel arbeiteten noch ein baumlanger, sommersprossigen jungen Mann und ein junges Mädchen. Der junge Mann stand gerade am Pult und verglich eine lange Kolonne von Zahlen miteinander, während Herr Holzapfel aufsprang und den eintretenden Klausner freudig begrüßte. „Ja, der Herr Klausner!" Er stellte ihm seine Mitarbeiter vor: „Das ist der Herr Meier, und das ist Fräulein Weinberger." „Angenehm", erwiderte Klausner. „Sind Sie vielleicht verwandt mit dem Weinberger, der in meiner Kolonne arbeitet?" Verständnislos schüttelt das junge Mädchen den Kopf.

„Was führt Sie denn zu uns?" fragte Herr Holzapfel. „Nun, man hat angeordnet, daß ich heute zu Ihnen, das heißt zu Herrn von Lauterbach kommen soll." „Na, dann werde ich Sie aber gleich anmelden. Bitte, warten Sie doch einen Moment." Der Bürovorsteher verschwand im Zimmer des Betriebsleiters. Klausner betrachtete interessiert das junge Mädchen, das in einen Ordner Papiere einsortierte. Sie hatte ein schönes ebenmäßiges Gesicht, das aber durch eine dicke Brille etwas streng wirkte. Als sie den Blick des Mannes spürte, zog eine leichte Röte über ihr Gesicht. Verlegen schaute sie Klausner an. Um ihr die Verlegenheit zu nehmen, sah Klausner auf den Fußboden. Da kam auch schon, sich rückwärts verbeugend, Herr Holzapfel aus dem Zimmer des Herrn von

Lauterbach. „Bitte, Herr Klausner, die nächste Türe rechts." „Bis bald",
sagte Klausner, ging aus dem Zimmer und klopfte bei Herrn von Lauterbach an.

„Kommen Sie doch herein, lieber Herr Klausner", hörte er die Stimme
des Betriebsleiters. Etwas verlegen stand Klausner im Raum und drehte
seine Mütze in den Händen. „Bitte, Herr Klausner, nehmen Sie doch
Platz, Zigarre gefällig?" Herr von Lauterbach hielt ihm eine Kiste aus-
gesuchter Havannen unter die Nase. Klausner und Herr von Lauterbach
bedienten sich. Sorgfältig betrachtete der Betriebsleiter den Brand seiner Zigarre, dabei musterte er Klausner. „Nun, lieber Herr Klausner",
eröffnete er das Gespräch, „wie haben es Ihre Leute aufgenommen? Ich
meine die Übernahme in die Fränkische Überlandwerk AG?" „Ach,
Herr von Lauterbach, da gab es überhaupt keine Schwierigkeiten. Im
Grunde ist es den Leuten ziemlich egal, wenn die sozialen Leistungen
und der Lohn stimmen." „So, so, ist es Ihnen denn auch egal?" „Was
mich anbetrifft, kam es doch überraschend. Ich konnte mich nicht
gleich an den Gedanken gewöhnen, einen anderen Arbeitgeber zu haben. Die Geburtsstunde von etwas Neuem nimmt man halt meistens mit
gemischten Gefühlen auf." „Das kann ich gut verstehen, mir ging es dabei genauso", antwortete Herr von Lauterbach. „Machen wir halt das
Beste daraus." „Ja, das wollen wir." „Na, dann haben wir uns ja verstanden. Hier ist Ihr neuer Vertrag." Er schob Klausner eine Heftung
hin, die auf dem Deckblatt den Titel trug „Tarifvertrag für das Betriebs-
, Installations- & Werkstätten-Personal der Fränkische Überlandwerke
A.-G. sowie für das Baupersonal der Elektrizitäts-Aktiengesellschaft,
vormals Schuckert & Co.". „Darf ich Ihnen einen Cognac anbieten?"
fuhr er fort. „Wissen Sie, ich glaube, ich bin ein schlechter Gastgeber."
Er holte eine dickbauchige Flasche aus dem Schrank und goß selbst ein.
Sie prosteten einander zu.

„Nun, Herr Klausner, wann werden Sie mit dem Ortsnetz soweit sein?"
„Ich rechne in knapp vier Wochen." „Schön, schön, dann müssen wir
die Voraussetzungen schaffen, damit wir in Betrieb gehen können. Ihr
nächstes Aufgabegebiet wird dann das Ortsnetz in Adelshofen sein."
„Aha, da kommt ja noch allerhand auf uns zu. Jedenfalls freue ich mich
schon auf die Arbeit der kommenden Jahre."

Etwa eine volle Stunde saß Klausner noch mit dem Betriebsleiter zusammen. Mit einem „Machen Sie's gut!" und einem Händedruck ver-

abschiedete sich Herr von Lauterbach. Schon mehrmals hatte Herr Holzapfel auf die Standuhr geblickt und dann den Kopf geschüttelt. Wieso dieser Klausner nur so lange beim Betriebsleiter blieb? Endlich hörte er die Türe gehen. Schon stand Klausner bei ihm im Zimmer. „Na, Herr Klausner", lachte Holzapfel, „die Unterredung war ja sehr ausgiebig." „Das kann man wohl sagen. Wissen Sie was, wenn es Ihre Zeit erlaubt, könnten Sie mir eigentlich das Haus mal zeigen. Vor allem würde mich interessieren, wo das Zeichenbüro ist und wo die Pläne gemacht werden." „Das können wir gleich erledigen. Kommen Sie", forderte er Klausner auf. Sie stiegen eine breite Treppe hinauf. Ein mit einem Läufer belegter Gang lag in der gesamten Länge des Hauses vor ihnen. Links und rechts gingen Türen ab. Herr Holzapfel klopfte an. „Ja, bitte", hörte man rufen. Sie traten in einen großen Raum, fast einen Saal, mindestens 40 Quadratmeter groß. An den drei Fenstern standen Zeichenbretter. An ihnen arbeiteten in weißen Arbeitsmänteln die Konstrukteure. Herr Holzapfel stellte vor: „Das ist Herr Ludwig, seine Aufgabe besteht im Planzeichnen, das ist Herr Rohleder, er beschäftigt sich mit der Planung der Freileitungen, das ist Herr Kaufmann. Seine Arbeit ist es, Schalttafeln zu entwerfen." Klausner interessierte das alles sehr. An der Querwand des Raumes standen noch zwei Schreibtische, an denen ein jüngerer und ein schon ergrauter Herr saßen. „Herr König und Herr Leistner", stellte Holzapfel vor. „Das sind besonders wichtige Leute für uns. Sie nehmen nämlich die Vermessungen der Leitungswege vor. Das wichtigste dabei ist der Umgang mit den Bauern. Sie sind es, die die Bauern davon überzeugen müssen, wie entscheidend die Elektrifizierung für sie ist. Da gibt es manchmal mehr als harte Verhandlungen. Da Sie die fränkischen Bauern ja selbst gut kennen, können Sie sich vorstellen, daß ihre Arbeit nicht ganz leicht ist. Ist es nicht so, Herr Leistner?" „Da haben Sie recht", lachte der, „man nennt uns hinter vorgehaltener Hand unter Kollegen bloß den Bauernschreck!" „Na, so schlimm ist es ja wohl auch wieder nicht", wehrte Holzapfel ab. „Doch", Herr Rohleder sah von seinem Zeichenbrett hoch. „Noch viel schlimmer", meinte er grinsend. Alle lachten schallend. Ein fröhliches Völkchen, dachte sich Klausner. Er war sehr beeindruckt von den Tätigkeiten der Leute. „Schauen Sie mal her", fordert Rohleder den Kolonnenführer auf. „Das ist also der Raum um Rothenburg, die sogenannte Landwehr. Sehen Sie, hier sieht man den Zusammenhang der einzelnen Arbeiten, hier" – er deutete mit einem großen Bleistift auf einen Punkt auf der Karte – „hier wollen wir ein größeres Schalthaus bauen. Ja, hier in Hartershofen. Sehen Sie, hier laufen schon einige Freileitungen zusammen. Wahrscheinlich werden wir dort mal eine Außenstelle errichten. Bis dahin läuft aber noch einiges Wasser die Tauber hinunter." „Allerdings, das glaube ich auch," antwortete Klausner.

Die Herren traten aus dem Zimmer, überquerten den Gang und kamen in die Registratur, dort wurde Herrn Klausner ein Mann namens Schäfer vorgestellt, ein kleiner Dicker mit einem pausbackigen Gesicht und lustig blinzelnden Äuglein. Mit einer Bürstenfrisur und einem Federhalter hinter dem Ohr stand er vor ihnen. Schon bei den ersten Worten des Mannes konnte Klausner feststellen, daß es sich um einen Schwaben handelt. „Was machen Sie denn hier in der Registratur, oder besser gesagt, was ist Ihre Aufgabe?" fragte Klausner. „Nun, ich sammle und ordne alles, was man mir bringt. Sehen Sie, hier ist die Ablage der Lohnabrechnung. Hier sind die Karteikarten unserer Stromabnehmer untergebracht. Hier finden Sie die Verhandlungsprotokolle mit den Grundstücksbesitzern bei den Eintragungen in die Grundbücher. Ja, alles das können Sie bei mir finden", sagte er mit einem gewissen Stolz. „Donnerwetter, da haben Sie ja ganz schön zu tun", lobte Klausner Herrn Schäfer. „Das will ich meinen", erwiderte der, „sollten Sie mal was brauchen, Herr Klausner, ich stehe gerne zu Diensten." „Wer weiß, vielleicht komme ich auf Sie einmal zurück, jedenfalls bedanke ich mich sehr für die Unterrichtung, sicher werden wir uns im Verlaufe der nächsten Zeit mal wieder sehen." „Das hoffe ich sehr, ich wünsche Ihnen auf alle Fälle viel Erfolg und Gesundheit, es war für mich eine Freude, Sie kennengelernt zu haben." „Das Vergnügen liegt ganz auf meiner Seite", antwortete Klausner. Sie gingen über die breite Treppe nach unten. Im Vorraum bedankte sich Herr Klausner bei Herrn Holzapfel. „Also nochmals vielen Dank für die Führung, auf ein baldiges Wiedersehen." „Bitte, bitte, keine Ursache, es war mir eine Freude, Ihnen einmal unser Reich zu zeigen, machen Sie es gut und kommen Sie nur mal wieder, Sie sind bei uns immer willkommen!"

Klausner schwang sich auf sein Fahrrad und radelte zum Bahnhof. Dort stellte er fest, daß erst in einer Stunde der nächste Zug Richtung Würzburg fuhr. So hatte er also noch Zeit. Außerdem merkte er, daß er eigentlich ein Frühstück vertragen könnte, sein Tag hatte nämlich bereits um fünf Uhr begonnen. Er setzte sich also in die Bahnhofsrestauration und studierte die Speisekarte. Rasch entschlossen bestellte er sich

Weißwürste und zwei Brezen, dazu eine Halbe Weißbier. „Es geht nichts über eine gute Brotzeit", meinte ein älterer Herr neben ihm, als er die Bestellung von Klausner hörte. „Ja, da haben Sie recht, man ist gleich wieder ein anderer Mensch." „Sehns, das sag ich auch immer zu meiner Frau, wissen's, die ist nämlich eine sogenannte Preußin, sie ist aus Pommern. Gusti, sag ich immer zu ihr, Gusti, das verstehst du nicht, da trennen uns Welten!" „Na, ganz so schlimm wird es doch auch nicht sein", antwortete lachend Klausner. „Na, ja wir haben uns schon ganz schön aneinander gewöhnt, wissen's, wir sind nämlich schon fast vierzig Jahre verheiratet", gab der Alte zu. „Nur das mit dem fränkischen Essen, das geht ihr halt nicht ein", schloß er.

Mit sichtlichem Wohlbehagen verzehrte Klausner die Würste und nahm einen kräftigen Schluck, dem Alten zuprostend. Der musterte Klausner eine Weile, dann fragte er: „Sie sind wohl im Außendienst tätig?" „Wie kommen Sie denn darauf?" „Na, ihre Windjacke, Ihre Manchesterhose, Ihre Ledergamaschen, die Mütze und Ihr Rucksack, das sind doch gewisse Merkmale dafür." „Donnerwetter, da hätte ich nicht geglaubt, daß Sie das alles so genau beobachtet haben." „Eine reine Gewohnheit", zwinkerte ihm der Alte zu, „wissen's, ich war nämlich bei der Kriminalpolizei." „Aha, da muß ich mich ja direkt in acht nehmen", antwortete Klausner. Beide lachten hellauf, so daß sich einige Gäste erstaunt umdrehten. „Sie haben den Nagel auf den Kopf getroffen, ich bin Elektromonteur, und wir bauen ein Ortsnetz in der Nähe von Rothenburg", antwortete Klausner. „Ach, das ist aber interessant, wissen's, ich bin nämlich von Beruf aus sehr neugierig, können Sie mir da mal was Näheres erzählen? Sie entschuldigen schon, Ludwig Wimmer ist mein Name." Klausner stellte sich auch vor. „Meine Freunde nenne mich nur den Wigerl, verstehns", fuhr der Alte fort. „Zu mir können Sie ruhig Adolf sagen", gab ihm Klausner zu verstehen. „Also was wollen Sie denn wissen?" „Nun, was Sie so machen. Wenn ich Sie richtig verstanden habe, bringt ihr den Leuten auf dem Lande das elektrische Licht?" „Ja, aber auch den Strom für die Motoren", belehrte Klausner den Alten. Der stützte sich auf seinen Spazierstock und nahm begierig die Erzählung von Klausner auf. Zwischendurch tranken sie einander immer wieder zu. „Wissen Sie was, Herr Wimmer, besuchen Sie uns doch mal mit Ihrer Frau, da kann ich Ihnen dann alles selbst an Ort und Stelle erklären." „O ja, zu diesem Angebot sage ich nicht nein." „Wissen Sie, mein Zug geht gleich, da bleibt mir nicht mehr viel Zeit. Nun, auf ein baldiges Wiedersehen", er gab Wimmer noch seine Adresse, nahm seinen Rucksack auf, holte sein Fahrrad und stieg in den soeben einfahrenden Zug; zuvor hatte er sein Fahrrad im Gepäckwagen abgegeben. Die Wärme im Abteil, das monotone Rattern der Räder ließen ihn schon nach ganz kurzer Zeit einschlafen. Fast hätte er den Halt in Steinach Bahnhof versäumt. Eilig sprang er auch dem Zug und rannte zum Gepäckwagen. Dort reichte man ihm schon sein Fahrrad. Gott sei Dank, dacht er bei sich, das ist nochmal gut gegangen. Er verstaute seine Windjacke und den Rucksack auf seinem Gepäckträger, krempelte sich die Hemdsärmel hoch und fuhr los. Das war aber wieder eine Hitze! Obwohl der Fahrtwind etwas kühlte, rannen doch bald Schweißtropfen über sein Gesicht.

Kurz vor Unterhofen hörte er schon die Mittagsglocke. Da komme ich ja gerade richtig, dachte er. Schon trafen auch seine Männer ein. „Schau mal", sagte Weinberger zu Seppl, „der Kapo hat auch schon ausgeschlafen." „O ihr Banausen", lachte Klausner, „ihr wißt genau, daß ich bei der Betriebsleitung war." „Das kann jeder sagen", flachsten sie. „Wir sind bereits abgeschafft, da kommst du daher, wie ein Ausflügler." „Na wartet nur, ihr Brüder, ich werde euch schon helfen", drohte er mit dem Finger. Sie grinsten und suchten die Stube zum Essen auf.

Klausner ging nach oben. Er hatte sich eine leichte Baumwollhose und ein kurzärmliges Hemd angezogen, so fühlte er sich bedeutend wohler. Zum Mittagessen gab es eine Pfannkuchensuppe, Nudeln und ein würziges Gulasch. Beim Auftragen des Gulaschs konnte sich Weinberger nicht verkneifen, einen Witz zu erzählen: „Da kam auch einmal ein Gast", begann er, „und fragte, was es denn zu Essen gäbe, da antwortete ihm ein anderer: ‚Heute gibt es türkisches Gulasch.' ‚Was, türkisches Gulasch, das habe ich noch nie gegessen.' ‚Ja, wissen Sie, der Hund hieß Sultan!'" Alles lachte dröhnend. Keil wischte sich die Augen, er hatte so gelacht, daß ihm die Tränen kamen.

Die Männer hatten großen Hunger, und alle Schüsseln wurden leer gemacht. „Habt ihr heute morgen überhaupt etwas gearbeitet?" „Ja, den schaut an, meinst, wir haben auf der Wiese gelegen und uns gesonnt?" verwahrte sich Keil. „Nun, so habe ich das nicht gemeint, aber eure Lustigkeit kommt mir irgendwie verdächtig vor." „Na, Kapo, du kannst dich ja selbst überzeugen, was wir getan haben." „So, so, das werde ich auch tun!" „Hört", murmelten sie. Sie machten sich wieder an ihr Arbeit. Klausner ging in die Küche, er mußte doch guten Tag sagen. Lina und Frieda standen am Spülstein, während Mina das Geschirr aufräumte. „Grüß Gott, ihr Lieben." „Grüß Gott, Herr Klausner, auch wieder da", sagte Jörgli, der gerade beim Pfeifenstopfen war. „Wie ihr seht, wohlbehalten." „Das ist gut", antwortete Jörgli. An ihren Gesichtern sah man, daß sie sich freuten. Besonders eine freute sich natürlich am meisten. Verstohlen blickte sie über ihre Schulter, wobei eine Blutwelle ihr Gesicht verschönte. Rasch dreht sie den Kopf, um ihre Gefühle zu verbergen. Jörgli hatte das kurze Spiel mitbekommen. Schau mal an, dachte er, die Mina! Wunder ist es ja keines, dachte er, so jung und schon Witwe, und da kommt so ein Mannsbild wie der Klausner daher, ein Kerl wie ein Baum, dabei so jugendlich unbekümmert, sowas mögen Frauen. Außerdem wirkte er durch seine Intelligenz und sein Können weitaus reifer als in seinem Alter üblich. Nun ja, mir soll es recht sein, im Grunde genommen vergönne ich das der Mina. Er stopfte sich seine Pfeife und verließ gemeinsam mit Klausner die Küche. Der nahm den Weg zu den Baustellen.

❧❦

24. Kapitel   DIE ARBEIT GEHT ZU ENDE

Es war Montagabend. Der erste Arbeitstag der neuen Woche klang wie immer in der Wirtsstube aus. Klausner mußte alles über die Hochzeit von Luigi erzählen. Dazu war er ja am vergangenen Samstag als Ehrengast eingeladen gewesen. In bunten Farben schildert er das Fest mit vielen deutschen und italienischen Gästen, mit Speisen aus beiden Ländern, süffigem dunklen Bier und spritzigem Wein aus dem Heimatland von Luigis Vorfahren.

Gespannt hörten die Männer zu, da trat Luigi in den rauchgeschwängerten Raum. Er war mit dem letzten Zug aus dem verlängerten Hochzeitswochenende zurückgekommen. Seine Kameraden beglückwünschten den jungen Ehemann. „Na, wie war die Hochzeitsnacht?" fragte augenzwinkernd Gronauer. Luigi war zuerst etwas verlegen, gab dann aber schlagfertig zurück: „Weißt was, Hans, mußt halt auch heiraten!" Er hatte natürlich die Lacher auf seiner Seite.

„Schaut mal, was ich euch mitgebracht habe. Von meiner Tante aus Italien." Luigi zog eine große dickbauchige Flasche mit einem schlanken Hals aus seinem Rucksack. „Das ist ein Grappa, den geb ich jetzt aus." Flugs holte Mina die Stamperln; Luigi goß sie randvoll. Mißtrauisch rochen die Leute an dem hellen Klaren, bis Klausner sein Glas erhob und laut in die Runde rief: „Auf unsern Luigi und seine junge Frau!" Die Männer kippten das ungewohnte Getränk in einem Zug. Es wurde wieder einmal spät an diesem Abend.

Immer mehr neigte sich die Arbeit am Ortsnetz dem Ende zu. schon stand auf fast jedem Haus ein Dachständer, schon spannten sich die schimmernden Drähte wie feine Spinnengewebe in luftiger Höhe. Hier und da ragte auch ein Holzmast zwischen einzelnen Gehöften auf, um so die langen Abstände zwischen den Dachständern zu überbrücken. Unser Werk, dachte Klausner bei seinem Inspektionsrundgang duch das Dorf. Er war stolz darauf.

Lehrer Bergmann stand gebückt über einem Beet und zupfte Unkraut aus, als Klausner ihm einen Gruß zurief. „Grüß Gott, Herr Klausner", grüßte der Lehrer zurück, richtete sich auf, trocknete sich mit einem Taschentuch den Schweiß von der Stirne; es war aber auch mächtig heiß. „Na, Herr Lehrer, wie gehts?" eröffnete Klausner das Gespräch. „Ach, ich könnte nicht klagen, nur die Hitze macht mir halt zu schaffen. Gott sei Dank ist in der Familie alles in Ordnung. Haben Sie die Marmelade schon gekostet, die Ihnen meine Frau mitgegeben hat?" „O ja, meine Eltern waren ebenfalls ganz begeistert." „Na, das freut uns aber, nicht wahr, Charlotte?" Seine Frau saß etwas im Schatten eines Apfelbaumes und hatte ein Nähkörbchen neben sich stehen. Sie stickte an einer Leinentischdecke. Klausner hatte sie gar nicht gesehen. „Entschuldigen Sie nur, Frau Bergmann, ich habe Sie gar nicht bemerkt." „Ach, das macht doch nichts, jedenfalls freut es mich, daß meine Einkochkünste so gelobt wurden." „Ja, meine Mutter läßt ihnen Grüße ausrichten und bedankt sich nochmal ganz herzlich." „Aber das ist doch nicht der Rede wert", wehrte sie ab. Sie beugte sich über ihren Stickrahmen und setzte ihre Arbeit fort. Ein netter Mensch, spann sie ihre Gedanken, das wäre mir recht, wenn mal eine von meinen Mädchen so einen Mann bekäme. Ihre Lieblingsbeschäftigung bestand vor allem darin, daß sie sich Männer für ihre Töchter in Gedanken aussuchte, was sie allerdings sorgfältig vor der Umwelt verbarg.

„Was ich noch fragen wollte, Herr Klausner, wie geht es denn Herrn Dauberschmidt, hat er seinen Unfall gut überstanden?" „Danke der Nachfrage; es ist alles wieder in Ordnung. Nächste Woche fängt er wieder hier an." „So, na das freut uns aber sehr, nicht wahr, Charlotte?" Sie bejahte. „Ja, Herr Bergmann", fuhr Klausner fort, „nun sind wir schon bald vier Monate da, so nach und nach geht unsre Arbeit dem Ende zu, bis zum Beginn der Getreideernte, denke ich, sind wir soweit." „Was Sie nicht sagen, das hätten wir aber nicht geglaubt, was, Charlotte?" „Nun, ich denke, wenn Herr Klausner das sagt, wird es sicher so sein, ich freue mich jedenfalls auf das neue Licht, endlich ist dann die Zeit mit der Petroleumlampe vorbei", meinte sie, sah kurz von ihrem Stickrahmen auf und blinzelte Herrn Klausner zu. „Ja, sicher wird das ein Fest geben, wenn bei uns die neue Zeit Einzug hält, vor allem beim Unterricht im Winter muß das Licht schön sein", seufzte Herr Bergmann. „Vor allem für die Bauern wird es eine Erleichterung bringen, sie können in Zukunft ihr Futter schneiden mit dem Elektromotor, sicher lassen sich auch noch andere Verwendungsmöglichkeiten finden. Ich glaube jedenfalls, wir stehen erst am Beginn einer neuen Zeit", fuhr Klausner mit stolzer Stimme fort. Er war bei seinem Lieblingsthema angelangt. Verträumt sah er vor sich hin. Dann gab er sich einen Ruck.

„Jetzt muß ich aber wieder weiter, entschuldigen Sie, aber die Arbeit wartet." „Aber bitte, Herr Klausner, kommen Sie uns doch einmal besuchen", schallte es aus der Richtung des Apfelbaumes. Versuchte Frau Bergmann schon ein Fangeisen zu legen? Oh, wenn die wüßte! „Nun, wenn es meine Zeit zuläßt, werde ich zu dieser Einladung nicht nein sagen, aber ich bitte Sie, mich nun verabschieden zu dürfen." „Gewiß, gewiß", versicherte der Lehrer und dankte Herrn Klausner für seinen Abschiedsgruß. „Ein feiner Mann, was, Wilhelm?" seufzte Frau Bergmann und schaute verträumt Klausner nach.

Sein erster Weg führte Klausner in das Lager. An der Seite, an der die Dachständerrohre gelagert waren, war nun gähnende Leere. Nur die Pfähle, zwischen denen die Rohre gestapelt waren, standen nutzlos herum, ein Zeichen, daß es dem Ende zuging. An anderen Stellen des Lagers sah es auch nicht anders aus. Die Kisten mit den Isolatoren waren leer, ebenso fehlten die Bunde Isolierdrähte, auch die Befestigungsschellen, die Dachbleche und die eingeflochtenen Ankerseile waren verbraucht, nur eine Trommel mit blankem Kupferdraht stand noch da, sie war für den letzten Drahtzug bestimmt. Im hinteren Teil des Lagergebäudes hatten sie in Kopfhöhe eine Stange quer durch den Raum angebracht. Hier hingen fein säuberlich aufgereiht die Leinen, Gurte und Flaschenzüge. Auf der Werkbank, an der der Schraubstock befestigt war, standen große Büchsen mit Bleimennige. Jeder Dachständer erhielt so einen grell orangeroten Anstrich, obwohl er verzinkt war. Zuerst wurde er mit Mennige grundiert, danach mit einer grauen Bleifarbe gestrichen. Das mußte so sein, standen doch die Dachständer viele, viele Jahre im Freien, bis mal wieder an eine Renovierung gedacht werden konnte.

Klausner verschloß wieder sorgfältig das Vorhängeschloß und marschierte, ein kleines Liedchen summend, zu den Arbeitsstellen; wegen der Hitze wischte er sich öfter das Gesicht ab. Als er alles inspiziert hatte, lief er Keil in die Hände. „Na, Kapo, was meinst du, ich denke, daß wir am Dienstag, also morgen, mit dem letzten Drahtzug anfangen können." „Ja, wenn ihr soweit seid, mir soll es recht sein. Bitte, Georg, laß alles soweit vorbereiten, die Böcke und so, na du weißt ja Bescheid." „Selbstverständlich", antwortete Keil. Als er den Blick nach oben richtete, sah er, wie die Anschlüsse durch den Dachständer geschoben wurden.

Ein Mann stand auf einer Steigtraverse und fädelte das Porzellanteil ein, das den Abschluß bildete und durch das die Anschlußdrähte liefen. Mit Befriedigung stellte Klausner fest, daß der Mann sich mit dem Haltegurt am Dachständer gesichert hatte. Das bot nicht nur Sicherheit, man hatte ja auch beim Arbeiten die beiden Hände frei. Der Mann am Dachboden muß sich wie in einem Backofen vorkommen, dachte Klausner. Unbarmherzig knallte die Sonne auf die Ziegel und speicherte die Hitze. Nicht selten wurden dabei Temperaturen über sechzig Grad gemessen. Da hatte es der andere, der außen am Dachständer arbeitete, schon besser. Ab und zu strich in luftiger Höhe doch mal eine kleine Brise über ihn hinweg, außerdem hatte er ja den Himmel und nicht das Dach über sich. Die Männer schafften fast alle mit nacktem Oberkörper, ihre Haut hatte eine tiefe Bräune angenommen. Eine Schikane mußten sie noch erdulden: Der Schweiß, der ihnen in kleinen Bächlein über das Gesicht und den Körper floß, vermengte sich mit dem feinen Staub des Dachbodens und hinterließ dabei ein beißendes Gefühl. Peter Schuster stand in der Dachluke und blickte zu seinem Partner hoch. „Brauchst du noch was, Ernst?" rief er. „Momentan nicht, wenn ich was brauche, rühr' ich mich schon." Peter, dem der Schweiß in Strömen herablief, dachte an Frieda und an den Weiher. Er freute sich schon auf den Feierabend, kaum konnte er erwarten, bis es soweit war. Auch der Ungers Ernst, der am Dachständer hing, hatte ähnliche Gedanken. Am letzten Freitag hatte er mit Lina über ihre weitere Zukunft gesprochen. Nächsten Sonntag wollte er sie seinen Eltern vorstellen.

Am nächsten Haus stand oben in der Dachluke Grünsteudel, am Dachständer hing der junge Popp. Auch sie litten unter der Hitze, und Grünsteudel wischt sich ein ums andere Mal mit dem Taschentuch den Schweiß vom Gesicht. Eben reichte er dem Außenhängenden eine Traverse mit Isolatoren zu, der sollte nach ihr langen, blieb aber an dem gespannten Anker einen Moment hängen. Da aber Grünsteudel glaubte, er hätte sie schon in der Hand, fiel sie mit Gepolter über das Dach hinunter. Popp konnte gerade noch ein „Obacht" schreien, da rasselte sie schon über die Ziegel nach unten. Klausner verfolgte den Vorgang und konnte gerade noch rechtzeitig in Deckung gehen. Einige Dachziegel wurden durchschlagen und polterten ebenfalls in die Tiefe. Bleich und erschrocken sahen sich die beiden an. „Meine Güte, daß da nichts passiert ist, haben wir ein Glück gehabt", stammelte Grünsteudel, und Popp atmete tief durch. Eilig verschwand Popp in der Dachluke. Da ging auch schon das Donnerwetter los. „Ja seid ihr denn von Gott ver-lassen", brüllte Klausner nach oben, „um ein Haar hättet ihr mich um-gebracht, paßt doch auf, ihr Kerle", wetterte er weiter. Da kam Popp aus dem Haus gestürzt und stand vor ihm. Schuldbewußt senkte er den Kopf und meinte mit noch zittriger Stimme: „Kapo, du mußt schon ent-schuldigen, das galt doch nicht dir." „Das will ich auch hoffen", knurrt der. „Heb deine Traverse auf, prüf, ob die Isolatoren noch fest sitzen und scher dich wieder nach oben. Mach kein solches Gesicht, es ist ja nichts passiert", tröstete er. Zu Grünsteudel hinauf machte er eine Faust, was soviel hieß wie „Komm nur herunter, Freundchen!" Da er von den beiden der Ältere war, hatte er auch die Verantwortung. Seine Hände zu einem Schalltrichter formend, schrie Klausner hinauf: „Deckt alles sorgfältig zu und wechselt die kaputten Ziegel aus!" Grünsteudel schrie ein kräftiges „Jawohl" als Antwort. Klausner setzte seinen Weg fort. So kann es gehen, dachte er, heute rot, morgen tot. Er beschloß, seine Leute zu noch mehr Vorsicht anzuhalten.

Sechs Uhr verkündete die Turmuhr. Noch eine Stunde, dachte Klausner. Es war immer noch sehr heiß. Er kam am Pfarrgarten vorbei, die Ruth hatte für die Kleinen eine große Zinkbadewanne aufgestellt und mit Wasser gefüllt. Darin tummelten sich die Kinder und bespritzten sich gegenseitig, sie hatten großen Spaß dabei. Die Tochter des Pfarrers hatte sich auf einem Stuhl niedergelassen und beobachtete die ausgelas-senen Kinder. Klausner machte es großen Spaß, das mitanzusehen. Ruth hatte ihre verkrümmten Beine etwas nach außen gestellt, dazwischen hatte sie ein blondes Mädchen, dem sie den in Unordnung gebrachten Haarzopf flocht. Die Kleine barg ihren Kopf vertrauensvoll im Schoß der jungen Frau. Es war ein Bild, das soviel Ruhe, Frieden und Gebor-genheit ausströmte, daß Klausner es begierig in sich aufnahm. Lächelnd hob er die Hand und grüßte Ruth, die senkte zuerst den Kopf, winkte ihm aber bald darauf zu.

Der Herr Lehrer war mit seiner Tochter und der Frau beim Gartengie-ßen. Sie hatten eine alte Tonne im Garten stehen. Jeden Morgen wurde sie mit Wasser gefüllt, so daß es abends zum Gießen nur abgestandenes Wasser gab, worauf der Lehrer großen Wert legte und was nach seiner Auffassung auch unbedingt so sein mußte. „Sind Sie aber noch fleißig", rief Klausner über die Mauer in den Garten. Der Lehrer richtet sich et-was aus seiner gebückten Haltung auf, stellte seine Gießkanne ab und wischte sich über die Stirne. „Bei dieser Hitze", stellte er fest, „brauchen die Pflanzen unbändig zum Trinken." „Wem sagen Sie das, nicht nur die Pflanzen", lachte Klausner. „Ja, ihr Männer, da seid ihr euch gleich einig, wenn es um das Trinken geht, gell?" lachte Frau Bergmann. „Na, na, ganz so schlimm ist es ja auch wieder nicht, was?" „Nun ja, es war ja auch nur ein Scherz." „So hab ich das auch aufgefaßt", gab Klausner zur Antwort. „Darf ich Sie einladen, Herr Bergmann, für heute Abend auf ein Glas Wein?" „Da sage ich nicht nein", gab der Lehrer zu verstehen. „Wenn es nur bei einem Glas bliebe", seufzte die Lehrersfrau und strich sich eine vorwitzige Haarsträhne aus dem Gesicht. „Geh, Charlotte, du weißt doch, daß wir wissen, was wir tun", besänftigte sie ihr Mann. „Also, bis heute Abend!" Klausner setzte seinen Rundgang fort. An der Maststation angekommen, betrachtete er ihr Werk. Der letzte Hochspannungsmast vor der Station war mit einem Anker aus Eisenseil abgefangen, der mit einem Pfahl im Boden befestigt war. Wenn die Leitung an die Station angespannt worden war, konnte man den Anker wieder entfernen. Der Zug der Leitung war ja dann ausgeglichen. Bald wird es so weit sein, dachte Klausner. Die Hochspannung betrug zu der damaligen Zeit 6000 Volt. Die wurde durch den Transformator auf 220 Volt Kraftstrom und eine Lichtspannung von 110 Volt umgeformt. Klausner hatte mit Herrn von Lauterbach, dem Betriebsleiter, festgelegt, daß sie nach einem allgemeinen Urlaub von zehn Tagen während der Erntezeit die Inbetriebnahme des Ortsnetzes vornehmen könnten.

Sieben Uhr, die Schatten wurden länger, die Sonne war schon weit in den Westen gewandert. Eine leichte Brise setzte ein, und das Laub der Pappeln am Ortsrand bewegte sich und begann zu rascheln. Klausner lenkte seine Schritte zum Ochsen. Von allen Seiten strömten die Männer dem Quartier zu, sie balgten sich am Brunnen um das kühle Wasser, das ihre ziemlich strapazierten Lebensgeister wieder anfachte. Schon konnte man da und dort ein Lachen und ein Scherzwort hören, sie waren froh, daß Feierabend war. Klausner kühlte sich auch am Brunnen ab. „Na, Keil, wie weit bist du gekommen?" fragte er den Kolonnenführer der anderen Gruppe. „Zwei Dachständer habe ich noch, dann können wir mit dem letzten Drahtzug beginnen." „So, so, na das läuft ja wie geschmiert!" „Ja, ja, Kapo, langsam geht es dem Ende zu!" „Beim Fink und seinen Installateuren soll es auch gut vorangehen, habe ich gehört", sagte Klausner. „Ach was, lassen wir die Arbeit sein. Zuerst wird Brotzeit gemacht, ich habe einen ordentlichen Hunger." „Ja, hast recht, Kapo," bekräftigte der hinzugekommene Weinberger.

Außer den geräucherten Würsten und dem Schinken hatte Mina noch einige Rettiche und einen Batzen Butter auf den Tisch gestellt. Schäfer und Gronauer hatten sich jeder einen Rettich geschnappt und wetteiferten im Schneiden. „Nicht so dicke Scheiben", entsetzte sich Keil, „das sind ja die reinsten Bretter!" Er zog sein Messer aus der Tasche und zeigte den beiden, wie man einen Rettich schneidet. Hauchdünne Scheiben entstanden unter seinen geschickten Händen. „Donnerwetter, du kannst es aber", gab neidlos Gronauer zu. „So, jetzt noch schön salzen und ziehen lassen", brummte Keil. Nach etwa zehn Minuten forderte er die anderen auf, zuzulangen. „Mensch, das ist ja ein Gedicht, so einen feinen Rettich habe ich noch nie gegessen", schwärmte Weinberger, „da läuft einem ja das Wasser im Munde zusammen." Keil genoß das ausgesprochene Lob mit sichtlichem Behagen. „So ein frisches Butterbrot, dazu ein Rettich, das ist schon eine Köstlichkeit. Das Ganze schmeckt aber erst richtig, wenn man einen Krug Bier dazu hat", feixte er.

ॐ

25. Kapitel   DAS ABENDROT

Sie waren in der besten Unterhaltung, da stürzte Frieda in die Stube.
„Männer", rief sie, „das müßt ihr euch anschauen, so ein Abendrot habe
ich noch nie gesehen, der ganze Himmel brennt!" Sie stürzten ins Freie.
Tatsächlich: Ein tiefes Rot im Westen hatte den Himmel überzogen, wie
ein riesiges Meer aus Blut sah es aus. Ehrfürchtig und ein wenig be-
klommen betrachteten sie das Naturereignis, immer neue Bündel brennenden Feuers warfen die untergehenden Sonnenstrahlen an den Himmel, es war ein grandioses Schauspiel. „Hoffentlich hat des nix zu be-
deute", befürchtete Frieda, „mei Großvater hat immer gsagt, des bedeutet nix Guats!" „Geh weiter", beruhigte sie ihr Peter, doch allen war ein
Gefühl der Beklommenheit nicht zu nehmen. „Kommt, gehn wir wieder
hinein", forderte Weinberger auf; sie folgten ihm.

„Männer", sagte Klausner, als alle Platz genommen hatten, „Männer,
wir sind bald soweit fertig mit unserer Arbeit. Die Betriebsleitung hat
uns zehn Tage Urlaub genehmigt. Wir machen ihn gemeinsam und
nehmen dann anschließend das Ortsnetz in Betrieb." Sie nickten zustimmend, und Keil, der sich als Sprecher der Gemeinschaft fühlte,
meinte: „Ja, so ist es uns recht!" „Das paßt sogar sehr gut", ergänzte
Seppl, „viele von uns haben doch eine kleine Landwirtschaft daheim, da
braucht man in der Getreideernte jede Kraft." „Also, ausgemacht, wir
werden von Mitte August bis Ende dieses Monats in Urlaub sein", bekräftigte Klausner. „Ist jetzt das Offizielle abgewickelt?" fragte Weinberger. Als ihm das bestätigt wurde, meinte er: „Na, dann können wir
doch endlich zum Karteln anfangen."

Rasch hatten sich die Parteien zusammengefunden. Klausner war auch
aufgefordert worden, doch er gab ihnen eine Absage. „Ich habe heut
noch einen Gast zu erwarten", wehrte er ab. „So, wer kommt denn zu
uns noch so spät?" fragte Gronauer. „Du, Hans, kannst du schweigen?"
fragte Klausner. „Gewiß", antwortete Gronauer. „Ich auch, lieber
Hans!" Alle lachten schadenfroh.

Nicht lange danach wurde das Geheimnis des Gastes gelüftet. Lehrer
Bergmann trat ein. „Guten Abend", grüßte er nach allen Seiten. „Bitte,
Herr Bergmann, nehmen Sie doch an meinem Tisch Platz", forderte
Klausner auf. „Gerne", sagte der Lehrer. „Nun, Herr Bergmann, was

darf ich Ihnen bringen lassen?" „Einem Glas Württemberger Roten wäre ich nicht abgeneigt." Luigi nahm die Bestellung auf und ging in die Küche. „Bring' mir auch ein Glas mit", bat Klausner. „Wird erledigt, Kapo" sagte Luigi und wieselte nach draußen. Bald darauf prosteten sie sich mit einem rubinroten Trollinger aus der Neckargegend zu. Anerkennend schnalzte der Lehrer mit der Zunge. „Donnerwetter, da hat uns aber die Mina ein feines Tröpfchen beschert!" „Ja, das kann man wohl sagen", konstatierte auch Klausner. Er eröffnete das Gespräch, indem er das außergwöhnliche Abendrot erwähnte. „Ja", sage der Lehrer „meine Frau und ich waren auch ganz bestürzt, so ein Rot haben wir noch nie erlebt." Nachdenklich stützte er sein Kinn in die Hand und sah etwas betroffen vor sich hin. „Hoffentlich hat das nichts Besonderes zu bedeuten", meinte er. „Bei uns sind halt die Menschen etwas abergläubisch." „Nun ja, manchmal ist da schon etwas dran", mischte sich Keil in das Gespräch. „Nun, wir werden ja sehen", meinte Klausner, „ändern oder gar aufhalten können wir das Geschehen ohnehin nicht." „Ja, da haben Sie recht. Trinken wir lieber den ausgezeichneten Wein. Schon Wilhelm Busch erkannte, daß Rotwein für alte Knaben eine von den besten Gaben wäre", lachte der Lehrer. „Pardon, Sie sind natürlich nicht damit gemeint", entschuldigte sich Herr Bergmann. „Das habe ich auch gar nicht so aufgefaßt", antwortete Klausner; sie hoben ihre Gläser. „Na, Herr Klausner, wie geht denn Ihre Arbeit voran? Überall sieht man ja schon die blitzenden Drähte in der Luft, da kann es meiner Meinung nach nicht mehr allzu lange dauern, bis die Elektrizität Einzug in unsere Häuser hält." „Allerdings. Nach unserem Urlaub, den wir in vierzehn Tagen antreten werden, nehmen wir das Ortsnetz in Betrieb!" „Ich kann mir das, mit Verlaub, gar nicht vorstellen. Ein Licht, das man nicht mehr auffüllen braucht, von der Helligkeit gar nicht zu reden. Wie oft habe ich die blakenden Petroleumlampen verwünscht", seufzte der Lehrer. „Allein schon der Geruch im Hause. Ich freue mich jedenfalls darauf, wenn die neue Zeit bei uns ihren Einzug hält!" Man hatte noch allerhand Gesprächsthemen, trank noch ein Glas, gähnte manchmal hinter der vorgehaltenen Hand, sah verstohlen nach der Uhr und ging dann müde in sein Nachtquartier hinauf. Auch Herr Bergmann war rechtschaffen müde und verabschiedete sich ebenfalls.

Klausner suchte auch sein Zimmer auf, doch eine innere Unruhe ließ ihn nicht einschlafen. Was ist das nur mit mir, dachte er. So ein Gefühl hatte ich noch nie. Schon seit diesem Abendrot hatte ihn unbewußt ein

Gefühl bedrängt, das er aber nicht ergründen konnte. Am besten wird es wohl sein, wenn ich mit Mina darüber rede, sinnierte er weiter. Ja, das werde ich auch tun, beschloß er. So wartete er noch eine kleine Weile, bis er keinen Laut mehr im Hause vernahm. Leise klinkte er seine Türe auf. Mit nackten Sohlen schlich er sich, nur mit dem Nachthemd bekleidet, zu Minas Zimmer. Leise, kein Geräusch verursachend, drückte er die Klinke der Schlafzimmertüre herunter. Mit Erstaunen mußte er feststellen, daß die Türe verschlossen war. Nanu, dachte er, das ist mir noch nie passiert, immer war die Türe unversperrt. Er wollte der Sache auf den Grund gehen. Behutsam kratzte er mit dem Fingernagel an der Türe, schon wollte er zu einem leisen Pochen ansetzen, da drehte sich knirschend der Schlüssel von innen. Die Türe öffnete sich einen Spalt, und Klausner wurde sanft in das Zimmer gezogen. Im blassen Mondlicht, das in das Zimmer fiel, konnte er gerade noch Minas Konturen erkennen. Sie legte einen Finger auf seinen Mund und zog ihn zum Bett. Erst als sie im Bett lagen, umfingen sie sich und herzten und küßten einander. Sie wisperte ihm ins Ohr: „Ich bin ja so froh, daß du zu mir gekommen bist. Ich habe doch so sehr darauf gewartet." Sie schmiegte ihren Kopf an seine breite Brust. „Weißt du, das Abendrot heute, ich weiß nicht, aber ich glaube, das bedeutet nichts Gutes." „Wenn ich ehrlich bin, liebe Mina, mir geht es ganz genau so", gab er ihr zur Antwort. Wie zwei verängstigte Kinder suchten sie gegenseitig Schutz beieinander. Doch bald hatten ihre Küsse und ihre Zärtlichkeiten ihre Sinnlichkeit und ihre Leidenschaft geweckt. Sie liebten sich bis zur Erschöpfung. Erst kurz nachdem die alte Turmuhr zum ersten Schlag des neuen Tages ausgeholt hatte, fielen sie in tiefen Schlaf.

Auch Frieda und Lina konnten nicht einschlafen. Lange wälzten sie sich in ihren Betten, heimlich sehnten sie ihre Liebhaber herbei, doch diese schliefen schon längst. Hätten sie allerdings von den Nöten der Mädchen etwas geahnt, wären sie sicher zu ihnen geeilt. Im Dorfe war es ganz still, nur ein leichter Nachtwind strich durch das Laub der Bäume. Im Obstgarten hinter dem Hause war eine Eule auf der Jagd. Mit lautlosem Flügelschlag strich sie durch die Lüfte. Ein kurzes Piepsen bald darauf verkündete das Ende des Lebens einer Maus. Irgendwo hörte man den klagenden Schrei eines Käuzchens, des Totenvogels, wie die Alten abergläubisch sagten. Langsam wanderte die halbe Scheibe des Mondes über den sternenübersäten Himmel. Sein Licht tauchte die Landschaft in ein unwirkliches Licht. Sein milder Schein ließ alles etwas verschwimmen. In der Hecke, die den Obstgarten umgab, tummelte sich eine Igelfamilie, auch sie ging auf Nahrungssuche. Ab und zu konnte man das Schnarchen des Igelvaters deutlich hören. Sie mußten auf der Hut sein, der lautlose Tod, die Eule, war unterwegs, immer wieder versuchte die Igelmutter ihre Kinder in die schützende Hecke zu bringen; kaum war ihr das gelungen, klatschten auch schon ein schwerer Schatten und ein Paar mächtige Flügel in das Gras. Es war eine Sekunde zu spät. Ärgerlich erhob sich die um ihre Beute gebrachte Eule und flog mit breitem Schwingenschlag ihrem Nistbaum zu. Schon sah man einen leichten grauen Streifen über der Frankenhöhe, der den den neuen Tag ankündigte.

Die ersten Hähne begrüßten mit ihrem hellen Krähen die aufgehende Sonne. Bald darauf konnte man das Rumoren der Spatzen in der Kastanie und in der Dachrinne des Gasthauses hören. Sie zeterten und stritten sich, ihr lautes Lärmen weckte auch die Schläfer im Gasthaus. Noch etwas verschlafen blinzelte Mina auf ihren Wecker. Was, schon halb sechs? Mit einem Ruck schwang sie sich aus dem Bett. Gähnend massierte sie ihre linke Schulter, auf der der Kopf von Adolf geruht hatte. „Los, du Faulpelz, steh auf", forderte sie ihn auf. Der rieb sich die Augen und versuchte, sie wieder in das Bett zu ziehen. Geschickt wand sie sich aus seinen Armen. „Pst", machte sie, „du kannst doch nicht die Leute wecken, was werden die sagen, wenn sie dich aus meinem Schlafzimmer kommen sehen?" Sie begab sich zur Türe, horchte in den Sohler hinaus und gab ihm ein Zeichen, daß die Luft rein sei. Schnell zog er sein Nachthemd über den Kopf und huschte in seine Kammer. Soll ich mich nochmal kurz hinlegen? dachte er. Ach was, dann schlafe ich nur nochmal ein. Er schnappte sich sein Waschzeug und ging nach unten. Auf der Treppe begegnete er bereits Weinberger. „Du hast wohl auch nicht mehr schlafen können?" begrüßte er ihn. „Du sagst es, mein Lieber", gab Klausner scheinheilig zur Antwort. „Ich glaube, das wird heute wieder ein richtiger Sonnentag", setzte Weinberger hinzu. „Kann schon sein", brummte Klausner. Ihm war jetzt nicht nach einer Plauderstunde zumute. Schweigsam standen sie am Brunnen, seiften sich ein, rubbelten ihren Oberkörper und wuschen sich den Schlaf aus den Augen. Inzwischen hatten sich noch mehrere Männer eingefunden. Frieda und Lina sah man mit ihren Milchkannen im Stall verschwinden.

Unter der Kastanie in der Nähe des Misthaufens scharrte der stolze Hahn mit seinem Hühnervolk. Ab und zu schlug er mit den Flügeln, plusterte sich auf und ließ ein kräftiges Kikeriki ertönen. Jörgli kam bereits mit einer Fuhre Gras, spannte aus, gabelte das Gras auf die Tenne und fuhr es mit einer Schubkarre in den Stall. Als er mit seiner Karre vorbeikam, blinzelte er Klausner zu, grüßte erstaunt und meinte: „Ja, was is jetzt das, ihr seid ja scho alle auf?" „O ja", sagte Weinberger, „Morgenstund hat Gold im Mund!" „Oder ist aller Laster Anfang", mischte sich Keil in das Gespräch. Alles lachte. „Ja, so kann mer auch sage", brummte Jörgli und schob seine Karre in den Stall. Die mit dem Waschen fertigen Männer gingen nach oben, um sich anzukleiden, während die anderen noch ziemlich verschlafen und mürrisch ihre morgendliche Reinigung vornahmen. Eine halbe Stunde später war alles zum Frühstück versammelt. Mina stellte die große Schüssel dampfender Milchsuppe vor sie hin, während Frieda das Brot, die Butter und Apfelgelee auf den Tisch stellte. Eine große Kanne Malzkaffee rundete das Ganze ab. Die Männer langten ordentlich zu. „Donnerwetter, du haust aber fest rein", wunderte sich Seppl und betrachtete den über alle Backen kauenden Schuster. „Ja weißt du, ich habe ja auch die ganze Nacht nichts bekommen", scherzte der. Alle lachten über diese witzige Bemerkung. Keil sah auf die Uhr, schielte zu Klausner und meinte: „Auf geht's!" Es waren nur noch einige Minuten bis sieben Uhr. „Ihr wißt ja, was ihr zu tun habt", fragte Klausner. „Sicher", antwortete Keil, und zur Bestätigung nickte mancher von ihnen. Sie marschierten zum Lager, holten ihren Werkzeuge und das Material und begaben sich an ihre Arbeitsstellen. „Du, Kapo", sagte Seppl, „wir brauchen noch Farbe, um die Ständer zu streichen." „Ich muß sowieso telefonieren, da kann ich das gleich mitbestellen. Braucht sonst noch einer etwas?" schrie er den Davonziehenden nach. Keiner dreht sich um und gab ihm eine Antwort. „Also gut, das wär's", brummte er und ging zum Bürgermeister.

Der kam gerade aus dem Schweinestall. Noch etwas verschlafen blinzelte er in die Sonne. Er hatte eine schwere Nacht hinter sich. Eine Muttersau sollte ferkeln, er hatte Wache bei ihr gehalten. Erst vor einer Stunde hatte sich das ereignet, worauf er die ganze Nacht gewartet hatte. „Guten Morgen, Herr Klausner, kommen Sie, ich will Ihnen was zeigen." Er führte ihn in den Schweinestall. Zwölf rosige Ferkelchen drängten sich an dem Gesäuge der Mutter. Leise grunzend ließ die sich von den Ferkeln bedrängen. „Na, was sagen Sie?" meinte der Bürgermeister mit Stolz in der Stimme. „Ja, Herr Klausner, das sind die Augenblicke im Leben eines Bauern, wo er bestimmt mit keinem anderen auf der Welt tauschen möchte." „Das kann ich verstehen", gab ihm der zur Antwort. Beide konnten sie sich nicht satt sehen. Nach einer Weile räusperte sich der Bürgermeister und meinte: „Da müssen wir doch einen Schnaps drauf trinken, was meinen Sie?" „Warum nicht." Sie begaben sich ins Haus. Frau Schaumann kam aus der Küche. „Haben Sie unsere Ferkel schon gesehen?" fragte sie Klausner mit froher Stimme. „O ja, prächtig schauen sie aus", meinte Klausner. Die Männer traten in die gute Stube. „Kommen Sie, nehmen Sie Platz." Der Bürgermeister ging zu einem Wandschränkchen, nahm eine Flasche selbstgebrannten Zwetschgenschnaps und Gläser heraus, schenkte ein, und beide prosteten sich zu. „Auf einem Bein kann man nicht stehen", er schenkte noch einmal ein. Beide kippten den wohlig in der Gurgel brennenden Schnaps hinunter. Ich bin nur froh, daß ich schon gefrühstückt habe, dachte sich Klausner, sonst wäre der gute Tropfen mir bestimmt in den Kopf gestiegen. „Bitte, mir nicht mehr", wehrte er den Bürgermeister ab, der das leere Glas noch einmal füllen wollte. Die schwere Nacht war vergessen, eine leichte Röte überzog sein Gesicht und ließ die violetten Adern an den Nasenflügel etwas hervortreten.

„Herr Bürgermeister, kann ich Ihr Telefon benützen?" „Aber das ist doch selbstverständlich." „Ich müßte mit meiner Betriebsleitung telefonieren." „Bitte, bedienen Sie sich." Er wies auf das an einer Wand hängende Telefon. Klausner drehte an der Kurbel, und das Fräulein vom Amt in Rothenburg meldete sich. Er bat sie, ihn mit der Betriebsleitung der Überlandzentrale in Ansbach zu verbinden. „Bitte, warten Sie", tönte eine jugendliche Stimme. „Ich werde Sie wieder rufen, wenn ich den Teilnehmer habe, hängen Sie ruhig ein", sagte die Stimme am Klappenschrank. Er tat wie geheißen. Nicht lange danach ertönte die Glocke. Er hob ab und sprach bald darauf mit Herrn von Lauterbach.

Nach der üblichen Begrüßung bestellte er seine Waren und gab den Termin für den Urlaub bekannt. „Ich bin mit dieser Regelung durchaus einverstanden", antwortete der Betriebsleiter. „Halten wir also den 18. August fest, so daß wir mit der Inbetriebnahme des Ortsnetzes rund zwei Wochen nach Urlaubsende rechnen können." „Ja, so haben wir uns das gedacht", sagte Klausner. „In Ordnung, Herr Klausner, grüßen Sie mir Ihre Männer. Ich wünsche Ihnen einen erholsamen Urlaub, Ende." Klausner hängte den Hörer ein. Noch einmal betätigte er die Kurbel, er mußte ja die Kosten des Gespräches erfahren. Der Bürgermeister hatte während des Gespräches die Stube verlassen. Er hatte das dringende Bedürfnis, sich zu waschen. Nun trat er ein. Er hatte ein frisches Hemd und darüber eine blauweiß gestreifte Bluse an. „Haben Sie eigentlich schon gefrühstückt?" fragte er Klausner, der bejahte und meinte: „Sonst hätte ich den Schnaps bestimmt nicht vertragen." „Ja, ja dia junge Leit vertroga scho gor nix mehr," der Bürgermeister wiegte sein an der Schläfe leicht ergrautes Haupt und blinzelte vergnügt Klausner zu. Der lachte, zahlte das Gespräch und begab sich zu den Baustellen.

Als er die Hintere Gasse hinunterging, sah er aus dem Gehöft des Schubert-Bauern Herrn Fink herauskommen. „Guten Morgen, Herr Klausner!" rief der schon von weitem und schwenkte dabei seine Mütze. „Guten Morgen", antwortete Klausner, „nanu, Sie sind ja heute so fröhlich? Gibt es dafür einen besonderen Grund?" „Aber sicher", lachte Fink. „Heute werden wieder zwei Installationen fertig! Gerade komme ich aus dem Anwesen des Schubert-Bauern, nach meiner Überprüfung konnte ich feststellen, daß die Arbeit auch hier zu Ende geht. Da ja noch nicht alle Einwohner angeschlossen werden, haben wir nur noch sechs Installationen durchzuführen!" „Das ist ja großartig!" lobte Klausner. „Wissen Sie, wir wollen nämlich von Mitte bis Ende August in Urlaub gehen und danach nehmen wir das Ortsnetz in Betrieb. Wenn die Arbeiter so weitermachen, können wir zusammen bis Mitte September so weit sein." „Gewiß", gab ihm Fink recht. „Anschließend gehen dann wir in Urlaub! Bitte, Herr Klausner, veranlassen Sie doch den Termin bei der Betriebsleitung!" „Aber selbstverständlich werde ich das tun!" „Möchten Sie sich mal wieder eine Anlage anschauen?" „Warum nicht?" „Na, dann kommen Sie!"

Das Wohnhaus war bereits fertig installiert, die Monteure waren gerade im Stall beschäftigt, die Leitungen, die in einem Metallrohr – dem sogenannten Peschelrohr – verlief, auf Isolatoren aus Porzellan zu befestigen. Wegen der Feuchtigkeit und den Ammoniakdämpfen mußten die Rohre auf Abstand zur Wand des Stalles verlegt werden. Auch die Schalter bestanden aus Hartporzellan, das oben bei der Einführung des Rohres mit Kitt abgedichtet werden mußte. So wollte man vermeiden, daß sich die Feuchtigkeit niederschlagen und somit die Funktion des Schalters beeinträchtigen konnte. Auch der Lampenkörper war aus Hartporzellan, hier wurde die Einführung ebenfalls verkittet. Über den

Lampenkörper war ein Schutzglas geschraubt, das mit einem Gummiring abgedichtet wurde. Ab und zu würde man später das Glas abschrauben und reinigen müssen, denn die vielen Fliegen im Stall hinterließen darauf ihre Spuren. so daß der Schein der ohnehin nicht sehr hellen Glühbirne – in der Regel eine 25-Watt-Birne – ziemlich trübe werden würde. So sah also die Installation in den Ställen aus. In der Scheune war es nicht anders, nur wählte man hier eine höhere Lichtstärke, um die Weite der Scheune einigermaßen auszuleuchten. Meistens wurde eine 60-Watt-Glühlampe verwendet. Wenn man berücksichtigt, daß es noch Kohlenfadenlampen waren, die bei weitem nicht so hell leuchteten wie die späteren Glühbirnen, konnte man natürlich auch nicht von einer richtigen Arbeitsplatzbeleuchtung sprechen. Trotzdem war es ein großer Unterschied zwischen dieser Beleuchtung und einer Stallaterne, die mit Petroleum gefüllt war und über ihren Glaszylinder nur einen mäßigen Schein verbreitete.

Obwohl die Stalltüre weit geöffnet war und das Vieh sich auf der Weide befand, konnten die Monteure sich kaum der vielen Fliegen erwehren. Immer wieder schlugen sie auf die Plagegeister ein. Der Schweiß floß ihnen in Strömen über das Gesicht und in die Augen. Das brannte oft höllisch. Berger, der etwas ältere der beiden Monteure, hatte dabei eine besondere Methode des Schutzes entwickelt. Er hatte seine Pfeife im Mund und blies dicke Rauchschwaden vor sich hin. So wurde er von den Fliegen ziemlich verschont, während der Jüngere seine Mütze zu Hilfe nahm, um die Biester abzuwehren. Zum Glück waren sie bald fertig, es galt nur noch die Lampe festzuschrauben. Klausner verscheuchte ein paar Fliegen mit der Hand, grüßte die Männer und lobte sie für ihre Arbeit. Sie freuten sich, und Ewald, der jüngere von beiden, zog seine Schnupftabaksdose hervor und vergönnte sich eine ordentliche Prise. Klausner und Fink freuten sich ebenfalls, daß die Arbeit so gut verlief.

Soeben kam die Bäuerin nach Hause. Sie mußte das Essen zubereiten. Zur damaligen Zeit war es ein ungeschriebenes Gesetz, daß jeder Handwerker, der bei einem Bauern eine Tätigkeit ausführte, auch seine Verpflegung erhielt. Einen großen Vorteil hatte das ja, die Männer brauchten für ihre Verpflegung und Übernachtung nicht zu bezahlen. So konnten sie sich eine Menge Geld sparen. Vor allem, wenn sie bei dem Bauern noch etwas mithalfen, sei es nun eine Fuhre Heu abzuladen oder beim Futterschneiden seine Kräfte zur Verfügung zu stellen. Noch mußten ja die Futterschneidmaschinen mit der Hand angetrieben werden, erst der Elektromotor beendete diese Schinderei.

Aus diesem Grund ließen sich auch die meisten Bauern zum Einbau eines Motors, der ihnen die Plackerei ersparte, überreden. Dieser Vorteil sprang ihnen als erstes ins Auge, benötigte doch das Futterschneiden mit der handbetriebenen Maschine oft Stunden und viel Kraft. So zehn bis fünfzehn Kühe fraßen allerhand, bei großen Bauern stand oft das Doppelte im Stalle. Außerdem gab es ja noch Jungvieh, auch hatte der eine oder andere Bauer seinen eigenen Bullen; erst später sollte man die Zucht mit Genossenschaftsbullen betreiben. Besonders aufwendig war das Futterschneiden für die Pferde.

Im Sommer war das leichter, da trieb man das Vieh auf die Weide. Die Schweine wurden gehütet; jeden Morgen blies der Hirte auf seinem Horn, die Schweine des Dorfes versammelten sich zu einer Herde und wurden auf den Anger getrieben. Dort standen mächtige Eichen, die mit ihren Früchten den Schweinen eine willkommene Abwechslung im Speisezettel boten. Die Schweine zu hüten war die Arbeit des krummen Hannes. Man nannte ihn so, weil er im Kriege 1870/71 eine Schrapnellkugel abbekommen hatte und seither ein Bein nachschleifte. Hannes hatte eine besondere Gabe. Er konnte wunderbar Geschichten erzählen, so daß er öfter nachmittags von einer Schar Kinder umgeben war, die begierig seinen Erzählungen lauschten. Manchmal blieb er auch nicht immer so ganz bei der Wahrheit, manch eines der Kinder sah ihn oft zweifelnd an, dann mußte er vergnügt vor sich hin lachen. Aber er konnte noch mehr: Er lehrte die Buben, wie man Weidenpfeifen schnitzt oder wie man eine Steinschleuder aus einer Astgabel herstellt. Den Mädchen zeigte er, was man aus Kastanien für wunderbare Figuren zaubern kann. Er hatte gerne Kinder um sich und freute sich, daß er, als er aus dem Kriege heimkehrte, diese Arbeit zugewiesen bekam. Er wohnte in einem winzigen Häuschen am Ende des Dorfes, und die Bauern entlohnten ihn mit festgelegten Naturalien. Für seine sonstigen Bedürfnisse bekam er eine kleine Rente als Kriegsversehrter, so war allen geholfen.

Klausner suchte das Lager auf. Die Hitze war noch größer geworden, es war kurz vor Mittag, die heiße Luft flirrte. Mehr als einmal zog er sein Taschentuch hervor, um sich den Schweiß abzuwischen. Im Lager war es jetzt ziemlich leer, nur einige Farbbüchsen und Werkzeuge lagen auf der Werkbank, eine große Büchse mit Terpentin stand da, in ihr steckten fünf Pinsel. Er setzte sich einen Augenblick auf die Werkbank. Ein leises Geräusch ließ ihn aufblicken. Vor seinen Schuhen stand ein kleines Mäuschen auf den Hinterbeinen und putzte sich die Barthaare, es war drollig anzusehen, mit listigen, stecknadelkopfgroßen Äuglein sah es Klausner an. Der verhielt sich zunächst ganz still. Das Mäuschen ließ sich nicht stören. Da klatschte er in die Hände. Wie der Blitz verschwand es hinter einer leeren Kiste. Klausner grinste vor sich hin. Da hörte er die Mittagsglocken. Er eilte zur Gastwirtschaft, auch die Monteure kamen von allen Seiten.

26. Kapitel   DIE BESICHTIGUNG

Nach dem Mittagessen, Klausner hatte sich eine Zigarre angezündet, kam Frieda in die Stube. „Herr Klausner, da wären ein Herr und eine Frau, sie fragen nach Ihnen." „So, na, wer könnte das wohl sein?" Er brauchte nicht lange im Ungewissen bleiben, Herr Wimmer, der ehemalige Kriminalbeamte stand mit seiner Frau vor ihm. „Ja, Grüß Gott, das ist aber eine Freude! Wenn ich ehrlich bin, habe ich nicht so schnell mit einem Besuch gerechnet! Um so mehr freut es mich, daß Sie zu uns gekommen sind. Darf ich Ihnen meine Mitarbeiter vorstellen?" Er machte die beiden mit seinen Leuten bekannt. „Aber bitte, nehmen Sie doch Platz", forderte er auf. „Sicher mögen Sie auch was trinken? Bei der Hitze ist das bestimmt eine unnötige Frage." Frieda nahm die Bestellung entgegen und eilte nach draußen. „Männer", drängte Keil, „wir packen es wieder! Auf geht's, die Mittagspause ist zu Ende." Bald war Klausner mit seinen Gästen alleine. Nun hatte er Zeit, sich ihnen zu widmen.

Frau Wimmer war eine zierliche Person mit einem pausbäckigen Gesicht und lustigen haselnußbraunen Augen. Den etwas strengen Mund lockerte ein kleines Grübchen unter dem Kinn auf, das ihrem Gesicht fast ein bißchen etwas pfiffiges verlieh. Sie hatte ihren breitrandigen Sommerhut abgenommen und fächelte sich mit der Hand etwas Kühlung zu. Ihr leicht ergrautes Haar trug sie in Zöpfen aufgesteckt. Die Schleife ihrer Seidenbluse hatte sie etwas gelockert. Ihr Mann war mit einer leichten Baumwollhose und einem Hemd, von dem er der Einfachheit halber den Kragen abgeknöpft hatte, und einer leichten blauen Leinenjacke bekleidet. Nachdem sie sich zugeprostet hatten, eröffnete Klausner das Gespräch. „Ich freue mich sehr, daß Sie gekommen sind. Bei der Hitze einen Besuch zu machen, ist wirklich eine Leistung!" „Ach was", wiegelte Herr Wimmer ab, „das schadet uns Stadtleuten auf gar keinen Fall. Übrigens, wir sind gerne auf dem Land, was, Gusti?" „Ja, da hast du sicher recht, doch bei der Hitze ist es nicht gerade leicht", schnaufte sie. „Ach was, jetzt ist mir schon wieder wohler", stellte Herr Wimmer fest, er nahm noch einen kräftigen Schluck mit Wasser vermischten Mostes und strich sich über den Schnurrbart. „Eigentlich", brummte er, „sind wir ja nicht zum Diskutieren hergekommen. Wollten Sie uns nicht die Arbeit der Elektrifizierung zeigen?"

fragte er scheinheilig und blinzelte Klausner verschwörerisch zu. „Was heißt hier wir", protestierte sie, „du wolltest doch deine Neugierde befriedigen." „Aber Gusti", lachte er, „du kennst mich doch!" Klausner mußte ebenfalls in das Lachen einstimmen. „Sehns, Herr Klausner, so ist eben mein Preußlein, immer muß sie das letzte Wort haben!" „Du!" drohte sie mit dem Zeigefinger. „Ich glaube", fuhr lachend Klausner fort, „bevor Sie sich letztendlich einig sind, sollten Sie doch ein wenig auf mich hören; also nun hören und sehen Sie einmal zu." Er stand auf, holte ein Stück Kreide und zeichnete den Verlauf des Ortsnetzes auf die Tischplatte. „Sehen Sie, hier steht die Trafostation, von da aus führt die Leitung in das Dorf. Hier haben wir einen Kreuzungsdachständer, von da aus geht die Leitungsführung auseinander. Einmal in das hintere Dorf und in zwei Seitengassen, hier in das vordere Dorf und um die Kirche und das Schulhaus herum, die vordere Dorfstraße entlang zum Ortsausgang. Hier haben wir dann noch einen kurzen Stich zum Ulmenbauern und zum Schmied." Mit dem Finger fuhr er die aufgezeichneten Linien nach. Herr Wimmer beugte sich über die Zeichnung und folgte sehr aufmerksam den Erklärungen, während Frau Wimmer Adolf Klausner betrachtete. Bei seinen Erläuterungen hatte sein Gesicht ein Leuchten überflogen, voll Schwung und Begeisterung war er dabei.

So sah mein Wigerl auch immer aus, wenn er einen Erfolg melden konnte, dachte sie. Ihr war es im Grunde ja gleichgültig, als ihr Wigerl von seiner Bekanntschaft erzählte. Um ihm seine Freude nicht zu nehmen, fuhr sie mit ihm. Männer sind eben große Kinder, dachte sie bei sich und betrachtete dabei ihren Mann. Der folgte wißbegierig und sehr interessiert den Ausführungen Klausners. Dieser schloß eben mit den Worten: „Ach wissen Sie was, kommen Sie doch mit mir. In der Praxis kann man das wesentlich leichter erklären."

„Weißt du was, Ludwig", meldete sich seine Frau, „ich setze mich etwas auf das Bänkchen im Schatten der Kastanie, gehe du nur mit Herrn Klausner, mir ist das zuviel, und außerdem verstehe ich ja sowieso nichts davon." „Wenn du meinst, nun, so ruhe dich nur im Schatten etwas aus, wir werden ja bald wieder hier sein!" Mit aufgekrempelten Hemdsärmeln und gegen die Sonne mit einem breitrandigen Strohhut geschützt, trottete er neben Klausner her. „Gehen wir zuerst zur Transformatorenstation", schlug der vor. Herr Wimmer brummte: „Einverstanden, Sie müssen mir nur sagen, was dort vor sich geht." An der Station angekommen, erläuterte Klausner ihre Funktion. „Kommen Sie nur herauf mit mir!" Er forderte ihn auf, die Plattform zu besteigen. Klausner kletterte an einem Seitenmasten hoch, und Wimmer folgte ihm. „Sehen Sie, noch ist keine Gefahr dabei. Die Station ist ja noch nicht unter Strom. Von hier aus können Sie am besten verfolgen, wie der Leitungsweg in das Dorf verläuft." Wimmer kam bald heftig schnaufend auf der Plattform an. „Wissen Sie, in meinem Alter ist das nicht mehr ganz so leicht", prustete er. „Lassen Sie sich nur Zeit, es läuft uns ja nichts weg. Verschnaufen Sie ruhig erst einmal." Klausner hatte seine Mütze abgenommen, wischte sich die Stirne mit einem großkarierten Sacktuch und fuhr damit den Innenrand der Mütze aus. Auch Wimmer hatte seinen Strohhut abgenommen und fächelte sich Luft zu. „Es ist aber auch wieder mörderisch heiß heute! Ja, wir haben halt Hochsommer", seufzte Wimmer. „Sehen Sie", begann Klausner seine Erklärungen, „hier von diesem Abspannbock fahren wir mit der Freileitung in den Ort. Diese Leitung bezeichnen wir als Niederspannungsleitung, während die ankommende Hochspannungsleitung genannt wird. Dazwischen ist also der Transformator geschaltet." „Aha, verstehe, Sie reduzieren die Hochspannung auf die Voltzahl, die Sie in den Ortsnetzen brauchen." „Sehr richtig!" lobte Klausner. „Begeben wir uns wieder nach unten."

Nun marschierten sie dem Leitungsweg nach in den Ort. „Sehen Sie, über diese Dachständer geht der Leitungsweg. Man muß nur darauf achten, daß die Dachständer die richtige Höhe aufweisen, damit in etwa ein gleiches Niveau gehalten werden kann. Das ganze Bild soll nämlich eine gewisse Symmetrie aufweisen!" „Ah ja, sehr interessant, ich bin sehr beeindruckt! Eine Frage hätte ich dabei: Wie kommt nun aber der Strom in die Häuser?" „Das werden wir uns gleich anschauen, kommen Sie." Er führte den Gast in den Hof vom Kirchenbauern, betrat das Wohnhaus und stieg mit ihm auf den Dachboden. Die Dachluke war noch offen, denn ein Monteur strich gerade den Ständer mit Farbe. Die beiden Männer standen im Lattenausschnitt. „Sehen Sie, hier wird die Leitung angeklemmt und durch den Dachständer geführt. Am Ende des Dachständers ist ein Rohrbogen auf einem Brett angebracht, der in die sogenannte Panzersicherung führt, das heißt, die Sicherungen sind durch eine starke Metallabdeckung geschützt. Bis zu dieser Sicherung ist es eine Angelegenheit unserer Ortsnetzbauer. Die weitere Leitungsführung übernimmt nun die Installationsabteilung. Sehen Sie, das ist also der sogenannte Hausanschluß." „Ich muß schon sagen, eine feine Konstruktion", lobte Wimmer, „aber hier oben herrschen ja Temperaturen, die der Hölle nahe sind!" „Ja, leider haben die Dachziegel die Eigenschaft, die Hitze zu speichern", stöhnte Klausner. „Ob Sie's glauben oder nicht, das sind Temperaturen von weit über siebzig Grad!" „Mein Gott, und da müssen Ihre Leute arbeiten!" „Ja, das sind eben die Schattenseiten unseres Berufes, im Sommer die Hitze und im Winter oft klirrende Kälte. Wenn halt der Himmel die Werkstatt ist, geht es eben nicht anders, trotz allem lieben wir unseren Beruf! Wissen Sie, das einmalige bei unserer Arbeit besteht hauptsächlich darin, zu wissen, daß wir eine neue Zeit des technischen Fortschrittes bringen. Es gibt Handwerksberufe, die bereits eine jahrhundertelange Tradition haben. Der Beruf des Elektromonteurs ist aber völlig neu, um so reizvoller ist es, mit dieser Energie umzugehen. Die Elektrifizierung bringt sicher eine große Erleichterung für die gesamte Landwirtschaft!"

„Ja, Herr Klausner, ich bin tief beeindruckt von dem, was ich gesehen habe, auch kann ich Ihre Begeisterung völlig verstehen. Allzugerne allerdings hätte ich das Ganze in Betrieb gesehen, vor allem einen Elektromotor hätte ich so gerne mal in Funktion gesehen! In Ansbach müßte ich dazu ja erst in irgend eine Fabrik gehen." „Nun, das ist gar nicht mehr so lange hin, Anfang September werden wir in Betrieb gehen. Kommen Sie dann doch einmal vorbei. Sie können gewiß sein, daß Ihnen die Bauern den Gebrauch erklären werden. Wir sind allerdings dann nicht mehr da, unsere Aufgabe führt uns von einer Ortschaft zur anderen." Sie näherten sich dem Ende der Inspektion und standen nun wieder vor dem Gasthaus, wo Frau Wimmer immer noch im Schatten der Kastanie auf der Bank saß.

„Hör mal Gusti, der Herr Klausner hat gesagt, wir können uns das Ortsnetz, wenn es in Betrieb ist, ohne weiteres anschauen. Was sagst du denn dazu?" „Ja Wigerl, da mußt du natürlich dabei sein, laß mich aber bitte aus dem Spiel, ich verstehe ohnehin nichts davon." „Haben Sie das gehört Herr Klausner. Typisch Frau! Weißt du eigentlich, Gusti, daß wir an der Schwelle eines neuen Zeitalters stehen?" „So, so ich weiß nur, daß es gleich fünf Uhr ist, daß ich Hunger habe und wir um halb acht Uhr den Zug in Rothenburg nicht versäumen dürfen!" „Was, schon fünf Uhr! Die Zeit verging ja wie im Fluge. Ja, eine Brotzeit könnten wir jetzt schon gebrauchen." „Ich werde der Mina Bescheid sagen", meinte Klausner. Herr Wimmer hatte in der Zwischenzeit seine Jacke abgelegt und saß hemdsärmelig am Tisch. Auch Frau Wimmer hatte wegen der Hitze ihre Bluse am Kragen etwas geöffnet und ihre Ärmel umgekrempelt.

Zunächst kam Klausner mit zwei schäumenden Bierkrügen. Wimmer bot zuerst seiner Frau an. Klausner stieß mit Herrn Wimmer an. „Ah, das tut gut." Nach einem tiefen Zug setzten die beiden ihre Krüge ab. Da kam auch schon Mina mit der Brotzeit. Auf zwei Holztellern servierte sie geräucherten Schinken und geräucherte Bratwürste, dazu einen Ballen Butter und ein Körbchen mit selbstgebackenem Brot. Als Beilage zum Würzen hatte sie noch ein Schälchen mit frisch geriebenem Kren dazu gestellt. Die beiden waren ganz entzückt. „Das nenne ich mir eine Brotzeit, was, Gusti!" „Ja, das ist mal was anderes als unsere Metzgersachen", meinte Frau Wimmer und schnitt ihren Schinken in dünne Streifen. „Herr Klausner, wollen Sie auch schon Brotzeit machen, oder wollen Sie warten, bis Ihre Leute kommen?" fragte Mina. „Ich warte solange", gab Klausner zur Antwort. „Hm, ausgezeichnet, das schmeckt vielleicht!" Wimmer hatte den ersten Bissen im Mund, danach schnalzte er mit der Zunge, sorgfältig löste er die Haut von der geräucherten Bratwurst, schnitt sie in kleine Stücke und bestrich sie ein bißchen mit dem frischen Kren. Mina hatte sich zu den dreien gesetzt und freute sich, daß es den Gästen so schmeckte. Bald darauf war nicht ein Krümel mehr auf dem Teller. „Bitte, bringen Sie uns noch einen Krug Bier", bestellte Herr Wimmer. „Aber gerne!" „Ich möchte auch noch ein Bier", meinte Klausner. Mina ging hinaus zum Einschenken. „So, Wigerl, jetzt ist mir wohler", seufzte Frau Wimmer. „Ja, das war köstlich", gab ihr Mann zu. Voll Wohlbehagen hatte er den Stuhl etwas nach hinten gerückt und seine Hände über dem Bäuchlein gefaltet. Er angelte nach seiner Jacke, die über dem Stuhl hing, holte sich eine Zigarre aus der Tasche, biß die Spitze ab und setzte sie in Brand. „Das ist ein Leben, wie es dem Wigerl gefällt, was Gusti?" lachte er. „Ja, dafür kann man dich haben", bestätigte seine Frau. „Aber denkst du auch an die Heimfahrt?" „Aber ja, wenn wir uns gleich auf den Weg machen, kommen wir noch rechtzeitig zum Zug, in zwei Stunden sind wir dann zu Hause."

„Herr Klausner, ich möchte mich herzlich auch im Namen meiner Frau für diesen Nachmittag bedanken. Es war ein Erlebnis für mich! Sollten

Sie wieder einmal in Ansbach einen Aufenthalt haben, so sind Sie uns jederzeit herzlich willkommen! Hier haben Sie eine Visitenkarte mit meiner Adresse." „So weit habe ich es noch nicht gebracht, aber ich habe Ihnen auch meine Adresse von zu Hause aufgeschrieben. Dienstlich wissen Sie ja, wo Sie mich erreichen können." „Ja, das ist mir bekannt. So, nun wünschen wir Ihnen, Ihren Monteuren und allen hier zusammen eine gute Zeit, bleiben Sie gesund und nochmals herzlichen Dank, auf ein baldiges Wiedersehen!" Sie schüttelten sich die Hände und winkten sich noch eine Zeitlang zu.

Klausner ging nach oben, er mußt seinen Tagesbericht noch schreiben. Mina räumte im Gastzimmer auf und begab sich in die Küche. Sechs Uhr schlug es vom Kirchturm. Die ersten Männer näherten sich dem Quartier. Begierig steuerten sie auf den Brunnen zu, um sich mit im frischen Wasser abzukühlen. Bereits unterwegs zogen sie ihre verschwitzten Hemden aus, damit sie möglichst schnell zu ihrer Abkühlung kamen. Die Frische des Wassers gab ihnen rasch wieder ihre Lebenskräfte zurück. So ein Tag in der flimmernden Hitze kostete aber auch alle Kräfte, der Durst und die Hitze waren fast nicht auszuhalten! So war es eine Labsal, das kalte Wasser des Brunnens zu genießen, immer und immer wieder tauchten sie ihre Oberkörper hinein. Sie konnten gar nicht genug bekommen. „Jetzt laßt uns doch auch mal her", maulten die Spätergekommenen. Bereitwillig machte man ihnen Platz. Schon konnte man einige Scherzworte hören. Schnell war die Plage des Tages vergessen, und die Männer freuten sich auf den Feierabend. Nach der Brotzeit fanden sich einige Kartelpartien zusammen, während andere sich zu einer Unterhaltung am Tisch zusammensetzten.

Einige Tage später wollte Klausner den Feierabend dazu benützen, die Gegend etwas näher kennenzulernen. Er setzte sich auf sein Fahrrad und fuhr in Richtung Adelshofen. Von dort wollte er über Reichelshofen und Ellwingshofen wieder zurück nach Unterhofen. Dies war eine kleine Rundreise von etwa neun Kilometern, wozu er sich Zeit lassen konnte. Auf seiner Fahrt begegneten ihm heimkehrende Bauern und Dienstboten. Sie hatten Hacken geschultert, denn sie waren in diesen Tagen mit den Rüben beschäftigt. Der Boden war sehr ausgetrocknet unter der Hitze, es hätte halt dringend regnen sollen, doch am Himmel war kein einziges Wölkchen zu sehen. Die Bäume und Sträucher am Straßenrand waren staubbedeckt und ließen ihre Blätter hängen, sie lechzten nach Feuchtigkeit. Die Sonne stand zwar schon tief im Westen, aber die Hitze des Tages ebbte nur langsam ab.

Gemächlich fuhr Klausner auf der leicht ansteigenden Straße dahin. Er hatte seine Jacke ausgezogen und sie auf dem Gepäckträger befestigt. Fast parallel zur Straße, etwa hundert Meter entfernt, standen die Hochspannungsmasten der Leitung nach Adelshofen. Hier sollte ihre nächste Aufgabe auf sie warten. Die Leitung, die von Adelshofen über Ruckertshofen, Gickelhausen und Ohrenbach bis in die Gegend von Uffenheim führte, war im Bau, wie Klausner bei der Betriebsleitung erfahren hatte. Als er in Adelshofen ankam, standen einige Kinder mit offenen Mündern da und bestaunten ihn und sein Gefährt. Doch schnell faßten sie sich und rannten schreiend hinter Klausner her. Auf ihr Geschrei hin kamen aus den Höfen einige Leute, um zu sehen, was es denn da gäbe. Sie grüßten den Radler und winkten ihm zu. Fröhlich lachend winkte er zurück. Ihr werdet uns bald kennenlernen, dachte Klausner. „Ein sauberes Dorf", murmelte er anerkennend. Er musterte bereits die möglichen Standorte für die Dachständer und legte im Geist die Leitungsführung fest.

Die Gegend, den Klausner durchfuhr, nannte man die „Landwehr". Vom späten Mittelalter bis 1802 hatte es zum Territorium der Reichsstadt Rothenburg gehört. Als er von Adelshofen nach Reichelshofen fuhr, sah er schon von weitem den mächtigen Schornstein der Landwehrbräu. Eine kräftige, schwarze Rauchfahne spie der Kamin aus, nur langsam zerteilte sie sich. In der untergehenden Sonne nahm der Rauch allerlei Farben an. Als er in Reichelshofen ankam, sah er erst, welch imposantes Gebäude die Brauerei darstellte. Das Sudhaus war bestimmt zwanzig Meter lang und zwei Stockwerke hoch. Durch die Fenster konnte man die gewaltigen kupfernen Sudpfannen blitzen sehen. Nebenan befanden sich die Maischbottiche und die Faßabfüllanlage. Nördlich vom Gebäude waren die Gärkeller angebaut. Das Bier wurde nur in Fässer abgefüllt. Gelagert wurde es meistens in großen, tief in der Erde liegenden Kellern. Wenn im Winter die Weiher zugefroren waren, wurde das Eis aus ihnen gehackt und in diese Keller gebracht; sie dienten vor allem zur Kühlung im Sommer. Bei der Gewinnung von Eis halfen alle verfügbaren Kräfte mit, also hauptsächlich die Knechte, aber auch mancher im Winter arbeitsloser Maurer oder Zimmermann. So wurde damals das Problem der Kühlung gelöst. Später sollte auch der

Strom bei der Herstellung und Kühlung des Bieres einen wesentlichen Anteil bekommen. In einem rechten Winkel zum Sudhaus stand das Wirtshaus, in echt fränkischer Art mit einem Fachwerkgiebel, umrahmt von wildem Wein und Efeu. Eine breite Eichenholztüre mit schmiedeeisernen Bändern, in zwei Flügel unterteilt, bildete den Eingang. Die Fenster waren eine besondere Zierde. Ein Fensterkreuz teilte die Fensterfläche auf. In ihr spiegelte sich die untergehende Sonne in bleigefaßten bunten Butzenscheiben. Vor der Giebelfront des Hauses standen drei prächtige weitausladende Linden. Sie spendeten reichlich Schatten für die unter ihnen aufgestellten Tische und Bänke. Der große Hof war mit Katzenkopf-Steinpflaster bedeckt. Zwischen dem Wohnhaus und dem Sudhaus stand eine Hundehütte. Klausner wurde durch lautes Gebell begrüßt, als er in den Hof einfuhr. Auf den Bänken vor dem Hause saßen einige Gäste mit blauen Leinenblusen, derben Hosen und der blauen Schürze, dem Kennzeichen der Landbevölkerung. Jeder von ihnen hatte einen Krug Bier vor sich stehen. Sie begrüßten den Ankömmling, und ein Mann – sicher der Wirt und Brauereibesitzer –, herrschte den Hund an, still zu sein. Augenblicklich hörte das Gebell auf. Der Brauer unterschied sich wesentlich von den anderen. Auf dem Kopf trug er eine Samtkappe mit einer Quaste. Er hatte ein breites gutmütiges Gesicht mit verschmitzten Augen und eine kantige Nase. Ein Schnurrbart in der Mode der Zeit, ein sogenannter Kaiser-Wilhelm-Bart, stand aufgezwirbelt nach oben. Eine geblümte Samtweste, die mit blitzenden Talern und Ketten verziert war, und eine schwarze Lederhose, die in feinen Stiefeletten stak, rundeten das Erscheinungsbild ab.

„Grüß Gott, der Herr, was darf ich Ihnen denn bringen?" Klausner stellte sich vor. „So, so, Sie sind das also, der uns das elektrische Licht bringt? Habe schon allerhand davon gesehen", brummt der Brauer. „Vor vier Jahren war ich zu Besuch in einer großen Brauerei in München. Die hatten schon den Strom. Da liefen die Maschinen nicht mehr mit Dampf oder Wasserkraft, nein, da ging alles bereits mit Elektrizität. Ach, und die Beleuchtung auf der Ludwigsstraße und den vielen anderen Plätze und Straßen in der Landeshauptstadt! Ich kann euch sagen, so was müßtet ihr einmal gesehen haben." Mit offenen Mündern folgten die anderen den Ausführungen des Bräus. „Ja, das werdet ihr auch bald hier haben", sagte Klausner nach einer kurzen Pause. „Zur Zeit sind wir in Unterhofen und dort bald fertig. Sicher sind wir auch bald bei euch!" Das war vielleicht ein Gesprächsthema! Klausner hatte soeben das zweite Krüglein Bier ausgetrunken, als ihm bewußt wurde, daß die Sonne ihre letzten Strahlen sandte. Schon zogen leichte Schatten der Dämmerung herauf. Er hatte wohl eine Karbidlampe an seinem Fahrrad, aber auf die wollte er sich doch nicht bei Nacht verlassen. Er rief: „Herr Wörner" – so hieß der Brauereibesitzer – „bitte zahlen!" „Ach was, das geht aufs Haus, so eine interessante Unterhaltung haben wir schon lange nicht mehr gehabt. Grüßen Sie die Mina, demnächst werde ich mich mal wieder bei ihr sehen lassen. Ihr Umsatz an Bier ist in letzter Zeit ja ordentlich gestiegen, jetzt weiß ich auch, wer's getrunken hat!" schmunzelte er. Mit Hallo wurde Klausner verabschiedet.

Unterwegs von Reichelshofen nach Unterhofen hielt er einmal an. Die Nacht war doch schneller hereingebrochen, als er gedacht hatte. Da er in Reichelshofen seine Lampe mit Wasser aufgefüllt hatte, dürfte nun das Karbid die nötigen Gase entwickelt haben, die zum Betrieb notwendig waren. Richtig, schon nach dem ersten Anzünden des Brenners strahlte die Lampe ein ruhiges mildes Licht aus, das durch das gewölbte Glas des Scheinwerfers auf die Straße fiel.

Gegen halb zehn Uhr fuhr er nach Unterhofen hinein. Schon von weitem konnte er das Singen und Musizieren seiner Leute durch die geöffneten Fenster des Gasthauses hören. Eben sangen sie das Lied von der von der Loreley, der Jungfrau am Rhein. Leise, um ihren Gesang nicht zu unterbrechen, schlich er sich in die Stube. Nachdem sie das Lied beendet hatten, fielen sie über ihn her: „Ja, sag mal, wo bist du denn die ganze Zeit gewesen? Hast du etwa eine Liebschaft?" Lachend erklärte er ihnen, wo er die letzten zweieinhalb Stunden verbracht hatte. „Du meinst also, wenn wir hier fertig sind, geht es nach Adelshofen?" fragte Keil. „Richtig, als ich das letzte Mal in Ansbach war, wurde es mir so gesagt." „Da haben wir wenigstens keinen großen Umzug", gab Weinberger zu. „Ja, da hast du recht. Noch sind wir aber hier. Singen wir lieber noch einige Lieder." Mit Begeisterung wurde weitergemacht. Allmählich wurde der Gesang leiser. Mancher gähnte schon mal hinter der vorgehaltenen Hand. Der heiße Tag, das genossene Bier und das Singen brachten die nötige Bettschwere. Bald lag alles in tiefer Ruhe.

Eine halbe Stunde warteten der Peter und der Ernst noch, bis sie sicher waren, daß alle schliefen, dann erhoben sie sich und schlichen sich aus dem Saal; es drängte sie, zu ihren Mädchen zu kommen. Fast wären sie

Klausner begegnet, der soeben die Schlafzimmertüre von Mina hinter sich zumachte. Mina lag schon im Bett. Sie wartete auf ihren Geliebten. „Du, ich soll dir schöne Grüße vom Bräu aus Reichelshofen bestellen!" „Wie kommst du denn nach Reichelshofen?" Er erzählt ihr von der Fahrt. Als er mit seinem Bericht fertig war, meinte sie: „Ja, der Bräu ist ein feiner Mann, schon seit fast fünfzig Jahre beziehen wir das Bier von ihm. Ich freue mich, wenn er uns demnächst mal besuchen kommt!"

„Ach Adolf," seufzte sie, „ich habe nur einen Wunsch: daß wir recht lange beisammen sein können!" „Das wünsch' ich mir auch", sagte Adolf und verschloß ihr den Mund mit einem langen Kuß. Leidenschaftlich begehrte sie ihn. Er verstand es, ihre Sinnlichkeit so zu entfachen, daß alles um sie herum versank. Bald lagen sie erschöpft auf ihren Kissen, und der Schlaf übermannte sie. Durch die geöffneten Fenster strich ein leichter Nachtwind und bauschte die Gardinen auf. Die Sterne blinkten am Himmel, der Mond, der fast voll war, zog ruhig seine Bahn und verbreitete sein mildes Licht. Ruhe lag über dem schlafenden Land.

27. Kapitel   DIE GETREIDE-ERNTE

Auf seiner Rundfahrt am Abend hatte Klausner auch festgestellt, daß das Getreide reif und schwer auf den Halmen stand. Man konnte deutlich das Knistern der Ähren hören, wenn der Wind darüberstrich. Die stechende Sonne der letzten Tage hatte das ihrige dazu beigetragen, die Körner reifen zu lassen. So saßen deshalb am Abend die Bauern in der Gastwirtschaft zusammen, um die bevorstehende Ernte zu besprechen. „Männer", sagte der Ulmenbauer, „morche geht's loas! Morche werd gmäht!" „Sell woll", stimmte der Kirchenbauer zu. „Morche is soweit, Bruadr, do kenna ma schwitza, bo dera Sunna", seufzte der Meier. „Seid froah, daß er sets Wetter is", meinte der Bürgermeister. „Doa hoscht du au wieder recht", pflichteten sie ihm bei. „Werra halt vill Ährli ausfalle", spann der Kirchenbauer die Gedanken weiter. „Muaß mer halt fleißi klaube", gab ihm der Schmied zu bedenken. „No ja, die arme Leit brauche doch a was, oder net?" „Ja freili", stimmten sie alle zu.

Es war ungeschriebenes Recht, daß die armen Leute die liegengebliebenen Ähren auf dem Felde als ihr Eigentum in Anspruch nehmen konnten. Wenn sie viele Kinder hatten, die ihnen dabei halfen, konnten sie wohl einen Teil ihres Mehlbedarfes damit decken. Für sie war es immer ein Ereignis, wenn sie mit dem Handwagen ihre Körnerausbeute in die Mühle brachten und ihr Mehl damit nach Hause fuhren. Der größte Teil davon wurde zu Brotmehl verarbeitet, der Rest zu weißem Mehl. Da wurde dann an hohen Feiertagen schon mal eine Nudel oder ein Zopf gebacken, richtiges Hefegebäck also. Die echten fränkischen Küchle, die über dem Knie ausgezogen wurden, gab es ja nur an der Kirchweih, zur Hochzeit oder zur Konfirmation. Diese Küchle wurden allerdings nur bei den Bauern gebacken. Ein Häusler oder Tagelöhner konnte sich das niemals leisten; zuviel Fett war dafür nötig. Hatten die meisten von ihnen doch sehr oft sechs oder acht Mäuler zu stopfen, da mußte man schon einteilen. „I moan, i geh ham", brummte der Ulmenbauer. „Ja, Michel, hoscht recht, morche werds koa leichter Tag. Packer mers halt a!" Sie zahlten und brachen auf.

Auch die Monteure hielten sich am Abend nicht lange. Die Hitze, der Staub und das genossene Bier hatten ihre Schuldigkeit getan. Auch

Klausner war froh, ins Bett zu kommen. Die vergangene Nacht mit Mina und die Hitze des Tages hatten ihm ganz schön zugesetzt. Morgen ist ja Samstag, dachte er noch bei sich. Gleich in der Frühe muß ich nach Rothenburg zum Geldholen. Im schwachen Licht der Petroleumlampe tastete er sich nach oben. Er war gerade beim Ausziehen, als ein Schrei und ein höllisches Spektakel aus dem Saal zu hören waren. Was ist denn jetzt los, dachte er. Blitzschnell fuhr er wieder in seine Hose und stürzte in den Saal. Zuerst sah er den Nürnberger, den Schäfer, im Licht der an der Wand hängenden Petroleumlampen. Er stand auf seiner Liegestatt, hatte die Decken bis an das Kinn hochgezogen und starrte mit einer ängstlichen Miene in den Saal, während Peter und Ernst mit einem Pantoffel bewaffnet eine Maus jagten. „Obacht", schrie Peter, „da kommt sie!" Mit Wucht warf er den Pantoffel. Die Maus traf er wohl nicht, aber den Weinberger, der gerade am Einschlafen war. „Ja, bist du denn noch zu retten?" brüllte der. Er warf ihm aus Wut ebenfalls einen Pantoffel an den Kopf. Klausner stand unter der Türe und hatte den ganzen Vorgang im Nu mitbekommen. Er lachte, daß ihm die Tränen über die Wangen liefen. Inzwischen saßen sie alle auf ihren Liegestätten und lachten und lachten. Es war aber auch zu komisch, zwei erwachsene Mannsbilder mit wehenden Nachthemden jagten einem kleinen verängstigten Mäuschen nach! Allmählich kehrte wieder Ruhe ein. Übrigens, die Maus, die sicher mehr Angst als Schäfer hatte, wurde nicht mehr gesichtet. Mit einem „Gute Nacht, Männer!" zog sich Klausner ebenfalls zurück.

Bereits um acht Uhr war Klausner mit seinem Fahrrad unterwegs nach Rothenburg. Innerhalb kurzer Zeit hatte er das mit dem Geldholen erledigt und war auf dem Heimweg nach Unterhofen. Auf dem Wege dorthin begegneten ihm immer wieder Bauern, die mit Sensen und Sicheln die Halme des reifen Getreides schnitten. Zuerst wurden die Halme kurz über dem Boden abgemäht, danach wurde das Korn – die Gerste, der Weizen oder der Hafer – gesammelt, gebunden und zu Kornmandeln aufgestellt. Den Beginn und den Fortschritt der Getreideernte konnte man am besten an der Zahl der auf den Feldern stehenden Kornmandeln erkennen. Wichtig war es, genau den Zeitpunkt der Talgreife zu erwischen, damit sich der Ausfall der Getreidekörner aus den Ähren in Grenzen hielt. Bei der Getreideernte waren die gesamten Familien der Bauern am Werk. Während die Männer das Getreide mähten, sammelten die Frauen und die Kinder die Halme und banden sie mit Strohbändern, die den Winter über angefertigt wurden, zusammen. Das Garbenzusammenstellen war in erster Linie eine Arbeit der Kindern. Wenn mehrere Äcker abgemäht waren, wurde das Getreide hochaufgetürmt mit den großen Leiterwagen nach Hause in die Scheunen gefahren.

Dort wartete es den Herbst über, bis es dann mit den Flegeln gedroschen werden konnte. Vier Männer arbeiteten dabei zusammen. Genau im Takt konnte man an manchen Tagen das Klopfen der Dreschflegel von den Tennen vernehmen. Allerdings hatte in den letzten Jahren auch hier die Technik Einzug gehalten. Eine große Dampfmaschine, mit einer Dreschmaschine gekoppelt, zog von Hof zu Hof, um das Getreide zu dreschen. An der Maschine wurden die Körner in Säcke abgefüllt und auf dem oberen Boden des Hauses, dem sogenannten Getreideboden, gelagert, bis man es dem Händler verkaufen konnte oder es selbst in die Mühle fuhr. Das für die nächste Aussaat benötigte Getreide allerdings wurde noch nach altem Brauch mit dem Flegel gedroschen, auch konnte man nur so das Stroh für die Bänder gewinnen. Doch noch war es lange nicht so weit.

Klausner fuhr mit seinem Rad an den fleißigen Menschen auf den Feldern vorbei. Er hatte noch allerhand zu tun. Das Geld mußte abgezählt und in die Lohntüten gesteckt werden. Der Rucksack mit der Schmutzwäsche sollte noch gepackt werden. Na, und erst der Abschied, ihm war richtig bange. Fast vierzehn Tage sah er die geliebte Frau nicht! Ab Montag traten sie nun ihren Urlaub an. Du meine Güte, erst Ende August werde ich Mina wiedersehen, dachte er. Während sie das Mittagessen für sich, ihre Leute und Klausner vorbereitete, kamen ihr ähnliche Gedanken. Da sie wegen der Hitze in der Küche die Türe etwas offenstehen hatte, hörte sie Klausner die Treppe nach oben poltern. Rasch nahm sie den Suppentopf vom Feuer, strich sich über ihre Haare und ihre Schürze und eilte nach oben zu Klausner. Wie ein Wirbelwind kam sie in das Zimmer. Er war soeben mit dem Füllen der Lohntüten beschäftigt. Rasch sprang er auf, schloß sie in die Arme und küßte die nach Luft schnappende, völlig überraschte Geliebte. Begehrend drängte sie ihren Leib gegen ihn. Von ihrer Heftigkeit war er zunächst erstaunt, bald hämmerten aber auch seine Pulse und er sank mit der geliebten Frau auf sein Bett. „Ach, Adolf“, seufzte sie, „wie wirst du mir fehlen!“ „Liebste, mir geht es doch genau so“, beteuerte er. „Komm, laß uns vernünftig sein, in vierzehn Tagen bin ich doch wieder bei dir.“ „Hast ja recht, aber es ist für mich halt sehr lange! Bist du bald fertig? Komm doch bitte rechtzeitig zum Essen." „Ich muß nur noch die Lohngelder fertigmachen." „Also dann bis später!" Sie eilte aus der Kammer, während er sich wieder seiner Arbeit zuwandte.

Eilig füllte Klausner Tüte um Tüte mit dem Lohngeld und schrieb die jeweiligen Namen darauf. Er packte sie in eine bereitstehende Schachtel und trug das Ganze in die Stube zu den wartenden Monteuren hinunter. An dem Kopfende des langen Tisches nahm er Platz, stellte die Schachtel vor sich hin und begann mit dem Aufrufen der Namen. Diese Zeremonie war rasch beendet. Da es mitten im Monat war, gab es nur den Abschlag. Nun gingen die Monteure nach oben in den Saal zum Packen. Einige ließen aber auch ihre persönlichen Gegenstände da, weil Mina ihnen versicherte, daß der Saal abgeschlossen werde, sie bräuchten um ihre Sachen keine Sorge zu haben.

Klausner setzte sich in die Küche zum Essen. Fünf Leute saßen am Tisch. Mina mit den beiden Mägden Frieda und Lina, Jörgli und Klausner. „Bete mer", begann Jörgli. Nach dem „Amen" griffen sie alle fest zu. Es gab eine Grießsuppe und Pressack mit Bohnensalat und Salzkartoffeln. Die Bohnen waren ganz frisch. Erst am Morgen hatte sie Mina im Garten hinter dem Haus gepflückt. Mit Essig, Salatöl und einer kleinen geschnittenen Zwiebel angemacht, war das eine besondere Köstlichkeit. Klausner faßte sich zweimal von dem Bohnensalat auf seinen Teller. Jörgli sagte: „Mina, wenn i no zwanzg Johr jünger wär, tet i di heiretn. Wie du koche kannst, des is scho des Heiretn wert!" Die Tischgenossen lachten, und Mina wurde wieder einmal ganz verlegen. „Wenns eich ner schmeckt", wehrte sie das Kompliment ab. Nach dem Dankgebet standen sie auf und begaben sich an ihre Arbeit. Klausner ging nach oben, um sich fertig zu machen. Auf seinem Tisch stand eine vollgepackte Schachtel. Obenauf lag ein Zettel: „Liebster, laß es dir und deinen Eltern gut schmecken!" Er hob den Deckel der Schachtel. Geräucherte Wurstwaren und ein ordentliches Stück Schinken hatte Mina eingepackt. Schnell verstaute er die Schachtel in seinem Rucksack. Mit einem Blick überzeugt er sich, ob er auch nichts liegengelassen hätte. Er nahm seinen Rucksack und die Aktentasche auf und ging nach unten.

Im Hof stand schon der Leiterwagen des Bürgermeisters, der von den Monteuren eilig beladen wurde. Auf dem Leiterwagen saß der Müllers

Peter mit seiner Handharmonika und spielte einen fröhlichen Ländler. Während unten das Verabschieden begann, suchte Klausner nach der Mina. Weil er sie nicht finden konnte und die Zeit drängte, gab er das Suchen auf und verabschiedete sich von den Umstehenden. Mina stand, vom Vorhang verborgen, in ihrem Schlafzimmer, schaute in den Hof und wischte sich immer wieder die Tränen aus den Augen. Als Klausner wegfuhr, winkte sie ihm verstohlen mit der Hand nach. Sie haßte öffentliche Verabschiedungen, darum war sie auch vorhin in sein Zimmer gekommen. Sie ging zur Kommode, nahm den Wasserkrug, füllte das Becken und kühlte ihre leicht geschwollenen Augen. Ihre Leute sollten um keinen Preis erfahren, wie es um sie stand! Sie strich sich über das Haar, glättete ihre Schürze und begab sich nach unten. Der letzte Mann war inzwischen auf den Leiterwagen geklettert, während der Peter „Muß ich denn zum Städtele hinaus" spielte. Lina und Frieda standen unter der Stalltüre und winkten ihren Liebsten mit nassen Augen nach. Bald entschwand der Wagen ihren Blicken. Mit einem Seufzen wandten sie sich wieder ihrer Arbeit zu.

Auf der Fahrt durch das Dorf wurde den Männern öfter zugewinkt. Man war in der Zwischenzeit eine richtige Familie geworden. Lachend und singend fuhren sie durch die Landschaft an der Frankenhöhe. Immer wieder wurde ihnen von den Erntefeldern aus zugewunken. Schon näherten sie sich Rothenburg und dem Bahnhof. Einige Reisende standen am Bahnsteig und wunderten sich über die fröhliche Fracht. Doch der Schaffner Maier klärte sie bald auf. Zischend hielt die Lokomotive, und ein Ruck lief durch die Wagen. Ab ging es in Richtung Steinach. Dort mußten sie umsteigen in Richtung Ansbach und Nürnberg. Einige, die in Leutershausen oder Herrieden wohnten, mußten noch etwas warten. Ihr Zug nach ging erst eine halbe Stunde später. So vertrieben sie sich die Zeit mit allerhand Späßen, während ihre Kollegen schon unterwegs in Richtung Heimat waren. Der Zug fuhr soeben über die Brücke kurz vor Steinach-Bahnhof. Klausner war gerade angekommen und wartete mit seinem Fahrrad bereits auf dem Bahnsteig. Er verstaute sein Fahrrad und stieg in das Abteil seiner Kollegen, wo er schon mit Freuden erwartet wurde.

Am Morgen hatte sich eine Episode abgespielt, die Klausner in Gedanken auskostete. Er hatte nämlich gesehen, daß Weinberger von einer Bäuerin ein Paar geräucherte Bratwürste bekam und diese sorgfältig in seiner Joppentasche verstaute. Sie waren in einer Zeitung eingewickelt. Klausner wollte ihm die Bratwürste stibitzen. Er hatte auf seinem Zimmer zwei Fichtenzapfen liegen, die genau der Größe und der Dicke der Bratwürste entsprachen. Nun mußte er nur aufpassen, wo Weinberger seine Joppe ablegte, damit er unbeobachtet an die Bratwürste kam. Weinberger und Gronauer trugen kurz darauf eine Leiter an einen Scheunengiebel. Zuvor legte Weinberger seine Joppe, die ihm dabei hinderlich war, ab. Das war der Zeitpunkt! Kaum waren die beiden Klausners Blicken entschwunden, begann er, den Tausch vorzunehmen. Weinberger hatte überhaupt nichts gemerkt.

Nun saß also Klausner im Zug. Er erzählte, er habe am Morgen ein Paar geräucherte Bratwürste bekommen, und wickelte das angebliche Geschenk aus. „Solche habe ich heute morgen auch bekommen", sagte Weinberger, „doch ich nehme meine mit nach Hause." „Ach was, ich esse meine", antwortete Klausner und begann das Vespern. Im Geiste sah er schon das betroffene Gesicht Weinbergers, wenn er die Fichtenzapfen auspackte. Na, der wird mir was erzählen, dachte er und grinste dabei vor sich hin. „Selten habe ich so gute Würste gegessen", sagte er, strich das leere Zeitungspapier glatt und wischte sich den Mund sauber. „Ja, das Schlachten haben die Hausmetzger los", meinte Gronauer, der mit im Abteil saß.

„Männer, wir sind ja schon in Oberdachstetten", brummte Keil, „bald werden wir es geschafft haben. Adolf, was tust du denn in deinem Urlaub?" „Ach, ich habe eine Schwester, die hat in einen Bauernhof bei Hilpoltstein eingeheiratet, da werde ich selbstverständlich bei der Ernte mithelfen, die wartet bestimmt schon auf mich, außerdem gibt es zu Hause ja auch was zu tun." „Übernimm dich nur nicht", meinte Keil, stand auf, holte seinen Rucksack aus dem Gepäcknetz, gab jedem die Hand und machte sich ans Aussteigen. Er war in Lehrberg zu Hause. „Also Männer, schönen Urlaub, bis in vierzehn Tagen!" Sie winkten ihm nach. Am Bahnsteig sahen sie ein Mädchen und einen Buben, die voll Freude auf ihren Vater zustürzten.

Nun rüsteten auch die anderen zum Aussteigen oder Umsteigen. Ein Händeschütteln, Schulterklopfen und Verabschieden begann. Klausner und Schäfer winkten ihnen nach. Ihr Weg ging gemeinsam nach Nürnberg, von dort mußte Klausner in den Zug nach Roth umsteigen. Schäfer, der ja einer von den Älteren war und schon fünf Kinder hatte, sagte zu ihm: „Ich freue mich schon so auf meinen Urlaub; wissen Sie, wir haben einen Garten in einer Kolonie am Nordostbahnhof, da bauen wir all unser Gemüse, und Beerensträucher gibts auch, da kocht meine Frau herrliche Marmelade. In meinem Urlaub will ich noch ein Wasserbassin bauen, damit meine Frau und die Kinder mit abgestandenem Wasser gießen können. Wissen Sie, wenn wir am Abend so vor unserem Gartenhäuschen sitzen, eine Vesperpause mit frischen Rettichen und einer kühlen Maß Bier halten, da möchte ich mit keinem Menschen auf der Welt tauschen." „Das kann ich mir vorstellen", sagte Klausner. Schäfer konnte sich gar nicht mehr losreißen von seinen Vorstellungen, so daß die Zeit wie im Fluge verging. Soeben hatten sie den Bahnhof Schweinau passiert. In wenigen Minuten waren sie am Hauptbahnhof angekommen. Beide stiegen aus und verabschiedeten sich. Klausner traf gegen fünf Uhr in Roth ein. Der Urlaub begann.

28. Kapitel DIE INBETRIEBNAHME

Wie eine leuchtendrote Scheibe ging die Sonne über der Frankenhöhe auf. Ihr erstes kräftiges Licht wurde von dicken schwarzen Rauchwolken verdeckt, die eine qualmende Lokomotive aus ihrem Schornstein spie. Gemächlich, ab und zu laute grelle Pfiffe ausstoßend, fuhr das Frühbähnchen Rothenburg zu. Der Lokomotivführer mußte an zahlreichen Bahnübergängen, die allesamt unbeschrankt waren, seine warnenden Signale geben. Da alle in den umliegenden Ortschaften wußten, wann die Züge fuhren, kam es ganz selten vor, daß der Lokführer eine Notbremsung wegen eines den Bahnkörper überquerenden Fuhrwerkes durchführen mußte; auch war die Geschwindigkeit des Bähnchens nicht so groß, daß man es nicht zum Stehen bringen konnte, wenn Gefahr im Verzuge war. In den drei Waggons, die die Lokomotive hinter sich herzog, blitzten die Sonnenstrahlen in den Abteilfenstern. Ratternd fuhr das Bähnchen durch das Land. Im Zug saßen die Monteure, die aus ihrem Urlaub an ihre Arbeitsstätte in Unterhofen zurückkehrten. Es war ein Lachen und eine Fröhlichkeit im Zuge, daß man meinen konnte, die Männer würden erst in Urlaub fahren und nicht an ihre Arbeit zurückkehren.

Als Weinberger am Morgen in Ansbach zu dem schon im Zuge sitzenden Klausner eingestiegen war, ging gleich das Donnerwetter los. „Du Bandit", beschimpfte er Klausner, „hast meine Bratwürste vor meinen Augen gegessen und mir Fichtenzapfen eingewickelt! Ich habe noch immer das Lachen meiner Frau in den Ohren, als ich die ausgepackt habe. Mein Lieber, das kostet dich was!" Weinberger empfing also Klausner mit dieser Anklage. Da er nicht so klug war, es Klausner alleine zu sagen, erfuhr natürlich die ganze Gesellschaft davon. Alle lachten schallend und amüsierten sich köstlich über diesen Streich.

Inzwischen nähert sich das Bähnchen dem Zielbahnhof Rothenburg. Die Männer nahmen ihre Rucksäcke und Taschen auf und verließen das Abteil. „Laßt eure Sachen nur am Bahnhof, der Fritz wird sie abholen", ordnete Klausner an. Ohne Gepäck war es wesentlich leichter zu marschieren. Klausner lud sein Fahrrad aus und fuhr zum Wittmanns Gustl. Der schickte kurze Zeit später den Fritz zum Bahnhof. Als die Männer aufbrachen, schlug es acht Uhr von der Jakobskirche. Es war Montag,

238

der 1. September des Jahres 1913. Klausner schwang sich auf sein Fahrrad. Er konnte es gar nicht erwarten, die Geliebte in seine Arme zu schließen. In ihm kribbelte es schon vor Erwartung. Mächtig trat er in die Pedale. Gleich am Stadtrand holte er seine Kameraden ein.

Als er die Stadt verließ, mußte er feststellen, daß die Felder ziemlich leer geworden waren. Vereinzelt stand noch Hafer auf dem Halm. Selbstverständlich waren die Hackfrüchte wie Rüben und Kartoffeln noch nicht geerntet. Schon tauchten die ersten Häuser von Unterhofen auf. Eilig fuhr er in den Hof des Gasthauses, sprang vom Rad und stürmte über die Treppe in die Küche. Ungestüm riß er die Küchentüre auf. Mit einem Schrei ließ Mina einen Teller, den sie eben abgespült hatte, fallen. „Mein Gott, hast du mich erschreckt", rief sie. Da sie alleine waren, riß er die geliebte Frau in seine Arme und bedeckte sie mit Küssen. Sie hing an seinem Halse und schnappte nach Luft. Eine glühende Röte überflog ihr Gesicht, ihr Busen hob und senkte sich, ihr Leib preßte sich fest an ihn. Sie verbarg ihr glühendes Gesicht an seiner Brust. Ein tiefer Seufzer entfuhr ihr. „Ach Adolf, mein Adolf, weil du nur wieder da bist!" „Mina, ich muß meine Sachen nach oben bringen, meine Leute kommen bald, weißt du, heute abend können wir uns doch alles erzählen." „Ja, da hast du recht!" Sie riß sich von ihm los. Er brachte seine Sachen hinauf in seine Kammer. Als er die Treppe herabkam, hörte er schon im Hof die lauten Stimmen seiner inzwischen eingetroffenen Leute. Vor der Treppe zum Haus standen Jörgli, die beiden Mägde Frieda und Lina und begrüßten die Angekommenen. Besonders herzlich wurden natürlich Peter und Ernst begrüßt! Die nahmen kurzerhand ihre Mädchen in den Arm und küßten die völlig Überraschten. Sie sträubten sich auch gar nicht, sie waren ja jetzt die offiziellen Bräute der beiden. Letzten Sonntag hatten sie sich ihren Eltern erklärt. Peter war dabei in das Taubertal nach Tauberscheckenbach gefahren, während Ernst nur in das benachbarte Reichelshofen fahren mußte. Mit offenen Mündern standen die Kameraden dabei. „Ja, schau mal die an, kaum glaubt man, sie könnten schon alleine leben, da schaffen die sich gleich eine Frau an", lachte Weinberger. Alle drückten ihnen die Hände und gratulierten zu ihrem jungen Glück. Frieda und Lina standen indes ganz verlegen im Kreis der Freunde und nahmen die vielen Glück- und Segenswünsche mit roten Köpfen entgegen. Klausner meinte zu Keil: „Na, Schorsch, was sagst du dazu? Ist das nicht ein Grund zum Feiern?" „Du sagst es, das kann heute abend ganz lustig werden, glaub ich!" „Ja, aber zuvor geht's an die Arbeit. Alles überprüfen! Morgen gehen wir mit dem Ortsnetz und den fertigen Installationen in Betrieb. Die Herren von der Betriebsleitung sind bereits verständigt. Du", Klausner deutete auf Keil, „übernimmst den letzten Drahtzug auf dem Stich zum Schmied. Gegen Abend muß alles soweit klar sein, daß wir morgen in Betrieb gehen können. Nimm dir dazu die Leute, die du brauchst, die anderen melden sich beim Herrn Fink. Es sind noch einige Erdleitungen zu verlegen. Der Rest der Leute geht mit Weinberger, die beiden Straßenlampen am Ortseingang und am Kirchenplatz sind noch zu erstellen. Doch zuerst bringt eure Sachen nach oben. In fünf Minuten seid ihr dann zur Einteilung bereit!" Die Männer polterten nach oben.

Jörgli und die Mägde verschwanden im Stall, während der soeben vorbeikommende Bürgermeister Klausner begrüßte. „So, sind Sie wieder da?" „Grüß Gott auch," antwortete der. „Ja, und morgen ist es soweit, wir werden den Strom einschalten! Herr Bürgermeister, bitte lassen Sie das doch bekanntgeben, daß morgen der Anschluß erfolgt." „Hoffentlich ist der Straußen Heiner zu Hause, ich muß ihm gleich auftragen, daß er des ausschella soll. Glei heit obead", brummte der Bürgermeister, in seinen heimatlichen Dialekt verfallend. Der Straußen Heiner brachte nicht nur die Milch zur Molkerei, er war auch mit dem Ausschellen, das heißt mit den dörflichen Bekanntmachungen beauftragt. Schon sein Großvater und sein Vater hatten dieses Amt gewissenhaft wahrgenommen. „Und dann besprech ich auch mit meinem Gemeinderat, wann wir das feiern!", fuhr der Bürgermeister fort. „Ein Lichtfest wolln mir machen, wo ma sich noch lang dran erinnern soll. Und Ihre Leut' sind natürlich dabei!"

Während sich der Bürgermeister eilig entfernte, stopfte sich Klausner eine Pfeife, drückte den Tabak fest in den Pfeifenkopf, setzte sie in Brand und blinzelte durch den aufsteigenden Rauch in das grelle Licht der schon ziemlich hochstehenden Sonne. Da kamen auch schon einige Monteure mit einer zweirädrigen Karre, auf der das Material lag, das für das Anbringen der Straßenlampen benötigt wurde. Vom Giebel des Hauses des Bürgermeisters bis zu dem Giebel des gegenüberliegenden Schulhauses mußte ein Drahtseil gespannt werden. An diesem wurde die Lampe befestigt, so konnte sie ihren Schein über den ganzen Platz werfen. Der Schalter zur Lampe war im Haus des Bürgermeisters untergebracht. Um den Schalterdraht einzuführen, mußten an den zwei

Dachständern, die von der Station aus dazwischen waren, Halbtraversen mit einem Draht, der im Querschnitt dem des Nulleiters entsprach, angebracht werden. Das war also der unterste Draht, der über die Dachständer lief. An dem gespannten Drahtseil war ein Rohr angebracht, durch das die beiden zum Anschluß an die Lampe nötigen Drähte geführt wurden. Eine Sicherung an dem Brett, an dem die Panzersicherung befestigt war, sicherte den Stromkreis der Straßenbeleuchtung ab. Ein Rohr, das durch die Giebelwand des Hauses durch ein Loch in der Mauer geschoben wurde und von einer Porzellanpfeife abgeschlossen wurde, leitete die Drähte an die Lampe. So wurde damals eine Überspannungslampe montiert.

Am Ortseingang, wo die zweite Lampe angebracht werden sollte, wurde sie an dem Holzmast befestigt, der die Stichleitung, die zum Schmied führte, trug. Durch ein Peschelrohr wurden die zwei Drähte geschoben, ebenfalls durch eine Porzellanpfeife geführt, an dem oben laufendem Schalterdraht und dem Nulleiter angeklemmt und zu dem Lampenkörper geführt. Die Lampe selbst war aus einem gebogenen, hohlen Gußeisenkörper gefertigt. Die Anschlußdrähte mußten hindurchgeschoben und im Porzellankörper angeklemmt werden. Ein Schutzglas und ein metallener Reflektorschirm ergänzten die Beleuchtung. Für die damalige Zeit war das eine große Errungenschaft, und alle Dorfbewohner waren stolz darauf. Aus Sparsamkeitsgründen konnten damals noch keine ausreichenden Beleuchtungsanlagen erstellt werden, doch vom Ortsnetz her war alles dafür vorbereitet, um eine spätere Erweiterung vornehmen zu können. Während einer der Monteure mit den Steigeisen den Mast bestieg und in den Gurten hängend die beiden Drähte an der Leitung anklemmte, befestigte der andere das Rohr und die Lampe, wobei ihm ein dritter auf einer Leiter behilflich war und ihm den einige Kilo wiegenden Lampenarm an den Mast hielt. Da die Lampe in einer Höhe von etwa fünf Metern über den Boden angebracht wurde, warf sie ihren Lichtschein in einem ziemlich großen Umkreis in die Finsternis. Die Arbeit ging rasch voran, so daß vorauszusehen war, daß alles rechtzeitig erledigt werden konnte. Klausner gab den beiden an der Lampe Beschäftigten noch den genauen Stand des Lampenträgers an, da läutete die Mittagsglocke. Was, schon zwölf Uhr? Klausner wunderte sich, wo die Zeit geblieben war. „Männer, räumt eure Sachen auf, machen wir Mittag!" Sie begaben sich zur Wirtschaft. Von allen

Seiten strömten sie zum Essen. Nachdem sie sich die Hände am Brunnen gesäubert hatten, suchten sie die Wirtsstube auf.

Zum Mittagessen gab es Bohnensuppe, gekochtes Salzfleisch und gedämpftes Weißkraut mit Kartoffeln. Den Männern schmeckte es ausgezeichnet und mancher faßte sich einen zweiten Teller Suppe. Alle Töpfe und Schüsseln wurden leergemacht, so daß Mina besorgt fragte, ob auch alle satt geworden wären. „Aber ja", versicherten sie ihr. „Na, dann bin ich schon zufrieden." „Frau Wirtin", meinte Schäfer in seiner bedächtigen Art, „das ist doch ein gutes Zeichen, daß alles aufgegessen wurde. Wir wollen und brauchen doch auch schönes Wetter. Schon als Kind hat man uns gelehrt: Wenn du deinen Teller leer ißt, wird es schönes Wetter geben." Alle lachten schallend. Mina räumte mit Frieda das Geschirr auf.

„Na, Keil, wie geht es mit der Arbeit?" „Alles bestens, Kapo." „Bei dir, Weinberger, klappt auch alles?" fragte Klausner. „Alles in Ordnung, Adolf, auch die Leute, die Fink helfen, werden noch heute fertig." „Na, Männer, dann können wir ja morgen mit der Inbetriebnahme beginnen. Heute abend große Lagebesprechung. Seid also ein wenig früher da, verstanden?" „In Ordnung, Kapo, wir werden rechtzeitig da sein!" Sie gingen wieder an ihre Arbeit.

„Feierabend", rief Keil seinen Männern zu. Auch von den anderen Baustellen kamen sie in das Wirtshaus zurück. Sie stellten sich alle etwas früher ein. Was hatte Klausner am Mittag verkündet? Lagebesprechung! Von ihnen aus konnte sie beginnen. Sie setzten sich erwartungsvoll um die Tische, bestellten sich Getränke und warteten gespannt auf das Kommende. Als sie alle versorgt waren, eröffnete Klausner die Besprechung: „Männer, hört mal alle her, morgen ist es so weit. Du" – er zeigte mit dem Finger auf Keil – „gehst mit vier Mann an die Maststation. Du weißt doch, daß da noch angespannt werden muß. Danach kannst du die Anker beseitigen und die Trennmesser des Schalters öffnen. Da die Betriebsleitung die Glasröhrensicherungen mitbringt, können wir, wenn alles soweit in Ordnung ist, diese einsetzen und somit Strom in das Netz geben. Weinberger, du übernimmst die anderen, ihr verteilt euch. Überprüft nochmal alles, vor allem achtet darauf, daß die Hausanschlußsicherungen noch nicht eingesetzt sind. Die Herren von der Betriebsleitung, Herr Fink und ich, nehmen dann Anlage für Anlage in Betrieb. Ist soweit alles klar? Gibt es noch Fragen dazu?" „Kapo", meldete sich Grünsteudel „sind die Glühlampen auch schon da?" „Nein, die bringen die Herrn mit, ihr braucht sie dann nur noch einzuschrauben." „Stellt euch vor, wenn alles klappt, sitzen wir morgen abend schon bei elektrischem Licht hier in der Stube!" bemerkte Schäfer. Erst jetzt ging ihnen die ganze Bedeutung ihrer Arbeit auf. Sie waren stolz darauf, daß sie es waren, die den technischen Fortschritt in die Heimat bringen durften.

Zum letzten Mal kamen die beiden Mägde, die Frieda und die Lina, mit den brennenden Petroleumlampen, um sie an die Wand zu hängen, auch die über dem Stammtisch hängende Lampe wurde angezündet. Während Klausner und seine Leute sich im Urlaub befanden, hatte die Kolonne Fink auch hier die Installation der Lampen und des Motors für die Futterschneidmaschine vorgenommen. Rohre liefen über die Holzdecke, an Deckenhaken waren vier Lampen über den Tischen angebracht. Mit ihren grünen Blechschirmen hingen sie an einem Pendel etwa einen Meter zwanzig darüber. Gleich an der Eingangstüre war der Schalter aus Porzellan befestigt. Da man zu dieser Zeit noch keine andere Schaltung kannte, mußten alle Lampen gemeinsam geschaltet werden. Brauchte man eine Lampe nicht, so drehte man einfach die Glühlampe heraus. Die Männer saßen also das letzte Mal unter den brennenden Petroleumlampen. Sie erzählten sich gegenseitig, was sie im Urlaub getan hatten.

Bald war die Wirtsstube voll, denn es hatte sich sehr schnell herumgesprochen, daß die Elektrischen wieder da waren. Das lieferte manchem Bauern den Grund, mal schnell ins Wirtshaus zu gehen. Man mußte doch wissen, wie es jetzt weitergeht, wie sie ihren Ehehälften versicherten. Als der Redefluß etwas stoppte, meinte der Ulmenbauer, „Männer, was is, wird heit nimmer gsunga? Gehnt zua, i zohl eich er poar Maß, wenn der singt!" Das ließen sich die Monteure nicht zweimal sagen. Schnell wurden die Instrumente geholt. Nicht lange danach hörte man den Gesang der Männer durch die weit geöffneten Fenster in die Nacht des stillen Dorfes schallen. Manch eine der Bäuerinnen oder der Mägde, die vor ihren Häusern auf den Bänken saßen, wippten dabei mit ihren Schuhspitzen oder wiegten ihren Oberkörper zu den Melodien, die zu ihnen drangen.

Es war eine jener lauen Sommernächte, in denen sich das Firmament wie blauer Samt über sie spannte. Die Sterne funkelten, und der Mond hing wie einer rotgelbe Scheibe am Himmel. Hinter dem Kirchturm kam er hervor. Eine Nacht des Friedens und der Ruhe. Ein leichter Wind strich über die abgeernteten Kornfelder. Ab und zu schwirrte eine Fledermaus durch die Luft, sie hatten ihre Behausung im Kirchturm. Zu Tausenden hingen sie im Winter an den Turmwänden. In den warmen Nächten jagten sie den Insekten nach. Sie brauchten eine Speckschicht, um den Winter zu überstehen. Die Mädchen fürchteten sich vor ihnen. Man hatte ihnen erzählt, sie würden sich gerne in ihre Haare setzen. Das stimmte natürlich nicht, aber was wurde nicht alles an langen Winterabenden in den Rockenstuben erzählt von bösen Geistern, von feurigen Männlein, von Druden und von Hexen! Dabei trieb der Aberglaube seltsame Blüten.

Gegen elf Uhr erloschen die Lichter im Gasthaus. Die Bauern und die außer dem Hause wohnenden Monteure machten sich auf den Heimweg. Auch die vor dem Haus sitzenden Frauen und Mädchen hatten sich bereits sich zurückgezogen. Peter und Ernst waren schon gegen halb zehn Uhr verschwunden. Sie suchten ihre Mädchen auf, die Lina und die Frieda. Peter hatte zwischenzeitlich seine Frieda abgeholt, mit nach Petersaurach genommen und sie seinen Eltern als seine zukünftige Frau vorgestellt. Die Eltern waren von ihrer Schwiegertochter in spe entzückt und hatten das Mädchen bald in ihr Herz geschlossen. Auch seine Geschwister – er hatte sieben – waren mit seiner Wahl einverstanden und beneideten den großen Bruder.

Am kommenden Sonntag wollten sie nach Tauberscheckenbach zu den Eltern von Frieda fahren, um die bevorstehende Hochzeit zu besprechen. Mina hatte ihnen für die Fahrt ihre Gig versprochen; sie freuten sich schon sehr darauf. Bei Ernst war es noch nicht so weit, doch hatte auch er Absichten, seine Lina zur Frau zu nehmen, bei ihm lag es am Finanziellen. Da sein ältester Bruder das Anwesen des Vaters nach dessen plötzlichen Tod hatte übernehmen müssen, das Anwesen aber nur ein Sächelchen war – es umfaßte etwa fünfundzwanzig Tagwerk – konnte der Bruder ihm natürlich noch nicht sein Heiratsgut auszahlen. Außerdem warteten weitere sechs Geschwister auf ihren Anteil, da mußte man sich mächtig krumm legen, um das Geld herzuschaffen. So mußten halt beide noch warten, bis es ihnen möglich werden konnte, einen Hausstand zu gründen. Lina hatte wohl auch gespart, aber eine Aussteuer kostete halt eine ganze Menge Geld. Wichtig war ja, daß sie

244

sich liebten und sich die Treue gelobten. Sie trösteten sich gegenseitig und hofften, bald für immer beieinander sein zu können. „Wir sind jung und stark und haben Arbeit, was kann uns da schon passieren", versicherten sie sich immer wieder. Sie konnten ja nicht ahnen, daß sich die Gewitterwolken auf dem politischen Himmel Europas bereits zusammenballten. Das Lieben und Liebkosen in den Kammern der beiden Mägde nahm in dieser Nacht kaum ein Ende.

Schon kündete ein leichter grauer Streif über den Frankenhöhen den beginnenden Tag an. Die ersten Hähne begrüßten mit ihren hellen Stimmen den heraufziehenden Morgen. Langsam wurde es im Dorfe munter. Der große Tag der Inbetriebnahme des elektrischen Zeitalters für das Dorf begann.

„Haben Sie alles verladen?" fragte Herr von Lauterbach seinen Chauffeur. „Ja, alles, was Sie mir angeschafft haben", antwortete der. Der Betriebsleiter des Fränkischen Überlandwerkes in Ansbach stand im Hof vor dem Automobil, blickte prüfend auf die Kisten, die auf dem Rücksitz lagen, zog seine Uhr und betrachtete stirnrunzelnd den Ankommenden. Es war ein junger Ingenieur, der erst vor kurzem sein Studium beendet hatte und nun seit einer Woche bei der Betriebsleitung angestellt war. Sein Name war Klein. „Entschuldigen Sie, Herr von Lauterbach, daß ich so spät komme, aber ich hätte fast verschlafen, da bin ich dann ohne Frühstück gleich losgerannt." Noch völlig außer Atem sprudelte er die Entschuldigung hervor. „Nun, es sind ja erst drei Minuten nach sieben Uhr, das geht ja noch", von Lauterbach strich sich über seinen Vollbart und meinte bedächtig: „Haben Sie auch die Meßinstrumente dabei?" „Ja, hier in der Ledertasche." „Gut so, also fahren wir!" Herr von Lauterbach zog an der Luftklappe, während der Chauffeur die Handkurbel zum Starten betätigte. Bereits beim zweiten Mal sprang der Motor an. So fuhren sie nach Unterhofen.

Zur gleichen Zeit begaben sich die Monteure an die ihnen am gestrigen Abend zugewiesenen Plätze. Klausner und Weinberger sowie Fink warteten auf die Herren der Betriebsleitung an der Maststation. Hier mußte ja die Inbetriebnahme des Ortsnetzes und der angeschlossenen Anlagen beginnen. Kaum an der Station angelangt, hörten sie schon das Rattern des Kraftwagens. Nach einer gekonnt gefahrenen Kurve blieb der Wagen vor ihnen stehen. Herr von Lauterbach und Herr Klein sprangen von der Sitzbank und begrüßten die anwesenden Männer. Da

Herr Klein mit ihnen noch nicht bekannt war, wurde er ihnen vorgestellt. „Die Leitung ist stromlos", rief Herr Klein den wartenden Monteuren zu. „Ihr könnt mit der Arbeit beginnen", schrie Klausner. Zwei Monteure bestiegen mit ihren Steigeisen den Holzmast, der die Hochspannungsleitung an die Station heranführte. Sie setzten ihre Flaschenzüge ein und spannten das letzte Feld an die Station. Die aufgerollten Drähte hatte die Kolonne hinterlassen, die die Hochspannungsleitung erstellt hatte. An der Station standen Gronauer und Schäfer, um von dort ihrerseits die Leitungen anzuspannen und die Verbindungen zu den Trennmessern herzustellen. Luigi und Seppl hatten in der Zwischenzeit die mitgebrachten Kisten mit den Glasröhrensicherungen und den anderen Schmelzeinsätzen ausgepackt. Diese Glasröhrensicherungen dienten zum Schutze des Transformators. Sie hatten eine Länge von 40 Zentimetern. Die Röhren aus Glas wurden oben und unten mit sorgfältig verkitteten Kontaktfahnen aus Kupfer abgeschlossen. Durch die Röhre lief ein feiner Platindraht, der von feingemahlenem Porzellanpulver umgeben war. Der Platinfaden schmolz, falls ein Blitz in die Leitung schlug und die Stromstärke erhöhte. So konnten also die Wicklungen im Transformator geschützt werden. Hatte ein Gewitter die Sicherungen außer Betrieb gesetzt, so konnte man durch das Öffnen der darüber angebrachten Trennmesser die Station stromlos machen und die Sicherungen auswechseln.

Luigi hatte die Kiste mit den sorgfältig in Holzwolle verpackten Glasröhrensicherungen an eine Leine gehängt und nach oben gezogen. Klausner, der inzwischen ebenfalls die Station bestiegen hatte, setzte die Sicherungen ein, begutachtete nochmals die angespannte Leitung und war zufrieden. Während die beiden Männer den Holzmast hinabkletterten, setzte Klausner die Schmelzsicherungen in den Niederspannungskasten ein. Das Ortsnetz bestand aus zwei Stromkreisen, die jeweils mit 60 Ampère abgesichert waren. Die Männer verließen die Station. „Herr Betriebsleiter, wir sind soweit, Sie können die Leitung zuschalten", meldete Klausner. Der Betriebsleiter fuhr mit dem Auto zum Einschalten der Hochspannungsleitung. Dies wurde auf einem sogenannten Trennschaltermast getätigt, der in der Leitung stand, die von Hartershofen herkam. Bald würde also der Strom in die Station und das neu erstellte Ortsnetz fließen, der große Augenblick war gekommen.

Hoffentlich klappt alles, dachte sich Klausner. Er bemerkte, daß er feuchte Hände hatte vor Aufregung. Auch den anderen erging es nicht besser. Die Spannung steigerte sich zusehends. Endlich kam das Automobil zurück. Herr Klein, der bei ihnen geblieben war, hatte seine Meßinstrumente ausgepackt und hielt sie bereit. Es waren ein Volt- und ein Ampèremeter. Plötzlich schrie Klausner „Leute, hört ihr denn nichts? Der Trafo brummt!" Tatsächlich, ein kaum hörbares tiefes Brummen kam von der Höhe der Plattform. „Es ist eingeschaltet", rief Herr von Lauterbach. „Herr Klein, legen Sie Ihre Instrumente an. Messen Sie die Spannung und die Stromstärke!" Klausner hielt das Voltmeter in der Hand, das Herr Klein an zwei Pole angeschlossen hatte. Plötzlich schnellte der Zeiger des Instruments nach oben und blieb bei der Ziffer 110 stehen. Die zweite Messung Phase gegen Phase ergab exakt den Wert von 220 Volt. Staunend sahen die Männer den Zeiger an, der ihnen bestätigte, daß der Strom durch die Leitung floß. „Die Ampèrezahl messen wir erst, wenn das Netz belastet ist", sagte Herr von Lauterbach. Nun bewegte sich also die unsichtbare Kraft in den Leitungen und kam in die Häuser und in die Scheunen. „Mensch, das ist schon eine tolle Sache, was?" Gronauer boxte Schäfer vor Freude in die Rippen. Der spürte das wegen der Erregung gar nicht. Er brach in einen Jubelschrei aus. Viele hatten so das erste Mal erlebt, wie und was das mit der neuen Kraft, der Elektrizität, war.

Nun sollte die Bestätigung ihrer Arbeit erfolgen. Sie betraten das erste Anwesen. Es war das vom Ulmenbauern, breitbeinig stand er im Hof und erwartete die Herren. Vor Aufregung kaute er an seinem Schnurrbart, wischte sich die feuchten Hände an der Hose ab und zog grüßend seinen Strohhut. Klausner ging nach oben, um die Hausanschlußsicherungen und die Verteilersicherungen einzusetzen. Herr von Lauterbach stand im Wohnzimmer am Lichtschalter. „Eingeschaltet", brüllte Klausner von oben. Der Betriebsleiter betätigte den Schalter. Plötzlich sah man den Kohlefaden in der eingeschraubten Glühlampe erglühen. Ungläubig starrten ihn die Männer an. „Bawett", rief der Ulmenbauer in die Stille, „mach d' Leda zua." Sie lief nach draußen, um die Fensterläden zu schließen. Nun konnte man erst so richtig das neue Licht bewundern. Voller Freude, aber auch voller Stolz konnten sie ihr Werk bestaunen. Herr von Lauterbach hatte das schon einige Male erlebt, doch auch er war immer wieder ergriffen von diesem Ereignis.

৵৵৵

29. Kapitel   DER STROM IST DA

„Geht etz der Motor a scho?" fragte der Ulmenbauer. „Aber gewiß, das
wollen wir doch hoffen", antwortete Fink. „Schaun wir halt!" Sie begaben sich in die Scheune, während der große Sohn des Bauern den Lichtschalter auf „Aus" stellte und die Fensterläden öffnete. Fink legte den
Schalter am Motor um. Ein tiefes Brummen war zu hören. Nun betätigte
er den Anlasser. Langsam drehte er an dem Rad. „Er dreht sich, er
läuft", schrie der Ulmenbauer, „er läuft!" Der Motor kam immer mehr
auf Touren, ein gleichmäßiges Brummen gab er von sich. Immer
schneller drehte sich die Riemenscheibe. Alle betrachteten staunend
dieses Wunder. „Ja, er läuft", meinte Fink, „aber wenn ich es richtig
sehe, läuft er verkehrt herum. Nun, das ist kein Problem. Wechseln wir
halt die Phasen, dann ist er sofort umgepolt." Er schaltete den Motor ab,
und einer der beiden Installateur öffnete das Klemmbrett, um die Um-
polung vorzunehmen. Kaum waren sie fertig, wurde der Treibriemen
aufgelegt und die Futterschneidmaschine in Betrieb genommen. Einen
Arm voll duftendem Heu hatte der Ulmenbauer in den Futterstuhl gelegt. Der Motor wurde eingeschaltet. Im Nu flog das kleingeschnittene
Heu hinter den rotierenden Messern zu Boden. „Donnerwetter",
schnaufte der Bauer, „doa kummscht gor nimmer mit, sou schnell geht
des." Er holte auch noch einen Arm voll Stroh, das ja viel mühseliger
zu schneiden war. „Herrgott, des mecht a Freid, sou zun ärbeta. Kumm,
probiers a", forderte er den großen Sohn auf; auch dieser war mit Feu-
ereifer bei der Sache.

Einer der Monteure blieb da, um dem Bauern das Schalten des Motors
zu erklären, während die anderen Herren das nächste Anwesen aufsuch-
ten. Hier spielte sich die Inbetriebnahme in ähnlicher Form ab. Auch
hier wurde das neue Licht bewundert. Vor allem die Leuchte im Stall
war halt so praktisch, wie ihnen der nächste Bauer versicherte. Beim
Schmied in der Werkstatt waren drei Lampen installiert worden, an der
Werkbank, bei der Bohrmaschine und gleich neben der Esse. Diese
Lampe war besonders wichtig, da man beim Härten der Werkzeuge ein
gutes Licht notwendig brauchte. Als die Herren also bei der Schmiede
ankamen und die Transmission für die Maschinen mit dem neuen Elektromotor in Betrieb nahmen und dazu die Beleuchtung einschalteten,
war der alte Meister völlig aus dem Häuschen. „Muater, was segscht etz

du? Is des net a Wunder? Alles dreht si, alles lefft, und erscht des schenne Liacht. Gretl, hol ner glei an Schnaps rei, des muaß mer begiessa! I darf Sie doch eilade?" „Aber ja", antwortete Herr von Lauterbach in ihrer aller Namen. Sie prosteten sich zu. „Schau her, Frau", er stellte sich an die Bohrmaschine, „brauchscht nimmi dreha, lefft alles vo selber. Ha, und wos segscht etz zu den Liacht? Er sette Helling hemmer in derra Schmidn no net ghett!" „Ja, Vadder, doa hoascht recht", stimmte sie ihrem Mann zu. Die anwesenden Herren und die beiden Installateure freuten sich an den beiden Alten. „Mei, wos wird wohl der Fritz socha, wenn er von Militär hamkummt. Wisses, Herr Betriebsleiter, unser Fritz is bon Militär of der Hufbeschlogschual in Augsburg. Im Frühjohr is er ferti, des git er ärbeta, wenn er wieder do is!" Wie ein Kind mit seinem Spielzeug kuppelte er mit dem Hebel immer wieder den Transmissionsriemen ein und aus. Er konnte sich gar nicht beruhigen.

Während auch hier ein Monteur zurückblieb, um den Schmied in die Handhabung einzuweisen, gingen die Herren zum Mittagessen. Da Mina, in Erwartung der kommenden Dinge, am Samstag noch hatte schlachten lassen, gab es frische gekochte Knöchle, Schäufele, Blut- und Leberwürste oder gebratene Bratwürste oder einfach Kraut und Fleisch. Kurzum, eine richtige fränkische Schlachtschüssel! Bald standen die Schüsseln mit dem dampfenden Kraut, dem Fleisch und den Würsten auf dem Tisch. Jeder konnte sich nehmen, soviel er vertrug. Dazu gab es noch das selbstgebackene duftende Brot. Herr von Lauterbach und sein Kollege, Herr Klein, waren entzückt und langten ordentlich zu. „So eine Köstlichkeit bekommt man nicht alle Tage!" Nach dem Essen erschien Mina mit der Schnapsflasche. „Der geht auf Kosten des Hauses", meinte sie. Sie schenkte den bernsteingelben Zwetschgenschnaps ein. „Da müssen Sie aber auch mithalten", forderte Herr von Lauterbach auf. „Selbstverständlich", sagte Mina und prostete den Männern zu. Herr von Lauterbach verteilte noch einige Zigarren an die führenden Mitarbeiter. „Auch ein herrliches Bier haben Sie!" meinte er nach einem kräftigen Schluck. „Das will ich meinen, das Reichelshofener ist weitbekannt!" „Nun, bei euch kann man leben." Mina lachte stolz und selbstbewußt: „Ja, das ist fränkische Art!"

Nach dem Mittagessen nahmen die Herren – der Betriebsleiter von Lauterbach, sein Assistent Klein sowie Klausner, Keil und Fink – noch zwei weitere Anlagen in Betrieb. Überall erlebten sie das Wunder der elektrischen Zeit, oder wie sich der Lehrer Bergmann ausdrückte: Eine neue Epoche der Menschheit begann mit dem Einzug der Elektrizität in das Leben der heutigen Zeit! Klausner und Fink freuten sich besonders, daß alles so hervorragend klappte. Bis jetzt gab es keinerlei Beanstandungen. Alles lief wie am Schnürchen. Ab und zu mußte ein Motor mal umgepolt werden, aber das war ja nicht weiter schlimm.

Wie im Fluge verging die Zeit. Die Sonne schickte sich schon an, im Westen zu verschwinden. Herr Lauterbach blickte überrascht auf seine Taschenuhr und meinte: „Lieber Herr Klein, es wird Zeit, daß wir uns nach Hause begeben." „Wollen Sie heute noch zurück nach Ansbach?" fragt Klausner. „Aber sicher, lieber Her Klausner, ich habe nämlich noch mehr zu tun." „So meinte ich das nicht, Herr Betriebsleiter, ich dachte, Sie würden über Nacht bleiben." „Ja, Sie sind gut. Wer weiß, ob ich morgen früh überhaupt kommen kann!" „Ach so, das ist aber schade." „Ja, ich bedaure das auch, aber wenn halt die Pflicht ruft, bleibt einem nichts anderes übrig", seufzte Herr von Lauterbach. „Also Leute, machen wir Schluß für heute", forderte der Betriebsleiter die Umstehenden auf. Herr Klein nahm seine Meßinstrumente auf, Keil schulterte seinen Rucksack mit dem Werkzeug und trottete hinter den anderen her.

Am Brunnen an der Wirtschaft standen bereits einige Monteure mit nackten Oberkörpern, um sich den Schweiß des Tages abzuwaschen. Herr von Lauterbach winkte ihnen fröhlich zu, während Herr Klein die Handkurbel des Automobils betätigte. Knatternd und ratternd setzte es sich in Bewegung, während es kleine blaue Wölkchen aus dem Auspuff ausstieß. Die neu Angekommenen rissen sich ebenfalls das Hemd herunter und kühlten sich in dem herrlich frischen Brunnenwasser ab. „Ah, das tut gut!" schnaufte Keil, während Gronauer seinen Kopf aus dem Wasser hob und sich prustend schüttelte. Auch für Klausner war es ein Bedürfnis, sich frisch zu machen. Mit nacktem Oberkörper, ihr Hemd in der Hand, rannten sie nach oben, um sich abzutrocknen und sich ein frisches Hemd anzuziehen.

Inzwischen hatte Mina mit Hilfe der Mägde die Brotzeit aufgetragen. Es gab noch Würste und Kraut von Mittag her. Aber auch diesmal hatte sich Mina etwas einfallen lasse. In einer irdenen Schüssel hatte sie

Grieben von dem ausgelassenen Schweineschmalz heiß gemacht, dazu gab es Kartoffeln. Die goldgelben Speckbrocken mit etwas Salz bestreut waren eine Köstlichkeit. Sie sättigten natürlich sehr, so daß die Schüssel für alle reichte. Luigi hatte das Gericht zuerst sehr kritisch betrachtet. Noch nie in seinem Leben hatte er so etwas gegessen! Doch nach dem ersten Versuch schnalzte er mit der Zunge und meinte „Primissima!" Alles lachte, als er dabei seine Augen verdrehte. „Gell, Spaghetti, so was Feines gibt's in Italien nicht", konnte sich Peter nicht enthalten zu bemerken. Die Männer wieherten vor Vergnügen, nur Gronauer brummte: „Müßt ihr dem Luigi immer vorhalten, daß er ein halber Ausländer ist?" „Aber Hans, das war doch nicht so gemeint", entschuldigte sich Peter.

„Was ist, treiben wir heute gar nichts?" fragte Klausner. „Geht zu, Musikanten, holt eure Instrumente, heute ist es mir so richtig zum Singen zumute." Das ließen sie sich nicht zweimal sagen. Bald hob ein Singen und Musizieren an, daß es eine Freude war. Immer mehr Bauern kamen im Laufe des Abends, so daß das Lokal bald brechend voll war. Auch Mina und die Mägde waren nach der Stallarbeit dazugekommen.

Mächtig hell war es jetzt in der Wirtsstube. Die vier Lampen verbreiteten eine Helligkeit, die den bisherigen Schein der Petroleumlampen bei weitem übertraf. Immer wieder ging der Blick der anwesenden Bauern, aber auch der Montcure zu den Lampen. Mit einem gewissen Stolz betrachteten sie ihr Werk. „Siehst du, Schorsch", meinte Gronauer, „jetzt brauchst du nimmer jammern, daß du den Alten beim Schafkopfen nicht richtig siehst!" Ein Kreischen und Lachen hob an. „Das glaub ich auch", seufzte Keil und blinzelte Gronauer zu. Nicht lange dauerte es, und es ging hoch her im Lokal, besonders als Mina noch einige Maßen Freibier spendierte. Drüben an den Tischen, an denen die Mägde und die Knechte saßen, war eine besonders lustige Gesellschaft und eine Ausgelassenheit, so daß mancher Bauer unwirsch vom Honoratiorentisch hinübersah und dabei die Stirne runzelte. Sicher wäre mancher gerne auch an den Tischen dort drüben gesessen, aber der Ehrenkodex verbot es ihnen, deshalb war manchmal auch etwas Neid in ihren Blicken. Die Mägde und Knechte ließen sich aber nicht stören. Sie prosteten sich zu, und da und dort wurde heimlich eine Hand gedrückt oder ein Oberschenkel gestreichelt. Der Ulmenbauer war in seinem Element. Breitbeinig stand er inmitten der Stube und dirigierte mit seinen mächtigen Händen die Sänger. Des öfteren holte er sein Sacktuch hervor und wischte sich über das glänzende Gesicht. Ab und zu setzte er den Krug an die Lippen und nahm einen tiefen Zug, um sich dann hinterher mit dem Handrücken den Schaum aus dem Schnurrbart zu wischen. Längst hatte er seine Schäferbluse ausgezogen und stand nun hemdsärmelig mit lachendem Gesicht da. „Leit", schnauft er, „so schee wors scho lang nimmer. Wirtin, tu no a poar Moaß rei, dia genner heit af mei Rechnung!" Ein tosender Beifall wurde ihm gezollt. „Einen Wunsch hätt ich, Männer, singt doch mal das Lied ‚Fern bei Sedan'". Er hatte den Krieg 1870/71 mitgemacht und bekam jedesmal feuchte Augen, wenn er an seine gefallenen Kameraden dachte. Nachdem der Wunsch des Bauern erfüllt war, trat plötzlich eine betretene Pause ein. Die Männer räusperten sich und stimmten, noch etwas verhalten, das Lied von dem Wache haltenden Soldaten im Feindesland an, den die tödliche Kugel traf. Manche Mädchen am Tisch waren ergriffen und konnten gar nicht so recht mitsingen. Als das Lied zu Ende war, schneuzte sich der Ulmenbauer kräftig, stampfte mit den genagelten Stiefeln auf den Boden und bat die Musikanten um einen lustigen Landler. Sie taten ihm den Gefallen und spielten das Hirtenmadel und eine Bauernpolka. Da glänzten die Augen der Mädchen, und eifrig wippten sie mit den Schuhspitzen mit. „Schade", meinte die Kerschers Lore, „daß man nicht tanzen kann, es ist halt so eng." „Muaß net immer sei", brummte der Schmied. „No ja, senn halt junge Leit", verteidigte der Bürgermeister die Jugend. „Hoscht a wider recht, mir wora doch grodsou", bekräftigte der Ulmenbauer.

Ein Lied nach dem anderen wechselte sich ab. Dazwischen wurde schon mal ein Marsch oder eine Polka gespielt. Wie im Fluge verging die Zeit. Langsam brachen die älteren Herrschaften auf. Einige saßen vor ihren Bierkrügen und lallten mit schwerer Zunge. Andere gähnten versteckt hinter der vorgehaltenen Hand. Die Pausen der Musiker wurden auch immer länger. Sie hatten ein ordentliches Stück Arbeit geleistet. Vor kurzem hatte es vom Turm Mitternacht geschlagen. Mina tuschelte mit Klausner, der stand auf und meinte: „Männer, machen wir Schluß, morgen ist auch ein Tag, und der wird uns wieder ganz schön fordern!" Ohne Widerrede packten die Musiker ihre Instrumente ein, auch die anderen in der Stube riefen nach der Mina, sie wollten zahlen. Manch einer von den Bauersleuten merkte erst, als er sich erhoben hatte, daß er eigentlich ganz schön aufgeladen hatte. Sie halfen sich gegenseitig und hakten sich unter, um den Nachhauseweg gut zu überstehen. Weit wurden die Fenster geöffnet, um die Rauchschwaden und den Bierdunst zu hinaus zu lassen. Einige fleißige Hände stellten noch die Stühle auf die Tische, um den Mägden am anderen Tag das Putzen zu erleichtern. Alle waren rechtschaffen müde. Die Tagesarbeit, das Essen und das Bier gab ihnen die nötige Bettschwere. Auch Klausner gab Mina in einem unbeobachteten Augenblick einen Kuß und begab sich, nachdem er „Gute Nacht" gewünscht hatte, nach oben. Mina räumte noch die Kasse auf, band ihre Schürze ab, schloß ab und suchte ihr Bett auf. Schon beim Entkleiden fielen ihr fast die Augen zu, bald lag auch sie in tiefem Schlaf. In den Mägdekammern wurde noch ein wenig gewispert, und ab und zu hörte man mal einen Seufzer und ein unterdrücktes Lachen. Bald kehrte aber auch hier Ruhe ein.

Tiefer Frieden lag über dem Land. Eine bleicher Mond stand am Himmel. Es wurde schon sehr kühl. Der Herbst kündigte sich an. Vom Weiher her stiegen die ersten Nebel auf. Ab und zu löste sich ein Blatt von den Bäumen, und der leichte Wind trieb es durch die Luft. In den Hecken, die rings um das Dorf liefen, raschelte es ab und zu, eine Igelfamilie oder Mäuse trugen sich ihren Wintervorrat zusammen. Sie hatten es eilig, sie mußten sich einen Speckwanst anfressen, denn der Winterschlaf zehrte ordentlich. Nur vereinzelt hörte man einige Frösche quaken. Sie spürten wohl den herannahenden Herbst. Da sonst übliche Froschkonzert wurde immer leiser und leiser. Dumpf polternd fiel in dieser Nacht manches reife Obst von den Bäumen in das taufrische Gras. Die vielen Zwetschgen bekamen ihre Süße. Herbstzeit – Reifezeit! Im Wirtshaussaal zogen einige ihre Schlafdecken fester um sich. Der Keil mußte mal austreten, sah die offenen Fenster und schloß sie. „Ja, ja", brummelte er, „die Nächte werden kühler." Bald schnarchte aber auch er wieder mit leicht geöffnetem Mund.

Ruhig zog der blasse Mond seine Bahn. Einige leichte graue Streifen über den Frankenhöhen kündigten bereits den neuen Tag an. Da und dort hörte man im Dorf schon einen Hahn krähen. Bei den Mägden und Knechten rasselte schon der Wecker. Müde und noch ganz verschlafen von der durchzechten Nacht saßen sie am Bettrand und rieben sich die Augen. Au weh, die Pflicht rief! Rasch schlüpften sie in ihre Kleider. Im Stall hörte man schon das Vieh rumoren. Es wollte gefüttert und gemolken werden. Während der Futterkarren, von Jörgli geschoben, über den Hof rumpelte, saßen die Frieda und die Lina an den Kühen. Ihren Kopf an die warmen Leiber gepreßt, waren ihre geschickten Hände an den prallen Eutern der Tiere, um im gekonnten Rhythmus zu melken. Zischend strahlte die Milch in die Eimer, ab und zu machten sie brummend eine Bemerkung, wenn ein schwingender Kuhschwanz sie streifte. „Geh, Liesel, gib a Ruh," oder „Bless, konscht net aufpassn." Jörgli hatte sich inzwischen eine Gabel geholt und begann das letzte Gras, das sie am Abend zuvor noch geholt hatten, zu verfüttern. „Es wird Zeit", meinte er „daß die Küah ofd Weid kumma."

Nach der Grummet-Ernte war es üblich, das Vieh auf die Wiesen zu treiben. Das war gleichzeitig die schönste Zeit für die Kinder. Von allen Höfen war das Vieh auf den Weiden. Gleich nach der Schule holten sie es aus dem Stall und brachten es nach dem Essen auf die Weide. Da wurden dann Feuerchen geschürt, Kartoffeln am offenen Feuer gebraten, auf den Wiesen herumgetollt, Drachen steigen gelassen oder den selbstgebastelten Weideflöten Töne entlockt. Ach, war das ein herrliches Leben!

30. Kapitel UMZUGSVORBEREITUNGEN

Während nach und nach die Anschlußarbeiten in den Häusern von Unterhofen fertiggestellt wurden, bereitete man sich im Lager der Monteure langsam auf den Umzug nach Adelshofen vor. Die Flaschenzüge wurden durchgesehen, die Rollen eingefettet, die Sicherheitsgurte überprüft, die Leinen auf Schäden untersucht, die herumliegenden Drahtreste in einer Kiste gesammelt und die Farbeimer sauber gemacht. Die Pickel und Schaufeln wurden gesäubert und notfalls zum Härten in die Schmiede gebracht, ebenso die Stoßeisen.

Am Morgen zuvor war Klausner schon in Adelshofen gewesen, um für die Unterkunft der Monteure zu sorgen. Im Gasthaus zum Adler sollte auch hier ein Wirtshaussaal das Quartier für die nächste Zeit werden. Mit der Wirtin und ihrem Mann, dem Hannes Kornmann, war er schon handelseins geworden. Er war ein stämmiger Endvierziger mit einem klobigen Schädel, aber in seinem roten Gesicht blinzelten zwei lustige Augen. Sein volles braunes Haupthaar zeigte schon einige leichte graue Strähnen. Im Gesicht trug er einen Backenbart, wie er Mode war. Bekleidet war er mit einer derben Drillichhose, die in Lederstiefeln steckte, die ihm fast bis an die Knie reichten. Über seine blaugestreifte Bluse hatte er eine blaue Schürze gebunden, die er am Abend, wenn er in der Wirtsstube seinen Pflichten nachkam, mit einer weißen vertauschte. Die Wirtin, seine Gretel, war eine schlanke zierliche Person, etwas kleiner noch als er. Sicher war sie noch einige Jahre jünger, sie hatte ein fast jugendliches Aussehen. Ihre tiefschwarzen Haare hatte sie zu Zöpfen geflochten und um den Kopf gelegt. Eine kleine Stupsnase und ein feingeschnittener Mund, der eine weiße Zahnreihe beim Lachen freigab, sowie ein paar blitzende Augen, die von langen Wimpern beschattet waren, hoben die Schönheit ihres Gesichtes besonders hervor. Bekleidet war sie mit einem graublauen Baumwollkleid, das ihre Figur trefflich zur Geltung brachte. Auch sie trug über ihrem Kleid eine Schürze. Bei der Ankunft Klausners stand sie auf der Wirtshaustreppe. Die Arme leicht in die Seite gestellt, fragte sie nach seinem Begehr. „Frau Wirtin, nehme ich an?" begann Klausner. „Richtig", lachte sie. „Nun, Frau Wirtin, mein Name ist Klausner." Dann erzählte er ihr, worum es ging. Sie hörte sich alles geduldig an, doch dann meinte sie: „Es ist wohl besser, daß ich meinen dazu Mann hole." „Aber gewiß, das ist mir sehr recht." Bald entwickelte sich ein Frage- und Antwortspiel.

Als man dann, nach Besichtigung des Saales und der anderen Räumlichkeiten, einig war, und auch die finanzielle Fragen geklärt waren, meinte die Wirtin: „Na, Hannes, ich glaube, jetzt sollten wir zum gemütlichen Teil übergehen." „Ja, Mutter, du hast recht." Kaum hatte sie Klausner eine deftige Brotzeit, einen schäumenden Krug Bier und einen Schnaps hingestellt, stürmten zwei Buben in die Stube. Der eine war wohl etwa 15 Jahre alt, der andere einige Jahre jünger. „Unsere Buben", stellte die Wirtin mit sichtlichem Stolz in der Stimme vor. „Donnerwetter, so große Kinder hätte ich Ihnen bestimmt nicht zugetraut." Verlegen nahm sie das Kompliment entgegen. „Das ist Herr Klausner", stellte sie Adolf den Buben vor. Artig gaben sie ihm die Hand. „Das ist unser Fritz, er ist der Älteste, und das ist unser Wilhelm, er geht in die fünfte Klasse. Aber das ist noch nicht alles, ein Mädchen haben wir auch noch, gell, Vater. Sie kam vergangenes Jahr in die Schule und ist jetzt noch beim Handarbeitsunterricht. Unser Luisle brauchen wir notwendig, sie kann schon ganz gut bedienen und vor allem in der Küche aushelfen, wenns nottut. Na, Sie werden sie schon noch kennenlernen." Damit war die Vorstellung der Familie beendet.

Nach der Brotzeit, die ihm übrigens ausgezeichnet geschmeckt hatte und für die er fünfzig Pfennig einschließlich des Bieres bezahlte – der Schnaps ging auf Kosten des Hauses –, fuhr Klausner wieder nach Unterhofen zurück. Ein starker Gegenwind machte ihm dabei zu schaffen, und als er in das Dorf einfuhr, fielen bereits die ersten Regentropfen. Eilig stellte er sein Fahrrad unter und suchte sein Zimmer auf. Mit einem besorgten Blick zum Himmel hoffte er, daß der Regen nicht lange anhalten würde. Er mußte ja noch die tatsächlich verlegten Leitungen und Installationen in einen Ortsnetzplan einzeichnen. Inzwischen schlug es sechs Uhr, und es wurde langsam dunkel. Da hörte er auch schon das Poltern der heimkehrenden Männer. Wo ist nur so schnell die Zeit hingekommen, dachte er wehmutsvoll. Was soll nur aus Mina und mir werden, grübelte er. Sicherlich werde ich sie so oft es geht besuchen. Gewiß heimlich, denn sonst würden ihre Leute und die Nachbarn bald herausfinden, was da vor sich ging. Auf keinen Fall wollte er Mina ins Gerede bringen. Er öffnete das Fenster und sah in dem Licht der Straßenbeleuchtung, daß es stärker zu regnen anfing. Er schaltete seine Lampe ein und zog den grünen Blechschirm tief auf den Tisch hinunter, holte sein Schreibzeug hervor und begann, den Tagesbericht zu schreiben.

Ein Klopfen an der Türe unterbrach seine Tätigkeit. „Sag mal, Kapo, willst du nicht herunterkommen?" fragte Keil, der in das Zimmer eingetreten war. „Wie spät ist es denn?" „Na, gleich sieben Uhr." „O je, das habe ich gar nicht gemerkt. Warte nur einen Moment, ich komme gleich." Eilig räumte er seine Sachen auf. „Sag mal, du warst doch heute in Adelshofen, wie schaut es denn da aus?" „Ach, ich glaube, da können wir ganz zufrieden sein. Die Wirtsleute machen mir einen sehr guten Eindruck, auch der Saal ist in Ordnung. Wenn mich nicht alles täuscht, kannst auch du ein Zimmer haben." „So, so, na, das ist ja erfreulich. Ich freue mich schon auf ein richtiges Bett. Auf die Dauer möchte ich nicht ständig auf einem Strohsack auf dem Fußboden kampieren." „Das glaube ich dir, vielleicht ist es möglich, für den einen oder anderen auch ein Logis zu finden, aber jetzt wollen wir nach unten gehen", schloß Adolf. „Ja, da hast du recht, die warten bestimmt schon auf uns, außerdem knurrt mir mächtig der Magen." „Was, du hast noch nichts gegessen?" „Ich habe auf dich gewartet", brummte Keil. „Mensch, ich habe doch schon in Adelshofen gevespert." „Hätte ich mir doch denken können." Sie nahmen am Stammtisch Platz. Sofort stellte Mina einen Holzteller mit Schinken und Würsten vor Keil hin. „Mir brauchens nichts zu bringen, außer einem Krug Bier", sagte Adolf. „In Ordnung", lachte sie und begann das Bier zu zapfen. Alsbald füllte sich die Wirtsstube, die Bauern hielt der Regen nicht ab, sie schüttelten im Gang ihre nassen Hüte und Mützen aus und strichen ihre Blusen glatt, dann begann der Feierabend.

Nach der allgemeinen Brotzeit fanden sich die Kartler zu einem Spiel zusammen, während am Stammtisch über alles mögliche geredet wurde. Der Lindenbauer und der Schmied unterhielten sich über die Weltlage von ihrer Sicht aus. „I was net", meinte der Schmied, „etz hebbes scho wiedr a neua Panzerkreuzer in Betrieb gnumma, mir gfellt des gor net, brauche mir denn fer unser Kolonia sou vill zon Schütza wis amel sogn? In Frankn Gustav denn Apotheker vo Rotheburg kennscht doch, denn sei Bua is Missionar in Afrika, der wor etzerla of Heimaturlaub do, der hot gsogt, daß es bo enna ganz friedli zuageht! Wos seggscht etz du doa derzua? Freili, Afrika is groas, doa gitz allerhand Leit." Fragend sah er den Lindenbauern an. Der stopfte sich gemächlich eine Pfeife, brannte sie sich an, tat ein paar Züge, hüllte sich in eine kleine Wolke Tabakrauch und sprach: „Sell mog scho sei" – mit dem Daumennagel drückte er den Tabak in den Pfeifenkopf – „wascht, des is etz soa

Gschicht, des mit denna Schiffe, mer müssa halt des Reich schütza."
„Sou, vo wem denn? Senn denn die König und Kaiser net alle verwandt
mitanander?" „Doa hoscht du scho recht, ober manscht, dia senn oft nit
neidi ofanander? Scho in der Bibel steht, daß der Neid die Wurzel alles
Übels is!" „Woll, woll, doa hoscht du ja recht. Wos manna etz Sie derzua, Herr Klausner?" wandte sich der Schmied an Adolf. „Ja, mei, was
will ich dazu sagen? Ich muß nächste Woche in meiner Heimatstadt zur
militärischen Verwendungsprüfung, vielleicht erfahre ich da was."

Mina, die gerade mit einigen Bierkrügen in die Stube trat, konnte gerade noch die letzten Worte verstehen. Ein Ruck ging durch ihre Gestalt, plötzlich zitterten ihre Knie, ein leichter Taumel befiel sie. Ihr
Geliebter, ihr Adolf, zum Militär! Schnell kredenzte sie die Bierkrüge,
die sie noch in der Hand hielt, dann verließ sie rasch die Gaststube. Im
Flur war es ziemlich düster, nur der Schein der Außenleuchte fiel herein. Da hielt es sie nicht länger, ihr schwammen die Augen, ein weher
Seufzer entrang sich ihrer Brust. Sie stürzte in die Küche und verbarg
ihr tränenüberströmtes Gesicht in ihrer Schürze. Warum hat er mir davon nichts erzählt, dachte sie, hat er kein Vertrauen zu mir? O Adolf,
dachte sie, du kannst mir doch alles sagen! Warum hast du es denn
nicht getan? Sicher, dachte sie sich, hat er mich verschonen wollen. Ja,
so wird es gewesen sein. Sie schneuzte sich kräftig und kühlte ihre ver-
quollenen Augen in einer Schüssel mit kaltem Wasser. Bald hatte sie ihr
Gleichgewicht wiedergewonnen. Prüfend sah sie in den Spiegel, strich
sich eine vorwitzige Haarsträhne aus dem Gesicht und kehrte in die
Gaststube zurück. Ihr Fortbleiben war gar nicht weiter bemerkt worden.
Dicke Rauchschwaden hingen in der Luft, und das Licht der Glühbirnen
hatte Mühe, sich durchzusetzen.

Klausner hatte inzwischen seine Antwort gegeben auf die Fragen von
vorhin. Mit einem „Guten Abend miteinander" betrat der Bürgermeister
die Gaststube; alle taten ihm Bescheid. „No, Friedrich, wos gits denn
Neis?" fragte ihn der Schmied. „Stell der ner vor, heit hob i a Schreibe
griagt, daß as Vieh zählt werre muaß!" „Was?" Alles staunte über die
Worte des Bürgermeisters. „Ja, wos wärren nochert etz dös?" meinte
der Lindenbauer, „hettet etz ihr scho so ebbes ghäirt? Wos soll denn des
bedeite? Bloß dia Rindviecher oder wos anders a no?" hörte man fragen. „Rindviecher und Säu", brummte der Bürgermeister, „als wia
wenn mir koa Ärbet hetta." „Leit, des hot ebbes zon Bedeita", meinte

der Schmied und schob sich eine kräftige Prise Schnupftabak in die Nase. „Wos hob i vorhin gsagt, mir gfellt des alles net." „Geh du, du hoscht doch immer glei so a dumms Gred", knurrte der Bauer. „No, ihr werd scho secha wos kummt", ließ sich der Schmied nicht von seinen Gedanken abbringen, „vielleicht denkt der no amoal an des wos i gsacht hob!" „Geh zua, her mer mit den Politisiera auf, sing mer liaba a weng." „Hoscht recht, sing mer!" Das allabendliche Singen begann. Allerdings, irgend etwas nicht Greifbares ließ keine solche Stimmung aufkommen wie an anderen Abenden. Bald zogen sich die Männer zurück und suchten ihre Nachtlager auf. Kurz nach halb elf Uhr war die Stube leer. Klausner zog sich zunächst auf sein Zimmer zurück, um dann später zur Mina ins Zimmer zu schlüpfen. Etwa zehn Minuten später huschte Mina in die Schlafkammer. Sie hatten kein Licht brennen, nur der Schein der vor dem Gasthaus angebrachten Straßenlampe fiel in das Zimmer und erleuchtete es notdürftig. In kürzester Zeit entkleidete sie sich, schlüpfte in ihr Nachthemd und zu Klausner unter die Zudecke. Nach einem langen Kuß, bei dem sie völlig außer Atem kam, machte sie ihm Vorwürfe, warum er ihr nichts erzählt habe von seinem Termin beim Militär. „Ach, Schatz, das hättest du noch bald genug erfahren; so ein Schreiben bekommen derzeit viele Männer, das ist doch nichts Besonderes." „Für mich schon", schmollte sie. „Aber warum denn, schau, auch eine Dienstzeit geht mal herum, das ist doch ganz normal." „Ach, Adolf, wir Frauen denken da halt ganz anders. Wir sind halt von Haus aus dazu bestimmt, Leben zu bringen und es zu bewahren. Die Männer denken immer eher ans Kämpfen!" „Mensch, Mina, du entwickelst heute wieder Theorien, direkt nachdenklich könnte man werden."

Eine Zeitlang schwiegen sie, sie hatte ihren Kopf an seine Brust gebettet. Deutlich vernahm sie seinen Herzschlag. „Ach", seufzte sie, „manchmal komme ich mir vor wie eine taube Nuß! Weißt du, Adolf, ich sehne mich so sehr nach einem Kind. Ein Kind", fuhr sie fort, „bringt einem Leben doch erst den Inhalt! So lange trage ich den Gedanken schon mit mir herum. Jetzt bin ich entschlossen, es darauf ankommen zu lassen." Adolf, der sich inzwischen halb aufgerichtet hatte, wollte gerade zu einer Antwort ansetzen, doch sie legte ihre Hand auf seinen Mund. „Bitte, habe noch etwas Geduld, ich bin noch nicht fertig. Also, Adolf, du hast keinerlei Verpflichtungen, ich bin doch schon eine alte Frau gegen dich. Selbstverständlich sollst du dein Leben weiter so leben, wie du es willst. Sicher wirst du auch eines Tages heiraten und eine liebe Frau bekommen." „Aber Mina, du kannst doch auch noch heiraten, sicher findest du einen Menschen, der es gut mit dir meint und dir zur Mutterschaft verhilft." „O Adolf, ich werde nie mehr einen Mann so lieben wie dich. Vielleicht bleibe ich mal nicht alleine, das kann schon sein, aber wenn er mich mit einem Kind nicht liebt, so soll er es bleiben lassen. Niemand wird je erfahren, daß es von dir ist. Ich habe mir das alles gründlich überlegt." Adolf war ziemlich erschüttert von diesem Ausbruch. Aufgewühlt schloß er sie in seine Arme. „Ach, Mina", seufzte er. „Bitte, bitte Adolf, laß mich!" Sie zog mit einem Ruck ihr Nachthemd über den Kopf und schleuderte es in das Zimmer. Sie preßte ihren Leib fest an ihn und suchte mit ihren Lippen seinen Mund. Eine Woge der Leidenschaft riß beide hinweg, völlig erschöpft fielen sie später in einen traumlosen Schlaf.

Schon beim ersten Hahnenschrei wurde Adolf munter. Habe ich das alles geträumt oder war es Wirklichkeit? fragte er sich. Er rieb sich die Augen und sah das Nachthemd mitten im Zimmer liegen. Da wußte er, daß das kein Traum war. Außerdem lag ja Mina an seiner Seite. Ein leichtes glückliches Lächeln war auf ihrem Gesicht, das er lange und liebevoll betrachtete. Auch ihm wurde bewußt, daß er nie mehr einen Menschen würde so lieben können wie Mina! Ganz sachte, um sie nicht zu wecken, kleidete er sich an. Er hauchte ihr noch einen Kuß auf die Stirne. Barfuß schlich er zur Türe, horchte in den Sohler hinein – kein Laut. Eilig suchte er seine Kammer auf.

Das Rattern des Futterkarrens über das Kopfsteinpflaster des Hofs ließ Mina hochschrecken. Das Bett an ihrer Seite war leer. Sie schaute auf den Wecker, was, sechs Uhr! Mit einem Satz war sie aus dem Bett. Hastig kleidete sie sich an. Nebenan polterten schon einige im Saal. Mit der Faust an Adolfs Kammertür klopfend, schrie sie: „Aufstehn!" Dann eilte sie, zwei Stufen auf einmal nehmend, hinunter in die Küche. Das Wasser in der Waschschüssel belebte ihre Lebensgeister. Sie schaute kurz und prüfend in den Spiegel. Sie meinte, einen anderen Zug in ihrem Gesicht zu finden, glücklich schloß sie einen Moment die Augen. Schnell setzte sie den Milch- und den Kaffehafen auf den Herd und schnitt das Brot zur Suppe. Indessen bereiteten sich die Männer auf das Frühstück vor. Nach dem Frühstück teilte Klausner zur Arbeit ein. „Männer", begann er, „heute ist Samstag, ich fahre zur Post nach Rothenburg und hole euer Geld. Räumt den Lagerschuppen auf. Tragt zum

260

Schmied noch Pickel und Stoßeisen zum Schärfen. Läßt beim Wagner-
meister Lindner die Stiele für Hämmer und Beile nachsehen oder gege-
benenfalls erneuern. Ich bin bestimmt bis elf Uhr wieder zurück. Also,
auf geht's!"

Klausner eilte nach oben, um sich eine Regenjacke, die Tasche und eine
Mütze zu holen. Als er sein Fahrrad bestieg, hatte der Regen etwas
nachgelassen. Die Männer nahmen ihre Arbeit auf. Klausner trat kräftig
in die Pedale und erreichte in einer guten halben Stunde die alte
Reichsstadt. Am Postamt holte er das Lohngeld ab und fuhr danach zum
Wittmanns Gustl. Er zog an der Schelle und streifte sich dabei sorgfältig die Schuhe ab. Ein Schlüssel knirschte im Schloß. Die Tür schwang
auf und Gustl stand mit seiner mächtigen Fülle da. „Ja, da schau her,
der Adolf, brauchst wieder ein Fuhrwerk?" „Aber sicher, weißt du, wir
sind nun fast fertig in Unterhofen und werden am Montag nach Adelshofen umziehen." „So, so, da habt ihr euch aber mächtig beeilt. Als ich
damals bei euch war, wann war denn das, ich glaube so anfangs der
Heuernte, da stelltet ihr noch euere Dachständer." „Ja, wir hatten Glück
mit dem Wetter", meinte Adolf. „Allerdings, da hast du recht", pflichtete ihm Gustl bei. „Was ist, magst an Schnaps? Bei dem Wetter ist des
bestimmt nicht verkehrt!" „Da sag ich nicht nein." „Na also!" Gustl
schenkte einen doppelten goldgelben Zwetschgenschnaps ein. „Zum
Wohle! Ah, das tut gut! Auf einem Bein kann man nicht stehen", mit
dieser Aufforderung füllte Gustl die Gläser von neuem. „Kann der Fritz
am Montag so gegen neun Uhr früh mit einem Leiterwagen bei uns
sein?" „Selbstredend", brummte Gustl. Er holte seine Schnupftabaksdose hervor, klopfte sie am Handrücken, langte mit Daumen und Zeigefinger hinein und schob sich eine gewaltige Prise in die Nase. Einen
Moment hielt er inne, dann hob eine mächtige Nieserei an. Mit seinem
großkarierten Sacktuch schneuzte er sich und wischte die hängenge-
bliebenen Krümel Tabak weg. „Ah", meinte er, „das ist eine Wohltat."
Belustigt sah ihm Adolf dabei zu. Er prostete ihm noch einmal zu und
machte Gustl klar, daß er heimfahren müsse, seine Leute würden aufs
Geld warteten. „Na, ja, das kann ich schon verstehen, also, Adolf,
mach's gut! Pfüat di Gott!" „Ja, dich auch, und grüß mir deine Frau",
antwortete Adolf, schwang sich auf sein Fahrrad und trat den Heimweg
an.

Plötzlich fing es wieder an zu regnen. Er schlug den Kragen seiner Regenjacke hoch und trat noch fester in die Pedale. Vom Kirchturm schlug

es halb elf, als er an den ersten Häusern des Dorfes vorbeifuhr. Er stellte sein Rad am Gasthaus ab und eilte, zwei Stufen auf einmal nehmend, nach oben. Er füllte das Geld in die Lohntüten, beschriftete sie und verstaute sie wieder in der Tasche. Erst jetzt merkte er, wie naß er geworden war. Seine Hosenbeine trieften. Rasch zog er eine andere Hose an und hängte die nassen Kleidungsstücke zum Trocknen über den Stuhl. Er nahm seine alte Lederjacke und begab sich zum Lager. Die Monteure hatten gute Arbeit geleistet. Alles war sauber verpackt oder gebündelt und zum Abtransport bereit. Die Männer waren guter Dinge und saßen oder standen rauchend in Grüppchen beisammen, doch auch manchen befiel Wehmut. Das Dorf und seine Bewohner war ihnen ein wenig ans Herz gewachsen. Ja, so war das, jeder kannte jeden und wußte, daß man sich aufeinander verlassen kann. Vor allem mit den Kindern und der heranwachsenden Jugend waren manche Freundschaften geschlossen worden. Die Kinder waren ja so wißbegierig und wollten alles ganz genau erklärt bekommen. Kaum war die Schule aus, stürmten sie wie eine wilde Horde aus dem Schulhaus zu den Monteuren.

„Nun hört mal alle her", meinte Klausner, „ihr wißt ja, es ist ausgemacht, daß morgen das Lichtfest gefeiert wird und daß es sich für die meisten von uns gar nicht lohnt, nur für heute heimzufahren." Die Monteure nickten zustimmend. „Ich gehe jetzt in das Gasthaus, um halb zwölf ist Geldempfang, also bis nachher." Inzwischen hatte der Regen aufgehört, und die Sonne kam hervor. Auf der Frankenhöhe leuchteten die Laubwälder, die langsam ihre Herbstfärbung annahmen, vom leichten Gelb bis zu einem satten Rot, dazwischen das tiefe Grün der einzelnen Nadelbäume. Die Natur verschwendete ihre ganze Pracht. Klausner konnte sich nicht satt sehen! Er eilte in die Wirtsstube, Mina hatte inzwischen den Tisch gedeckt. Er ging hinauf und holte das Geld. Die Männer kamen, erhielten ihr Geld, unterschrieben und setzten sich zu Tisch.

31. Kapitel   SAMSTAGABEND

Es war anders als an allen anderen Samstagen, denn die meisten Männer blieben in Unterhofen. Einige packten es trotzdem, ihnen wurde das Geld für die Familien der Kollgen im jeweiligen Heimatort mitgegeben. Luigi fuhr selbstverständlich zu seiner jungen Frau heim, zumal ja Nachwuchs unterwegs war. Die anderen ließen sich beim Essen weitaus mehr Zeit als sonst. Es gab Linsensuppe mit Mehlspatzen und Geräuchertes, dazu Kartoffelsalat. Die Männer langten ordentlich zu. Es schmeckt aber auch! Dazu kam noch ein frisch gezapftes, schäumendes Bier im Kruge. Hinterher wurde noch ein wenig geratscht. Man freute sich schon auf das Fest. Einige, unter ihnen auch Keil und Klausner, hielten ein kleines Mittagsschläfchen. Peter und Ernst halfen ihren beiden Mädchen beim Abräumen des Geschirrs. Sie verzogen sich in die Küche. Grünsteudel, Gronauer, Weinberger und Dauberschmidt spielten Karten, einen zünftigen Schafkopf. Klausner ging nach oben. Erst jetzt merkte er, wie müde er war. Kaum hatte er sich hingelegt, schlief er auch schon ein. Er hörte nicht mehr den Regen, der an die Fenster prasselte.

Mina hatte inzwischen das Geschirr mit den beiden Mägden abgespült. Jetzt begannen sie, das Festessens für den kommenden Tag und die vielen erwarteten Gäste voruzubereiten. Bald kochte das Ochsenfleisch in einem mächtigen Topf. Für die „Hochzeitssuppn" wurden die Zutaten zurechtgemacht: die Pfannenkuchen und die Bisquitla gebacken, die verschiedenen Klößle gedreht. Dann kam der Schweinebraten in die Röhre. Es herrschte eine emsiges Treiben in der Küche.

In der Gaststube bei den Kartlern ging es ebenfalls hoch her. Eben hatte Gronauer ein Schellen-Solo verloren. Es war aber auch zum Haareausraufen, Weinberger hatte alle Trümpfe auf einer Hand dagegen, da war ein Kontra nicht zu vermeiden. So kostete das Spiel mit vier Bauern pro Spieler 32 Pfennige, zusammen also fast eine Mark! Viel Geld, fast die Tagesauslösung, dazu kam noch das Gefrotzel: „Manch einer lernt's nie" oder „Karteln müßte man halt können." Alle möglichen Sprüche hatten die Schadenfrohen zur Hand. Nicht einer drückte sein Bedauern aus. „Wartet nur, ihr Brüder, ihr seid auch mal wieder dran mit Verlieren", drohte Gronauer. Nach einer Stunde Spiel bekam er tatsächlich wieder ein Solo mit vier Bauern, so hatte er über die Hälfte seines Verlustes wieder zurück. „Na, ihr Bäckerburschen, was sagt ihr jetzt?" „Reiner Dusel", brummte Weinberger. „Von wegen Dusel, Können!" frohlockte Gronauer und lachte den anderen ins Gesicht. Er sollte recht behalten, denn nach Beendigung des Spiels stellte sich heraus, daß insgesamt nur fünfundzwanzig Pfennige ihre Besitzer gewechselt hatten.

Der Regen hatte inzwischen aufgehört. Die Sonne sandte schräge Strahlen zur Erde. Von der Kastanie im Hof tropfte es noch schwer, doch die Vögel hüpften in dem schon gelichteten Laub aufgeregt von Ast zu Ast. Das große Faß an der Regenrinne seitlich vom Hausgiebel war bis zum Überlaufen voll. An seinem Rand saßen Tauben, um zu trinken. Vorne am Dorfplatz gab es anscheinend ein Ereignis. Man hörte eine Glocke und Geschrei. Ein Bub kam angerannt. „Der Scherenschleifer ist da", rief er.

Ein Mann stand am Dorfplatz mit einem zweirädrigen Karren und schwang eine gewaltige Glocke. „Scheren, Messer, Äxte", schrie er, „kommt herbei, der Schleifer Max ist da!" Im Nu hatte er natürlich eine Menge Kinder um sich geschart. Schon nahten die ersten Mägde und Bäuerinnen. Sie brachten Messer und Scheren, manche hielten auch ein Beil in der Hand. Das Messerschleifen vor allem war wichtig, denn die Zeit der Hausschlachtungen stand ja bevor, da brauchte man scharfe Messer. Der Schleifstein hatte eine Kurbel an einer Welle, die mit einem Trittbrett verbunden war. Der Schleifer Max hatte inzwischen eine ganze Anzahl von Gegenständen bekommen. Damit die Leute auch ihre abgegebenen Sachen richtig erhielten, hatte er sich eine besondere Methode ausgedacht. Neben sich hatte er ein großes Tuch ausgebreitet, auf dem eine Zahlenreihe eingestickt war. Die Leute brauchten also nur ihre Hausnummer anzugeben, dann legte er die Sachen auf die betreffende Nummer, so konnte er alle Verwechslungen vermeiden. Ja, der Max war ein kluger Mann. Er arbeitete auch sehr ordentlich und kam schon über zwanzig Jahre in ihre Gegend. Er stammte aus dem Hohenlohischen, aus einem Dorf in der Nähe von Blaufelden. Bereits sein Vater hatte dieses Gewerbe ausgeübt. Lustig vor sich hinpfeifend drehte er den Schleifstein. Ein Kübel mit einem kleinen Messinghahn, der über seinem Schleifstein befestigt war, spendete ihm in Tröpfchen das notwendige Schleifwasser. Wenn es draußen richtig kalt war und die Nase zu tropfen anfing, sagte man auch: „Sie tropft wie ein Schleiferskübel!"

Ab und zu fuhr Max mit dem Daumen über die Klingen, um die Schärfe zu prüfen. Befriedigt legte er dann die Werkzeuge auf das Tuch mit den Nummern.

Andächtig schauten die Kinder dem Max bei der Arbeit zu. Max liebte Kinder sehr und hatte auch manche Leckerei dabei, sei es ein Gutserl oder ein Zuckerstengel oder, in der Weihnachtszeit, Plätzchen oder einen Lebkuchen. Die Kleinen wußten genau Bescheid. Allerdings, umsonst gab es nichts. Sie mußten sich aufstellen und ihm ein Liedchen vorsingen. Zuerst waren sie etwas verlegen, doch die Scheu legte sich bald, und nicht lange danach hörte man ihre hellen, kindlichen Stimmen. „So, Kinder, das habt ihr fein gemacht, kommt mal her und seht, was ich für euch dabei habe." Die Kinder stürzten sich auf das Dargebotene. Ja, Max war eben ein Diplomat! Hatte er die Kinder, hatte er selbstverständlich auch die Erwachsenen. Er arbeitete etwa noch eine Stunde, bis das Licht des Tages nicht mehr ausreichte. Seinen Karren packte er zusammen und schob ihn in den Hof neben den Kastanienbaum. Er hatte sich seinen Feierabend verdient. Vor allem mußte er unbedingt Brotzeit machen. Auch waren seine Kleider vom Regen noch nicht ganz trocken.

Bescheiden setzte er sich an einen Tisch. Er wollte die Gesellschaft nicht stören. Doch da kam er bei denen gerade richtig an. „Hallo, Schleifer, du bist wohl was Besseres, daß du dich nicht zu uns setzt?" fragte ihn Gronauer. „Aber nein", wehrte Max ab, „im Gegenteil, ich wollte euch nicht stören." „Larifari, komm rüber." „Mir solls recht sein." Der Schleifer wechselte den Platz. Er ließ sich neben dem Weinberger nieder. Mina fragte den Ankömmling nach seinem Begehr. „Wirtin, eine Brotzeit und ein Bier hätte ich gern." „Selbstverständlich, ich bring's gleich." Mina brachte ihm einen Holzteller mit Schinken und einer geräucherten Blutwurst, einer Essiggurke und etwas Kren. Das schäumende Bier stellte sie mit einem „Wohl bekomms!" vor ihm ab. Nach einem langen Schluck und „Ah, das tut gut!" langte er kräftig zu. Nach dem Essen zog er einen Stumpen hervor, und bald paffte er fröhlich vor sich hin. „Na, Schleifer, du kommst doch weit herum, sag, was gibt es denn so Neues?" fragte Klausner. „Ja, sicher gibt es allerhand. In Gebsattel, der Müller hat sich erhängt." „Was", mischte sich Mina ins Gespräch, „der Bernreuther? Ja was ist denn in den gefahren?" „Ach, ihr kennt ihn wohl, den Bernreuther?" „Aber gewiß!" „So, so,

265

nun, er hätte für jemanden Bürge gestanden, heißt es, und das hätte ihm den Hals zugedrückt, außerdem soll seine Frau, die Lore, ein Verhältnis mit einem Knecht gehabt haben." „Schau, schau, die Lore! Der Bernreuther war doch ein stattliches Mannsbild." „Da kann man eben nicht reinschauen", meinte der Max. „Hast recht, Schleifer", seufzte die Mina. „Was mir am meisten aufgefallen ist", sagte Max, „daß in letzter Zeit so viele junge Leute zum Wehrdienst einberufen werden. Ich glaube, das bedeutet nichts Gutes!" „Willst du etwa sagen, daß es einen Krieg geben könnte?" „Wer weiß? Aufgerüstet wird ja genug!" „Ach was, ich glaube nicht daran", brummte Weinberger. „Hoffentlich hast du recht", meinte Klausner.

Da ja Samstagabend war, füllte sich in kurzer Zeit die Gaststube. Am Stammtisch saßen die Bauern. Zur Feier des Tages hatten sie sich eine weiße Schürze umgebunden. An einem anderen Tisch nahmen die Handwerker des Dorfes Platz. Die Honoratioren hatten auch ihre Sitzordnung. Der Lehrer, der Bürgermeister, einige Gemeinderäte genehmigten sich ein Glas Wein. Sogar der Pfarrer schaute kurz herein.

„Das elektrische Licht ist schon eine feine Sache!" lobte der Pfarrer. „Wie Sie wissen, ließ ich mir auch eine Lampe an der Kanzel anbringen. Das wird sich im den dunklen Wintermonaten sehr positiv auswirken." „Ich habe die segensreichen Auswirkungen in meiner Schulstube bis jetzt ja noch nicht kennengelernt, aber bald wird man morgens wohl die Beleuchtung benötigen", pflichtete ihm der Lehrer bei. „Was das anbelangt, so solltet Ihr erst einmal sehen, wie das mit dem Futterschneiden vor sich geht, kaum hast du angefangen, bis du auch schon wieder fertig, was war das sonst für eine Plagerei!" mischte sich der Bürgermeister in das Gespräch. Alle lobten das Zeitalter der Elektrizität. Das war natürlich Wasser auf die Mühle von Klausner. „Meine Herren", hob er an, „haben Sie auch schon bedacht, wie sich das neue Licht auch auf die Sicherheit auswirkt?" „Wieso?" „Nun, denken Sie doch mal daran. Die Wege nachts sind doch durch die Beleuchtung sicherer geworden, oder wenn jemand in den Keller muß. Wie oft hat man da schon von Stürzen mit verheerenden Folgen gehört! Auch im Stall ist doch so eine Beleuchtung von großem Vorteil." „Da haben Sie recht, man sieht halt alles viel besser." „Ich denke", meinte der Pfarrer, „das ist ein Grund, daß wir die Gläser erheben und auf die Männer anstoßen, die uns das ermöglicht haben!" Sie hoben ihre Gläser. Die Monteure waren mächtig stolz, manche wurden auch etwas verlegen ob des Lobes. „Wir tun doch nur unsere Pflicht, Herr Pfarrer", wehrte Klausner ab. „Ach was, ich finde, das mußte mal gesagt werden." Pünktlich um zehn Uhr war an diesem Abend Schluß, da ja am nächsten Tag das Lichtfest stattfinden sollte. Bevor der Herr Pfarrer sich verabschiedete, lud er die Anwesenden zum sonntäglichen Gottesdienst ein. „Aber gewiß kommen wir, Herr Pfarrer", versicherten ihm alle.

Man freute sich schon auf das Fest. Tage zuvor war da und dort gebakken worden; sogar ausgezogene fränkische Küchle sollte es zum Lichtfest geben. Mina hatte auch in der Frühe des Samstags noch einen Leiterwagen voll Bier von Reichelshofen bekommen. Die Fäßchen waren im Eiskeller gelagert und harrten ihrer Bestimmung. Nachdem die letzten Gäste gegangen waren, halfen einige der Monteure noch beim Aufräumen, dann begannen die beiden Mägde mit dem Zusammenkehren und Aufwischen des Stubenbodens. Mina brachte einen großen Pack Tischtücher aus feinstem Leinen und legte sie mit Hilfe der Monteure auf. „Donnerwetter, das habt ihr aber fein gemacht", konnte sich Klausner nicht verkneifen zu sagen. Er war noch ins Freie gegangen um, nach dem Rauch und dem Qualm in der Wirtschaft die köstliche Nachtluft in vollen Zügen zu genießen. „Gell, Kapo, da schaust", flachste Gronauer, während er eine Tischdecke glatt zog. „Marsch, nun aber ins Bett", ordnete Mina an, „damit ihr morgen alle munter seid." Alles begab sich zur Ruhe.

32. Kapitel   DAS LICHTFEST

Der Sonntagmorgen unterschied sich von den Werktagen dadurch, daß alles viel behäbiger und ruhiger zuging. Eine feierliche Stimmung machte sich breit. Beim Frühstück saßen die Monteure mit frischen weißen Hemden, dunklen Hosen und blank gewienerten Halbschuhen am Tisch. Eine ungewohnte Würde strahlten sie aus. Nur Keil konnte diese Stimmung nicht ertragen. „Sagt einmal", polterte er „seid ihr auf eine Beerdigung gekommen?" Sie grinsten ihm verlegen zu. Klausner schaute unwirsch über seine Kaffeetasse und brummte dabei: „Störe unsere Kreise nicht." Betroffen brummte Keil noch etwas vor sich hin: „Von wegen, so hab ich das doch nicht gemeint." Eben kam Mina herein, sie trug eine große Schüssel mit goldgelben Schmalznudeln und stellte sie auf den Tisch. Ein allgemeines „O" empfing sie. Eifrig wurde dem Gebäck zugesprochen, so daß bald nur mehr ein paar Krümel auf dem Teller lagen. Nach dem Frühstück musterte Klausner nochmal seine Leute, doch er hatte nichts auszusetzen.

Schon fingen die Glocken der Dorfkirche zu läuten an. Zuerst eine kleine helle, nach und nach fielen die anderen mit dumpfem Dröhnen ein. So erfüllte bald die Luft ein harmonisch abgestimmtes Geläut. Weit schwang sich der Klang der Glocken in die Frankenhöhe hinaus, während eine Schar von Tauben den Turm umkreiste. „Männer", sagte Adolf, „wir formieren uns zu einem Zug und marschieren gemeinsam in die Kirche." Eilig nahmen sie vor dem Gasthaus Aufstellung und zogen unter dem Geläute der Glocken in die Kirche ein. Unterwegs begegneten sie festlich gekleideten Bewohnern des Dorfes, und manch ein freundlicher Gruß wurde ausgetauscht. Als sie durch das Portal eintraten, sahen sie rechts vom Altar den Posaunenchor und links davon den Gesangverein. Kaum hatten die Monteure Platz genommen, dröhnte die Orgel mit einem Vorspiel von Bach und jubilierte, von den kundigen Händen des Lehrers gespielt, durch den sonnendurchfluteten Kirchenraum. Allen war es sehr feierlich zumute. Kaum war der Klang der Orgel verstummt, begann der Posaunenchor zu spielen. Nun betrat der Herr Pfarrer den Altarraum. Er begrüßte die Gemeinde und vor allem die Monteure. Danach sprach er ein kurzes Gebet. Nun war der Gesangverein an der Reihe. Die Predigt, die Herr Pfarrer Kramer hielt, befaßte sich mit der menschlichen Arbeit. „Bei der Arbeit übt und verwirklicht der Mensch einen Teil seiner natürlichen Fähigkeiten. Der Haupterwerb der Arbeit kommt vom Menschen selbst, der sie vollzieht und für den sie bestimmt ist. Die Technik soll sich der Mensch zu Nutze machen." Am Schluß bedankte er sich bei den „Elektrischen", die ein Stück der neuen Zeit auch zu ihnen gebracht haben. Manch einem vor den Monteuren ging dabei erst so richtig der Sinn ihrer Arbeit auf. Plötzlich waren sie von einem gewissen Stolz erfüllt. Mit dem Lied „Danket dem Herrn! Wir danken dem Herrn" und dem Segen des Pfarrers war der Gottesdienst beendet. Nun strebten die vielen Leute durch die weit geöffneten Kirchentore in den sonnigen Morgen. Plaudernd standen die Besucher des Gottesdienstes noch vor der Kirche, bis sich der Herr Pfarrer zu ihnen gesellte. Mina war schnurstracks nach Hause geeilt, die Zubereitung des Mittagessens war ja ihre Aufgabe. Ihre schmucke Tracht aus glänzender schwarzer Seide mit kleinen Blümchen stand ihr ausgezeichnet, richtig wie eine Braut sah sie aus. Klausner bewundert sie schon in der Kirche. Sie hatte ihren Platz vorne in der zweiten Bankreihe. Er war ordentlich stolz auf sie. „Herr Pfarrer, ich möchte mich, auch im Namen meiner Mitarbeiter, recht herzlich für die schöne Predigt bedanken", wandte sich Klausner an ihn.

„So, Männer, jetzt beginnt das Feiern", meinte Klausner. „Auf geht's!" Sie formierten sich zu einem Trupp und zogen der Wirtschaft zu. Kaum hatten sie in der Wirtsstube Platz genommen, standen auch schon schäumende Bierseidel, kredenzt von Lina und Frieda, vor ihnen. Alle waren sie da, der Pfarrer, der Lehrer, der Bürgermeister, die Handwerksmeister, die Honoratioren vom Gemeinderat und die Bauern mit ihren Festtagstrachten. Den Dreispitz hatten sie an den Hutrechen gehängt. Sie prosteten sich zu, und fröhliche Gespräche kamen auf. An einem Nebentisch wurde ein Tarock gespielt. Selbstverständlich saßen auch einige Kiebitze dabei. Der offizielle Teil des Festes würde erst am Nachmittag stattfinden. Klausner, aber auch manche von den Monteuren, waren noch ganz erfüllt von dem Gottesdienst. Frisch strömte die Luft durch die geöffneten Fenster. Ein Hauch des beginnenden Herbstes war schon zu spüren. Mitten in die Unterhaltung hörte man Hufgeklapper. Der Wittmanns Gustl kam in seiner Gig, einem kleinen zweirädrigen Wagen, mit einem Paar braunen, frisch geputzten Pferden mit geflochtenen Mähnen in den Hof gefahren. Das Zaumzeug war aufpoliert, und hell blitzte das Geschirr; es war eine Pracht, so ein Gespann anzuschauen. Ja, wenn der Wittmanns Gustl ausfuhr, sollten die Leute schon sehen, was dahinter steckte. Behende sprang der Gustl vom Gefährt. Auch er hatte seine Festtagstracht an. Einen schweren langen Rock aus blauem Tuch, verziert mit Silberknöpfen, eine weiße Stiefelhose, eine ebensolche Weste, Gilet genannt. Darüber baumelte eine schwere goldene Uhrkette und spannte sich über seinen Bauch, seine Füße steckten in zwei spiegelnd blanken Juchtenlederstiefel. Ein Bild von einem Mann! Lächelnd warf er Fritz die Peitsche zu; der war bereits am Tag zuvor gekommen, um der Mina bei den festvorbereitungen zur Seite zu stehen. zu helfen. Als Klausner das Hufgetrappel hörte, sprang er auf und eilte nach draußen, um Gustl zu begrüßen. „Du, das ist ja prima, daß du auch da bist." „Werd ich nicht?" meinte Gustl. „Kann ich bei so etwas fehlen?" Er eilte in die Küche, um Mina zu begrüßen. Sie hatte sich umgezogen und trug nun ein blauweißes Kleid. Mit hochrotem Kopf stand sie am Herd und blies sich eine Strähne ihres Haares aus dem Gesicht. Eifrig rührte sie in einem auf dem Feuer stehenden großen Topf. „Ja mei, der Gustl!" rief sie und warf sich mit einem Jauchzer an seine breite Brust. Lächelnd strich er ihr übers Haar und schnalzte dabei mit der Zunge. „So eine Begrüßung möchte ich alle Tage!" feixte er. Verwirrt und leicht beschämt löste sie sich von ihm. „Mei", sagte sie, „ich hab halt so eine Freud!" „Das sieht man", meinte der Gustl. „Nun aber raus aus der Küche", drohte sie mit erhobenem Zeigefinger. Eilig schloß er hinter sich die Türe. Was ist nur mit der Mina los, grübelte er, so kenne ich sie ja gar nicht.

Mit großem Hallo wurde er in der Wirtsstube empfangen. „Michel", sagte er zu einem an der Tür stehenden Knecht, „geh zu, geh mal an die Chaise, da ist ein Kasten, holst gleich mal einen guten Zwetschger!" Der ließ sich das nicht zweimal sagen. Bald war er zurück; in seinen Händen trug er zwei Flaschen bernsteingelben Zwetschgenschnaps. Schnell waren aus dem Gläserschrank die Gläser geholt und eingeschenkt. Alle prosteten dem Gustl zu und bedankten sich dafür. Dem Pfarrer, dem Lehrer, auch Klausner, bot er eine von seinen hervorragenden Zigarren an. Für sich selbst holte er seine randvoll gefüllte Schnupftabaksdose hervor, langte mit spitzen zwei Fingern hinein und nahm sich eine gewaltige Prise. Danach kreiste die Dose in der Runde. Nach einem gewaltigen Schluck aus dem schäumenden Bierseidel strich er sich über seinen Schnurrbart. „Es ist gut", meinte Gustl, „daß ihr jetzt nach Adelshofen geht. Da seid ihr ja auch in unserer Nähe. Sicher werde ich da wieder Material fahren?" „Aber gewiß." „Dann werden wir mal auf euere neue Arbeitsstelle trinken." Er hob den Krug, und sie taten ihm Bescheid. „Weißt du", sagte Adolf, „wir haben uns so an die Leute hier gewöhnt, daß es uns bestimmt nicht leicht fallen wird, sie zu verlassen. Hier haben wir fast eine zweite Heimat gefunden." „Ja, auch uns", ließ sich der Bürgermeister vernehmen, „werden Sie fehlen. Besonders die Singabende werden uns sehr abgehen. Wenn es euch möglich ist, kommt doch mal auf Besuch. Ihr seid uns stets willkommen!" „Ach Leute, was sollen wir denn an einem solchen Tag grübeln? Laßt uns fröhlich sein und das Leben genießen", lachte Keil. „Ja, Sie haben recht. Wer weiß, was uns noch alles im Leben beschert sein wird."

Frieda und Lina betraten die Stube. Jede hatte einen Stoß Teller in den Händen. „Männer, macht etwas Platz", baten sie, „die Tische sollen gedeckt werden." Mit flinken Händen ordneten sie die Bestecke und die Teller. Nun wurde ein großer Suppentopf hereingebracht. „Fränkische Hochzeitssuppe", verkündete Mina. Eine kräftige Brühe von gut zehn Kilo Ochsenfleisch, dahinein waren kleine Leber-, Mark-, und Semmelknödel, Suppenbisquits sowie in Streifen geschnittene Pfannkuchen gegeben. „Männer", ließ sich der Pfarrer vernehmen, „da haben wir allen Grund, das Tischgebet zu sprechen." Andachtsvoll beteten sie mit. Sie wünschten einander guten Appetit und aßen diese Köstlichkeit. Danach gab es Ochsenfleisch mit Krensoße und Kartoffelsalat, dazu selbstgebackenes Brot. Ab und zu wurde das Essen mit einem kräftigen Schluck Bier heruntergespült. „So", meinte Gustl, „das war das Voressen."

Richtig, Frieda und Lina räumten die Suppenteller ab und servierten flache Teller. Wieder verschwanden sie in der Küche. Mit großen Fleischplatten und Schüsseln voller roher Klöße kehrten sie zurück. Salaten und Sauerkraut sowie Saucieren wurden auf den Tisch gestellt. „Ach du liebe Zeit", meinte Keil, „wer soll das denn alles essen?" „Ach was", brummte Gustl und schob einen großen Bissen Fleisch in den Mund, „da heißt es eben zulangen." Der Schweinebraten duftete herrlich. Schön durchwachsen war er, außen hatte er eine braungebrannte Kruste. Die Monteure langten kräftig zu, auch die anderen Gäste schwelgten genüßlich. Der Knödelberg wurde immer kleiner, auch die Fleischplatten leerten sich. Da kam aber auch schon wieder Nachschub. Eifrig füllten die Mägde das leere Geschirr auf. „Mann o Mann", stöhnte Gronauer, „ich kann nicht mehr." „Fast so gut wie ein Hochzeitsessen", lachte Gustl. „Ab und zu muß man dazu einen Schnaps trinken, dann geht es wieder!" Nach einer Weile kamen die Mägde, um abzuräumen. Einige Monteure halfen ihnen dabei. Die Honoratioren und Ehrengäste waren mittlerweile bei Wein und Zigarren angelangt. Golden glänzte der Tauberzeller Frankenwein in den Pokalen. Satt und mit sich und der Welt zufrieden lehnte sich der Bürgermeister zurück und zog voller Genuß an seiner Zigarre.

Nun betrat Mina die Wirtsstube. Von allen Seiten wurden ihr Komplimente für das vorzügliche Essen gemacht. „Ich hab das nicht allein gemacht", meinte sie bescheiden. Wenn mir die Mägde und die Kathi nicht geholfen hätten, sähe es schlimm aus." „Was meint ihr, Männer, das ist doch bestimmt ein Trinkgeld wert", hörte man Adolf. „Ja, sonst nichts mehr, das ist meine Sache", polterte Gustl. „Euch zu Ehren und uns allen zur Freude über das gelungene Werk ist das doch gemacht worden! Komm her, Mina", er langte in eine Geldtasche und gab der Mina zehn Mark. „Das ist doch viel zuviel", wehrte sie ab. „Ach was, der Gustl hat es doch", lachte er vergnügt, „mitnehmen kann ich eh nichts, und die Erben streiten sich doch später sowieso." Er hatte dabei einen wunden Punkt in seinem Leben berührt. Seine Ehe war nämlich kinderlos geblieben. In Erwartung des ersten Kindes hatte seine Frau einen schweren Unfall gehabt, wobei sie ihr Kind verlor. Als ihnen dann die Ärzte erklärten, daß sie keine Kinder mehr haben könnten, traf es den immer so fröhlichen Gustl schwer. Er hatte lange Zeit gebraucht, um sich mit diesem Schicksal abzufinden. Adolf wußte von dieser Geschichte, Mina hat sie ihm einmal erzählt.

„Na, ihr Herren Elektrischen, kommt doch einmal mit hinaus in den Grasgarten hinter dem Haus und seht, war wir gemacht haben", drängte der Bürgermeister, neugierig folgten sie ihm. Da waren nämlich Tische und Bänke aufgestellt und ein Tanzpodium errichtet. „Etz bin ich aber platt," sagte Peter. Auf einem Dreibock stand ein Faß Bier und wartete auf das Anstechen. Darunter stand ein kleines Wännchen, um das Tropfbier aufzufangen. Die Leute nahmen Platz an den Tischen, und der Bürgermeister band sich eine von Mina gebrachte lederne Schürze um. Mit kräftigen Schlägen trieb er den Hahn in das Faß. „Aagschtochn is", verkündete er laut. „Bravo, bravo!" Begeistert klatschten alle in die Hände. „Ausgezeichnet," sagte Mina, „nicht ein Tropfen daneben." Inzwischen hatte sich das ganze Dorf versammelt, jung und alt, Männlein und Weiblein saßen in einer bunten Reihe zusammen. Als dann noch der Posaunenchor aufspielte – viel muntere als in der Kirche –, kannte die Fröhlichkeit keine Grenzen. Bald drehten sich die Paare zu den Klängen der Musik. Selbst der alte Ulmenbauer ließ es sich nicht nehmen und forderte seine Babette zum Tanz auf. Adolf tanzte ganz selbstverständlich mit Mina. Sie lag wie eine Feder in seinem Arm. Voll Inbrunst schmiegte sie sich an ihn, wohlige Schauer empfand sie dabei. Die Frau des Pfarrers stieß ihren Mann leicht mit dem Knie an und flüsterte: „Ist das nicht ein schönes Paar?" „Gewiß, gewiß", brummte der, er war gerade in eine Unterhaltung mit dem Schmiedemeister vertieft. „Was meinst du, Karoline?" Sie wiederholte ihre Beobachtung. „Ja, da hast du recht", meinte er. Nun wandte sich Frau Karoline der Frau des Lehrers zu, sicher sollte sie es auch von ihr bestätigt haben. Als die Musik eine kleine Pause machte, klopfte der Bürgermeister an sein Glas. „Leut", sagte er, „ich bin ka Freind vo lange Redn, des wisst er. Ober i glab, daß des Fescht doch a Grund is, of unsere Elektrischa mol zon trinka. Leit, mer danke eich, daß er uns den Strom brocht hobt. I ruaf eich zua: a dreifach Proscht of unsere Stromer!" Begeistert taten ihm alle Bescheid.

Da sich die Musiker auch durch einen kräftigen Zug aus dem Maßkrug gestärkt hatten, ging es wieder weiter mit der Tanzerei. Das Hirtenmadel, ein Schleifer, ein Zwiefacher, der Walzer oder eine fesche Polka gehörten zu ihrem Repertoir. Die Burschen drehten sich um die Mädchen, klatschten in die Hände oder knieten vor ihnen. Ach, es gab ja so viele Sachen, um ihren Angebeteten zu zeigen, wie es um sie stand. Es war ja auch eine Pracht, der Jugend zuzusehen. Die Mädchen trugen gestärkte weiße Leinenblusen mit Puffärmeln, darüber ein Mieder aus Brokat oder dunkelblauem Samt, dazu einen weiten mit Rüschen verzierten, schwingenden Rock, weiße Strümpfe und Schnallenschuhe vervollständigten ihr Aussehen. In ihre erhitzten Gesichter fiel ab und zu eine Haarsträhne. Die Burschen hatten weiße, gestärkte Leinenhemden an, die am Kragen hochgeschlossen waren, darüber trugen sie eine dunkelrote Samtweste mit silbernen Knöpfen, manche Hemden waren auch mit Stickereien verziert. Eine schwarze Samthose, darüber weiße Strümpfe und ebenfalls Schnallenschuhe rundeten das ganze ab. Die von der schweren Arbeit muskulösen Körper zeichneten sich deutlich unter den verschwitzten Hemden ab. Manch ein Paar wurde von den Alten wohlgefällig gemustert und in eine Beziehung gebracht, wobei oft ein wehmütiger Seufzer sich ihrer Brust entrang. „Ja, so jung müßte man halt noch einmal sein", blinzelte der Gustl dem Lehrer Bergmann zu. „Ach ja, das ist eben das Vorrecht der Jugend", dozierte der. „Schauen Sie nur, unser Markus hat sich auch schon mit so einer hübschen Tochter eingedeckt, ich glaube, das ist die Maria von der Landwehrbräu von Reichelshofen, stimmt's Mina?" fragte er die Wirtin. „Ja, Herr Lehrer, das ist sie. Ein sehr schönes Mädchen, sie soll zu Hause den ganzen Bürokram machen, hört man." „So, so, nur schade, daß das meine Charlotte noch nicht mitbekommen hat", spöttelte er. Mina mußte herzhaft lachen, kannte doch jeder im Dorf die Schwäche der Frau des Lehrers. Es war nicht nur alleine die Neugierde, nein, sie konnte sich vor allem köstlich amüsieren, wenn sie sich vorstellte, wer zu wem passen könnte.

Inzwischen läutete es drei Uhr. Da nahten auch schon Frieda und Lina und die Kathi. Sie trugen große Körbe mit dem „Kaffeezeug", einige Burschen halfen ihnen beim Servieren. Große dampfende Kannen echten Bohnenkaffees wurden herbeigetragen, der Duft ließ vor allem die Herzen der Frauen höher schlagen. Dazu wurden Schüsseln echter fränkischer Küchle angeboten. Die Bäuerinnen, die die Kunst des Backens beherrschten, hatten diese meist ihren Müttern zu verdanken. Schon bei der Zubereitung des Teiges mußten genau alle Regeln beachtet werden. Zum Ausziehen legte man sich ein weißes Tuch über das Knie und zog und formte die Küchle. Je dünner das Innenteil war, um so besser gingen sie im Schmalz auf, das in der Pfanne sprudelte, wobei die Temperatur des Fettes auch unbedingt stimmen mußte. Nun, diese Küchle hier waren wahre Meisterwerke. Manch einer von den Monteuren aß solche guten zum erstenmal. Alle waren sich einig, so eine Köstlichkeit gab es nicht alle Tage.

Nach dem Kaffee wurde es leerer, die Bauern oder die Dienstboten verzogen sich. Das Vieh mußte versorgt werden. „Bal sen mer wider dou", sagte der Kleebauer, „gell, Luis!" Er führte seine Frau nach Hause. So gegen Abend wurde es kühler, die Musiker packten ihre Instrumente zusammen. Das Tanzpodium wurde leer. Der Wind frischte auf, und die Sonne begann sich zu verabschieden. Es wurde Zeit, wieder die Wirtsstube aufzusuchen. Klausner und seine Männer brachen auch auf. Allerdings halfen sie zuvor, die Bänke und Tische zusammenzuklappen und im Hof des „Ochsen" zu stapeln. Nach und nach füllte sich die Gaststube. Die Mägde Lina und Frieda hatten wieder die Arbeit des

Servierens übernommen. Schon standen vor den Männern die Krüge mit schäumendem Bier. „Männer", meinte Klausner, „so ein wunderbarer Tag, und wir haben noch nicht einmal gesungen." „Ja was ist denn das, auf geht's!" munterte Grünsteudel auf. „Was singen wir denn?" „Ich denke, heute ist das Frankenlied angebracht. Bitte, Herr Lehrer, geben Sie doch den Ton an", bat Klausner. Der langte in seine Joppentasche, holte sein Stimmpfeiferl heraus und gab den Ton an. Nun setzten die Männer ein. Kräftig klangen ihre Stimmen. „Wohlauf, die Luft geht frisch und rein", sangen sie fast andächtig. Ab und zu ging die Türe auf, und mäuschenstill schlich wieder einer von den zurückkehrenden Bauern auf einen Platz.

Bald darauf wurden auch die Instrumente geholt: Geige, Handharmonika, Gitarre, und ab und zu wurde auch die Trompete eingesetzt. Auch das Nebenzimmer war ausgeräumt, denn so viele Gäste hatten in der Wirtsstube keinen Platz. „Leute, hört mal alle her", machte sich Klausner bemerkbar, „wir spielen und singen heute mal ein Wunschkonzert." „Au, prima", riefen sie durcheinander. Meist waren es schöne alte Volkslieder, die gewünscht wurden, Lieder, die mancher, dem das Herz voll war, wohl in einer schicksalsschweren Stunde geschrieben oder komponiert hat. Viele Lieder beschäftigten sich mit der Liebe. So ging es etwa bis acht Uhr. Wieder wurden Teller verteilt und Essen aufgetischt. Es gab „Blaue Zipfel". Dazu ziehen rohe Bratwürste in einem Essigsud mit reichlich Zwiebeln, einigen Gewürznelken und Lorbeerblättern. Sie dürfen nicht kochen; ihren Namen tragen sie von der leichten blauen Färbung, die sie beim Ziehen in der Brühe annehmen. Große dampfende Schüsseln wurden hereingetragen. Alle Gäste langten ordentlich zu und ließen es sich munden.

Nach dem Essen folgte der obligatorische „Zwetschger", danach ein kräftiger Schluck Bier. „Herz, was begehrst du mehr?" meinte Gronauer und strich sich behaglich über den Bauch. Gustl verteilte wieder seine berühmten Zigarren und ließ seine Schnupftabaksdose kreisen. Die Honoratioren saßen vor einem Viertel Frankenwein oder einem Württemberger Trollinger und diskutierten über die Weltlage. „Ich weiß nicht", ließ sich der Bürgermeister vernehmen, „momentan gefällt mir manches nicht. Ich habe gehört, daß es im großen Österreich-Ungarischen Reich der Habsburger nicht so gut stehen soll. Viele Stämme, vor allem solche mit mohammedanischem Glauben, wollen die nationale und religiöse

Freiheit. Mich würde es nicht wundern, wenn da einmal was passiert."
„Ja", meinte da auch der Pfarrer, der gemächlich an seiner Zigarre zog,
„diese Völker haben einen großen Hang zur Freiheit. Es ist ja sowieso
ein Wunder, ein so großes Reich mit so vielen Nationen zusammenzu-
halten." „Aber wir haben doch auch ein Bündnis mit den Habsburgern",
bemerkte Gustl. „Sicher, deshalb werden sich diese Kräfte wohl auch
überlegen, was sie tun", entgegnete ihm der Lehrer. „Außerdem ist Italien mit seiner Kriegsmacht auch auf unserer Seite", warf Gustl ein. „Da
haben Sie schon recht", sagte der Pfarrer „aber auch auf der anderen
Seite gibt es Verbündete." „Ach was", unterbrach Klausner die Unterhaltung, „trinken wir doch mal, sonst wird uns der Wein zu warm."
„Recht so", meinte der Ulmenbauer. Sie hoben ihre Gläser und prosteten sich zu. „Gestatten die Herren", Mina war mit ihrer Arbeit fertig
und setzte sich an ihren Tisch. Eilig rückten die Herren zusammen, und
Pfarrer Kramer beeilte sich, ihr ein herzliches Willkommen zu bieten.
„Der Frau, die am meisten für uns heute geleistet hat, möchte ich unser
aller Dank und Anerkennung aussprechen!" Er hob das Glas und prostete ihr zu. Sie taten ihr alle Bescheid. Etwas verlegen meinte sie:
„Aber meine Herren, das habe ich doch gerne getan!" „Na, Mina",
meinte der Gustl, „sou selbstverschtändli is des net, was, Leut?" Sie
pflichteten ihm bei.

Nach einer kleinen Pause, während der jeder seinen Gedanken nach-
hing, richtete sich der Bürgermeister an den Lehrer: „Was ich Sie schon
immer fragen wollte, Herr Lehrer, stimmt es, daß der Engländer die
größte Kriegsflotte der Welt hat?" „Gewiß, wenn einer großen Kolo-
nialbesitz hat, braucht er auch eine starke Flotte." „Das leuchtet mir
schon ein, hier haben wir sicher noch einen gewaltigen Nachholbedarf."
Alles lachte, und einer meinte: „Sag mal, Burchermaschter, willscht du
an Krieg führn?" „Oh, du Lapp, sou hob i des doch nit gmahnt." „Aber
meine Herren", beschwichtigte der Pfarrer. Mina hatte sich auch ein
Glas Wein mitgebracht. „Herr Pfarrer", sagte sie, „nun trinken wir doch
mal auf unser Fest." „Dou hoscht du recht, Mina", sagte der Schmied;
sie hoben ihre Gläser. „Müßt denn ihr Mannsbilder immer bloß vom
Krieg und den garstigen Sachen reden? Es gibt doch so vieles, was
schön ist auf der Welt!" Sie strahlte Adolf mit verträumten Augen an;
dem wurde ganz eigen zumute. Er täuschte einen Hustenanfall vor, um
sein Gesicht zu verbergen, doch keiner der Anwesenden hatte das Ge-
plänkel mitbekommen.

Am Nebentisch unterhielten sich einige Bauern. „Stellt euch vor", sagte der Kleebauer, „der Zorns Heiner, der Viechhändler, will bloas a halbs Märkla fers Kilo Kalbfleisch zohln, a Saufmockerle wias im Buch steaht." „Ja, wos is denn dös", meldete sich der Huberbauer zu Wort, „a Fuchzgerla, der spinnt doch. Muascht doch in der Stodt fer an Kalbsbratn achtzg Pfennig zohln, denn hob i is letscht Mol wos gebn. Wos bild sich der denn ei? Mahnt der, er konn mit uns Bauern Schindluader treibn? Es git anderä Händler a. Der Simon Herz läßt do bestimmt mit sich redn." „Ja, mit em Judn fährt mer manchmal net schlecht", gab ihm der Ulmenbauer recht, der am Nebentisch bei den Honoratioren saß und die Unterhaltung mitbekommen hatte. „Im groaßa ond ganza konn mer ja nit klogn", setzte der Huberbauer die Unterhaltung fort, und die anderen nickten zustimmend. Die Monteure saßen in bunter Reihe. Zwischen ihnen saß ab und zu ein Mädchen vom Dorf. Sie hatten schon alle erhitzte Gesichter, da sie dem guten Essen und dem Alkohol reichlich zugesprochen hatten. Ab und zu rückte ein Monteur auch etwas näher an ein Mädchen, das sich das gern gefallen ließ. Allerdings runzelten manche Burschen die Stirne, wenn sie an den Tisch hinüberschauten, aber gerade an diesem Tag wollten sie doch keinen Streit. Es dauerte ja sowieso nicht mehr lange, und die „Elektrischen" würden das Dorf verlassen, dann gehörte das Revier ihnen wieder ganz alleine.

Klausner, der das heraufziehende Gewitter bemerkte, tat das einzig richtige. „Herrschaften", rief er mit lauter Stimme, „wir Stromer möchten uns ganz herzlich bedanken! Bei Ihnen, Herr Pfarrer, für den schönen Gottesdienst, bei Ihnen, Herr Lehrer, für die musikalische Umrahmung, bei Ihnen, Herr Bürgermeister, für Ihre Bereitschaft und Ihre Hilfe, bei den Bauern, die uns die Quartiere zur Verfügung gestellt haben, bei allen für die Freundschaft, die ihr uns in den zurückliegenden Monaten zukommen habt lassen! Jemandem aber gebührt unser ganz besonderer Dank: Ihnen, hochverehrten Wirtin, unserer Mina!" Tosender Beifall unterbrach ihn. „Sie waren wie eine Mutter zu uns. Nicht nur alleine das Essen und die Gastfreundschaft waren es, nein, besonders das Gefühl der familiären Geborgenheit, das Sie uns entgegengebracht haben, verdient einen ganz besonderen Dank!" Einer von den Monteuren rief „Bravo", und wieder toste der Beifall. Mina war nach den ersten Worten von Adolf aufgestanden, verlegen strich sie an ihrer Schürze herum, eine tiefe Röte verschönte ihr Gesicht, gerührt hörte sie zu. Ach, Adolf, dachte sie, du weißt doch, wie sehr ich dich liebe. Sie strich sich eine Träne aus den Augen, ihre Brust hob und senkte sich. Wenn nur nicht alle diese Leute da gewesen wären, würde sie jetzt an seine breite Brust flüchten. Es war ihr peinlich, so im Mittelpunkt zu stehen. Als Klausner seine Lobrede beendet hatte, zitterten ihr die Knie. Mit einer Handbewegung bat sie um Ruhe. „Ich habe das doch gerne getan, was macht ihr für ein Aufhebens?" Nun wurde ihr von allen Seiten zugeprostet. „Jetzt will ich aber nichts mehr hören. Trinkt lieber noch mal", forderte Mina auf. Dann verließ sie die Stube. Sie begab sich nach oben. Sie deckte ihre Betten auf, legte ihr Nachthemd zurecht und strich noch einmal liebevoll über die Kissen. Urplötzlich überkam sie ein unbeschreibliches Gefühl des Verlassenseins, das sie fast körperlich spürte. Mit einer tiefen Verzweiflung warf sie sich über die aufgedeckten Betten, biß in die Kissen und heulte hemmungslos vor sich hin. Ganze Wellen von Trübsal und Wehmut überfluteten ihren Körper. Erst nach einer geraumen Zeit fand sie wieder zu sich selbst zurück. Rasch kühlte sie ihr Gesicht, das durch die Tränen ziemlich verquollen war, in ihrer Waschschüssel.

Adolf war in der Zwischenzeit auf der Suche nach ihr. Zuerst sah er in der Küche nach. Dann betrat er den Stall. Frieda und Lina wollte er nicht fragen. Ach, bin ich dumm, schalt er sich, sicher ist sie oben in ihrem Schlafzimmer. Rasch eilte er hinauf. Er fand sie bei der Waschschüssel. „Ach, Adolf", seufzte sie und hängte sich fest an seinen Hals. „Aber Mina", stotterte Adolf, „was ist denn nur mit dir?" Er war über den Gefühlsausbruch ganz verstört. Sie wandte ihm ihr tränenüberströmtes Gesicht zu. Ganz zärtlich küßte er ihre Tränen weg. „Aber Liebste, was hast du nur?" „Ach Adolf", seufzte sie, „kannst du nicht bei mir bleiben?" „O du Dummerle, ich bin doch nicht aus der Welt. Ich werde dich selbstverständlich so oft ich kann besuchen. So, und nun komm, wir wollen doch noch ein bißchen singen zum Abschied." „Hast recht, ich kühle mir nur noch ein wenig meine Augen. Geh du schon voraus, ich komme gleich nach." Adolf ging nach unten. „Ja, sag einmal, wo steckst du denn die ganze Zeit?" fragte ihn Keil. „Nun, ich war auf einem kleinen Spaziergang." „Ach so, na ja, wir wollen doch singen", brummte er, „komm, wir warten alle schon auf dich." Die Instrumente wurden gestimmt, dann begann ein Singen und Musizieren, daß einem das Herz im Leibe lachte. Alle Wünsche der Anwesenden wurden erfüllt. Frieda und Lina mit ihren hellen Sopranstimmen und Mina mit ihrem Alt ergänzten wundervoll den Klang des Männerchores. Weil

Singen durstig macht, kreisten auch fleißig die Bierkrüge. In einer Pause faßte der Herr Lehrer zusammen, was alle bewegte: „Na, sagt doch selbst, Leute, haben wir nicht einen großartigen Liedschatz und eine herrliche Musik?" Alle gaben ihm recht und der Schmied meinte: „Ja, wenn eben alle so zusamme passe, des mecht halt wos aus." So verging im Nu die Zeit. Der Bürgermeister schaute schon zum zweitenmal auf seine Taschenuhr und gab er zu bedenken, daß morgen wieder ein Werktag beginne, und daß man halt daran denken sollte. Nun begann der Aufbruch.

„Fritz, komm, spann die Gig an, wir fahrn", bat Gustl. „Ja, freilich, sofort." Die Honoratioren verabschiedeten sich. Gustl meinte: „Du, Mina, so einen schönen Tag habe ich lang nicht erlebt." Alle waren voll des Lobes. Mancher Bauer, aber auch mancher Monteur schwankte schwer beladen aus der Stube, während die Musikanten ihre Instrumente einpackten. Einige halfen den Mägden beim Aufräumen. Draußen hörte man Gustl davonfahren. Müde, aber glücklich, stand Adolf unter der Haustür und sah zum Sternenhimmel hinauf. Ein leichter kühler Ostwind ließ ihn frösteln. Rasch begab er sich in sein Zimmer nach oben. Ohne Licht zu machen, entkleidete er sich, die Straßenlampe vor dem Haus erhellte ja das Zimmer einigermaßen. Im Nachthemd saß er auf dem Bett und wartete, bis Ruhe im Hause eingekehrt war. Dann schlich er sich vorsichtig in das Schlafzimmer von Mina. Sie war noch nicht da, doch es dauert nicht lange, da knarrte die Türe ganz leise. Auch sie machte kein Licht. „Adolf", flüsterte sie, „bist du schon da?" „Aber ja, Liebste." „Warte nur, ich komme gleich, ich kämme nur noch mein Haar." Unwirklich, wie in einem Traum, hob sich ihre Silhouette im Licht der Straßenlampe, die von außen das Zimmer schwach erleuchtete, ab. Mit langen kräftigen Strichen bürstete sie ihr aufgelöstes, weit über die Schultern fallendes Haar. Adolf sah ihr dabei zu. Ganz tief nahm er das Bild in sich auf. Mittlerweile war ihr kalt geworden. „So", meinte sie, legte die Bürste auf der Kommode ab und schlüpfte eilig unter die Bettdecke zu Adolf. Ganz fest kuschelte sie sich an ihn. Die Wärme seines Körpers tat ihr sehr wohl. Sie suchte nach seinen Lippen. Fest drückte sie ihre auf die von Adolf, wobei ein wohliger Schauer ihren Körper durchlief. Zärtlich berührt er mit den Fingerspitzen ihren Körper. Seine Lippen wanderten weiter über ihren Leib. Sie zog ihr Nachthemd über den Kopf, auch er befreite sich von seinem. Sie liebten sich, bis sie ermattet zurücksanken. Wohlig entspannt schlief sie in seinen Armen ein. Wie ein kleines Kind schmiegte sie sich an ihn.

Adolf lag noch eine ganze Weile wach, der Sturm in seinem Inneren hatte sich wohl gelegt, doch er dachte über die Zukunft nach. Was soll das bloß werden mit uns, sinniert er, so eine Frau werde ich wohl nie mehr in meinem Leben finden. Neulich, auch nach einer Begegnung, die sie die Liebe zueinander erleben ließ, hatte Mina wieder einmal gesagt, daß er halt noch so jung wäre und sich doch nicht an eine alte Frau binden könnte. Er hatte ihr zwar heftig widersprochen, doch hatte sie nicht recht? Ja, spann Klausner seine Gedanken fort, jetzt konnte man bestimmt noch nicht vom Alter sprechen, aber wie würde es vielleicht in zehn Jahren aussehen? Ach was, schob er seine Gedanken von sich, wer weiß, was alles kommen wird. Behutsam fuhr er über ihr glänzendes Haar. Sie atmete ganz tief. Ihre Brust hob und senkte sich. Mit sachten Bewegungen zog er die Bettdecke über sie. Er schmiegte sich an sie, auch er mußte der Müdigkeit nachgeben. Nur noch im Unterbewußtsein nahm er wahr, wie es zwei Uhr vom Turm schlug.

Ein funkelnder Sternenhimmel stand über dem schlafenden Land. Der Mond schob seine fahle Sichel über die Frankenhöhe. Alles lag in tiefstem Frieden. Leise klirrte das Vieh im Stall mit den Ketten. Ab und zu bellt ein Hund den Mond an. Leise streichelte der Nachtwind die Blätter in der Kastanie. Bald würden sie sich von ihr lösen, der kalte Nachtwind ließ es bereits ahnen. Ja, der Herbst kam mit Riesenschritten. In Kürze brach der neue Tag an, der Tag, an dem die jetzt noch schlafenden Männer zusammenpacken würden, um eine neue Aufgabe zu bewältigen. Ihre Arbeit brachte den Menschen große Erleichterung. Nach der Ortschaft Unterhofen sollten Adelshofen, Reichelshofen, Oberscheckenbach, kurz die gesamte Landwehr in das Elektrifizierungsprogramm einbezogen werden. Außer Klausner und seiner Kolonne waren noch zwei weitere im Einsatz. Die Bauern der Umgebung waren sehr aufgeschlossen und bezahlten gerne die von der Gesellschaft geforderten Gebühren. Auch halfen sie ordentlich mit, wenn es darum ging, Löcher für die Holzmasten zu graben oder Gräben für die Erdleitungen zu erstellen. Voraussetzung allerdings war, daß die Arbeit auf den Feldern nicht darunter litt; das wiederum war für die Monteure eine Selbstverständlichkeit. Ebenso halfen ja auch sie den Bauern während der Erntezeit, sie verstanden sich eben. Eine Voraussetzung, die das große Werk mit Sicherheit sehr beschleunigte.

❧❦

33. Kapitel DER ABSCHIED

Nun war es also soweit. Die Männer standen im Hof des Gasthauses und warteten auf die Fuhrwerke vom Wittmanns Gustl. Das große Verladen sollte beginnen. Das Material war zwar aufgebraucht, doch die Werkzeuge und Geräte mußten für den Umzug nach Adelshofen bereitstehen. Rauchend und etwas nervös standen die Männer im Hof herum. Sie hatten ihre Rucksäcke und ihre Bündel neben sich liegen. Als erste Arbeit hatten sie gleich nach dem Aufstehen die Strohsäcke entleert und den Saal, der ihnen so lange als Schlafstätte gedient hatte, wieder in seinen alten Zustand versetzt.

„Männer", sagte Adolf, „ich glaube, es geht los." Zwei Leiterwagen, einer von Wittmann selbst gefahren, der andere von Fritz, hielten vor dem Gasthaus. Mina stand mit den beiden Mägden vor der Haustüre, während Jörgli den Monteuren beim Beladen half. Einige Dorfbewohner ließen es sich nicht nehmen, den Elektrischen noch Adieu zu sagen. Nach allen Seiten winkend, verließen die Männer auf den Wagen den Ort, der ihnen inzwischen ans Herz gewachsen war. Adolf haßte diese Abschiedsszenen. Er spürte einen Kloß im Hals. Schnell schwang er sich auf sein Fahrrad, gab allen die Hand und fuhr den anderen hinterher. Heute abend, dachte er, werde ich ja wieder hier sein. Mina flüchtete sich nach oben. Sie ahnte, daß ein neuer Abschnitt in ihrem Leben begann. Es war nichts Greifbares, aber sie spürte eine unerklärliche Beklemmung. Ach was, schalt sie sich, du bist doch ein großer Hasenfuß. Sie wußte doch, daß ihr Geliebter wieder zu ihr kommen würde. „Lina und Frieda", rief sie nach unten. Die beiden Mägde eilten nach oben. „Ja, was ist?" fragten sie atemlos. „Was wird schon sein, der Saal muß geputzt werden, auch die Fenster." „Na, das ist doch selbstverständlich", antwortete Frieda. Sie begaben sich an die Arbeit.

Inzwischen kam für die Monteure auf den Wagen schon Adelshofen in Sicht. Adolf war mit dem Rad vorausgefahren und sprach bereits mit Herrn und Frau Kornmann wegen der Quartiere. Es stellte sich heraus, daß außer dem Zimmer von Klausner noch weitere drei Fremdenzimmer im Haus vorhanden waren. So konnten also Keil, Fink und Grünsteudel ebenfalls ein Zimmer bekommen. Die anderen Männer kampierten wieder im Saal, wo sie sich nach ihrer Ankunft so gut es ging häuslich einrichteten. Klausner hatte neben der Bullenhaltung eine alte Schüpfe entdeckt, die ausgeräumt sehr gut als Lager dienen konnte. Außerdem war sie im Gemeindebesitz, was die Sache natürlich erleichterte. Es vergingen etwa zwei Stunden, bis die Monteure mit dem Unterbringen ihrer Habseligkeiten fertig waren. Danach fanden sich alle zur ersten Brotzeit im Gasthaus zusammen. Adolf stellte den Wirtsleuten seine Männer vor. Bei einem Begrüßungstrunk, den der Wirt spendierte, wurde man bald eine große Familie. Die Männer richteten ihre Lagerstätten her, die anderen suchten ihre Zimmer auf. „Männer", sagte Adolf, „nach dem Mittagessen werden wir das Lager einräumen. Morgen bekommen wir die Dachständer und das andere Material, wie mir die Betriebsleitung mitgeteilt hat, dann werden wir wieder mit unserer Arbeit beginnen." Nach dem Essen – es gab Kraut und Fleisch und Kartoffeln – gingen die Männer an ihre zugeteilte Arbeit.

Nach dem Abendbrot fuhr Adolf nach Unterhofen. Inzwischen war es schon dunkel geworden. Er stellte sein Fahrrad hinten im Grasgarten ab. Weil die Dienstboten noch im Stall waren, schlich er sich in das Haus und begab sich nach oben. Er wartete auf Mina. Es dauerte etwa eine gute Stunde, bis er hörte, daß Mina das Haus absperrte und nach oben eilte. Sie wird Augen machen, dachte Adolf. Er hatte sich entkleidet und lag erwartungsvoll in Minas Bett. Mina huschte in das Zimmer. Sie goß sich Wasser in die Schüssel, streifte ihr Kleid über den Kopf, wusch ihr Gesicht, trocknete es ab, löste ihre schweren Haare und begann, sie mit kräftigen Strichen zu bürsten. Adolf betrachtete sie im fahlen Licht der außen scheinenden Straßenlampe. Sie hatte ihn noch nicht bemerkt. Bald stand sie völlig nackt da und schlüpfte in ihr bereitliegendes Nachthemd. Adolf versteckte sich unter der Zudecke. Sie setzte sich auf den Bettrand, da umfaßten sie zwei kräftige Arme, und eine Hand legte sich auf den zu einem Schrei geöffneten Mund. Sie lag völlig steif in seinem Arm. Da erkannte sie ihn. „Adolf! Du?!" Ihr Herz pochte stürmisch in ihrer Brust, atemlos vor Freude warf sie sich über ihn. Ein langer Kuß besiegelte das Wiedersehen. „Den ganzen Tag habe ich mir gewünscht, daß du doch bald zu mir kommst, und jetzt bist du da", sprudelte sie vor Freude heraus. „Ach, Adolf", seufzte sie. Beruhigend strich er ihr über ihr aufgelöstes Haar. „Schau, ich bin doch bei dir." Kaum waren sie einen halben Tag getrennt, schon hatten sie sich eine Menge zu erzählen. „Sag mal", begann Mina, „wie bis du nur so schnell in mein Zimmer gekommen?" „Ja, wenn du nicht absperrst", lachte er. „Du, du", sie drohte mit dem Finger. „Du, sag mal, am Ende ist es dir gar nicht recht, daß ich da bin?" scherzte er. „Ach Adolf", flüsterte sie und schmiegte sich ganz fest an ihn. Er küßte sie ganz zärtlich. Plötzlich kamen ihr die Tränen, etwas schnürte ihr den Hals zu, so daß sie fast keine Luft bekam. „Aber Schatz", raunte Adolf, „was ist nur mit dir?" Er versuchte, sie zu beruhigen, doch ihre seelische Erschütterung hatte sie so gepackt, daß sie sich ihrer nicht erwehren konnte. Adolf stand diesem Ausbruch völlig fassungslos gegenüber. Erst nach und nach wurde Mina stiller. „Aber Liebste", versuchte Adolf sie immer wieder zu trösten, „ich bin doch bei dir." Er nahm sie ganz fest in den Arm und strich ihr sachte über den Rücken. „Verzeih mir, Adolf, aber es überkam mich halt", schluchzte sie noch leise. „Weißt du, für mich schaut das alles so trostlos aus. Sei nicht traurig, Liebster", bat sie mit leiser Stimme. „Aber Mina, ich kann dich doch verstehen, glaub mir, auch ich bin manchmal verzweifelt. Mina, ich werde nie eine Frau so lieben können wie dich." Er küßte ihr die letzten Tränenspuren aus dem Gesicht. „Schau, es ist doch kein endgültiger Abschied, für unsere Liebe ist ja noch viel Zeit!" „Ja, du hast recht, bitte liebe mich, komm ganz nahe zu mir, ich will dich spüren." Sie liebten sich zuerst zärtlich, dann immer heftiger, bis sie einschliefen.

Gegen vier Uhr morgens erwachte Adolf, ihn fror etwas, weil seine Schulter unbedeckt war. Ganz leise stand er auf, sah, daß Mina auch nicht richtig zugedeckt war, zog das Federbett über sie und verließ, nachdem er sich angekleidet hatte, das Zimmer. Mina schlief noch fest. Er eilte die Treppe hinab, schob den großen Riegel auf, sprang über die Eingangstreppe und begab sich zu seinem Fahrrad. Es war stockdunkel und ziemlich kalt. Er legte sich mächtig in die Pedale. Lange bevor die ersten Hähne krähten, war er schon in Adelshofen. Vorsorglich hatte er sich schon von der Wirtin einen Schlüssel mitgeben lassen. Er sperrte das Haus auf und ging in sein Zimmer. Bald würde der erste Tag in Adelshofen anbrechen.

Wieder nahm die Arbeit, nun in einer anderen Ortschaft, ihren Anfang. Die Tätigkeit der Kolonne Klausner ging reibungslos vonstatten, während auf den Äckern die Kartoffelernte begann. Hierbei mußten die Kinder natürlich fest mithelfen. Anfang Oktober waren vor allem deshalb ja auch Herbstferien. Die Arbeit der Großen war es, die Kartoffeln mit dem Häkel auszugraben, die der Kleinen, die Kartoffeln aufzulesen und die Körbchen auszuleeren, wobei man selbstverständlich darauf sah, daß man den Kindern ein kleines Körbchen gab, um sie nicht allzu sehr zu plagen. Den Kindern bereitete das großen Spaß. Wenn man dann, nach getaner Arbeit, bei einer deftigen Brotzeit zusammensaß, war das ein Gefühl, das nur der kannte, der das einmal mit erlebt hat. Überall auf den Feldern sah man die Kartoffelfeuer schwelen. Der herbe Geruch des verbrennenden Krautes lag allerorten in der Luft. Herbstgeruch nannten ihn die Bauern. Fuhre um Fuhre der geernteten Kartoffeln fand ihren Weg in die Keller, oder, wenn der Segen zu viel war, in die ausgehobenen Mieten, um dort zu überwintern

Anfang November setzte ein für diese Jahreszeit ungewöhnlicher Frost mit Temperaturen von nahezu 30 Minusgraden ein und beendete damit ihre Arbeit. Es war unmöglich, bei dieser Kälte Dächer aufzureißen oder im Boden zu graben. So wurde also die Arbeit eingestellt. Adolf beorderte man zur Betriebsleitung. Als er den Telefonanruf bekam, war er gerade beim Aufräumen des Wirtssaales. „Männer", begann er, als er vom Telefonieren zurückkam, „hört mal alle her, vorerst stellen wir die Arbeit ein. Die große Kälte hat uns einen Strich durch die Rechnung gemacht. Ein Übergangsgeld wurde von der Direktion für uns vereinbart. Fahrt also nach Hause zu euren Familien, ihr bekommt wieder Bescheid, wenn es weitergeht." Eilig verschnürten sie ihre Rucksäcke, zogen ihre dicken Winterjoppen an, stülpten sich die Mützen über die Ohren und machten sich auf den Weg. Gelblichweiß stand die Wintersonne kraftlos am Himmel. Der Hauch ihres Atems gefror ihnen fast am Munde. Die Bärte von Mathes und Unger waren nach einiger Zeit bereift.

Adolf verabschiedete sich von den Wirtsleuten. Sein Weg führte zunächst nach Unterhofen. Dick eingemummt schob er sein Fahrrad. Bei dieser Kälte wollte er nicht fahren. Beim Laufen hatte er doch mehr Bewegung. Mina, die gerade über den Hof in den Stall wollte, sah ihn schon von Weitem kommen. „Adolf", rief sie, „geh in die Stube, ich komme gleich nach." Sie dichtete mit Jörgli und den beiden Mägden die Stalltüren mit Stroh ab. „So eine Bluatskelt", brummte Jörgli und rieb sich die blauen Hände. Auch die Mägde hatten sich gegen den strengen Frost gewappnet. Dicke Schafwollstrümpfe und mehrere Röcke hatten sie übereinander angezogen. Sie sahen ziemlich unförmig aus, aber wen scherte das schon? Hauptsache, man war gegen die Kälte einigermaßen gechützt. In der Wirtsstube bullerte der Kachelofen, und das Wasser im Schiff neben dem Ofen sang leise vor sich hin. Adolf schälte sich aus seinem dicken Winterzeug und machte es sich bequem. Voll Behagen stopfte er sich eine Pfeife und streckte die kribbelnden Füße von sich. Mina stürmte voll Freude in die leere Stube, packte ihn und gab ihm einen herzhaften Kuß. Er war völlig überrumpelt von dieser Heftigkeit der Begrüßung. Mit einem Lachen machte sie sich aus seinen Armen frei und eilte nach draußen in die Küche. Mit einem doppelten Glas Zwetschgenschnaps kam sie zurück. „Weißt du", scherzte sie, „das ist jetzt bei dieser Kälte das richtige Getränk! Aber sag mal, wo kommst du denn jetzt um diese Zeit her?" Er erklärte ihr, daß sie nicht mehr weiterarbeiten konnten und daß er zur Betriebsleitung bestellt war. „Aber doch erst morgen?" „Ja, mein Herz, beruhige dich doch." „O Adolf, ich kann es noch gar nicht fassen, du", jubelte sie, „ich freue mich schon auf heute abend!" „Na, und ich auf die Nacht!" „Du", drohte sie scherzhaft mit erhobenem Finger. „So, und nun werde ich dem verlorenen Sohn ein wunderbares Mittagsmahl bereiten." Ein Liedchen trällernd, eilte sie in die Küche.

Adolf schnürte seinen Rucksack auf, nahm seine Aktentasche heraus, fischte seinen Ortsnetzplan unter den Papieren hervor und machte sich an seine Arbeit. Er wollte der Betriebsleitung den endgültigen Plan vom fertiggestellten Ortsnetz Unterhofen mitbringen. Etwa zwei Stunden beschäftigte er sich mit dem Plan. Endlich war er so, wie er es sich vorgestellt hatte. Er legte seine längst erkaltete Pfeife beiseite und überprüfte nochmals zufrieden sein Werk. Eine wohlige Müdigkeit überkam ihn, behaglich lehnte er sich an den Kachelofen. Neben ihm auf der Ofenbank reckte sich das Peterle, die Hauskatze, schnurrend rieb sie ihren Kopf an Adolf, der ließ sich das gerne gefallen. Mina kam mit einem großen Tablett ins Zimmer. „Schweinebraten mit Klößen und Sauerkraut", verkündete sie mit Stolz in der Stimme. „Aber Mina, wegen mir brauchst du doch nicht in der Stube essen!" „So, und warum nicht? Lina und Frieda und der Jörgli werden uns dabei Gesellschaft leisten." Bald darauf ließen es sich die fünf prächtig schmecken.

Über Nacht hatte das Wetter umgeschlagen. Die starke Kälte hatte sich gelegt. Jörgli war am Abend zuvor nach dem Füttern in die Stube gekommen, hatte seine Stummelpfeife angezündet, etwa geschnauft und gemeint: „Es riacht nach Schnea, man i." Er sollte recht behalten. Als

Adolf nach einer wundervollen Nacht mit Mina gegen halb acht Uhr morgens aus dem Fenster sah, lag schon ein dickes Polster glitzernden Schnees auf dem Hof und dem kahlen Kastanienbaum. Wie verzaubert schaute das Land aus. Klausner konnte sich gar nicht satt sehen. Erst als ihm kalt wurde, merkte er, daß er noch immer im Nachthemd dastand. Rasch kleidete er sich an und eilte nach unten. Mina hatte schon die große Blechschüssel bereitgestellt, in der er sich waschen konnte. Mehrere Male tauchte er den Kopf in die Schüssel. Er war froh, wieder einen klaren Kopf zu haben. Mina hatte ihm in der Nacht ein großes Geheimnis anvertraut. Sie hatte sich ganz fest an ihn geschmiegt. „Liebster, du wirst Vater!" hatte sie gejubelt. „Was?!" Er hatte es gar nicht fassen können. „Bist du dir auch sicher?" „Aber ja!" „Mina", ganz zärtlich hatte er sie in den Arm genommen. „Mina, du, ich werde verrückt vor Freude!" Sie hatte sich im Bett aufgesetzt, mit den Händen ihre Knie umschlungen, die Stirne in Falten gelegt und gemeint: „Aber heiraten brauchst du mich deshalb nicht." „Was? Ja, wie stellst du dir das denn vor?" „Nun, ich kann doch einen jungen Mann mit zwanzig Jahren nicht an mich binden, schau, ich werde bald zweiunddreißig!" „Bitte, rede nicht so weiter", hatte er sie gebeten. „Du konntest mit dir ins Reine kommen, mir dagegen ist das jetzt zu plötzlich. Bitte, Liebste laß mir noch etwas Zeit." „Ach Adolf" – sie hatte sich ganz fest an ihn gedrückt –, „es wird schon alles gut werden." War es da verwunderlich, wenn er nun durch das Eintauchen ins Waschwasser versuchte, seine Gedanken zu ordnen?

Nach dem Frühkaffee packte er seine Sachen zusammen. „Mina, kommst du nochmal nach oben", flüsterte er ihr in einem unbeobachteten Augenblick zu. Sie nickte. Von seinen Gefühlen zerrissen, erwartete er sie. „Mina, du weißt, heute muß ich nach Ansbach zur Betriebsleitung, doch ich komme, so bald ich kann, wieder zu dir." „Das wirst du schön bleiben lassen. Was werden wohl deine und unsere Leute dazu sagen? Nein, ich bin glücklich, so ein wundervolles Pfand von dir zu haben. Das ist ganz allein meine Sache. Bitte, verstehe mich nicht falsch, aber ich habe mir das alles gründlich überlegt. So, und nun behüt dich Gott!" Sie fuhr ihm zärtlich über das Gesicht und kraulte ihm leicht den Nacken. „Komm, geh jetzt", bat sie ihn. Er nahm noch ganz benommen seine Sachen auf und fiel fast die Treppe hinunter. „Mein Fahrrad lasse ich hier, Mina, bei dem Schnee ist es ja nur hinderlich." „Ja", rief sie vom Sohler herunter. Tief in Gedanken stapfte er durch den Schnee. Sein Weg führte ihn nach Rothenburg. Er war dankbar, daß er nun allein sein konnte. Gegen zehn Uhr morgens fuhr er mit dem Bähnchen nach Steinach, um den Anschlußzug nach Ansbach zu erreichen. Die Bediensteten in Steinach hatten schon schwere Arbeit geleistet. Vom Schnee geräumt, lagen die Bahnsteige im Flockenwirbel da, kaum konnten die Schneeräumer nachkommen, immer noch leerten schwere Wolken Masse von Schnee aus, die Gegend versank im weißen Winterkleid.

Im Abteil war er an diesem Tag allein. Wer fuhr auch bei so einem Wetter fort? Gut, daß es die Eisenbahn gibt, sinnierte er, doch bald war er mit seinen Gedanken wieder bei der geliebten Frau. Was sie nur vorhat, grübelte er. Er konnte es einfach nicht fassen. Immer wieder gingen ihm die letzten Worte durch den Kopf. Endlich fuhr der Zug in den Bahnhof Ansbach ein. Rasch packte er seine Sachen und machte sich auf den Weg zur Betriebsleitung. Über den eisernen Steg, der die vielen Bahngleise überspannte, gelangte er vom Bahnhofsplatz in die Draisstraße. Ein kleiner Fußweg führte direkt in das Grundstück, auf dem das Gebäude der Betriebsleitung und das Maschinenhaus standen. Das Schneegestöber nahm noch immer nicht ab, so daß Klausners Winterjoppe dick mit Flocken bedeckt war. Auf der Treppe vorm Haus klopfte er deshalb das Gröbste ab. Er tat einen tiefen Atemzug und drückte auf den Klingelknopf.

Fräulein Weinberger öffnete ihm. „Ach du liebe Zeit, wen sieht man denn da wieder einmal?" Sie drückte ihm herzlich die Hand und bat ihn einzutreten. „Die Freude ist ganz auf meiner Seite, sagen Sie mal, was machen Sie nur, ich glaube Sie sind noch schöner geworden?" „Sie Schmeichler, da werde ich ja richtig rot." „Ja, ja so geht es mir halt immer, wenn ich die Wahrheit sage", seufzte er. „Sie wollen doch bestimmt mit mir nicht nur Süßholz raspeln? Sicherlich wollen Sie zu Herrn von Lauterbach?" „Sie sagen es." „Einen Moment, ich werde Sie anmelden." Klausner öffnete seine Aktentasche, strich sich nochmal über das Haar und marschierte durch die offengehaltene Türe in das Büro des Betriebsleiters. „Herr Klausner, seien Sie mir herzlich willkommen, bitte nehmen Sie doch Platz! Wie es Ihnen geht, brauche ich gar nicht zu fragen. Wenn ich Ihre gesunde Gesichtsfarbe, Ihre roten Backen anschaue, weiß ich alles." „Nun ja, wenn man ständig an der frischen Luft ist, bekommt man halt so eine Farbe", antwortete Klausner. „Zigarre?" Ein Kistchen feiner Havannas wurde vor sein Gesicht gehalten. „Da sage ich nicht nein." Bald hüllte ein blauer Dunst die beiden ein. „Ja, mein lieber Herr Klausner", eröffnete Herr von Lauterbach das Gespräch. „Zur Zeit hat der Winter das Regiment übernommen. Da ist es mit unserer Arbeit nichts. Haben Sie Ihre Leute nach Hause geschickt?" „Selbstverständlich befolgte ich Ihre Anordnungen, Herr von Lauterbach. Darf ich meine dicke Winterjoppe ausziehen? Hier herrschen ja andere Temperaturen." „Aber selbstredend, entschuldigen Sie, daß ich nicht daran gedacht habe." Er klingelte nach Fräulein Weinberger. „Bitte, bringen Sie doch die Sachen von Herrn Klausner unter." Sie knickste und verließ mit der Kleidung den Raum.

Nun berichtete Klausner vom Umzug nach Adelshofen und übergab Herrn von Lauterbach den Ortsnetzplan von Unterhofen, in den alle gelegten Leitungen eingezeichnet waren. Der studierte ihn aufmerksam. „Feine Arbeit", lobte er. „Sagen Sie mal, wo haben Sie nur das Zeichnen so gelernt?" „Nun, wir hatten in der Berufsschule in Roth einen Lehrer, der uns das Fachzeichnen, das sein Steckenpferd war, beigebracht hat." „So, so", brummte Herr von Lauterbach und strich sich durch den eisgrauen Bart. „Da könnten sich unsere Trasseure was abschauen." Bei diesen Worten wurde Klausner ganz verlegen. „Aber", wehrte er ab, „so toll ist es doch auch nicht." „Ja, Herr Klausner, jetzt wollen wir halt abwarten, wann uns das Wetter wieder die Möglichkeit gibt, weiterzumachen." Wie zur Bekräftigung seiner Worte heulte der Schneesturm um das Gebäude. „Schauen Sie nur hinaus, meine Großmutter sagte immer, bei so einem Wetter jagt man keinen Hund vors Haus!" Der Wind peitschte die Flocken an das Fenster. Es wurde richtig dunkel im Zimmer. „Bitte, schalten Sie doch das Licht ein!" Klausner betätigte den Schalter. „Hoffentlich bekommen wir mit den Freileitungen keine Störungen bei diesem Wetter." Seine Stirne legte sich in Falten. „Bis jetzt ist uns noch nichts gemeldet worden. So, und nun zu Ihnen, wo kann ich sie denn zu Hause telefonisch erreichen?" „Am besten, Sie rufen den Bahnhof in Roth an, da macht mein Vater Dienst als Rangiermeister." „Na, das ist ja prima! Ja, lieber Klausner, nun wünsche ich Ihnen und Ihren Lieben eine frohe Weihnachtszeit und ein gesundes Neues Jahr! Mal sehen, was uns das Jahr 1914 bringen wird! Für die ausgezeichnete Arbeit möchte ich Ihnen meinen herzlichen Dank aussprechen. Herrn Holzapfel habe ich schon eine Anweisung gegeben. Bitte, schauen Sie doch bei ihm rein." Hocherfreut schüttelte Klausner die ihm dargebotene Hand und wünschte seinerseits alles Gute. „Halt, beinahe hätte ich noch etwas vergessen, Sie trinken doch mit mir sicher ein Gläschen Cognac?" „Aber gerne." Beide prosteten auf das Jahr 1914.

Kaum hatte er das „Allerheiligste" verlassen, nahm ihn schon Fräulein Weinberger, die im Vorzimmer auf ihn wartete, in Beschlag. „Wie geht es Ihnen denn da draußen? Erzählen Sie", bettelte sie. Klausner berichtete von den Ereignissen der vergangenen Wochen. Interessiert folgte sie seinen Ausführungen. „Ja, nun muß ich aber noch zu Herrn Holzapfel", schloß Klausner „Ach, da begleite ich Sie, der wird Augen machen." Richtig, da gab es ein großes Hallo. „Ach, der verlorene Sohn ist heimgekehrt, kommen Sie an meine Brust", schnaufte Herr Holzapfel und hielt die Arme weit geöffnet. Mit großer Herzlichkeit umarmten sich die beiden. „Da kann man direkt neidig werden", seufzte Fräulein Weinberger. „Aber Sie brauchen sich doch nicht beschweren, Sie sind doch, soviel ich weiß, verlobt," scherzte Holzapfel. „Na und", gab sie ihm schnippisch zur Antwort. „Hört, hört, das ist die heutige Jugend, was sagen Sie denn dazu, Herr Klausner?" „Ich? Ich halte mich da raus." „Schau, schau!" So ging ein fröhliches Neck- und Antwortspiel hin und her. Plötzlich legte Klausner die Stirne in Falten, mit einem durchdringenden Blick musterte er Herrn Holzapfel. „Haben Sie mir eigentlich nichts Dienstliches mitzuteilen?" „Ach, du liebs Herrgöttle, das hätte ich bald vergessen." Er überreichte ihm einen weißen Briefumschlag. „Na also, das wär's dann wohl." Mit einem Blick auf die Uhr über dem Schreibtisch meinte er bestürzt: „Um Himmelswillen, für mich wird es ja höchste Zeit, wenn ich den Zug noch erwischen will." Eilig verabschiedete er sich mit vielen Wünschen für eine fröhliche Weihnacht und ein gesundes neues Jahr. Fräulein Weinberger hielt ihm die Winterjoppe hin. Er setzte seine Pelzmütze auf, band seinen Schal fest und schlüpfte in seine dicken Wollhandschuhe; sie waren ein Geschenk seiner ältesten Schwester.

Der Sturm hatte sich etwas gelegt, so daß Klausner wenigstens einige Meter Sicht hatte. Durch den dicken Schnee stapfte er zum Bahnhof. Dort verkündete ihm ein Schaffner, daß der Zug von Würzburg nach Nürnberg über eine Stunde Verspätung habe. Das war ja auch kein Kunststück, wer konnte denn bei diesen Schneemassen die Weichen und die Gleise freihalten? Er setzte sich also in den Wartesaal. Neugierig riß er den Briefumschlag auf. Was, ein Hundertmarkschein lag in dem Kuvert! Fassungslos starrte er auf den Schein. Mensch, da kann ich meinen Eltern und meinen Geschwistern aber schöne Geschenke kaufen. Voll Freude malte er sich aus, was er mit dem Geld wohl tun würde. Plötzlich fiel ihm Mina ein: „Mein Gott, wie konnte er sie nur vergessen. Ich werde ihr einen wunderbaren Ring kaufen. Ja, das werde ich tun, aber da brauche ich doch die Größe ihres Fingers. Adolf, da mußt du dir eben was einfallen lassen!" Von seinen Gefühlen hin- und hergerissen, merkte er zuerst gar nicht, daß er doch sehr hungrig war. Schnell bestellte er bei dem Kellner in der Bahnhofswirtschaft drei Bratwürste mit Kraut, dazu ein schmackhaftes Bier. Ah, das tat gut! Eben kam ein Bediensteter der Bahn herein, einen mächtigen Schüttkübel mit Kohlen hielt er in den Händen. Der große Kanonenofen wurde aufgefüllt. Bullernd verströmte er seine Hitze. Immer wieder traten verschneite Personen ein, klopften sich den Schnee aus den Mänteln und wärmten sich am Ofen.

Endlich wurde der Zug nach Nürnberg aufgerufen. Rasch knöpfte Klausner seine dicke Winterjacke zu und betrat den Bahnsteig. Eine mächtige Rauchwolke ausstoßend, prustete die Lokomotive herein. Menschen drängelten sich in die Abteiltüren. Nach einem kurzen Aufenthalt setzte der Zug seine Fahrt fort. Durch eine tief verschneite Winterlandschaft kämpfte sich die Lok. Von dem Rattern der Räder und der Wärme im Abteil nickte Klausner ein. Vor allem die vergangene Nacht machte sich wohl bemerkbar. Kurz vor Schweinau wurde er wach. Er rieb sich die Augen, packte seine Sachen zusammen und wartete auf dem Hauptbahnhof. Gegen sechs Uhr fuhr er mit einem Anschlußzug nach Roth. Da er ja mit seiner Familie im Bahnhof wohnte, war er gleich zu Hause. Von seinen Eltern wurde er freundlich empfangen, seine Schwestern dagegen bereiteten ihm einen stürmischen Empfang. Ein endlose Fragerei begann. Er mußte erst tief Luft holen, um all die Fragen zu beantworten. „Ach, seid doch nicht so stürmisch, wir haben doch sehr viel Zeit, wochenlang werde ich euch auf die Nerven gehen", lachte er. Er war wieder zu Hause! „Das wird ein Weihnachten geben!" sagte die Mutter. Ach, wenn ihr wüßtet, grübelte er vor sich hin. Was wird wohl Mina jetzt machen? Wie schön wäre es, könnte ich doch jetzt bei ihr sein! „Was ist, du machst ja so ein nachdenkliches Gesicht?" fragte der Vater. „Ach nichts", wehrte er ab, „weißt du, es ist einfach schön, zu Hause zu sein!"

কা~৩

34. Kapitel DAS VORLÄUFIGE ENDE

Der Winter beherrschte nun alles völlig, Temperaturen um minus 20 Grad ließen die Flüsse und Bäche erstarren. Viele arbeitslose Männer, vor allem aus dem Bauhandwerk, bewarben sich bei den Brauereien, um das Eis aus den Weihern zu hacken und die Eiskeller damit zu beschicken. Auch Adolf half einige Male bei der Stadtbrauerei Roth aus.

Am 20. Januar des Jahres 1914 bekam Adolf seine Einberufung zum Wehrdienst. Unverzüglich setzte er sich mit der Betriebsleitung in Verbindung. Er fuhr nach Ansbach. Herr von Lauterbach empfing ihn sofort. „Ja, mein lieber Herr Klausner, da kann man halt nichts machen, wenn das Vaterland ruft. Aber Sie sind nicht der einzige, von Ihrer Kolonne sind es noch sechs Leute, die mir ihre Einberufung mitgeteilt haben." „Was? Ja, wenn das so ist, wie soll es dann weitergehen?" „Das kann ich Ihnen auch nicht beantworten, ich weiß nur, daß ich morgen zur Direktion nach Nürnberg bestellt worden bin. Sicherlich werde ich dabei erfahren, ob und wie weitergemacht werden soll. Wohin werden Sie denn einberufen?" „Ach so, bitte, hier ist das Schreiben." Klausner zog einen braunen Umschlag hervor, auf den rot „Einschreiben" gestempelt war, und überreichte ihn Herrn von Lauterbach. „So, so, zur Marine, nach Brake an der Unterweser geht es also. Das ist aber ziemlich weit, da sieht es mit einem Kurzurlaub schlecht aus. Na ja, es wird nichts so heiß gegessen wie es gekocht wird. Lieber Herr Klausner, ich wünsche Ihnen jedenfalls alles erdenklich Gute! Lassen Sie doch bitte bald von sich hören. Auf Wiedersehn!" Mit einem kräftigen Händedruck und einem Kloß im Hals verließ er das Büro. Noch herzlicher erging es ihm zwei Türen weiter. Als er Herrn Holzapfel und Fräulein Weinberger von seiner Einberufung erzählte, nahm ihn Fräulein Weinberger einfach in den Arm und gab ihm einen schallenden Kuß. Dann stürzte sie schluchzend aus dem Zimmer. Völlig fassungslos, mit hängenden Armen und hochrotem Kopf, stand Klausner da. Er war so überwältigt von ihrem Gefühlsausbruch. „Heiligs Blechle, so einen Abschied möchte ich auch mal erleben", sagte Holzapfel und schneuzte sich danach in sein Taschentuch. „Lieber Herr Klausner, geben Sie nur auf sich acht. Ich rufe Ihnen ein baldiges Wiedersehen zu!" Ausgiebig schüttelte er Klausner die Hand und klopfte ihm auf den Rücken. „So, nun muß ich noch zu Herrn Scharf, dem Maschinisten", schnaufte

Klausner. „Gehen Sie, gehen Sie", sagte Holzapfel und schob ihn aus der Türe. Nachdem er sich von Scharf verabschiedet hatte, ging es zum Bahnhof. Es kam Klausner vor, als würde der Zug besonders langsam fahren. In Steinach hätte er fast zwei Stunden Aufenthalt gehabt, doch er hatte Glück.

In der Bahnhofswirtschaft traf er einen Bierfahrer der Landwehrbräu von Reichelshofen. Dieser holte mit einem Pferdeschlitten seinen Meister ab, der von München kam. In dicke Decken eingehüllt, fuhr Adolf also als Gast von Herrn Wörner, der ihn sofort wiedererkannt hatte, nach Reichelshofen. Als er aussteigen wollte, gab Herr Wörner seinem Kutscher den Befehl, ihn nach Unterhofen zu fahren. Klausner bedankte sich herzlich ob dieser Großzügigkeit, aber Herr Wörner winkte nur ab. Klausner gab dem Kutscher, als sie ankamen, eine Mark Trinkgeld, der wehrte sich erst, nahm es aber dann doch. Mit vielen guten Wünschen entließ er seinen Fahrgast. Jörgli, den die Schellen des Schlittens vom Stall ins Freie gelockt hatten, stand mit offenem Mund da. Plötzlich erkannte er den in dicke Kleidung eingehüllten Klausner. „Ja, ich bin es schon", lachte der. „Mina, Mina", schrie Jörgli aus Leibeskräften, während Klausner die Treppen emporeilte. Sie stand unter der Küchentüre, alles vergessend warf sie sich in seine Arme. „Aber Mina, laß mich doch erst die dicken Sachen ausziehen." „Aber ja, ich bin aber auch eine!" Sie half ihm aus den Überkleidern. „Sicher bist du hungrig, warte, ich mache dir gleich was zurecht." Sie hatte sich wieder im Griff. Er suchte die Stube auf, herrlich warm war es hier. Der Kachelofen spendete wohlige Wärme. Peterle, die Katze, sprang von der Ofenbank und rieb ihren Kopf an seinen Beinen. Ja, du hast es gut, dachte sich Klausner. Er zog seine schweren Stiefel aus und streckte die Beine weit von sich. „Ah, hier ist es gut sein!" Als Mina mit einem Tablett voll Essen in das Gastzimmer trat, war Adolf schon fest eingeschlafen. Leise stellte Mina das Tablett ab, holte sich einen Stuhl herbei und setzte sich dem geliebten Mann gegenüber. Voller Liebe und Zärtlichkeit betrachtete sie den Schläfer. Mit leicht geöffnetem Mund schnarchte er vor sich hin. Inzwischen waren die Schatten immer länger geworden. Langsam wurde es dunkel in der Stube. Auf Zehenspitzen verließ sie den Raum. Plötzlich wurde ihr schwindlig. Sie erwischte gerade noch einen Stuhl, um sich niederzulassen. Trotzdem durchströmte sie ein beseligtes Gefühl. Noch immer etwas benommen, mit leicht wankenden Knien, stand sie auf. Die Fensterläden mußten ja geschlossen werden. Kaum hatte sie die schwere Haustüre geöffnet, empfing sie schon der Schneewind, kräftig stemmte sie sich dagegen. Bis zu den Knien im Schnee steckend, schloß sie die schweren Läden. Adolf war von dem Knarren der Läden aufgewacht. Verwundert rieb er sich die Augen. Inzwischen war es völlig dunkel in der Stube, nur ein kleiner Lichtstreif von der Ganglampe war an der Türe zu sehen. Er tastete sich zur Türe. Da wurde sie auch schon behutsam von Mina geöffnet. Mit einem kleinen Schrei antwortete Mina auf die sie umschließenden Arme. Stumm standen die beiden fest aneinander gedrückt im Gang. Mina fand als erste die Sprache wieder. „Komm in die Stube, schau, ich habe dir ja das Essen schon vorhin hingestellt." Sie knipste den Lichtschalter an und schob Adolf in die Stube. Der war noch etwas benommen, doch dann langte er kräftig zu. Mina leistete ihm dabei Gesellschaft.

„Na, Adolf, wie ist es dir denn ergangen?" eröffnete sie das Gespräch. Er berichtete ihr von den Ereignissen der vergangenen Tage. Nur das Wichtigste, seine Einberufung, verschwieg er ihr. Er wollte es ihr in der Zweisamkeit der Nacht beibringen. Mit dem feinen Gefühl einer Frau merkte sie zwar, daß ihn noch etwas bedrückte, doch sie drang nicht in ihn. Sie wußte, er würde es ihr schon sagen. Inzwischen polterte es nebenan in der Küche. Die Mägde und Jörgli hatte die Stallarbeit beendet und wuschen sich die Hände. „Allmächt", sagte Mina, „da warten ja welche aufs Vesper." Sie rannte mit erhitztem Gesicht, sich schnell eine Haarsträhne zurückstreifend, in die Küche. „Stellt euch vor", sprudelte sie heraus, „Klausner ist wieder da." „Was? Ja, so was! Wo ist er denn?" „In der Stube." Sie trafen sich auf dem Gang, denn Adolf wollte gerade in die Küche. Da ging ein Gefrage los, bis Jörgli mit einem „Ruhe!" Einhalt gebot. „Zscherscht wird gfeschpert", brummte er. „Ach ja", seufzten die Mägde. Sie konnte es gar nicht erwarte, von ihren Geliebten zu hören. Vor lauter Aufregung konnten sie kaum essen. Nur Jörgli langte wie immer kräftig zu. Kaum waren sie fertig, ging auch schon das Erzählen los. Von seinem Geheimnis, und daß sechs seiner Leute ebenfalls die Einberufung zum Wehrdienst in Händen hatten, schwieg er. Sie würden es noch bald genug erfahren, dachte er sich. „Ach ja", schloß Adolf seinen Bericht, „für euch zwei habe ich ja auch was." Er begab sich in die Stube und holte aus seiner dicken Winterjacke zwei Briefe hervor. Mit hochroten Köpfen nahmen ihn die beiden Mägde in Empfang und eilten nach oben in ihre Kammer. Bald darauf kamen sie mit verweinten Gesichtern zurück. Sie hatten erfahren, daß ihre Liebsten Heeresdienst leisten mußten. „Nun, das ist doch nicht so schlimm", tröstete Klausner. Er dachte an sich. „Viele junge Menschen tragen doch das gleiche Schicksal, was wollt ihr denn, es ist doch kein Krieg!" „Ach ja, Herr Klausner, Sie haben ja recht!" Nun war es ihnen wieder leichter ums Herz. Da wegen des Wetters keine Gäste kamen, suchten sie bald ihre Nachtlager auf. Während Mina das Haus abschloß, heulte der Wind und spie immerzu neue Schneemassen aus. Schwer lastete der Schnee auf den Dächern, die Landschaft versank unter der weißen Pracht. Irgendwo jaulte ein Hund. Kaum konnte man die neun Schläge der Turmuhr hören, so stark blies der Wind.

Im Hause war Ruhe eingekehrt. Adolf suchte anstandshalber seine Kammer auf. Er entkleidete sich und zog sich das Nachthemd über den Kopf. Behutsam öffnete er die Türe und lauschte in den Sohler hinein. Kein Laut war zu hören. Vorne am Hausgiebel schimmerte das Fenster im Licht der Straßenbeleuchtung. Er tastete sich an die Türe zu Minas Schlafzimmer. Leise drückte er die Klinke herunter und tappte durchs Zimmer. Mina war noch nicht da. Die Kälte trieb ihn dazu, das Bett so schnell wie möglich aufzusuchen. Wohlig räkelte er sich unter der dicken Zudecke. Inzwischen hatte Mina ihre allabendlichen Pflichten erledigt. Vom Stall herkommend, wo sie nach dem Vieh gesehen hatte, blickte sie nochmal kurz in die Küche. Schnurrend rieb Peterle sein Fell an ihren Beinen. „Du bleibst schön hier!" befahl sie ihm. Widerwillig kam er ihren Worten nach. Nun nahm sie den großen, schweren Hausschlüssel und sperrte das Haus ab. Sicher wartet Adolf schon in meinem Bett auf mich, dachte sie. Flugs eilte sie nach oben. Sie konnte es gar nicht erwarten, zu ihrem Geliebten zu kommen. „Adolf, bis du schon da?" fragte sie mit leiser Stimme. „Aber ja, komm schick dich, es ist kalt." Hastig streifte sie ihr Kleid über den Kopf. Ein paar Striche mit der Haarbürste über ihr aufgelöstes Haar, schon schlüpfte sie unter die bereitgehaltene Bettdecke. Fest schmiegte sie sich an ihn. „Ach Adolf, weilst nur wieder bei mir bist!"

Er küßte sie ganz zärtlich, dann legte er den Finger auf ihren Mund. „Nun laß mich mal erzählen. Bitte unterbrich mich nicht." Er berichtete ihr von seiner Einberufung, daß er schon am 15. Januar nach Brake an die Unterweser fahren müsse. Er sei zur Marine abkommandiert und sollte dort seine Ausbildung erhalten. Bei seinen Worten brannte es ihr heiß in der Kehle. Als er zu Ende war, rang sich ein tiefer Seufzer aus ihrer Brust. „Ach, Adolf", konnte sie nur flüstern. Tröstend streichelte er ihr Gesicht. „Ach, was ist das alles gegen dein Schicksal. Du bis ja allein mit deinem werdenden Leben, mit unserem Kind! Gerade jetzt bräuchtest du mich ja so sehr." „Da brauchst du dir keine Sorgen zu machen. Wenn es bei mir soweit ist, werde ich zu meiner Schwester in die Taubermühle fahren." Äußerst behutsam küßte er sie. Lachend meinte sie: „Du kannst ruhig fester zulangen." „Tu ich dir auch nicht weh?" „Ach, du Dummerle, küß mich ganz fest", forderte sie. Er kam gerne ihrer Bitte nach, sie stöhnte leise dabei: „Es ist halt so wunderbar, bei dir zu sei." Er schmiegte sich ganz fest an sie. „Weißt du, im Herbst, wenn das Kind da ist und ich Urlaub kriegen kann, wird geheiratet." „Ach, wer weiß, was bis dahin sein wird." Sie liebkosten sich und redeten noch lange miteinander. Endlich forderte der Schlaf sein Recht. Sie lag mit ihrem Kopf auf seiner breiten Brust. Ein Lächeln verschönte ihr Gesicht.

Ein grauer schneebedeckter Morgen blinzelt durch das Fenster. Gähnend erhoben sich die zwei. „Was, schon sieben Uhr? Lieber Himmel, da hätte ich bald verschlafen." „Ach was", meinte Adolf. „Zur Zeit ist es doch nicht so so viel zu tun." „Hast du eine Ahnung, das Vieh verlangt doch sein Recht." „Ja, ja, das schon, auch ich bin ziemlich hungrig." „Na siehst du, hilf mir bitte, das Kleid zuzuknöpfen." Er begab sich nun unverzüglich in seine Kammer. Als er mit dem Ankleiden fertig war, hörte er schon das Brüllen der Schweine, auch das Klappern der Melkeimer war zu vernehmen. Mina hantierte inzwischen in der Küche. Sie bereitete das Frühstück. Sie hatte den Kaffeetopf in das Feuer gehängt, schnell legte sie noch einige Scheit Holz nach, man konnte die wohlige Wärme vertragen. Bald fand sich alles am Frühstückstisch ein. Nach dem Tischgebet, das wie immer Jörgli sprach, saßen sie beim Frühstück zusammen, doch keinem schmeckte es. Verlegen strich Mina des öfteren über die Leinentischdecke. Selbst Jörgli konnte dem Frühstück nichts abgewinnen. Es herrschte eine beklommene Stille. Sich mehrmals räuspernd, begann Adolf zu sprechen. „Ja", meinte er, „ich werde nun halt eine ganze Zeit lang fort sein. Meinen Wehrdienst muß ich bei der Marine in Brake an der Unterweser ableisten." „Was, so weit weg", knurrte Jörgli. „Ja, direkt bei den Preußen", lachte Adolf. „Und wie geht es in Adelshofen weiter?" „Keine Ahnung. Die Arbeit ist ja vorerst eingestellt, nicht nur wegen der Kälte, sondern auch, weil von meinen Leuten weitere sechs Mann eingezogen werden. Wann es dann weitergeht, kann ich nicht sagen." „Ach so", meinte Jörgli und stopfte sich seine Pfeife, „dann heißt es also Abschied nehmen?" „Ja freilich, ich gehe noch mal schnell zum Bürgermeister und sage Adieu." Lina und Frieda saßen mit offenen Mündern da und starrten Klausner an. Sie konnten das soeben Gehörte noch gar nicht fassen. Mina räumte das Kaffeegeschirr weg und stellte es neben die Spüle. „Geht an eure Arbeit", sagte sie mit belegter Stimme, dann eilte sie nach oben.

Unterdessen war Adolf beim Bürgermeister und erzählte ihm von seiner Einberufung. Stolz musterte der Bürgermeister Adolf, „Sie geben einen prächtigen Matrosen ab", schmunzelte er. „Mutter", schrie er in die Küche, „richte Herrn Klausner ein ordentliches Freßpaket zusammen. Wir aber trinken auf diesen Schreck einen Schnaps, was?" Er ging an das bekannte Schränkchen an der Wand, nahm eine bernsteinfarbig gefüllte Flasche Zwetschgenschnaps heraus, schenkte ein und prostete Klausner zu. „Auf Ihre Gesundheit und auf unser Vaterland!" Beide kippten den leicht in der Kehle brennenden Schnaps hinunter. „Ja, ja", meinte der Bürgermeister, „ich glaube, es liegt irgend etwas in der Luft! Überall hört man, daß junge Leute eingezogen werden." „Nun, das ist halt mal so, ein starkes Reich braucht auch einen besonderen Schutz", antwortete Klausner. „Gewiß, gewiß", versicherte der Bürgermeister. Eben betrat seine Frau die Stube. „Mutter, Herr Klausner möchte Abschied nehmen", erklärte er ihr. „Was? Ja, warum?" „Nun, der Kaiser braucht ihn eben", brummte der Alte. „So, ja, wenn das sein muß!" „Muß es, Mutter. Ja, lieber Herr Klausner, wir wünschen Ihnen alles Gute, kommen Sie bald gesund wieder und lassen Sie sich nicht von den Preußen unterkriegen." Er drückte ihm ganz fest die Hand und gab ihm einen freundlichen Klaps auf die Schulter. Mutter Schaumann nahm ihn einfach in den Arm. Scheu und verlegen wehrte er ab. Als sie ihm das Paket gab, hatte sie feuchte Augen. Mit einem „Behüt Euch Gott!" verließ er die beiden. Vor dem Haus schneuzte er sich kräftig, ihn hätte auch bald die Rührung übermannt. Mina hatte inzwischen wieder ihre Fassung gefunden. Jörgli hatte auf ihr Geheiß schon den Braunen vor den Schlitten gespannt. Adolf holte seinen Rucksack und die große Tasche. „Ich habe alles eingepackt", sagte Mina. Er verabschiedete sich von den beiden Mägden, sie liefen heulend in den Stall. Alle Rücksicht vergessend, nahm er Mina in den Arm. Unter den wissenden Augen von Jörgli küßte er die geliebte Frau, dann bestieg er den Schlitten. Jörgli breitete noch eine warme Decke über seine Füße. Mina schluchzte und lief ins

Haus. Sie eilte nach oben. Von dem oberen Zimmer konnte sie weit hinaus sehen. Immer mehr entschwand der Schlitten ihren Blicken. Nun war er nur noch ein Punkt in der Winterlandschaft.

EPILOG

Am 4. Juli 1914 gebar Mina einen prächtigen Buben in der Tauber-mühle. Dies erregte über diesen abgelegenen Weiler hinaus weiter kein Aufsehen. Die Menschen waren vielmehr von den politischen Ereignissen nach dem Attentat auf den österreichisch-ungarischen Thronfolger und seine Gemahlin am 28. Juni in Sarajewo beunruhigt: die fieberhaften Verhandlungen zwischen Österreich-Ungarn, Rußland, Frankreich und vor allem dem deutschen Kaiserreich. Die führten Ende Juli schließlich zu Kriegserklärungen, Mobilmachung, Ultimaten und schließlich am 1. August zum Beginn eines Krieges, der später der Erste Weltkrieg genannt werden sollte.

Das Elektrifizierungsprogramm der Fränkischen Überlandwerk AG konnte nur noch vermindert fortgeführt werden, da so viele Fachkräfte zum Militär eingezogen wurden, daß das nötige Personal nicht mehr vorhanden war. Während des Weltkrieges kamen die Arbeiten fast völlig zum Erliegen. 1916 wurden insgesamt 160 Kilometer Kupferdrähte in den Freileitungen gegen Eisendrähte ausgetauscht, um – ebenso wie damals viele Kirchenglocken – als kriegswichtige Rohstoffe verwendet zu werden.

Adolf kam nach einer Ausbildung als Maschinist auf ein Minensuch-boot. Bei einem Einsatz im Ärmelkanal lief das Schiff nachts auf eine Mine und ging innerhalb einer Stunde mit der gesamten Besatzung unter. Im damaligen Heeresbericht hieß es kurz: „Ein Minensuchboot ging auf unerklärliche Weise verloren."

Dieser unselige Krieg war nicht nur kein siegreicher, nein, er veränderte die damalige Welt gänzlich. Bis in die Familien wurde er hineingetragen und brachte unsagbares Leid über alle Menschen. Eine ganze Epoche versank in den grausigen Kämpfen. Nichts war mehr wie früher, die alte Ordnung war aus den Fugen geraten.

Auch in Unterhofen mußte Pfarrer Kramer viel zu oft Todesbotschaften überbringen, immer schwerer wurde sein Gang, immer gebeugter sein Rücken. Als die Nachricht vom Tode seines Sohnes eintraf, veränderte sich sein früher so heiteres Wesen über Nacht. Müde und gebrochen starb er im November 1917. Er war erst 52 Jahre alt.

Keiner konnte damals angesichts der Hungerwinter, des verlorenen Krieges und der Revolution glauben, daß sich das Leben bald wieder normalisieren würde. Nach Ende des Krieges wurde die Elektrifizierung in Mittelfranken wieder aufgenommen und zu Beginn der 20er Jahre verstärkt weitergeführt.

Bereits im Frühjahr 1919 zog wieder eine kleine Schar „Elektrischer" in irgend ein Dorf in Mittelfranken, um die Arbeit fortzusetzen, die ihre Vorgänger mit so viel Hingabe und Stolz in Angriff genommen hatten. Der zweite Abschnitt des Elektrifizierungsprogramms lief an: Die Stromer begannen von neuem!

ࡳ᠊ᢀ

VERLAG
wek
Walter E. Keller
Treuchtlingen

.